Insel taschenbuch 4913
Joost Jensen
Die Leiche am Deich

AF217121

In Sünnum ist die Welt noch in Ordnung: Die herzliche Gesine Felber betreibt in dem Dorf den Kroog, eine urige Kneipe mit kleinem Lädchen. Der Kroog ist das zweite Wohnzimmer der Sünnumer, bei selbstgebrautem Bier wird hier nach Herzenslust geschnackt, gefeixt, gelacht und gefeiert.

Mit der Ruhe und Gemütlichkeit ist es allerdings vorbei, als die Leiche einer Frau am Strand gefunden wird. Die Tote ist die Ehefrau des Großbauern Burmeister, der sich mit seinem Milchbetrieb vor allem bei Umweltaktivisten keine Freunde gemacht hat. Wird Burmeister der Nächste sein? Als Enno, ein guter Freund von Gesine und leidenschaftlicher Naturschützer, ins Visier der Ermittlungen gerät, macht sie sich unerschrocken auf die Suche nach dem wahren Täter …

Joost Jensen (Pseudonym) wuchs in Norddeutschland auf. Schauplatz seiner Geschichten ist meist die Nordseeküste, die inzwischen zu seiner Heimat geworden ist.
www.joost-jensen.de

Joost Jensen

DIE LEICHE AM DEICH

Die Friesenbrauerin ermittelt

Insel Verlag

Erste Auflage 2022
insel taschenbuch 4913
© der deutschen Ausgabe Insel Verlag Berlin 2022
© Joost Jensen 2022
Alle Rechte vorbehalten. Wir behalten uns auch
eine Nutzung des Werks für Text und Data Mining
im Sinne von § 44b UrhG vor.
Umschlaggestaltung: zero-media.net, München
Umschlagabbildungen: FinePic®, München: Himmel und Vögel;
mauritius images, Mittenwald: Haus (Manfred Ruckszio / Alamy),
Landschaft (Helen Hotson / Alamy)
Satz: Dörlemann Satz, Lemförde
Druck: CPI books GmbH, Leck
Dieses Buch wurde klimaneutral produziert:
climatepartner.com / 14438-2110-1001
Printed in Germany
ISBN 978-3-458-68213-4

www.insel-verlag.de

DIE LEICHE AM DEICH

STRANDGEFLÜSTER

Kerstin Burmeister stand am Strand von Sünnum und sah auf die Nordsee. Die Wellen plätscherten an diesem Abend träge ans Ufer, als sei ihnen am Ende des Tages die Puste ausgegangen. Die Natur hatte beim Sonnenuntergang wieder einen unsichtbaren Pinsel in die Hand genommen und am Himmel mit kräftigen Gelb-, Orange- und Rottönen ein Gemälde von solcher Intensität erschaffen, dass dagegen selbst Meisterwerke bekannter Künstler wie Kinderzeichnungen wirkten. Vereinzelte Schleierwolken ließen die Farben etwas verblassen, als wäre das sich ständig ändernde Bild mit Aquarelltechnik gemalt worden.

Das Rauschen des Meeres, in das sich immer wieder die Schreie der Möwen und die Rufe der Austernfischer mischten, war nicht nur die ewige Symphonie des Nordens, sondern auch die Melodie von Kerstins Leben. Obwohl sie nicht an der Küste aufgewachsen war, gab es für sie keinen schöneren Ort – vor allem nicht nach der ersten Begegnung mit *ihm*.

Ein lauer Wind strich sanft über ihre Haut und spielte mit den halblangen Haaren, die sie an diesem Abend offen trug. In den ersten Wochen hatte sie sich noch gegen ihre Gefühle gewehrt, aber in seinen Armen spürte Kerstin wieder jene Leichtigkeit des Seins, die sie in ihrer Ehe verloren hatte. Er war …

Kerstin schüttelte den Kopf, als könnte sie die Gedanken an ihn damit aufscheuchen wie einen Vogelschwarm, aber es gelang ihr nicht. Dabei war sie doch eine verheiratete Frau, die mit beiden Beinen fest auf dem Boden der Tatsachen stand und ihre romantischen Träume schon vor langer Zeit in einer Kiste verstaut und unter dem Gerümpel alltäglicher Banalitäten vergraben hatte.

Eine Windbö trug Gelächter und Stimmengewirr vom *Kroog* zu ihr herüber. Obwohl Kerstin das reetgedeckte Anwesen mit der Schankwirtschaft vom Strand aus nicht sehen konnte, erschien vor ihrem geistigen Auge sofort ein Bild des hufeisenförmig angelegten Gebäudes – die Sonnenblumen vor den weiß gekalkten Wänden wirkten mit ihren gelben Köpfen wie ein pflanzliches Begrüßungskomitee, das jeden Gast persönlich willkommen hieß. Neben dem Eingang stand eine Holzbank, deren ursprünglich dunkelblaue Farbe inzwischen verblasst war.

Im Innenhof wucherten üppig blühende Hortensien, Rosensträucher und Wildblumen in leeren Bierfässern, die die rüstige Friesenbrauerin Gesine Felber als Pflanzentröge nutzte. Dazwischen standen aus alten Schiffsplanken gezimmerte Bänke und Tische, an denen sich die Sünnumer auf ein Bier und einen Klönschnack trafen. Ausrangierte Schiffslaternen sorgten in der Dunkelheit für ein behagliches Licht.

Vielleicht könnten sie sich eines Tages gemeinsam im Kroog sehen lassen.

Bis dahin …

Eine Gestalt, die mit gesenktem Kopf an den Brandungsausläufern entlanglief, erregte ihre Aufmerksamkeit und Kerstin schritt Richtung Deich, sie wollte nicht gesehen werden. Zu ihrer Erleichterung ging die Person, die unter der weiten Jacke und mit über den Kopf gezogener

Kapuze nicht zu erkennen war, weiter an der Wasserlinie entlang. Den Blick hielt sie auf den Boden gerichtet, als suche sie etwas. Doch dann blieb sie abrupt stehen, sah auf, genau in ihre Richtung, und eilte mit schnellen Schritten direkt auf sie zu.

Kerstin lief in geduckter Haltung zu ihrem roten VW Beetle zurück, den sie auf dem Parkplatz hinter dem Deich abgestellt hatte. Sie ärgerte sich über sich selbst, denn sie hätte bis zum Treffen im Wagen bleiben sollen – aber dann wäre ihr der prachtvolle Sonnenuntergang entgangen, den sie sich unbedingt hatte ansehen wollen.

Hoffentlich hatte sie mit ihrem Leichtsinn nichts riskiert. Spontanität war ein Luxus, den sie sich in ihrer momentanen Situation keinesfalls leisten konnte.

Kerstin hatte den Deich fast erreicht, als die Gestalt ein paar Meter vor ihr auftauchte.

Kerstin blieb stehen und fluchte innerlich. Wenn sie erkannt wurde, musste sie sich eine gute Ausrede einfallen lassen, denn ihr Mann vermutete sie beim monatlichen Treffen der Landfrauen und nicht am Strand von Sünnum.

Sie gab sich einen Ruck, schließlich musste sie sich so normal wie möglich verhalten: »Oh, Sie haben mich aber erschreckt.«

Die Gestalt, die ihr Gesicht hinter der tief in die Stirn gezogenen Kapuze und einem hochgezogenen Multifunktionstuch versteckte, blieb reglos und schweigend vor ihr stehen.

»Dürfte ich bitte durch?«

Statt der Aufforderung nachzukommen, machte die Gestalt einen Schritt auf Kerstin zu. Jetzt nahm sie verwundert wahr, dass die Hände ihres Gegenübers in dünnen schwarzen Lederhandschuhen steckten. Na, so kalt war es nun wirklich nicht, dachte sie kurz, doch da hob die Gestalt blitzschnell die Hand und Kerstin erkannte nur noch die metallene Klinge eines Messers, die auf sie zuraste. Instinktiv riss sie den Arm schützend vor ihr Gesicht. Als die tödliche Waffe ihren Unterarm aufritzte, stieß sie einen schmerzverzerrten Schrei aus und presste die Hand auf den blutenden Schnitt. Fassungslos sah sie ihr Gegenüber an und spürte, wie ihr Herz in der Brust wild pochte und dumpfe Panik in ihr aufkam.

Was wollte der Unbekannte von ihr?

Sie schüttelte den Kopf, als könnte sie ihre Angst mit dieser Geste vertreiben, und trat nach ihrem Angreifer. Während ihr Widersacher dadurch einen Moment abgelenkt war, drehte Kerstin sich um und rannte, so schnell es auf sandigem Untergrund möglich war, zurück zum Meer. Die Füße versanken bei jedem Schritt im pudrigen Sand. Keuchend kämpfte sie sich Meter für Meter voran und bald ragte der Leuchtturm von Sünnum in unmittelbarer Nähe vor ihr auf. Kerstin schrie und fuchtelte mit den Armen. Vielleicht bemerkte sie der alte Joris, der im Leuchtturm wohnte.

»Keiner wird dir helfen«, zischte da eine Stimme direkt hinter ihr. Kerstin mobilisierte ihre letzten Kräfte und rannte weiter zum Wasser.

Doch plötzlich drehte sich die Welt und die Nordsee verdrängte den Himmel. Einen Moment lang überlegte Kerstin, warum das Meer nicht auslief wie ein umgekippter Eimer. Dann begriff sie, dass sie gestürzt war und, vom Schwung getragen, über den Strand rollte. Sand und winzige Muschelstückchen drangen trotz der zusammengekniffenen Lippen in ihren Mund und staubten in die Nasenlöcher. Kerstin rappelte sich wieder auf und blickte hinter sich. Entsetzt bemerkte sie, dass ihr Verfolger sie längst eingeholt hatte und ihr nun auf Armeslänge gegenüberstand. Dann machte er einen Satz, packte grob ihren verletzten Arm und zog sie zu sich. Kerstin wollte sich mit aller Kraft losreißen. Dabei verlor sie das Gleichgewicht und fiel auf die Knie. Als sie den Kopf hob, erkannte sie ein Ankermotiv auf dem Multifunktionstuch ihres Angreifers. Wie konnte das sein? Sie kannte das Tuch. Sie hatte es ihm geschenkt.

Plötzlich spürte sie einen stechenden Schmerz, der wie ein Tsunami über sie hereinbrach. Fassungslos starrte Kerstin auf das Messer, das in ihrer Brust steckte.

»Warum hast du das getan?«

Einige Augenblicke hielt sie sich noch aufrecht, dann fiel sie in sich zusammen wie eine Marionette mit zerschnittenen Fäden. Kräftige Finger griffen unter ihre Achseln und zogen sie in die auflaufende Brandung, wo ihr Körper zu einem Spielball der Wellen wurde.

TÜDELBRÄU

»Tüdelbüdel, wann kommt mein Bier endlich?« Joris Harms, der ehemalige Kapitän, winkte mit seinem leeren Glas.

»Das dauert noch einen Moment, mein Lieber, schließlich bist du nicht der Einzige mit einer trockenen Kehle.« Gesine Felber reichte dem hageren Postboten, der sich wie andere Sünnumer an der Theke im Kroog drängte, zwei frisch gezapfte Biere und hielt sofort ein weiteres Glas unter die Zapfanlage.

Der kleine Schankraum war erfüllt von Stimmengewirr und Gelächter. Die Wand hinter der Theke, die fast die gesamte Stirnseite einnahm, wurde von einem Regal dominiert, das mit verschiedenen Schnapsflaschen, Gläsern und Strandgut gefüllt war. An den anderen Wänden hingen handgemalte Ölbilder, auf denen sturmgepeitschte Wellen und Segelschiffe zu sehen waren. Die alten Holzrahmen waren verkratzt und an den Ecken abgestoßen. Auf einem Gemälde prangte seit Jahren ein daumengroßer schwarzer Fingerabdruck, den sich niemand erklären konnte.

Aus den Lautsprechern erklang ein Shanty-Chor, der mit getragenen Stimmen das Fernweh eines Matrosen beklagte. Über der Theke hing eine ausrangierte Schiffsglocke aus Messing, an deren Klöppel ein Hanfseil befestigt war und die nur zu besonderen Anlässen geläutet wurde.

»Tüdelbüdel, nun komm schon, mein Rachen fühlt sich an wie Sandpapier«, klagte Joris erneut und schob seine Seemannsmütze in den Nacken. Dabei wurden seine stoppelkurzen weißen Haare sichtbar, die auf der wettergegerbten Haut wie ein Heiligenschein aussahen. Der weiße Vollbart ließ ihn auf den ersten Blick wie einen Weihnachtsmann in Seemannskleidung wirken.

»Dagegen empfehle ich dir ein Halsbonbon. Im Laden müsste ich noch eine Packung haben.«

Die Friesenbrauerin, die von den Einheimischen wegen ihrer Erzählungen, in denen sie Wahrheit mit Seemannsgarn verwebte, liebevoll *Tüdelbüdel* genannt wurde, zwinkerte ihrem guten alten Freund Joris zu und ließ ihren Blick dann durch den Raum schweifen.

Der Kroog war an diesem Abend wieder brechend voll – das war bei drei Stehtischen im Schankraum allerdings kein Wunder. Die meisten Sünnumer tranken ihr Bier an diesem lauen Sommerabend im Innenhof.

Unter der Gastwirtschaft befand sich ein Keller, der eine kleine Brauanlage beherbergte, die aus einem Zwei-Geräte-Sudwerk bestand. Von dort aus wurde das Bier über einen Durchlaufkühler direkt zum Zapfhahn geleitet. In dem Kellerraum stapelten sich neben den Fässern zudem Kisten mit Bierflaschen, die Gesine eigenhändig abgefüllt hatte.

Auch wenn sie das Tüdelbräu nur für die Sünnumer braute, schaffte sie die damit verbundene Arbeit oft nur mit Hilfe ihrer Tochter Wiebke und der Unterstützung von Joris.

Neben dem Kroog beherbergte Gesines Anwesen auch das einzige Geschäft des Ortes: einen Tante-Emma-Laden in der Größe eines Wohnzimmers, der im Dorf nur *Lädchen* genannt wurde. Die mit Artikeln des alltäglichen Bedarfs gefüllten Regale reichten bis zur Decke. Auf dem hölzernen Verkaufstresen stand ein Glas, das Bonbons in Form bunter Zuckerfische beinhaltete und auf den ersten Blick wie ein Aquarium aussah. Verkauft wurden die süßen Naschereien in sogenannten *Heringsschwärmen*, die Gesine in Papiertüten füllte und in meist ungewaschene Kinderhände drückte. Das Geld, das ihr die Kleinen dafür auf den Zahlteller legten, reichte immer – auch wenn es nur wenige Kupfermünzen waren. In einer Kühltheke, die sich hinter den mit frischem Obst und Gemüse gefüllten Kisten versteckte, lagerten Milchprodukte des örtlichen Biobauern. Seine Frau brachte ihr jeden Morgen frischgebackenes Brot und Rosinenbrötchen, die Gesine meist innerhalb weniger Stunden verkaufte.

Da sie während der Öffnungszeiten nicht ständig im Laden sein konnte, bedienten sich die Einheimischen mitunter selbst und schrieben die Einkäufe in eine Kladde, die in ihrer Abwesenheit auf dem Verkaufstresen lag. Bezahlt wurde bei der nächsten Besorgung, spätestens am Ende jeden Monats. Obwohl im Kroog offiziell erst ab neunzehn Uhr Bier ausgeschenkt wurde, ließ die Friesenbrauerin tagsüber niemanden verdursten und verkaufte abends – in dringenden Fällen auch nach Ladenschluss – Halspastillen, Nylonstrümpfe, Tütensuppen oder andere Dinge, deren Erwerb nicht bis zum nächsten Tag warten konnte. Irgendetwas fehlte schließlich immer.

»Nu is daddeldu!«, grummelte Joris, humpelte um die Theke herum und stellte sich neben die Wirtin.

»Was willst du denn hier?« Gesine drehte sich zu ihm um, wobei sie das Glas weiterhin unter die Zapfanlage hielt.

»Einen alten Mann vor dem Verdursten retten!« Er nahm ihr das inzwischen gefüllte Glas aus der Hand und trank in großen Schlucken.

»Mein Tüdelbräu hat dir wohl den Verstand vernebelt!«
Sie schüttelte den Kopf, obwohl sie sich ein Grinsen nicht
verkneifen konnte. »Allerdings könnte ich neben meiner
Tochter eine weitere Aushilfe in der Gaststätte brauchen.
Wenn du also bei mir arbeiten willst ...«

»Damit du mich den ganzen Tag rumkommandieren
kannst? Du büst woll meschugge«, unterbrach Joris ihren
Redefluss und leerte dann sein Glas.

»Ich würde dir lediglich einige Anweisungen erteilen,
damit du nicht auf dumme Gedanken kommst. Tagsüber
könntest du mir auch im Lädchen zur Hand gehen. Willst
du einer alten Frau wirklich nicht helfen?«

»Alte Frau?« Joris zog die Augenbrauen hoch. »Als ich
dich einmal so genannt habe, bist du wie eine Furie auf
mich losgegangen und hast mir mit lebenslangem Lokal-
verbot gedroht.«

»Ich bin auch die Einzige, die sich diese Unverschämt-
heit herausnehmen darf.« Tüdelbüdel zwinkerte ihm zu.
»Wenn du mich nicht unterstützen willst, musst du dich
jetzt vom Acker machen.«

»Joris, kannst du nicht zumindest eine Weile zapfen, damit Gesine uns Gesellschaft leisten kann?« Heiko Gebhard
deutete auf einen der drei Stehtische, an dem er mit seinem
Bruder Sören und dem Tischler stand.

»Ist das okay, mein Seebär? Eine Pause würde mir guttun.« Gesine sah Joris fragend an.

»Hinter der Theke verdurste ich jedenfalls nicht«, grummelte er und übernahm den Zapfhahn.

Die Friesenbrauerin folgte dem Postboten durch die
dichtgedrängt stehenden Gäste. Gesine betrachtete Sünnum als eine Art Mikrokosmos, der nach seinen eigenen

Regeln funktionierte – als hätte der liebe Gott eine unsichtbare Kuppel über das Dorf gestülpt und es auf diese Weise von der Außenwelt abgeschirmt.

»Wie viele Umdrehungen hat das neue Tüdelbräu eigentlich?« Der beleibte Wattführer Sören, hinter dem sich die meisten Sünnumer problemlos verstecken konnten, leerte sein halbvolles Glas in einem Zug und nahm das frisch gezapfte Bier von seinem Bruder entgegen. Dabei stützte er sich mit dem Ellenbogen auf den Tisch, der sich daraufhin bedrohlich zur Seite neigte.

»Für dich ist das Bier jedenfalls eindeutig zu stark!« Wiebke Felber stellte das leere Glas auf ein Tablett und wandte sich dann an ihre Mutter. »Mama, warum steht Joris hinter der Theke? Ich helfe doch heute aus.«

»Dort kann er sein Bier selbst zapfen.« Die Friesenbrauerin zuckte mit den Schultern, als wäre damit alles gesagt.

»Alter Gnadderkopp!« Wiebke trug das Tablett mit den leeren Gläsern zur Theke und stellte sie dort ab.

»Das kannst du laut sagen«, bestätigte Hinnerk Gravenhorst, trank einen großen Schluck und wandte sich dann an Gesine. »Warum verkaufst du dein Bier nicht in den Supermärkten? Das ist besser als die Plörre der großen Brauereien. Mit dem Tüdelbräu könntest du ein Vermögen verdienen.«

»Was soll ich denn mit dem Geld?«

Der hünenhafte Tischler fuhr sich mit der Hand über seinen mächtigen Bart, den er an diesem Abend zu zwei Zöpfen geflochten hatte. »Damit könntest du mal wieder shoppen gehen und dir ein paar neue Klamotten kaufen. Das macht ihr Frauen doch so gerne. Dann müsstest du nicht ständig in den alten Fummeln rumlaufen.«

»Gefällt dir mein Kleid etwa nicht?« Gesine runzelte die Stirn und schaute an sich runter.

»Das meine ich nicht. Ich dachte nur …« Der Handwerker blickte die Brüder Gebhard hilfesuchend an, aber diese hatten plötzlich nur Augen für ihre Biergläser.

»Himmmisakra Hinnerk, was bist du nur für ein Dampfplauderer!« Josef Bergmüller trat zu ihnen und schlug dem Tischler kumpelhaft auf die breite Schulter. Dann verbeugte er sich vor Gesine und lüftete einen imaginären Hut. »Frau Felber, Sie sehen wie immer ganz bezaubernd aus.«

»Ich danke Ihnen für das Kompliment.« Gesine schenkte ihm ein strahlendes Lächeln, bevor sie die Hände in die Seite stemmte und den Tischler vorwurfsvoll ansah. »Im Gegensatz zu dir ist Sepp ein wahrer Gentleman. Muss dir ein Bayer etwa noch Manieren beibringen?«

»Sepp ist schon längst kein Bayer mehr. Statt der Zugspitze erklimmt er seit Jahren doch nur noch Wanderdünen«, wandte der Wattführer lachend ein und trank einen großen Schluck.

»Im Gegensatz zu euch weiß ich mich in Gesellschaft einer Dame auch zu benehmen.«

»Tüdelbüdel ist doch keine …«

Heiko Gebhard verstummte, als Gesine mahnend den Zeigefinger hob. »Jungs, wenn ihr im Kroog weiterhin Bier trinken wollt, solltet ihr auf dumme Sprüche besser verzichten.«

»Das war doch nur ein Spaß!« Der Postbote hob beide Hände, als wollte er sich ergeben.

»Besser ist das!« Wiebke, die mit einem neuen Tablett die Runde machte, griff nach dem leeren Glas. »Hast du etwa schon vergessen, was mit dem Rüpel geschehen ist, der meine Mutter eine *alte Fregatte* genannt hat, weil er ein paar Minuten auf sein Bier warten musste?«

»Nee, wieso, was denn?« Heiko kratzte sich am Kopf.

»Dat kunn jo woll nich angahn. Die Geschichte kennt doch jeder.« Sein Bruder trank einen großen Schluck.

»Echt jetzt?«

»Dein Gedächtnis ist löchriger als ein Sieb.« Die Friesenbrauerin schüttelte empört den Kopf und begann dann mit verschwörerischer Stimme zu erzählen: »Der Kerl war einer von diesen Anzugtypen, denen es nie schnell genug gehen kann. Eines Abends ist der Wichtigtuer mit seinem Luxusschlitten auf der Fahrt nach Norddeich in Sünnum gestrandet, weil ihn sein Navi ins Nirgendwo geführt hat. Da er für die Nacht keine Bleibe hatte, habe ich ihm mein Fremdenzimmer angeboten. Kurz darauf hat er im Kroog rumgestänkert, weil ich mich mit den Gästen unterhalten habe und er auf sein Bier warten musste. Irgendwann wurde er so ungeduldig, dass er mich als *alte Fregatte* beschimpfte. Ihr kennt mich: Das kann ich natürlich unmöglich auf mir sitzen lassen. Nachts habe ich also den Wagenschlüssel aus seinem Zimmer stibitzt und das Ding in eine wasserdichte Plastikdose verpackt. Und die habe ich an die rote Boje gebunden, die bei Ebbe immer im Watt liegt. Als er am nächsten Morgen fahren wollte, tanzte sein Wagenschlüssel auf den Flutwellen und er musste mit seiner Weiterfahrt bis zur nächsten Ebbe warten. Die Nordsee hat ihn hoffentlich Geduld gelehrt und …«

»Tüdelbüdel, an diese Version kann ich mich nicht erinnern«, unterbrach der Bayer ihre Geschichte. »Hattest du nicht beim letzten Mal erzählt, dass du seinen Flitzer bei

Ebbe ins Watt gefahren hast, damit die Flut dem Wagen eine Salzwasserwäsche verpassen konnte?«

»Das ist möglich. Manchmal bin ich wohl etwas tüdelig im Oberstübchen. Muss das Alter sein.« Die Friesenbrauerin grinste verschmitzt.

»Das ist doch nur eines deiner Dönkes.« Heiko hob sein Glas und prostete Gesine zu, die in dem Moment auf einen schlaksigen Mann in der Tür deutete, dessen dunkelblonde Haare ihm über die Schultern bis auf den Rücken fielen.

»Da ist Enno!« Sie winkte ihm zu und er trat an den Tisch. »Warum kommst du erst jetzt?« Die Friesenbrauerin ergriff seinen Arm und zog ihn zu sich.

»Nach der Demonstration in Emden hatte ich noch etwas zu erledigen.«

»Beim nächsten Mal bin ich wieder dabei. Gab es Stress bei der heutigen Veranstaltung?« Gesine musterte den Agraringenieur mit einem mütterlichen Blick. Da Enno seit Kindertagen mit ihren Söhnen befreundet war, betrachtete sie ihn wie ein Familienmitglied.

»Glücklicherweise nicht. Aber lass uns heute Abend über was anderes reden. Ich gehe schnell zur Theke und hole ein Tüdelbräu.«

»Bring mir auch eins mit.«

»Mir auch.«

»Mir auch.«

»Mir auch.«

Enno blickte in die Runde. Die vier Männer grinsten um die Wette.

»Ich könnte auch noch eines vertragen.« Gesine deutete auf ihr leeres Glas.

»Ihr habt doch nicht mehr alle Latten am Zaun.« Enno schüttelte lachend den Kopf und schlurrte zur Theke.

Wenige Minuten später hatte jeder von ihnen ein frischgezapftes Bier in der Hand und sie stießen miteinander an. Enno trank ordentlich ab und wischte sich mit dem Handrücken den Schaum vom Mund. »Gesine, damit hast du dich selbst übertroffen. Das ist das beste Tüdelbräu aller Zeiten. Welchen Hopfen hast du beim Brauen verwendet?«

»Das ist eines meiner vielen Geheimnisse. Wo ist deine Frau eigentlich? Ich habe sie schon länger nicht mehr gesehen.«

»Meret ist in Berlin und kommt erst morgen zurück. Sie wollte dort ein Konzert …«

»Was soll das heißen: Du hast Pause?« Die tiefe Bassstimme von Tammo Friese, dem Krabbenfischer, übertönte das Stimmengewirr. Gesine sah zur Theke, hinter der Joris in aller Seelenruhe auf einem Barhocker sitzend an der Wand lehnte und ein Bier schlürfte.

»Ich mache mich besser an die Arbeit. Lasst mich mal durch!« Die letzten Worte richtete Gesine an die Gäste, die ihr Platz machten und Beifall klatschten, als sie wieder den Zapfhahn übernahm.

»Das Bein? Ich hätte daran denken müssen, dass du nicht lange stehen kannst«, raunte sie Joris zu.

»Geht schon«, nuschelte der ehemalige Kapitän, wobei er die Buchstaben zu einem kaum verständlichen Sprachbrei zerkaute, sodass es wie *schehtscho* klang. Dann trank er den letzten Schluck seines Bieres aus, hob zum Abschied die rechte Hand und humpelte aus dem Kroog.

Gesine blickte ihm sorgenvoll nach. Obwohl in Sünnum jeder von seinem Unfall wusste, kannte kaum jemand den

Grund für sein wirkliches Leiden, wegen dem sich der alte Seebär am liebsten in seinen Leuchtturm zurückzog und stundenlang auf die Nordsee starrte.

Plötzlich wurde die Tür so kraftvoll aufgerissen, dass sie krachend gegen die Wand knallte. Hauke Peters stürmte in die Gaststube.

»Am Strand …« Er stützte die Hände auf den Oberschenkeln ab und rang nach Atem, bevor er weitersprechen konnte. »Polizei. Wo ist Wiebke?« Bei dem Wort *Polizei* erstarb das Stimmengewirr so abrupt, als hätte jemand den Stecker aus einem Automaten gezogen.

»Ich bin hier. Was ist los?« Wiebke stellte schnell das Tablett mit den leeren Gläsern auf einem der Stehtische ab und ging auf den aufgelösten Tierarzt zu.

»Die Flut hat eine leblose Frau angespült. Sie hat keinen Puls, du musst sofort mitkommen!«

»Hast du schon einen Rettungswagen gerufen?« Wiebke kramte ihr Smartphone aus der Hosentasche.

»Nee. Mein Handy habe ich vor dem Spaziergang nicht eingesteckt, weil ich meine Ruhe haben wollte. Ich konnte doch nicht ahnen, dass ausgerechnet heute so etwas …«

»Okay, ich kümmere mich sofort darum. Mama, kannst du hier übernehmen?«

»Natürlich. Dein Job ist jetzt wichtiger.«

*

Eine Stunde später sammelte Gesine die letzten Gläser ein und stellte sie in die Spülmaschine. Nach der grauenvollen Nachricht war den Leuten die Lust zum Feiern gründlich vergangen und sie hatten den Heimweg angetreten.

Gedankenverloren steckte die Friesenbrauerin das Halstuch, das sie unter einer der Holzbänke im Innenhof gefunden hatte, in ihre Tasche. Wenn sie sich nicht täuschte, musste es Ennos sein, sie würde es ihm bei Gelegenheit zurückgeben.

Gesine ließ den Blick durch die leere Gaststube schweifen. Dabei sah sie sich im Fenster wie in einem Spiegel.

Der ehemals brünette Bob war inzwischen grau geworden und umrahmte ein schmales Gesicht. Zur Feier des Tages hatte sie sich heute die Lippen mit einem dezenten Roséton nachgezogen – mehr Make-up benutzte die Friesenbrauerin seit Jahren nicht mehr. Auch wenn das Leben tiefe Furchen in ihr Gesicht gegraben hatte, strahlten die blauen Augen noch immer eine unbändige Energie aus.

Gesine löschte das Licht und setzte sich auf die Bank vor dem Kroog. Da sie ohnehin nicht schlafen konnte, würde sie dort auf die Rückkehr von Wiebke warten, die nach dem Auszug ihrer erwachsenen Söhne noch bei ihr im Haus wohnte. Was immer in dieser Nacht auch geschehen war – die Friesenbrauerin würde für das Dorf, das irgendwie aus der Zeit gefallen zu sein schien, kämpfen. Das war sie nicht nur ihrer Vergangenheit, sondern auch den hier lebenden Menschen schuldig.

POLIZEIARBEIT

Wiebke Felber kniete am Strand neben dem leblosen Körper. Da die Nordsee das Blut größtenteils abgewaschen
hatte, wies die Bluse in Brusthöhe nur noch einen blass-
roten Fleck auf. Ob die dort erkennbare Einstichwunde
den Tod herbeigeführt hatte oder ob Kerstin Burmeister
ertrunken war, würde die Rechtsmedizin klären müssen.

»Wer macht so was?« Hauke Peters, der die Polizistin zur
Leiche geführt hatte, schüttelte fassungslos den Kopf.

»Das werden wir hoffentlich bald wissen.« Sie stand auf
und ging auf die Sünnumer zu, die vor dem Absperrband
standen, mit dem sie den Tatort gesichert hatte.

»Geht nach Hause, hier gibt es nichts zu sehen.«

»Ist es … jemand … von uns?« Der Postbote deutete mit
einem Kopfnicken auf die Leiche.

»Nein, Heiko!« Wiebke schüttelte den Kopf. »Geht
schlafen und lasst mich meine Arbeit machen, okay?«

Murrend zogen die Dorfbewohner ab. Die meisten von
ihnen kehrten in kleinen Gruppen nach Hause zurück, wobei sie lebhaft über die angespülte Leiche diskutierten und
Vermutungen zur Todesursache und den Täter anstellten.

»Hauke, bevor du gehst, muss ich deine Aussage noch
aufnehmen. Zudem … da kommt der Rettungswagen.«

Die Polizistin deutete auf einen blauen Lichtkegel, der
die Dunkelheit zerschnitt und schnell näher kam. Wenige
Augenblicke später rannten zwei Sanitäter zum Strand und
kümmerten sich um die leblos im Sand liegende Frau. Aber

diese konnten ihr ebenso wenig helfen wie der kurz danach eintreffende Notarzt.

»Warum hat das so lange gedauert?« Ungeduldig empfing die Beamtin ihre Kollegen, die zehn Minuten nach dem Mediziner eintrafen.

»Unser Schönling musste sich noch stylen.«

Steffen Gesner, Leiter des Polizeikommissariats Norden, deutete auf seinen jungen Kollegen Patrick Meiners, der seiner muskulösen Figur nach mehr Zeit in einem Fitnessstudio als in der Dienststelle zu verbringen schien. Seine modische Undercut-Frisur mit ausrasierten Seiten und längerem Deckhaar saß wie immer perfekt – im Gegensatz zu Gesner, dessen Haare vollkommen zerzaust waren.

Patrick schien im ersten Moment gegen die Bemerkung protestieren zu wollen, schwieg dann aber.

»Kannst du mich auf den neuesten Stand bringen?« Der Kommissar strich sich mit der Hand über die Bartstoppeln.

»Die Tote heißt Kerstin Burmeister. Anscheinend wurde sie von der Flut an den Strand gespült. Hauke Peters hat die Leiche gefunden und mich direkt benachrichtigt.«

»Hattest du heute nicht deinen freien Tag?«

»Doch, aber ich wohne schließlich in Sünnum.« Wiebke deutete zu den Dünen, hinter denen ihr Dorf lag. In den nächsten Tagen würde der Tod von Kerstin Burmeister sicherlich für reichlich Gesprächsstoff im Kroog sorgen.

»Das Kaff ist so winzig, dass es nicht einmal bei Google Maps auftaucht«, lästerte Patrick und strich sich eine längere Haarsträhne aus der Stirn, dessen Farbe am ehesten mit Straßenköterbraun beschrieben werden konnte.

»Das hat nichts mit seiner Größe zu tun, sondern einem

Fehler bei der Datenerhebung.« Wiebke reckte das Kinn vor. »Sünnum ist ...«

»... ein Geisterdorf«, unterbrach sie der junge Mann und grinste hämisch.

»Statt dumme Sprüche zu klopfen, solltest du dich besser nützlich machen und seine Aussage aufnehmen.« Gesner deutete auf den Tierarzt, der einige Meter neben der Leiche im Sand saß und gedankenverloren auf die Nordsee sah.

»Das kann Wiebke doch machen. Ich würde mir gerne einen ersten Eindruck von der Leiche verschaffen. Wie Sie wissen, findet man wichtige Hinweise direkt ...«

»Wenn du deinen Job nicht sofort erledigst, lasse ich dich in den nächsten Wochen das Kellerarchiv neu sortieren. Hast du das verstanden?«, wies ihn sein Vorgesetzter zurecht.

Der Polizeimeister senkte den Blick und schlurfte zum Tierarzt.

»Ich verstehe nicht, wie solche Vollpfosten den Eignungstest bestehen. Der Kerl könnte nicht einmal einen Mörder überführen, wenn dieser die Tatwaffe noch in der Hand hält und sich seinen Namen auf die Stirn tätowiert hat.« Kommissar Gesner sah seinem Mitarbeiter nach und wandte sich dann an Wiebke. »Dir ist hoffentlich klar, dass wir diesen Fall mit dem nötigen Fingerspitzengefühl behandeln müssen. Burmeister wird uns beim kleinsten Ermittlungsfehler die Hölle heißmachen. Zu allem Überfluss darf ich ihm noch die Todesnachricht überbringen. Begleitest du mich?«

»Selbstverständlich. Was machen wir in der Zeit mit Patrick?«

»Nach der Zeugenaussage wird er den Tatort bis zum

Eintreffen der Kollegen von der Spurensicherung im Auge behalten. Der Streifenwagen steht gleich da vorne.« Gesner deutete Richtung Straße.

»Wie kommt unser Schönling denn zurück zur Polizeistation, wenn wir mit dem Wagen unterwegs sind?«

»Entweder wartet er auf unsere Rückkehr, oder er geht zu Fuß. Den Weg wird er auch ohne Internetnavigation finden, so viele Straßen gibt es hier schließlich nicht.«

»Jetzt tut er mir fast schon ein wenig leid.« Wiebke sah zu dem jungen Mann, der gerade mit dem Tierarzt sprach.

Der Kommissar zuckte mit den Achseln. »Mach dir keinen Kopf. Wenn wir Glück haben, reicht er danach einen Versetzungsantrag ein.«

TODESNACHRICHT

Uwe Burmeister legte das Mobiltelefon auf den mit Papieren überladenen Schreibtisch und fuhr sich mit der Hand durch das schütter werdende Haar. Wahrscheinlich würden bis zu seinem fünfzigsten Lebensjahr nur noch wenige Büschel auf seinem Kopf um ihr Überleben kämpfen, wie Sträucher in einer kargen Wüstenlandschaft.

Sein Vater hatte schon als junger Mann einen Hut getragen, um seinen spärlichen Haarwuchs darunter zu verbergen. Glücklicherweise hatte er ihm nur einen kahlen Schädel und nicht seinen mangelnden Ehrgeiz vererbt. Bis zu seinem Herzinfarkt war sein Vater mit den achtundvierzig Milchkühen kaum über die Runden gekommen.

Burmeister hatte ihm schon während seiner Ausbildung auf dem elterlichen Hof zu einer Vergrößerung des Viehbestandes geraten, aber davon hatte sein alter Herr nichts wissen wollen. Landwirtschaft war für ihn eher eine Passion als ein Geschäft gewesen.

Die Jahre, in denen er bei strömendem Regen und sengender Sonne auf seinem Melkschemel gehockt und die muhenden Viecher von Hand gemolken hatte, würde Burmeister nie vergessen. Diese Form der Landwirtschaft war heutzutage nur noch etwas für Ewiggestrige und Umweltterroristen.

Die Zukunft gehörte den Milchfabriken, die neben einem gigantischen Stall auch über eine eigene Molkerei verfügten. In wenigen Wochen würde er mit dem Bau seines neuen Projektes beginnen. Für den Transport des weißen Goldes hatte sich der Landwirt bereits Finanzierungen für sieben Sattelschlepper gesichert, die seine Milchprodukte direkt in die Läden bringen und dort in bare Münze umwandeln würden.

In den letzten beiden Jahren hatte er mit Bankkrediten bereits alle für sein Vorhaben benötigten Grundstücke über Strohmänner und Scheinfirmen aufkaufen lassen. Die Baugenehmigung war nur noch reine Formsache – schließlich wusch eine Hand die andere.

Burmeister hatte schon früh begriffen, dass der Kontakt zu den richtigen Menschen wertvoller war als Gold. Inzwischen war der Milchbauer auf regionaler Ebene so gut vernetzt, dass er zu allen gesellschaftlichen Ereignissen eingeladen wurde und wichtige Informationen vor der offiziellen Veröffentlichung erhielt. Beim letztjährigen Treffen des Bauernverbandes hatte er lange mit dem Landwirtschaftsminister gesprochen. Vielleicht sollte Burmeister eines Tages über einen Wechsel in die Politik nachdenken. Ein Mann mit seinen Beziehungen konnte es dort sicherlich weit bringen.

Zunächst einmal musste er sich aber um das letzte Grundstück kümmern, das er zur Verwirklichung der Milchfabrik noch benötigte. Da er ohne das fehlende Land keine direkte Zuwegung zur nächsten Bundesstraße hatte und das Projekt deshalb platzen würde, musste er den Kaufvertrag so schnell wie möglich abschließen.

Nach Unterzeichnung des Dokuments würden die Mauern seines Bauvorhabens direkt an Sünnum grenzen. Enno Prester würde seine Gefolgschaft von *Mien Freesland* dann sicherlich zu Demonstrationen aufrufen, aber mit Pappschildern und Sprechchören konnte der selbsternannte Revolutionär die Milchfabrik keinesfalls verhindern.

Burmeister konzentrierte sich wieder auf das vor ihm liegende Dokument: das Kaufangebot für das fehlende Grundstück. Er hatte es bereits einmal nachgebessert, und nun erhöhte er sein Angebot auf eine astronomische Summe, mit der er seinen Kreditrahmen bis zum letzten Cent ausreizte. Wenn der sture Hund jetzt nicht verkaufte, würde er zu anderen Mitteln greifen müssen. Da Burmeister die Schulden, die er für die Finanzierung der Milchfabrik bereits aufgenommen hatte, ohne deren Bau niemals zurückzahlen konnte, musste er sein Vorhaben gegen alle Widerstände durchsetzen.

Er druckte das Schreiben aus und steckte es in einen Briefumschlag. Dann fuhr Burmeister den Computer herunter und stand auf. Er wollte sein Büro, das in einem Anbau des Haupthauses untergebracht war, gerade verlassen, als er die Türklingel hörte.

Der Milchbauer durchquerte den Flur und öffnete die Haustür. Zu seiner Verwunderung standen zwei Polizisten vor dem Eingang. Neben einem großgewachsenen Mann, der in seiner Uniform wie ein lebender Kleiderständer wirkte, stand die Tochter der Friesenbrauerin.

»Moin. Mein Name ist Steffen Gesner. Das ist meine Kollegin …

»Sparen Sie sich die Formalitäten. Worum geht es?«, fragte er kurz angebunden.

»Wir müssen über Ihre Frau reden. Können wir kurz reinkommen?«

»Ist meine Alte wieder zu schnell gefahren?« Burmeister lachte bellend.

Die Ordnungshüter wechselten einen kurzen Blick. Ihr Schweigen legte sich wie eine unsichtbare Schlinge um seinen Hals und raubte ihm die Luft zum Atmen.

»Hatte Kerstin einen Unfall? Ist ihr etwas passiert?«

»Herr Burmeister, es tut uns leid, Ihre Frau ist … tot.« Gesner nahm die Dienstmütze vom Kopf und knetete sie zwischen seinen Fingern.

»Das muss ein Irrtum sein.« Der Landwirt stützte sich am Türrahmen ab.

»Leider nein.« Der Hagere bearbeitete seine Mütze weiterhin.

»Was ist passiert?«

»Sie wurde ermordet.« Die Polizistin wich Burmeisters Blick nicht aus.

»Ermordet?« Er sah die Beamten mit dem ungläubigen Blick eines Schülers an, der einen einfachen Zusammenhang nicht begreift. Dann brüllte er urplötzlich los: »Welches Schwein hat Kerstin auf dem Gewissen?«

»Wir stehen am Anfang unserer Ermittlungen.« Gesner setzte seine ramponierte Mütze wieder auf den Kopf.

»Mit anderen Worten: Sie haben keine Ahnung«, knurrte er.

»Die Ermittlungen werden sicherlich bald …«

»Verschonen Sie mich mit Ihren Floskeln. Wenn Sie mir sonst nichts mehr zu sagen haben, wäre ich jetzt gerne allein.« Burmeister trat einen Schritt zurück.

»Sollten Sie einen Psychologen benötigen oder mit einem Seelsorger sprechen wollen, können wir …«

»Ich brauche weder Seelenklempner noch Pfaffen«, unterbrach er den Polizisten. Dann knallte Burmeister die Tür zu und legte die Sicherheitskette vor, als könnte er die grauenvolle Nachricht damit aussperren. Mit schlurfenden Schritten schleppte er sich ins Wohnzimmer, öffnete den Barschrank und griff nach dem sündhaft teuren Scotch. Zunächst wollte er noch ein Kristallglas aus der Vitrine nehmen, aber dann schüttelte er den Kopf, als hätte er eine nicht gestellte Frage verneint, und trank direkt aus der Flasche.

Der hochprozentige Alkohol floss durch seine Kehle, explodierte im Magen und strömte danach als flüssiges Feuer durch seine Adern. Burmeister ließ sich mit der Flasche in einen der beiden Ledersessel fallen und dachte darüber nach, was Kerstin vor ihrem Tod alles erzählt haben konnte. Was immer sie auch ausgeplaudert hatte – nun durfte er sich keinen Fehler mehr leisten.

GEHEIMNISSE

»Du weißt doch, dass ich mit dir nicht über meine laufenden Ermittlungen sprechen darf.« Wiebke ging zum Kühlschrank und stellte eine Milchflasche auf den Tisch, an dem sie schon als Kind gesessen hatte. Obwohl die Uhr mit dem zersprungenen Glas an der Küchenwand tickend die Sekunden zählte, schien die Zeit in diesem Raum stehengeblieben zu sein. Neben dem altertümlichen Gasherd erstreckte sich eine zwei Meter lange Arbeitsfläche, die in eine Spüle überging.

Darüber hing ein Hängeschrank mit Holztüren, in die jeweils postkartengroße Fenster eingelassen waren.

Tisch und Stühle in der Küche von Gesines Anwesen waren – wie auch die Einrichtung im Kroog – aus alten Schiffsplanken gezimmert worden. An der Stirnseite des Raumes stand ein Küchenbuffet. Durch das geöffnete Fenster wehte der Abendwind herein und ließ die Vorhänge tanzen.

»Du kannst mir doch zumindest sagen, ob ihr schon einen Verdächtigen habt«, hakte die Friesenbrauerin nach. »Im Kroog gibt es seit dem Mord kein anderes Gesprächsthema. Die Spekulationen werden mit jedem Glas Tüdelbräu abenteuerlicher.«

»Das wundert mich nicht, du hast den Alkoholgehalt ja ordentlich erhöht.«

Gesine lächelte verschmitzt. »Jede Frau hat ein kleines Geheimnis.«

»*Ein* kleines Geheimnis?« Die Polizistin betonte das

letzte Wort wie ein Showmaster, der den Hauptgewinn einer Quizsendung bekanntgibt, bevor sie in normalem Tonfall fortfuhr: »Du bist eine Schatztruhe voller Geheimnisse. Wahrscheinlich hat dir im Kroog jeder Einwohner mindestens einmal seine Untaten gebeichtet.«

»Ich bin eine verschwiegene Zuhörerin.« Sie zwinkerte ihrer Tochter zu.

»Warum willst du überhaupt etwas über den Stand der Ermittlungen wissen?« Wiebke öffnete den Hängeschrank und nahm zwei Gläser heraus.

»Die Sünnumer sind nach dem Mord verunsichert. Ich möchte verhindern, dass sie sich eines Tages gegenseitig verdächtigen und einander misstrauen. Momentan gehen alle Einwohner von einem auswärtigen Täter aus. Aber du weißt, wie schnell die Stimmung kippen kann. Was ist mit Burmeister?«

Wiebke stellte die Gläser auf den Tisch und füllte sie mit Milch. »Er ist Choleriker oder wie du sagen würdest: ein richtiger Bullerballer.«

»Das weiß hier jeder. Damit hast du meine Frage aber nicht beantwortet.«

Die Polizistin trank einen Schluck und stellte das Glas dann wieder ab. »Mama, du bist ein richtiger Sturkopf.«

»Du kennst mich doch. Wenn ich mir etwas in den Kopf gesetzt habe …«

»… dann ziehst du dein Ding durch.«

»Ich hätte es etwas anders ausgedrückt, aber darauf läuft es hinaus.« Tüdelbüdel lächelte.

»Die Ehe zwischen Burmeister und seiner Frau scheint zerrüttet gewesen zu sein. Mit ihrer Unterstützung der Bewegung *Mien Freesland* hat sich Kerstin für eine ökologische Landwirtschaft eingesetzt und sogar an ihrem Todestag an Enno Presters Demonstration in Emden teilgenommen. Damit hat sie sich in der Öffentlichkeit gegen ihren Mann gestellt. Obwohl artgerechte Tierhaltung für Burmeister ein Fremdwort ist, bewegt er sich mit seinem Milchbetrieb innerhalb der gesetzlichen Vorschriften.«

»Könnte ein Streit wegen der Demonstration ein Grund für den Mord gewesen sein?«

»Weshalb sollte Burmeister seine Frau umbringen, wenn er sich auch scheiden lassen kann?«

»Vielleicht würde er bei einer Trennung einen Teil des Hofes verlieren?«, gab Gesine zu bedenken.

Wiebke trank einen weiteren Schluck Milch, bevor sie antwortete. »Wir haben den Vermögenshintergrund bereits geprüft. Der Hof läuft auf seinen Namen. Kerstin hatte eine Lebensversicherung über fünfzigtausend Euro, aber für diesen Betrag würde Burmeister niemanden umbringen. Ein Mann wie er denkt in größeren Dimensionen.«

»Habt ihr sein Haus schon durchsucht?«

»Ach Mama, das hier ist doch kein Fernsehkrimi, dafür ist ein richterlicher Beschluss notwendig. Den bekomme ich nicht ohne hinreichenden Tatverdacht.«

»Fürchtest du dich etwa vor ihm?« Gesine kniff die Augen zusammen und fixierte ihre Tochter.

»Natürlich nicht.« Wiebke knallte das Glas so fest auf den Tisch, dass Milch herausschwappte und eine weiße Pfütze auf der blauen Wachstuchtischdecke hinterließ. »Echte Polizeiarbeit funktioniert nun einmal nicht wie in Filmen! Ordnungshüter können nicht einfach in fremde Häuser einbrechen und Beweise einsammeln.«

»Hat Burmeister denn ein Alibi für die Tatzeit?«

»So, Miss Marple, das war's. Weitere Auskünfte werde ich dir nicht geben. Ich hab noch zu tun.« Wiebke wandte sich zum Gehen.

»Wo willst du denn hin?«, rief ihr Gesine nach.

Im Türrahmen drehte sich Wiebke zu ihrer Mutter um. »Kitesurfen. Der Wind hat heute Nachmittag aufgefrischt.«

»Triffst du dich am Strand wieder mit deinem Sonnyboy?«

»Nein, ich gehe allein raus. Im Übrigen heißt er Ruben. Wie oft soll ich dir das noch sagen?«

»Ich kann mir seinen Namen beim besten Willen nicht merken. Betreibt er auf Norderney nicht eine Bar?«

Die junge Polizistin seufzte vernehmlich. »Mama, das hatte ich dir doch alles schon erzählt.«

»Ach, Spatz, manchmal bin ich etwas tüdelig.« Gesine grinste verschmitzt, bevor sie fortfuhr: »Warum lädst du ihn nicht zu uns ein? Ich würde deinen Traumprinzen gerne einmal kennenlernen. Er kann im Fremdenzimmer schlafen.«

»Damit du Ruben im Kroog dem ganzen Dorf vorstellen kannst?« Wiebke schüttelte den Kopf. »Sicherlich nicht. Zudem ist er keinesfalls mein Traumprinz. Ich bin schließlich auch nicht Cinderella.«

»Warum triffst du dich dann immer wieder mit ihm?«

»Er ist ein netter Typ, mit dem man eine Menge Spaß haben kann. Und er ist ein echter Hingucker.«

»Ja, er ist ziemlich knackig!«

Wiebke starrte ihre Mutter einen Moment lang konsterniert an. Dann öffnete sie den Mund, brachte zunächst aber keinen Ton heraus. »Woher weißt du das denn?«, erkundigte sie sich.

»Ich habe mir einige seiner Fotos in den sozialen Netz-werken angesehen.«

»Du stalkst ihn?« Wiebke entgleisten die Gesichtszüge.

»Nee, ich habe nur die Website seiner Cocktailbar auf-gerufen und bin dann den Links gefolgt. Das ist keinesfalls verboten. Kennst du die dralle Rothaarige, die er auf dem gestern geposteten Strandbild im Arm hat?«

»Sie ist …« Wiebke verstummte und strich sich mit ei-ner fahrigen Bewegung eine Strähne ihres dunkelblonden Haares, die sich aus dem Pferdeschwanz gelöst hatte, hinter das Ohr. »Das geht dich nichts an. Ich gehe jetzt kiten.«

»Pass auf die Strömungen auf, das Meer ist unberechen-bar.«

»Mama! Ich bin in Sünnum aufgewachsen und kenne die Nordsee. Zudem habe ich mein Notfallhandy dabei, mit dem ich jederzeit geortet werden kann. Du musst dir also keine Sorgen machen.«

»Jaja, schon gut. Viel Spaß beim Tanz auf den Wellen.«

BAUGENEHMIGUNG

»Welche Probleme gibt es denn mit der Baugenehmigung?«
Burmeister tippte mit einem Bleistift auf die Schreibtisch-
unterlage, während er das Mobiltelefon an sein Ohr presste.

»Ein Teil deines neuen Stalls steht auf einem Grundstück, das dir nicht gehört. Dazu fehlt mir der letzte Kaufvertrag.« Die Stimme des Mitarbeiters vom Bauamt klang
so monoton wie eine Lautsprecherdurchsage der Deutschen Bahn.

»Du weißt doch, dass ich das Land aufkaufen werde.«

»Hast du dich inzwischen mit dem Eigentümer geei-
nigt?«

Der Landwirt stieß einen hörbaren Seufzer aus. »Er muss
den Kaufvertrag nur noch unterschreiben.«

»Dann warten wir den Notartermin einfach ab. Wenn
du mir den Vertrag bringst, kann ich sofort …«

»Klei mi ann Moors!«, bölkte Burmeister ins Telefon.
»Ohne die Genehmigung verweigert meine Bank die Auszahlung der Kredite, die ich für den Bau benötige.«

»Das tut mir leid, aber mir sind hier die Hände gebunden. *Vorschriften …*« Der Beamte verstummte, als wäre mit
diesem einen Wort alles gesagt.

»Deine Vorschriften interessieren mich nicht.« Die Adern
am Hals des Milchbauern wanden sich wie Schlangen unter seiner Haut.

»Du musst nicht gleich laut werden! Ich bin schließlich
nicht taub!«

»Bitte entschuldige.« Burmeister hatte sich wieder im Griff. »Die letzten Tage waren zu viel für mich.«

»Verstehe ich. Kerstins Tod ist eine unfassbare Tragödie.«

»Danke für deine Anteilnahme. Kannst du mir in dieser Sache nicht doch irgendwie entgegenkommen? Ich würde mich auch erkenntlich zeigen.«

»Das habe ich dir gerade erklärt. Meine Vorschriften …«

»… haben dich im April nicht daran gehindert, meine großzügige Spende anzunehmen. Hast du deine Ferien auf Korsika etwa schon vergessen?«

»Das war etwas anderes«, entgegnete der Beamte mit zitternder Stimme.

»Blödsinn. Du weißt genau, dass dir meine Kohle und der Gratisurlaub als Bestechlichkeit ausgelegt werden wird und du deshalb deinen Job verlieren kannst. Aber in Korruptionsdelikten kennt sich dein Vorgesetzter besser aus als ich. Würdest du mich bitte mit ihm verbinden oder muss ich Hendrik selbst anrufen?«

»Ich … besser nicht. Kannst du mir zumindest einen Entwurf des Kaufvertrages vorlegen?«

»Würde dir das helfen?« Burmeisters Lippen verzogen sich zu einem höhnischen Lächeln.

»In Ausnahmefällen können wir auf die Beurkundung verzichten«, antwortete der Beamte diensteifrig.

»Ich wusste doch, dass ich mich auf dich verlassen kann. Wann kann ich mit der Baugenehmigung rechnen?«

»Ist Anfang nächster Woche okay?«

»Wie wäre es mit morgen?«

»Das schaffe ich keinesfalls. Meine anderen Projekte …«

»… können warten. Du kannst mir die Unterlagen morgen Nachmittag in den Briefkasten werfen.«

Burmeister beendete das Telefonat und legte das Smartphone vor sich auf den Schreibtisch. Seiner Meinung nach funktionierten die meisten Menschen wie Maschinen. Man musste nur auf die richtigen Knöpfchen drücken oder die passenden Rädchen aufziehen, um das zu bekommen, was man wollte.

FADENSPIELE

»Womit willst du die richterliche Anordnung für eine Hausdurchsuchung bei Burmeister denn rechtfertigen?« Steffen Gesner schaute seine Kollegin Wiebke im Büro des Polizeikommissariats Norden fragend an.

Diese hatte sich am Tag nach dem Leichenfund die Ermittlungsergebnisse im Fall der ermordeten Kerstin Burmeister noch einmal angesehen.

»Er könnte hinter den Landkäufen im Umland von Sünnum stehen. Erst fand ich die Vorstellung meiner Mutter auch abwegig, aber je mehr ich darüber nachdenke, desto realistischer erscheint mir der Gedanke.«

»Na und? Das ist doch nicht illegal.«

»Das nicht, aber wir müssen …«

»Schluss jetzt!«

Ihr Vorgesetzter schlug mit der flachen Hand fest auf den Tisch. Patrick Meiners erschrak derart, dass er seinen Kaffeebecher umwarf. Eine braune Brühe ergoss sich auf den Schreibtisch und tropfte auf seine Hose.

»So eine Scheiße!« Er sprang auf und funkelte Gesner wütend an, aber dieser ließ sich von seinem Ärger nicht beeindrucken. Mit grimmiger Miene nahm der junge Polizist eine Packung Papiertaschentücher aus der Schublade, tupfte seine Hose trocken und wischte die Sauerei damit auf. Nachdem er die durchweichten Papiertücher in den Mülleimer gestopft hatte, setzte er sich wieder und blickte von seinem Chef zu Wiebke.

»Patrick, möchtest du etwas zu den Ermittlungen beitragen?« Der Kommissar legte die Fingerspitzen aneinander.

»Wenn Burmeister etwas mit den Käufen zu tun hat, wird er die Ländereien nicht ohne Grund erworben haben. Es ist nicht auszuschließen, dass seine Frau vertrauliche Unterlagen an Prester weiterleiten wollte, schließlich hat sie die Ziele von *Mien Freesland* unterstützt und an der Seite des Umweltaktivisten demonstriert. Eventuell hatten die beiden sogar ein Verhältnis und Burmeister hat seine Frau aus Eifersucht erstochen.«

»Du schaust eindeutig zu viele Krimis.« Gesner schüttelte den Kopf. »Dennoch gehe ich auch davon aus, dass der Kerl uns etwas verheimlicht. Die Frage ist nur: Hat es mit dem Mord zu tun?«

»Wir können die Hausdurchsuchung mit dem fehlenden Alibi begründen.« Wiebke spielte mit ihrem Kugelschreiber. »Was ist denn mit dem Schuh und dem blauen Faden, den die Spurensicherung in der Nähe des Tatorts gefunden hat?«

»Bei dem Schuh handelt es sich um eine ramponierte Sandale in der Größe sechsunddreißig, die mit der Flut angespült wurde. Da passt Burmeister mit seinen Füßen bestimmt nicht hinein.«

»Was ist mit dem Faden? Den Experten nach stammt er von einem Schal oder Halstuch, möglicherweise auch von einem Hemd. Wir sollten uns seine Kleidung einmal ansehen.«

»Das sind alles nur vage Verdachtsmomente, die keine Hausdurchsuchung rechtfertigen. In deinem Kleiderschrank hängen mit Sicherheit auch blaue Klamotten. Welche Schuhgröße hast du eigentlich?«

»Siebenunddreißig«, antwortete Wiebke, die ahnte, worauf Gesner hinauswollte.

»Demnach könnte ich dich also ebenfalls verdächtigen. Um Burmeister an den Pranger zu stellen, brauchen wir handfeste Beweise.« Gesner ballte die rechte Hand zur Faust. »Beim kleinsten Regelverstoß wird er uns seine Anwälte wie Bluthunde auf den Hals hetzen. Zudem hat er Beziehungen bis ganz nach oben. Ich habe keine Lust, wegen einer Lappalie suspendiert zu werden. Sollte der Polizeichef ein Bauernopfer brauchen, werde ich im besten aller Fälle in den Innendienst versetzt.«

»Ein Mord ist doch keine *Lappalie*.« Wiebke betonte jede einzelne Silbe. »Erinnerst du dich an Burmeisters Reaktion bei der Todesnachricht? Er wirkte …« Sie dachte einen Moment lang nach, bevor sie fortfuhr. »… keinesfalls überrascht, als hätte er den Tod seiner Frau erwartet.«

»Weil er von dem Mord gewusst hat, ist doch klar«, warf der Polizei-Schönling ein.

»Dass jemand bei dem Tod eines Angehörigen nicht gleich in Tränen ausbricht, rechtfertigt keinen Tatverdacht. Jeder geht mit seiner Trauer anders um. Zunächst einmal werden wir ihn im Auge behalten. Wiebke, kümmerst du dich darum?«, bat Gesner.

»Ich werde ihm wie ein Schatten folgen.«

»Vergiss bei deinen Ermittlungen aber nicht die anderen Fälle. Wie weit bist du mit dem Ladendiebstahl?«

»Echt jetzt?« Wiebke zog die Augenbrauen zusammen. »In Ostfriesland läuft ein Mörder frei herum und du verlangst ernsthaft, dass ich mich um eine gestohlene Bluse kümmere?«

Statt einer Antwort zuckte Gesner mit den Schultern.

Wiebke sah ihren Chef einen Moment lang irritiert an, dann drehte sie sich wortlos um und stampfte aus dem Büro.

*

Nach Dienstschluss fuhr die Polizistin nach Hause. Aus dem Tanz auf den Wellen würde heute nichts werden, da nur ein laues Lüftchen wehte. Auf der Fahrt erstreckte sich die ostfriesische Landschaft wie eine Postkartenidylle vor ihr. Die mit roten Klinkern erbauten Häuser wirkten auf den ersten Blick wie Spielzeuge, die ein Riese achtlos in die Gegend geworfen hatte. Vor einigen Gebäuden hing Wäsche an der Leine. Gänse schnatterten hinter Maschendrahtzäunen, Hunde rannten über Hofeinfahrten und bellten. Kühe grasten auf Weiden, die sich bis zum Horizont erstreckten. Über einen blassblauen Himmel zogen dünne Schleierwolken.

Die Küstenlandschaft zeigte sich heute wieder von ihrer schönsten Seite. Aber die traumhaften Bilder, mit denen in Werbeprospekten und auf Websites für Touristen geworben wurde, waren nur eine Fassade, hinter der sich grauenvolle Verbrechen verbargen.

Niemand wusste das besser als Wiebke.

In der Wohnung kickte sie ihre halbhohen Dienstschuhe in eine Ecke und hängte ihre blaue Uniformjacke an die Garderobe. Dann ging sie in die Küche. Ihre Mutter stand am Herd und erhitzte Butter in einer Pfanne.

»Wie war dein Tag?«

»Ich bin vollkommen erledigt!« Wiebke ließ sich erschöpft auf einen Küchenstuhl fallen.

»Habt ihr inzwischen jemanden verhaftet?« Gesine schlug zwei Eier in die Pfanne.

»Bisher nicht.« Die Polizistin stützte die Ellenbogen auf den Tisch. »Ich kann nicht einmal offiziell gegen Burmeister vorgehen.«

»Wo Unrecht zu Recht wird, wird Widerstand zur Pflicht!« Die Friesenbrauerin hob triumphierend den hölzernen Pfannenwender in die Höhe.

»Mama, verschone mich mit deinen Sprüchen aus der Zeit, in der du gegen Atomkraftwerke demonstriert hast und bei Friedenskundgebungen mitmarschiert bist. Die Welt hat sich inzwischen verändert.«

»Das mag sein, aber die Probleme wurden keinesfalls gelöst – im Gegenteil, sie sind schlimmer als jemals zuvor. Kriege und Umweltkatastrophen sind allgegenwärtig und …«

»Stopp!« Wiebke hob beide Hände. »Ich bin nicht in der Stimmung für eine Diskussion mit dir.«

Gesine nickte kaum merklich. Dann nahm sie die Spiegeleier aus der Pfanne und legte sie auf die Brotscheiben, die sie zuvor auf einem Brettchen vorbereitet hatte. Die Friesenbrauerin streute frische Kräuter über die Eier und verteilte die Brote auf zwei Teller, die sie danach zum Tisch trug.

»So hat dein Vater sie am liebsten gemocht. Lass es dir schmecken.« Sie setzte sich.

»Denkst du oft an ihn?« Wiebke pikste mit der Gabel in das Eigelb, das über das Brot lief und eine Pfütze auf dem Teller bildete.

»Jeden Tag. Ohne ihn würde es den Kroog in seiner heutigen Form nicht geben. Ich erinnere mich noch genau an den Eröffnungsabend, an dem er sein erstes selbstgebrautes Bier ausschenkte.«

»Das Tüdelbräu«, ergänzte Wiebke.

»Damals gab es diese Bezeichnung noch nicht. Bis Joris es eines Tages so genannt hat, haben alle Sünnumer nur nach ihrem *Beer* verlangt. Tjark war nicht nur ein außergewöhnlicher Braumeister, sondern auch …« Sie verstummte.

Wiebke ergriff ihre Hand und drückte sie.

»Warum hast du eigentlich nie wieder geheiratet? Als Papa gestorben ist, war ich schließlich noch ein kleines Mädchen.«

»Nach seinem Tod musste ich drei Kinder großziehen. Tagsüber habe ich im Lädchen gestanden und abends im Kroog das Bier gezapft. Beim Windelwechseln lernt man keine Männer kennen. Danach hat es sich nie ergeben.«

»Ich weiß noch, wie wir dir als Knirpse beim Verkaufen geholfen haben.« Ein Lächeln huschte bei dem Gedanken an glückliche Kinderzeiten über Wiebkes Gesicht.

»*Geholfen?*« Die Friesenbrauerin zog die Buchstaben wie Kaugummi in die Länge. »Ihr habt den Laden als Spielplatz betrachtet und viele meiner Heringsschwärme aufgefuttert, bevor ich sie verkaufen konnte.«

»Wir haben uns immer um die roten Zuckerfische gestritten, die schmeckten am besten. Erinnerst du dich an den Karton mit der dunklen Schokolade, den wir kurz vor Weihnachten hinter dem Heizkörper versteckt haben?«

»Als ob ich die Heizung mit dem Schokoladenüberzug jemals vergessen würde. Das war vielleicht eine Schweinerei.«

»Du musstest aber nicht putzen, weil wir die süße Pampe

mit der Zunge abgeleckt haben.« Wiebke schnitt ein Stück ihres Brotes ab.

»Aber nicht gründlich genug. Und später konnte ich drei schokoladenverschmierte Kinder in die Badewanne stecken. Deine Haare waren so verklebt, dass ich einen Teil davon abschneiden musste.«

»Mit der Kurzhaarfrisur habe ich wie ein Junge ausgesehen«, beschwerte sich Wiebke scherzhaft.

»Du hast dich auch wie ein echter Lausebengel benommen. Kein Baum war dir hoch genug und keine Welle zu groß. Du warst furchtloser als deine Brüder. Hast du in den letzten Tagen etwas von ihnen gehört?«, wechselte Gesine das Thema.

»Klaas hat mir vor drei Tagen eine WhatsApp aus der Karibik geschickt. Nach seiner Rückkehr will er in Ostfriesland eine Arztpraxis übernehmen.«

»Das hat er mir vor der Abreise zu seiner Weltumseglung auch gesagt. Jetzt ist er schon mehr als zwei Jahre mit seinem Segelschiff unterwegs und ein Ende seines Törns ist noch immer nicht absehbar.« Gesine seufzte vernehmlich.

»Marten hat sich länger nicht gemeldet. Er wird wieder rund um die Uhr arbeiten. Ein Investmentbanker lebt für seine Arbeit … und für's Geld«, fügt Wiebke nach einem Moment des Schweigens hinzu.

»Hoffentlich können wir in diesem Jahr wieder alle zusammen Weihnachten feiern.« Gedankenverloren wischte Tüdelbüdel mit einem Brotstück durch die Eigelbpfütze.

»Das wäre supertoll. Was ist eigentlich mit Joris?«

»Was hat der denn mit unserer Familie zu tun? Willst du mich etwa mit ihm verkuppeln?« Gesine sah ihre Tochter verwundert an.

»Warum nicht? Der alte Kauz verbringt den größten Teil des Tages ohnehin im Kroog.«

»Er ist wegen des Tüdelbräus dort und nicht meinetwegen«, stellte die Friesenbrauerin klar.

»Bist du sicher?«, hakte Wiebke nach.

»Worauf willst du eigentlich hinaus?«

»Klaas und Marten sind vor Jahren ausgezogen und auch ich werde nicht ewig bei dir wohnen. Warum gibst du nicht eine Kontaktanzeige in einem dieser Internetportale auf, in denen sich heiratswillige Männer …«

»Ik schiet di wat mit Kontaktanzeige.« Gesine drohte Wiebke spielerisch mit der Faust, bevor sie hinzufügte: »Die Kerle wollen einem entweder an die Wäsche oder ans Geld. Meistens in genau dieser Reihenfolge. Jetzt sieh mich nicht so entsetzt an. Du solltest inzwischen doch wissen, dass die meisten Männer nicht nur Weicheier, sondern auch beziehungsunfähige Neandertaler sind. Dein Sonnyboy ist ebenfalls einer dieser Kandidaten, die …«

»Lass Ruben aus dem Spiel. Er ist nicht so ein Typ. Meine Beziehung zu ihm ist …« Wiebke zuckte mit den Schultern, bevor sie hinzufügte: »… kompliziert.«

»Ist es das nicht immer? Du musst dir keine Sorgen um mich machen. In Sünnum werde ich niemals allein sein … jedenfalls nicht, solange ich im Kroog das Bier ausschenke«, fügte Tüdelbüdel nach einer kurzen Pause hinzu.

»Mama, du bist unmöglich. Ich hole schnell die Milch aus dem Kühlschrank.«

»Bleib sitzen, ich gehe schon.«

Wenige Augenblicke später stellte die Friesenbrauerin zwei Flaschen Tüdelbräu auf den Tisch.

»Das ist eine hervorragende Idee.« Wiebke ploppte den

Bügelverschluss auf und trank einen Schluck. »Ah, das tut gut.« Sie wischte sich mit dem Handrücken über den Mund und schnitt dann ein Stück ihres Brotes ab.

»Ich werde nach dem Essen zum Deich gehen und mir bei der Gelegenheit den Strand einmal ansehen, vielleicht ist der Spurensicherung ein Hinweis entgangen.«

»Mama, das ist Aufgabe der Polizei!«

»Ich will doch nur einen Spaziergang an der Nordsee machen. Das kannst du mir keinesfalls verbieten.«

Wiebke sah ihre Mutter einen Moment lang mit versteinerter Miene an. Dann grinste sie. »Nimmst du mich mit?«

»Gerne. Bei der Gelegenheit kann ich Enno endlich sein Tuch zurückbringen.« Die Friesenbrauerin sprang flink auf und öffnete die oberste Schublade des Küchenbuffets, in der sie allerlei Krimskrams verwahrte. Sie hatte das Tuch, welches sie in der Mordnacht unter einer Holzbank im Innenhof gefunden hatte, gerade herausgeholt, als Wiebke die Hand danach ausstreckte. »Darf ich mal sehen?«

Gesine reichte es ihr. »Was ist damit?«

»Die Spurensicherung hat am Strand einen blauen Faden gefunden, der farblich zu diesem Tuch passen würde.«

»Das gehört Enno. Der hat mit dem Mord sicherlich nichts zu tun.«

»Ich muss alle Möglichkeiten in Erwägung ziehen.« Wiebke nahm das Tuch an sich und steckte es ein. »Ich werde es im Labor untersuchen und mit dem gefundenen Faden vergleichen lassen.«

»Jetzt geht aber die Fantasie mit dir durch! Seine einzige Verbindung zu Kerstin Burmeister ist ihr Engagement bei *Mien Freesland*.«

»Bist du sicher?« Wiebke zog die Stirn kraus.

»Willst du damit etwa andeuten, dass Enno und Kerstin eine Affäre hatten?«

»Wäre doch möglich.« Die Polizistin erinnerte sich an die Bemerkung ihres jungen Kollegen, die ihr im ersten Moment noch lächerlich vorgekommen war.

»Wenn die beiden ein Verhältnis hatten, würde er seine Geliebte keinesfalls umbringen.«

»Vielleicht wollte sie die Beziehung beenden«, mutmaßte die Polizistin.

»Wiebke, wenn Enno etwas mit Kerstin gehabt hatte, wird Burmeister seine Frau aus Eifersucht erstochen haben. Alle Überlegungen führen immer wieder zu ihm zurück, merkst du das denn nicht?« Die Friesenbrauerin musterte Wiebke aus zusammengekniffenen Augen.

»Bei meinen Ermittlungen muss ich objektiv bleiben und mir die Fakten ansehen. Auf Emotionen darf ich in meinem Beruf keine Rücksicht nehmen.«

»Das solltest du aber. Falls Enno verhaftet wird …«

»Er wird doch nicht gleich festgenommen!«, ereiferte sich Wiebke. »Zunächst einmal muss ich wissen, ob der Faden überhaupt zu seinem Tuch gehört. Sollte das nicht der Fall sein, hat sich meine Vermutung ohnehin erledigt.«

»Wenn doch?«

»Dann werde ich zunächst mit ihm reden.«

»Das will ich hoffen. Lass uns gehen.«

»Möchtest du nicht fertig essen?« Mit einem Kopfnicken deutete Wiebke auf den Teller ihrer Mutter.

»Mir ist der Appetit vergangen.«

Die Friesenbrauerin griff nach ihrer Jacke und schlüpfte hinein. Wenige Augenblicke später gingen Mutter und Tochter Richtung Meer.

VERDACHTSMOMENTE

»Schneidest du bitte die Karotten für das Mittagessen?«
Meret Prester stellte zwei Teller auf den Tisch. Dann
wischte sie sich die Hände an der Küchenschürze ab, die
sie über dem selbstgenähten Kleid trug.

»Wo ist denn das scharfe Messer?« Enno deutete mit einem Kopfnicken auf den massiven Holzblock, der neben
dem Herd stand.

»Wahrscheinlich hast du es wieder in die oberste Schublade gelegt. Bei der Gelegenheit kannst du mir gleich die
Gabeln rausgeben.« Die Schneiderin streckte ihm die
Hand entgegen. Enno zog die Schublade auf, reichte ihr
das Besteck und suchte nach dem Küchenmesser. Da er
es nicht finden konnte, steckte er die Karotten in einen
Gemüseschneider und gab die kleingehackten Möhren-
stückchen dann in den Eintopf, der auf kleiner Flamme kö-
chelte.

»Eine Wurst und etwas Suppenfleisch wären nicht
schlecht.« Er verrührte das Gemüse mit einem hölzernen
Kochlöffel.

»Wir wollten doch vegan leben. Hast du das etwa vergessen?«

»Natürlich nicht.« Enno seufzte.

»Wenn du gegen Massentierhaltung und Milchfabriken demonstrierst, musst du mit gutem Beispiel vorange-
hen. *Mien Freesland* braucht einen Anführer, der sich an
die Prinzipien der Bewegung hält.« Meret strich sich eine

Strähne ihres schulterlangen schwarzen Haares aus dem Gesicht.

»Wir setzen uns für artgerechte Tierhaltung ein«, widersprach Enno. »Das bedeutet keinesfalls, dass ich nicht gelegentlich …«

»… etwas Fleisch essen kann? Wenn dich der alte Burmeister mit einer Frikadelle vom Discounter oder Milch von seinem Hof erwischt, wird er dich in aller Öffentlichkeit an den Pranger stellen. Mit unserer Ernährung gehen wir in dieser Hinsicht kein Risiko ein und sind zudem ein Vorbild für deine Anhänger.«

»Es sind nicht meine Anhänger. Ich bin doch kein Prediger«, protestierte Enno und nahm zwei Gläser aus dem Hängeschrank, die er neben die Teller auf den Tisch stellte. »Glücklicherweise kann ich noch guten Gewissens ein Tüdelbräu trinken.« Er öffnete den Kühlschrank und nahm eine Bügelflasche aus der Türhalterung. »Willst du auch eins?«

»Das ist bereits deine dritte Flasche heute.« Meret trat zu ihm und ergriff seine Hand, ohne auf die Frage einzugehen.

»Willst du mir jetzt auch noch das Bier verbieten?«, herrschte er sie an.

»Es ist nicht einmal zwölf«, erinnerte sie ihn. »Bisher hast du tagsüber keinen Alkohol angerührt. Was um alles in der Welt ist denn mit dir los?«

»Nichts!« Er entzog ihr seine Hand, ploppte die Flasche auf und nahm einen großen Schluck.

»Macht dir Kerstins Tod zu schaffen?«

»Das hat damit doch nichts zu tun«, fuhr Enno sie an, bevor er nach einem Moment des Nachdenkens mit etwas ruhigerer Stimme hinzufügte: »Irgendwie schon. Mit ihr habe ich eine wichtige Stütze von *Mien Freesland* verloren. Du weißt genau, dass sie mit ihren Kontakten viele Anhänger mobilisiert hat.«

»Mit ihrem Engagement hat sie sich öffentlich gegen ihren Mann gestellt. Könnte er etwas mit dem Mord zu tun haben?«

»Zutrauen würde ich es dem Mistkerl auf jeden Fall. Seine Ehe mit Kerstin bestand ohnehin nur noch auf dem Papier.«

»Woher weißt du das denn?«

»Ist das nicht offensichtlich? Burmeister wird über ihre Teilnahme an den Demonstrationen nicht sonderlich begeistert gewesen sein.« Der Umweltaktivist trank einen weiteren Schluck.

»Vielleicht hatten sie nur eine Ehekrise, oder …«

»Ist das jetzt nicht egal?«, unterbrach Enno seine Frau barsch. »Kerstin ist tot und damit basta! Ich habe momentan zu viel um die Ohren, um mir darüber Gedanken machen zu können. Wie du weißt, war mein letztes Projekt ein finanzieller Flop, weil Burmeister den Kunden kurz vor Vertragsabschluss vergrault hat. Der Kerl ist so ein mieses Arschloch.«

Meret schlang die Arme um seinen Nacken und sah ihm in die Augen. »Beruhige dich. Burmeister ist ein Großbauer, der in Wirtschaft und Politik bestens vernetzt ist. Der wird sich von einem Öko-Terroristen wie dir keinesfalls das Geschäft verderben lassen.«

»Ich bin doch kein Krimineller!« Enno befreite sich aus Merets Umarmung und trank einen weiteren Schluck.

»Das sind seine Worte, nicht meine. Nach dem Tod seiner Frau benimmt er sich wie ein wildgewordener Stier. Daher solltest du jetzt nicht mit einem roten Tuch wedeln.«

»Ich *bin* sein rotes Tuch«, präzisierte Enno. Dann leerte er die Bierflasche, knallte sie auf den Tisch und verließ die Küche.

»Wo willst du hin?«, rief Meret ihm nach.

»In den Schuppen. Ich muss ein Plakat für die nächste Demo bearbeiten.«

»Das Essen ist gleich fertig.« Sie folgte ihm in die Diele.

»Ich habe keinen Hunger mehr.«

Enno öffnete die Tür des Hinterausgangs. Von dort aus führte ein schmaler Weg durch Gemüsebeete zu einem Holzschuppen, in dem er die Utensilien für seine Demonstrationen herstellte und aufbewahrte. Er schob den Riegel zurück und trat ein.

In dem dämmrigen Licht, das durch ein verdrecktes Fenster einfiel, tanzten Staubpartikel in der Luft. Enno schloss die Tür und lehnte sich für einen Moment von innen dagegen, als wollte er die Welt aussperren.

Dann schlurfte er zur Werkbank, an der er gerade an einer Holzfigur arbeitete, und griff nach einer Axt. Seine Hände zitterten, als er den Stiel umfasste und das Werkzeug über seinen Kopf hob. Einen Moment lang verharrte es in der Luft, als wäre es leicht wie eine Feder. Dann sauste die Klinge herab und bohrte sich mitten in den Kopf der Figur. Mit einem Ruck zog Enno das scharfkantige Metall aus dem Holz und schlug erneut zu, diesmal mit mehr Kraft.

Späne flogen in alle Richtungen, als er wie ein Berserker wütete und die Figur, an der er fast drei Wochen gewerkelt hatte, in ihre Einzelteile zerlegte. Als der Boden von Holzstückchen übersät und die Luft so staubig war, dass Enno kaum noch atmen konnte, ließ er die Arme sinken. Seine Finger lösten sich vom Griff und die Axt fiel zu Boden. Er fühlte sich so kraftlos wie ein Spielzeug mit leerem Akku. Einige Sekunden starrte er wie paralysiert auf die zerstörte Figur. Dann sank er auf die Knie und schlug die Hände vor das Gesicht. Tränen quollen zwischen seinen Fingern hervor und tropften zu Boden.

TEEZEIT

Meret Prester strich mit den Fingern über die im Wohnzimmerregal stehenden Buchrücken. Das Fensterbild in Form eines gläsernen Segelschiffs brach die Strahlen der Nachmittagssonne und zauberte tanzende Lichtreflexe an die Wände. Der *Dreigroschenroman* von Bertolt Brecht stach etwas hervor und sie rückte ihn gerade. Nachdem die Lektüren wie literarische Soldaten in Reih und Glied standen, ließ sie ihren Blick durch das Wohnzimmer schweifen.

Über dem zweisitzigen Ostfriesensofa mit dem blauweiß gestreiften Bezug hing die gerahmte Fotografie einer sturmgepeitschten Nordsee. Meret schüttelte die beiden farblich passenden Kissen auf und setzte diese in die hinteren Ecken des Sofas. Dann rückte sie den Ohrensessel etwas näher an den halbhohen Couchtisch und drückte die Schublade der neben dem Sofa stehenden Kommode zu.

Dabei fiel eine der drei Porzellanfiguren um, die Enno ihr zum letzten Geburtstag geschenkt hatte. Bei den handgefertigten Kunstwerken handelte es sich um die Darstellung der drei Affen, die ihre Hände vor Augen, Ohren und Mund hielten – als Zeichen für Menschen, die nichts sehen, hören oder sagen wollten. Für Enno waren diese Figuren das Symbol einer Gesellschaft, die er mit seinem Engagement verändern wollte. Dabei schien er immer radikaler vorzugehen, denn auf den Demonstrationen von *Mien Freesland* kam es in letzter Zeit öfter zu Ausschreitungen.

Meret seufzte und stellte den blinden Affen wieder auf. Dann öffnete sie die linke Schranktür und holte das feine Teegeschirr heraus. Sie musste unbedingt mit Enno sprechen, so ging das nicht weiter.

Nachdem Meret den Tisch mit Tassen, einem Stövchen und einer Schale mit Kluntje, wie die Zuckerstücke in Ostfriesland genannt werden, eingedeckt hatte, ging sie in die Küche und setzte Wasser auf. Sie wollte gerade flüssige Sahne in ein Kännchen füllen, als es an der Tür klingelte. Meret öffnete.

»Tüdelbüdel, das ist aber eine angenehme Überraschung. Komm doch rein.«

Sie führte Gesine Felber in das Wohnzimmer und stellte eine dritte Teetasse auf den Tisch.

»Das ist lieb von dir. Wo ist Enno?« Die Friesenbrauerin setzte sich auf das Sofa.

»Der ist vor dem Mittagessen in den Schuppen gegangen. Ich wollte ihn gerade holen.«

»Was macht er denn da drin?« Tüdelbüdel legte ein Stück Kluntje in ihre Tasse.

»Keine Ahnung. Enno ist in letzter Zeit irgendwie komisch.«

»Was ist denn los?«

»Er verbarrikadiert sich im Schuppen wie in einer Festung. Zunächst bin ich davon ausgegangen, dass es an dem geplatzten Auftrag lag, aber inzwischen …« Meret wischte sich mit dem rechten Handrücken über die Augen.

»Ist es so schlimm?« Gesine beugte sich vor und ergriff die Hand der jüngeren Frau.

»Enno ist nicht mehr derselbe. Er redet kaum noch mit mir und trinkt zu viel.«

»Was wird der Junge denn nur haben? Soll ich mal mit ihm sprechen?«

»Besser nicht, denn momentan ist er ordentlich auf Krawall gebürstet.«

»Mach dir keine Sorgen, ich werde ihn schon zur Vernunft bringen.«

Gesine stand auf und ging durch die Hintertür in den Garten. Vor dem Schuppen blieb sie stehen und dachte an den blauen Faden, den die Polizei am Strand gefunden hatte.

Bei dem Gedanken, dass Enno ein dunkles Geheimnis verbarg, kroch eine Gänsehaut über ihren Rücken, die sie wie krabbelnde Spinnenbeine wahrnahm. Die Friesenbrauerin ignorierte das mulmige Gefühl und klopfte an die Tür.

»Meret, ich will meine Ruhe haben! Kapierst du das nicht?«, hörte sie seine vertraute Stimme von innen.

»Enno, ich bin's, Gesine!«

Einige Sekunden später ging die Tür auf. Die Friesenbrauerin erschrak ein wenig bei seinem Anblick.

Seine Haare waren strähnig und ungekämmt. Die Augen lagen so tief in den Höhlen, als hätte sie jemand in den Schädel gedrückt. Einige Sekunden lang sah Enno sein Gegenüber irritiert an, dann schüttelte er den Kopf, als wäre sie eine geisterhafte Erscheinung.

»Tüdelbüdel, was machst du denn hier?«

»Ich wollte mal kurz vorbeischauen. Ist alles okay?«

»Mir geht es gut. Ich habe momentan nur allerlei zu tun.«

»Hast du einen neuen Auftrag?«

»Das nicht, aber ich arbeite an Schildern für die nächste

Demo, die …« Er verstummte, als wären ihm die Worte ausgegangen.

»Darf ich reinkommen und mir die Sachen ansehen?«

»Besser nicht, hier drin herrscht das totale Chaos. Überall liegen Werkzeuge, Schrauben und Nägel herum. Du könntest dich verletzen.«

»Ich werde vorsichtig sein.«

Enno musterte sie abschätzend. »Hat Meret dich etwa hergeschickt? In letzter Zeit geht sie mir mit ihrer Fürsorge ziemlich auf die Nerven. Ich bin doch kein kleines Kind, das sie bemuttern muss.«

»Das hat niemand behauptet.« Die Friesenbrauerin wich seinem Blick nicht aus. »Sie macht sich Sorgen um dich. Möchtest du eine Tasse Tee mit uns trinken?«

»Dafür habe ich leider keine Zeit.« Enno strich sich über die Bartstoppeln.

»Schade, ich hatte mich auf einen Klönschnack mit dir gefreut.«

»Den holen wir später nach …«

Plötzlich sah Enno an ihr vorbei und runzelte die Stirn. »Wiebke, du auch hier?«

Gesine drehte sich verblüfft um und sah ihre Tochter in Dienstkleidung auf den Schuppen zugehen. Meret stand in der geöffneten Hintertür und beobachtete die Szenerie.

»Hallo Mama. Enno, wir müssen reden.« Wiebke blieb vor der Schuppentür neben ihrer Mutter stehen.

»Was ist denn los?« Er verschränkte die Arme vor der Brust.

»Ich habe nur ein paar Fragen an dich.« Wiebke hob beschwichtigend die linke Hand. »Kann ich reinkommen?« Sie deutete auf den Schuppen.

»Worüber willst du denn mit mir sprechen?«, lenkte Enno ein und ließ die Arme sinken.

»Die Spurensicherung hat am Strand einen blauen Faden entdeckt, der nach einer Laboranalyse aus deinem Multifunktionstuch stammt. Du weißt schon, das Ding mit dem Ankermotiv.«

»Wiebke, echt jetzt? Enno ist doch kein Verbrecher.« Die Friesenbrauerin schüttelte entrüstet den Kopf.

»Halte dich da raus. Ich mache nur meinen Job.« Wiebke rückte ihre Polizeimütze auf dem Kopf zurecht.

»Dazu hättest du aber nicht in voller Montur hier auflaufen müssen. Ein kurzer Besuch nach Dienstschluss hätte gereicht.«

»Mama, das ist meine Sache.«

»Enno ist …«, widersprach die Friesenbrauerin, wurde aber von diesem unterbrochen.

»Tüdelbüdel, ist schon gut.« Er hob in einer abwehrenden Haltung die Hände und wandte sich dann an die Polizistin. »Ich trage das Tuch oft bei meinen Strandspaziergängen. Keine Ahnung, wo es jetzt ist. Ich muss es irgendwo liegengelassen haben.«

Wiebke verlagerte das Gewicht von einem Fuß auf den anderen. »Da der Täter den Faden verloren haben könnte, muss ich es wissen: Wo warst du in der Mordnacht zwischen einundzwanzig und dreiundzwanzig Uhr?«

Gesine sog hörbar die Luft ein.

»Auf der Demo in Emden. Das weißt du doch.«

»Die war aber mit dem Ende der Abschlusskundgebung um neunzehn Uhr vorbei.«

»Danach bin ich nach Hause gefahren und habe meine Sachen in den Schuppen geräumt.«

»Kann ich mich da drinnen mal umsehen?«

Enno schien Wiebkes Frage im ersten Moment verneinen zu wollen. Dann machte er einen Schritt zur Seite und ließ sie eintreten.

»Was ist denn hier passiert?« Mit gerunzelter Stirn betrachtete die Polizistin das Kleinholz, das achtlos auf den verdreckten Dielen lag. Werkzeuge waren auf einer hölzernen Arbeitsfläche und dem Boden verstreut. An einer Wand lehnten Plakate mit Sprüchen wie *Freiheit für Freesland*, *Tierquälerei ist Burmeister einerlei* und *Kühe sind keine Milchmaschinen*.

»Wollen wir nicht doch einen Tee zusammen trinken? Dabei können wir uns in Ruhe unterhalten«, schlug Gesine vor und lugte an Enno vorbei in den Schuppen. »Ich bin sicher, dass alles nur ein großes Missverständnis ist.«

»Mama, es reicht«, raunzte Wiebke sie an. Im ersten Moment schien die Friesenbrauerin etwas erwidern zu wollen, schwieg dann aber.

»Ich stehe momentan ordentlich unter Druck.« Enno blieb in der geöffneten Tür stehen. »Mit dem verlorenen Auftrag fehlt mir das Geld für die nächsten Monate. Burmeister will mich fertigmachen.«

»Warum denkst du das?« Wiebke musterte das Innere des Schuppens. Allem Anschein nach hatte Enno in einem Wutanfall neben einigen Utensilien auch einen Teil der Einrichtung zerlegt. Waren es nur die Sorgen über seine finanzielle Situation oder steckte mehr dahinter?

Wiebkes Blick fiel auf die leeren Bierflaschen, die auf dem Boden lagen. Zwei davon waren zerbrochen. Über dem Kleinholzstapel war eines der Wandbretter zersplittert und gab einen Blick auf den dahinterliegenden Hohlraum frei.

Demnach war der Schuppen in einer Balkenkonstruktion errichtet und von innen und außen mit Brettern verschalt worden.

»Was befindet sich zwischen den Wänden?«

Enno sah die Polizistin verständnislos an. »Na, was wohl? Luft natürlich. Möglicherweise haben sich auch Mäuse darin eingenistet.«

»Was soll die Frage? Enno wird dort sicherlich keine Leichen versteckt haben.«

Wiebke ignorierte die Bemerkung ihrer Mutter, die noch immer interessiert in den Schuppen spähte, und aktivierte die Taschenlampenfunktion ihres Smartphones. Um nicht geblendet zu werden, richtete sie den Strahl auf den Boden und ließ ihn dann vom Kleinholzstapel zu dem zersplitterten Brett wandern.

Plötzlich wurde der Lichtstrahl wie von einem Spiegel reflektiert. Die Polizistin ging in die Hocke und untersuchte das Ergebnis von Ennos Zerstörungswut genauer. Vorsichtig legte sie das Kleinholz zur Seite, bis die Taschenlampe die Klinge eines Messers erfasste, das unter dem Stapel lag. Wiebke deutete mit einem Kopfnicken darauf. »Was ist das hier?«

»Unser Küchenmesser. Wie kommt das denn in den Schuppen?« Enno strich sich die fettigen Haare aus dem Gesicht.

»Gute Frage. Kannst du sie mir beantworten?«

»Ich … nein … Verdächtigst du mich etwa?«

»Du verstehst hoffentlich, dass ich jede Spur verfolgen muss«, antwortete Wiebke ausweichend.

»Allein der Gedanke ist vollkommen absurd. Das solltest du eigentlich wissen.« Urplötzlich drehte sich Enno um und lief zum Haus. Dort stieß er Meret zur Seite und knallte die Hintertür hinter sich zu.

»Bleib hier und sprich mit mir«, rief Wiebke ihm nach. »Wenn du nichts mit der Sache zu tun hast, können wir die Angelegenheit klären, bevor meine Kollegen mit dem Haftbefehl auftauchen.«

»Kindchen, lass mich mit ihm reden.«

»Mama, das geht zu weit. Wenn dir etwas passiert …«

Ohne auf den Einwand ihrer Tochter zu achten, öffnete Gesine die Hintertür. »Ihr zwei bleibt hier, ich muss Enno alleine sprechen.«

»Das ist meine Aufgabe.« Die Polizistin funkelte ihre Mutter zornig an.

»Jetzt komm mal runter, das ist Enno und kein Killer. Mit mir wird er hoffentlich reden.« Die Friesenbrauerin trat in den Flur. Von dort aus führte eine Holztreppe mit ausgetretenen Stufen ins obere Stockwerk. An einer Garderobe hingen zwei Jacken und ein quietschgelber Regenmantel. Daneben war ein halbhohes Regal, in dem die Schuhe so akkurat nebeneinanderstanden, als wären sie an einer unsichtbaren Schnur aufgereiht.

Gesine ließ den Blick über die vier Türen schweifen, durch die man in verschiedene Räume gelangte. Die Küchentür stand offen. Sie sah hinein, konnte Enno dort aber nicht entdecken. Hatte er sich in einem der anderen Zimmer versteckt oder war er geflohen? Wie gut kannte sie ihn wirklich?

Mit Schaudern erinnerte sie sich an Ennos kindliche Wutausbrüche, in denen er Spielsachen und einmal sogar Teller zu Boden geworfen hatte.

In seiner Jugend hatte er sich bei Diskussionen immer

wieder in Rage geredet und Gewalt als legitimes Mittel zur Durchsetzung politischer Ziele angesehen. Einmal hatte er sich sogar mit einem jungen Mann geprügelt, weil dieser ihm ständig ins Wort gefallen war. Im Laufe der Jahre hatte Enno die radikalen Ansichten allerdings aufgegeben und kämpfte bei seiner Bewegung *Mien Freesland* ausschließlich mit friedlichen Mitteln.

Hatte er sich wirklich verändert, oder versteckte er sein wahres Ich hinter freundlichen Worten und einem Lächeln? Konnte Enno Kerstin Burmeister in einem Wutanfall getötet haben? Sollte sie die Angelegenheit nicht doch besser Wiebke überlassen?

Die Friesenbrauerin überlegte kurz. Dann atmete sie tief ein und rief: »Enno, wo bist du?«

Statt einer Antwort hörte sie nur das Ticken der Wanduhr. Nach einer Weile, die ihr wie eine Ewigkeit vorkam, ertönte seine Stimme aus dem oberen Stockwerk: »Lass mich in Ruhe.«

»Du benimmst dich wie ein trotziges Kind. Wenn du nicht mit mir redest, wird Wiebke dich offiziell vernehmen müssen. Willst du das?« Die Friesenbrauerin stieg langsam die Treppe hinauf. Die Tür zu einem Zimmer, das kaum größer war als eine Kammer, stand offen.

Enno kauerte auf einem Stuhl. Mit seiner Haltung erinnerte er sie auf den ersten Blick an eine Marionette, die jemand dort hingesetzt und vergessen hatte.

»Kann ich reinkommen?« Gesine blieb einen Moment lang vor dem Raum stehen. Da Enno nicht antwortete, trat sie ein und zog die Tür hinter sich zu. Wenige Sekunden später ertönte ein Schrei.

SPÖKENKIEKER

Wiebke, die das Haus kurz nach ihrer Mutter betreten hatte, stand unschlüssig im Flur. Inzwischen bereute sie ihre Entscheidung, Gesine mit Enno reden zu lassen. Selbst wenn ihn der am Strand gefundene Faden noch lange nicht zu einem Mörder machte, hatte die Polizistin keine Ahnung, wie er auf die Anschuldigung reagieren würde. Wenn Enno sich in die Enge getrieben fühlte und ihrer Mutter etwas antat, würde sie sich ewig Vorwürfe machen.

Bei dem Schrei, der plötzlich aus dem oberen Stockwerk ertönte, zuckte die Polizistin wie unter einem Stromschlag zusammen und eilte die Treppe hinauf. Auf der obersten Stufe blieb Wiebke stehen und zwang sich zur Ruhe, obwohl sie am liebsten alle drei Türen gleichzeitig aufgerissen hätte und in die Räume gestürmt wäre.

Einige qualvolle Momente war es totenstill. Dann hörte sie Ennos Stimme als undeutliches Gemurmel durch eine der Türen. Sie eilte in den Flur und rüttelte an der Klinke, aber vergebens.

»Mach sofort auf!« Wiebke hämmerte so fest gegen die Zimmertür, dass diese im Rahmen erzitterte.

»Was ist da oben los?« Meret quälte sich die Treppe hoch und sah die Polizistin mit großen Augen an. Sie wirkte so erschöpft wie eine Bergsteigerin nach einer mehrstündigen Klettertour. Die Sorge um ihren Mann schien ihr die gesamte Energie geraubt zu haben.

»Die Tür ist abgeschlossen. Hast du einen zweiten Schlüssel?«

»Nein, der ist schon vor langer Zeit verschwunden.«

»Mama, was ist passiert? Sag doch etwas!« Wiebke legte das Ohr an die Holztür, konnte aber nichts hören.

Wenige Augenblicke später riss Gesine die Tür so abrupt auf, dass ihre Tochter den Halt verlor und in den Raum stolperte. Geistesgegenwärtig ergriff die Friesenbrauerin ihren Arm und hielt sie fest.

»Hast du etwa gelauscht?«

»Ich wollte wissen, ob es dir gutgeht. Bist du verletzt? Du hast geschrien«, fragte Wiebke besorgt.

»Schiet, ok, wir sind hier in Sünnum und nicht in einem Actionfilm. Ich habe mir das Schienbein an der Truhe angeschlagen.« Gesine deutete auf das Möbelstück. »Das wird einen kolossalen blauen Fleck geben.«

»Ich habe mir Sorgen um dich gemacht. Enno hätte …«

»… mir niemals etwas angetan.« Tüdelbüdel schüttelte entrüstet den Kopf. »Wir haben nur geredet.«

»Worüber habt ihr denn gesprochen?«, fragte Wiebke, ohne Enno dabei aus den Augen zu lassen.

»Das ist unser Geheimnis.« Ihre Mutter presste die Lippen aufeinander, als wollte sie die Worte in sich einsperren.

»Mama, lass den Blödsinn. Enno ist dringend tatverdächtig. Ich muss wissen, worüber ihr euch unterhalten habt. Wenn er dir tatrelevante Informationen anvertraut hat …«

»Tatrelevante Informationen? Was redest du für einen Unsinn?« Tüdelbüdel betrachtete ihre Tochter, als hätte diese den Verstand verloren.

»Enno, was ist passiert?« Wiebke stellte sich vor den

Stuhl, auf dem er noch immer wie ein Häufchen Elend hockte.

»Das Leben«, antwortete der Umweltaktivist kryptisch.

»Ich habe keine Zeit für deine Spielchen. Wo warst du während der Tatzeit?« Wiebke hob mahnend den Zeigefinger.

»Im Schuppen.« Enno wich ihrem Blick nicht aus.

»Allein?«, hakte sie sofort nach.

Er nickte und senkte den Kopf. »Ich habe meine Sachen nach der Demonstration verstaut und dann an meiner Holzfigur gearbeitet. Danach bin ich zum Kroog gegangen.«

»Kann das jemand bezeugen?«

»Keine Ahnung, ich schätze nicht.« Er zuckte mit den Schultern.

»Ich hätte niemals nach Berlin fahren dürfen.« Meret, die wie eine lebensgroße Puppe an der Wand lehnte, sah ihren Mann mit großen Augen an. »Seit der Mordnacht stehst du vollkommen neben dir und gehst mir aus dem Weg. Hast du Kerstin Burmeister getötet?« Ihre Worte waren kaum mehr als ein Flüstern.

»Natürlich nicht! Anscheinend will mir jemand den Mord anhängen.« Enno sprang so abrupt auf, dass Wiebke sich mit einem schnellen Schritt nach hinten in Sicherheit bringen musste.

»Die Beweise sprechen gegen dich. Wenn du kein Alibi hast, muss ich dich vorläufig festnehmen.« Die Polizistin klimperte mit den Handschellen.

»Nu maak mol haalflang«, schaltete sich die Friesenbrauerin ein. »Du kannst Enno doch nicht wie einen Schwerverbrecher abführen.«

Wiebke überlegte einen Moment. »Na gut. Wirst du ko-operieren?«

»Ich werde dir keine Schwierigkeiten machen.«

»Okay. Dann wollen wir mal los.« Wiebke brachte Enno zum Streifenwagen und fuhr mit ihm zum Polizeikommissariat nach Norden.

PUZZLETEILE

Uwe Burmeister faltete den handgeschriebenen Brief auseinander und überflog die wenigen Zeilen. Obwohl die Schrift nahezu unleserlich war, konnte er die wichtigste Botschaft klar erkennen: *Ich werde Ihnen mein Grundstück niemals verkaufen!*

Der Eigentümer hatte diesen Satz sogar unterstrichen.

Mit hochrotem Gesicht zerriss Burmeister das Papier, das anscheinend aus einem DIN A5 großen Spiralblock abgerissen worden war, und warf es in den Papierkorb. Der braune Umschlag folgte wenige Sekunden später. Da darauf weder eine Adresse noch ein Absender notiert waren, musste es jemand persönlich eingeworfen haben.

Der Milchbauer trat gegen den schwarzen Papierkorb, der daraufhin durch den Raum flog und an die gegenüberliegende Wand krachte. Dort fiel er zu Boden und verteilte seinen Inhalt auf dem Parkett. Burmeister betrachte den Plastikeimer mit einem finsteren Blick, als wäre dieser für seine schlechte Laune verantwortlich. Dann wandte er sich wieder den Unterlagen der geplanten Milchfabrik zu.

Da er die Baugenehmigung inzwischen bekommen hatte, fehlte als letztes Puzzleteil noch ein einziges Grundstück, das im Vergleich zur Gesamtfläche nur stecknadelkopfgroß war.

Wenn ihm der besoffene Trottel das Land nicht verkaufen wollte, würde er zu anderen Mitteln greifen müssen – schließlich musste er eine drohende Pleite verhindern, denn mit der Finanzierung seiner Milchfabrik hatte er alles auf eine Karte gesetzt.

Der Gedanke, dass Kerstin vor ihrem Tod mit dem Eigentümer über sein Projekt gesprochen hatte und dieser deshalb nicht verkaufte, ließ ihn die Hände zu Fäusten ballen.

Das Miststück hatte ihn mit ihrem Engagement für die Bewegung *Mien Freesland* in der Öffentlichkeit lächerlich gemacht. Auch wenn ihn bisher niemand offen auf ihre Teilnahme an den Demonstrationen angesprochen hatte, wusste Burmeister genau, dass sich die Leute hinter seinem Rücken das Maul über ihn zerrissen. Bei gesellschaftlichen Anlässen konnte er ihre Blicke so deutlich spüren, als würden sie sich wie Flammen in seine Haut brennen. Selbst ihre Beileidsbekundungen waren geheuchelt. Wenn die Rechtsmedizin Kerstins Leiche freigegeben hatte, würde er ihre sterblichen Überreste in einer pompösen Zeremonie so schnell wie möglich unter die Erde bringen.

Ihre Ehe war aufgrund seiner Unfruchtbarkeit kinderlos geblieben. Aber unabhängig davon hätten sie keinen Nachwuchs zeugen können, weil Kerstin vor einigen Monaten ins Gästezimmer gezogen war. Wenn er sie früher vom Hof gejagt hätte, würde er jetzt nicht unter Mordverdacht stehen.

Burmeister massierte seine Schläfen, damit aus dem leisen Pochen hinter seiner Schädeldecke keine ausgewachsene Migräne wurde. Nachdem die Schmerzen erträglicher geworden waren, breitete er die Planungsunterlagen der Milchfabrik vor sich auf dem Schreibtisch aus. Das fehlende Grundstück war rot markiert.

Burmeister gab den Namen des Eigentümers in eine Internetsuchmaschine ein. Kurz darauf betrachtete er einige Fotos, die in sozialen Netzwerken hochgeladen und bis auf wenige Ausnahmen im Sünnumer Kroog aufgenommen worden waren. Er vergrößerte eine der Aufnahmen, bis diese den gesamten Monitor ausfüllte. Dann formte er Daumen und Zeigefinger zu einer Pistole und drückte die Fingerspitze an den Kopf.

»Bumm!«

VIDEODATEIEN

Wiebke deutete am nächsten Morgen im Büro des Polizei-kommissariats Norden auf ein Foto des Messers, das sie in Ennos Schuppen gefunden hatte.

»Ist das die Tatwaffe?«

»Davon können wir ausgehen. Nach Ansicht unserer Experten stimmt die Einstichwunde von Kerstin Burmeis-ter mit der Klinge überein. Siehst du die Einkerbung in der Schneidefläche?« Gesner vergrößerte die Aufnahme auf seinem Monitor und deutete auf eine winzige Unebenheit.

»Durch die Zacken rechts und links der Kerbe wurde das Gewebe nicht glatt durchtrennt, sondern an einigen Stellen etwas eingerissen. Daher können wir mit an Sicher-heit grenzender Wahrscheinlichkeit davon ausgehen, dass er sein Opfer mit diesem Messer getötet hat.«

»Weshalb redest du von *seinem* Opfer? Jeder könnte Kerstin mit diesem Messer umgebracht haben«, wandte Wiebke ein.

»Das ist richtig, auf dem Griff sind aber Ennos Finger-abdrücke. Du hättest ihn niemals ohne mich festnehmen dürfen. Noch so ein Alleingang und du wirst bis zu deiner Pensionierung Streife fahren.«

»Ich wollte bei seiner Verhaftung jedes Aufsehen ver-meiden«, erklärte Wiebke entschuldigend. »Zudem kann ich mir nicht vorstellen, dass Enno ein Mörder ist. Könnte der alte Burmeister ihm die Tat angehängt haben?«

»Das ist möglich, auch wenn ich persönlich nicht daran

glaube. Wie hätte Burmeister denn an das Messer aus Ennos Küche kommen sollen? Die bisherigen Beweise sprechen eindeutig gegen Prester.«

»Enno könnte sogar ein Serienkiller sein.« Der schöne Patrick stützte die Ellenbogen auf den Schreibtisch und beugte sich vor. »Viele Mörder täuschen selbst ihre Familien jahrelang. Sie sind wie menschliche Chamäleons, die sich jeder Umgebung anpassen, ohne aufzufallen. Ich habe mir bereits die unaufgeklärten Mordfälle der letzten zwanzig Jahre in Ostfriesland angesehen. Demnach gibt es …«

»Bist du von allen guten Geistern verlassen?«, herrschte ihn der Kommissar an. »Du solltest dich um die Kneipenschlägerei in Norddeich kümmern. Wie weit bist du mit den Ermittlungen?«

»Ich habe schon den ersten Zeugen vernommen.« Der junge Polizist wandte den Blick ab und sah auf seinen Monitor.

»Innerhalb von zwei Tagen hast du nur einen Zeugen vernommen?« Steffen Gesner trat an seinen Schreibtisch und musterte ihn mit eisigem Blick. »Wie viele Vernehmungen stehen denn noch aus?«

»Siebzehn.« Patrick senkte den Kopf.

»Dann würde ich mich an deiner Stelle an die Arbeit machen. Morgen früh will ich einen vollständigen Bericht auf meinem Schreibtisch liegen haben.« Sein Vorgesetzter klopfte mit dem Zeigefinger auf die Schreibtischplatte.

»Wie soll ich das denn schaffen? Ich muss heute noch ins Training und …«

»Statt der Muskeln solltest du lieber dein Hirn trainieren«, unterbrach ihn Gesner aufgebracht. »Wenn du mit dem Job überfordert bist, kannst du auch einen Verset-zungsantrag einreichen. Ich helfe dir gerne beim Ausfül-len des Formulars.« Kopfschüttelnd kehrte er zu seinem Schreibtisch zurück und sah Wiebke an. »Wo waren wir stehengeblieben?«

»Bei der Tatwaffe«, erinnerte sie ihn. »Jemand anders könnte das Messer für den Mord benutzt haben.«

»Wie erklärst du dir dann den Faden aus Ennos Multi-funktionstuch?«, fragte Gesner und setzte sich.

Wiebke überlegte einen Moment. »Den könnte er bei einem seiner Strandspaziergänge verloren haben.«

»Dann hätte er tiefer im Sand liegen müssen, weil Wind und Wellen die Struktur des Strandes ständig verändern. Der Faden lag aber *auf* dem feinsandigen Untergrund und kann daher noch nicht lange dort gelegen haben. Zudem haben wir auf Presters Laptop einen Videoclip gefunden, der ihn zusammen mit dem Opfer zeigt.«

»Es gibt viele Aufnahmen von Demonstrationen und Versammlungen, auf denen Enno und Kerstin zu sehen sind«, wandte Wiebke ein.

»Die meine ich nicht. Auf seinem Computer befindet sich ein Video, das die beiden beim Liebesspiel zeigt. Wahr-scheinlich hat Enno es heimlich aufgenommen, um sich immer wieder an die erotischen Stunden zu erinnern. Ker-stin und er hatten definitiv eine Affäre.«

»Das habe ich doch gleich gesagt«, mischte sich Patrick in das Gespräch ein.

»Das hätte ich Enno niemals zugetraut …« Die Polizis-tin bedeckte das Gesicht mit den Händen.

»Der Kerl hat uns alle getäuscht. Ich gehe davon aus, dass er den Mord begangen hat.«

»Das ergibt keinen Sinn. Weshalb sollte er seine Geliebte denn umbringen?« Wiebke nahm die Hände vom Gesicht.

»Keine Ahnung.« Ihr Vorgesetzter zuckte mit den Schultern. »Es ist denkbar, dass Kerstin das Verhältnis beenden und ihre Ehe retten wollte. Oder sie hatte einen neuen Liebhaber.«

»Könnte Meret von der Affäre gewusst und Kerstin deshalb getötet haben?«

»Eifersucht ist ein starkes Motiv. Ich habe ihr Alibi aber bereits überprüft. Meret war zum Zeitpunkt des Mordes definitiv in Berlin. Sie hatte am Tag vor der Tat im Hotel *Trabant* eingecheckt und ein Einzelzimmer für zwei Nächte gebucht. Zudem besitzt sie eine beim Einlass eingerissene Eintrittskarte für das Konzert der Sängerin *Madame*, das am Abend des Mordes stattgefunden hatte. Auf ihrem Smartphone befinden sich zudem Fotos, die sie während des Auftritts gemacht hat.«

»Was ist mit Burmeister? Das Motiv der Eifersucht trifft schließlich auch auf ihn zu. Wenn er von der Affäre erfahren hat, könnten ihm die Sicherungen durchgebrannt sein. In der Tatnacht hätte er das Messer stehlen, Kerstin erstechen und es dann zurücklegen können. Zudem hat er kein Alibi.«

»Wie soll der Landwirt denn von der Affäre erfahren haben? Die Videoaufnahme war doch auf Ennos Laptop«, wandte Gesner ein.

»Kerstin könnte eine Kopie davon gehabt oder die Aufnahmen sogar selbst gemacht haben. Möglicherweise hat er sie auch bei einem Anruf belauscht oder eine Hotelrechnung gefunden. Die neuen Erkenntnisse dürften für einen Durchsuchungsbeschluss ausreichen.«

»Ohne handfeste Beweise? Da bin ich keinesfalls sicher.« Gesner schüttelte den Kopf.

»Weshalb versuchst du es nicht wenigstens? Hast du Angst vor einem Anschiss?« Wiebke baute sich breitbeinig vor ihrem Vorgesetzten auf. Patrick Meiners, der die Auseinandersetzung verfolgt hatte, sah neugierig auf.

»Das ist unfair«, antwortete der Kommissar mit gepresster Stimme. »Du weißt genau, dass ich für die Aufklärung eines Verbrechens auch mit dem Teufel tanzen würde. Wenn wir Burmeister offen angreifen, dürfen wir nachher keinesfalls mit leeren Händen dastehen. Aus diesem Grund wirst du ihn zunächst observieren. Keine eigenmächtigen Aktionen, hast du mich verstanden?«

Wiebke sah ihn einen Moment lang an, dann nickte sie.

»Schön, dass wir das geklärt hätten. Sprich heute Abend mit deiner Mutter. Wir müssen wissen, was Enno ihr alles erzählt hat.« Gesner griff nach seinem neben der Tastatur stehenden Becher und trank einen Schluck von dem inzwischen lauwarmen Kaffee.

»Sie wird schweigen wie ein Grab.«

»Dann solltest du dir besser etwas einfallen lassen.«

SCHULDGEFÜHLE

»Das kann doch nur ein Albtraum sein.«

Zwei Tage nach Ennos Verhaftung saß Meret Prester in sich zusammengesunken auf dem gestreiften Ostfriesensofa in ihrem Wohnzimmer und zerrupfte ein Papiertaschentuch in winzige Stücke, die langsam zu Boden schwebten. Sterbende Schmetterlinge eines vergangenen Glücks, die bis zu seiner Verhaftung in ihrem Bauch herumgeflattert waren.

»Enno hat uns alle getäuscht.« Gesine, die neben Meret auf dem Sofa saß, legte beruhigend die Hand auf ihren Unterarm.

Joris hatte es sich im Sessel bequem gemacht und nippte an seinem Tee. Dann verkündete er lauthals: »So einer wie der Enno bringt niemanden um.«

»Er hatte eine Affäre mit Kerstin!« Die Friesenbrauerin sah ihn vorwurfsvoll an.

»Deshalb ist er aber noch lange kein Mörder.« Joris stellte die Tasse so fest zurück, dass sie zu zerbrechen drohte. Der Tee schwappte über den Rand des feinen Porzellans und lief auf die Untertasse.

»Die Beweise sprechen gegen ihn. Ich habe einen Mörder geliebt.« Meret ließ die letzten Fetzen zu Boden schweben und griff nach einem neuen Papiertaschentuch.

»Ich bin sicher, dass du schon bald einen anderen Mann finden wirst, schließlich bist du noch ganz gut in Schuss.« Joris wedelte mit der Hand. »Eine Frau wie du bleibt nicht lange allein.«

»Du hast die Sensibilität eines Vorschlaghammers.« Gesine musterte den Leuchtturmbesitzer vorwurfsvoll.

»Tüdelbüdel, dat meen ik eernst. Für ihr Alter sieht Meret doch ganz passabel aus. Wenn ich jünger wäre …«

»Das bist du aber nicht!«, zischte Gesine.

»Ich wollte nur nett sein!« Der alte Kapitän hob in einer abwehrenden Geste die Hände.

»Das ist schon okay.« Meret hielt mitten in der Bewegung inne und lächelte matt. »Ich weiß, dass du es gut gemeint hast.«

»Kindchen, du bist nicht allein.« Gesine nahm sie in den Arm. »Ich kenne eine wirksame Medizin gegen gebrochene Herzen.«

»Tüdelbräu?« Joris zog die Augenbrauen hoch.

»Männer.« Die Friesenbrauerin seufzte vernehmlich, als wäre damit alles gesagt. »Ich dachte eher an Gespräche unter Freunden. Rede dir deine Trauer und die Wut von der Seele. Ich bin immer für dich da.«

»Das ist lieb von dir.« Meret riss einen weiteren Fetzen ab und ließ ihn zu Boden segeln. »Wäre ich doch niemals nach Berlin gefahren.«

»Hast du dich dort mit jemandem getroffen?«

»Nee, ich bin wegen des Konzerts hingefahren. Enno wollte zunächst mit, hatte wegen der Demonstration dann aber keine Zeit. Dabei war die Veranstaltung nur ein Vorwand, um sich während meiner Abwesenheit mit Kerstin zu treffen.« Meret verzog bei dem Namen das Gesicht, als würde sie eine bitter schmeckende Praline zerkauen. »Rückblickend war mein Leben nur eine Illusion. Ich war so … dämlich!« Meret riss einen großen Fetzen ab.

»Womöglich hat Enno nichts für Kerstin empfunden

und sie nur für seine Zwecke benutzt«, mutmaßte Gesine. »Über sie kam er an vertrauliche Informationen von Burmeister heran. Es ist doch kein Geheimnis, dass er den Milchbauern am liebsten in die Pleite getrieben hätte.«

»Demnach hätte Enno nicht nur mich, sondern auch Kerstin getäuscht.« Meret kniff die Lippen so fest zusammen, bis sie nur noch zwei blutleere Striche waren.

Joris fuhr sich nachdenklich über den weißen Bart. »Enno ist kein manipulativer Mensch. Er mag ein Ehebrecher sein, der seine Hormone nicht im Griff hatte. Das macht ihn nicht zu …«

»… einem schlechten Menschen, das meinst du doch, oder?«

»Tüdelbüdel, genau das wollte ich sagen, obwohl es keiner von euch beiden hören will. Du kennst Enno seit seiner Kindheit. Erinnerst du dich nicht mehr an den verletzten Vogel, den er als Kind zum Tierarzt gebracht hat?«

»Das werde ich niemals vergessen. Zur Bezahlung hat er ihm sein Sparschwein in die Hand gedrückt. Die Katzen, die er später vor dem Ertrinken gerettet …«

»Das darf doch nicht wahr sein!« Meret zerknüllte das restliche Papiertaschentuch und warf es zu Boden. »Enno hat mich betrogen und aller Wahrscheinlichkeit nach sogar seine Geliebte umgebracht, und ihr erinnert euch an sentimentale Augenblicke aus seiner Kindheit? Aus dem goldigen Jungen ist ein niederträchtiger Mann geworden.« Sie verstummte und wischte sich Tränen aus dem Gesicht.

Gesine und Joris wechselten einen kurzen Blick, dann stand der ehemalige Kapitän auf und verabschiedete sich.

»Komm doch heute Abend in den Kroog, dort bist du nicht allein.« Gesine ergriff Merets Hand und hielt sie fest.

»Das ist eine blöde Idee, alle werden mich anstarren wie ein exotisches Tier. Einige Dorfbewohner werden mir bestimmt die Schuld an Ennos Verbrechen geben. Ich darf ...«

»... mich keinesfalls im Selbstmitleid suhlen. Du weißt genau, dass niemand dir einen Vorwurf machen wird, im Gegenteil. Joris hat recht: Ein paar Gläser Tüdelbräu könnten dich auf andere Gedanken bringen. Ich muss mich jetzt um mein Lädchen kümmern. Dabei könnte ich deine Hilfe brauchen.«

Meret griff nach einem neuen Papiertaschentuch und riss ein Stück davon ab. Dann hielt sie inne und überlegte. Wenige Augenblicke später steckte sie den Fetzen in die Hosentasche und stand auf. »Na gut, wartest du einen Moment? Wenn ich mein ramponiertes Äußeres wieder in Ordnung gebracht habe, werde ich dich begleiten. Heute Abend will ich meinen Frust in Tüdelbräu ertränken und dem Schicksal in den Allerwertesten treten.«

»Das ist die Meret, die ich kenne!« Gesine lächelte.

Kurz darauf spazierten die Frauen über die von Bäumen gesäumte Allee, die vor Ennos Haus verlief.

Oberarmdicke Wurzeln hatten die Pflastersteine an einigen Stellen hochgedrückt. Sonnenstrahlen fielen durch die Baumkronen und sich im Wind bewegende Blätter sorgten für Schattenspiele auf den Straßen. Ein Eichhörnchen musterte die Spaziergänger auf einem Zweig sitzend einen Moment, bevor es im Geäst verschwand. Irgendwo zwitscherte ein Vogel.

Von der Straße aus bogen sie nach zweihundert Metern in einen schmalen Pfad ein, der am Grundstück des Krabbenfischers Tammo Friese vorbeiführte.

Hühner pickten in einer mit Maschendraht geschützten Fläche, die an einen Stall grenzte. Ein Labrador lag auf der Terrasse in der Nachmittagssonne und schaute träge in ihre Richtung. Dann bellte er einmal auf und legte den Kopf wieder auf die Pfoten.

Kurz darauf kamen sie an mannshohen Rhododendren vorbei, die so dicht zusammengewachsen waren, dass sie den Garten des Tierarztes Hauke Peters wie eine Hecke umgaben, und wenig später erreichten sie Gesines Anwesen.

Ein rotes Kinderfahrrad mit einer schwarzen Ballonhupe stand neben der Ladentür. Den Gepäckträger zierte ein Sicherheitswimpel mit einem Totenkopfaufdruck.

»Das Rad gehört Jan Gebhard. Der Kleine ist der schlimmste Pirat seit Störtebeker.« Gesine grinste.

»Das ist mir bekannt, denn vor drei Tagen wollte er mich auf offener Straße entführen und in ein Verlies sperren, um Lösegeld zu erpressen«, erinnerte sich Meret schmunzelnd. »Glücklicherweise konnte ich mich mit sieben Cent freikaufen.«

»Sieben Cent? Für das Geld hat er sich bei mir dann eine Handvoll Zuckerfische gekauft.«

Gesine öffnete die Glastür. Dabei klingelte das Glöckchen, das sie darüber angebracht hatte, in einem hellen Ton. Vor dem Verkaufstresen stand ein Junge, der sich schniefend zu ihnen umdrehte. Seine Knie waren aufgeschürft und blutverschmiert. Eine schwarze Augenklappe hing über seiner linken Wange. Ein breiter Gürtel, in dem ein Plastikdegen steckte, zierte seinen schmächtigen Körper. In der rechten Hand hielt er einen dunkelblauen Stoffbeutel.

»Jan, was ist denn los?« Gesine ging vor dem fünfjährigen Jungen in die Hocke und sah ihm ins Gesicht.

»Papa hat gesagt, dass ich neues Malzbier kaufen soll. Ich bin mit meinem Rad aber hingefallen und … jetzt ist die leere Flasche kaputt.«

Er reichte ihr die Stofftasche. Scherben klirrten darin. Die Friesenbrauerin nahm sie entgegen und gab sie an Meret weiter.

»Hast du dich sonst noch irgendwo verletzt?« Sie deutete auf die blutenden Knie.

Jan schniefte erneut und verteilte den Rotz mit seinem Handrücken auf dem Gesicht. Dann schüttelte er den Kopf. Gesine betrachtete die Wunden, bei denen es sich glücklicherweise nur um Hautabschürfungen handelte.

»Ich kenne ein wirksames Mittel gegen deinen Schmerz. Setz dich mal auf den Boden.«

Jan folgte ihrer Aufforderung und lehnte sich mit dem Rücken an den Verkaufstresen. Die Friesenbrauerin öffnete eine der unzähligen Schubladen in ihrem bis zur Decke vollgestopften Laden, griff nach einer Packung Pflaster und einem kleinen Fläschchen mit Jodtinktur. Nachdem sie seine Wunden versorgt hatte, öffnete Gesine den Deckel des Bonbonglases und nahm zwei bunte Zuckerfische heraus. Diese legte sie auf die Pflaster. »Die darfst du erst essen, wenn die Schmerzen verschwunden sind«, ermahnte sie ihn und verschwand hinter dem Tresen. Kurz darauf kehrte sie mit einer Bügelflasche Malzbier zurück und steckte sie in einen Jutebeutel.

»Geht es dir schon besser?«, fragte sie mit Blick auf die verschwundenen Fische.

»Es tut nicht mehr weh!«, verkündete Jan stolz, rappelte

sich auf und kramte in seiner Hosentasche. Kurz darauf legte er ihr eine Handvoll Münzen auf den Zahlteller. »Papa hat gesagt, dass ich mir für den Rest des Geldes einen Heringsschwarm kaufen darf.«

»Mal sehen …« Die Friesenbrauerin sortierte das Kleingeld und runzelte dann die Stirn. »Nach Abzug des Malzbieres bleiben dir dreiundzwanzig Cent. Davon gibst du meiner Freundin sieben Cent zurück, denn ein echter Pirat rettet Frauen aus der Not und sperrt sie nicht in ein kaltes Verlies.«

Jan drehte sich zu Meret um und musterte sie einen Moment lang nachdenklich. Dann nahm er die sieben Cent, die Gesine aussortiert hatte, und drückte ihr die Münzen wortlos in die Hand.

»Wolltest du nicht noch etwas sagen?« Die Friesenbrauerin musterte ihn mit einem strengen Blick.

»Entschuldigung.« Der Junge sah zu Boden.

»Angenommen.« Meret nahm das Geld und wuschelte ihm über die zerzausten Haare. »In den nächsten Tagen könnte ich einen tapferen Piraten brauchen, der mich beschützt. Wäre das etwas für dich?«

Jans Augen leuchteten. »Klar.«

»Für meinen Schutz werde ich dich bezahlen. Sind sieben Cent genug?«

Als der Kleine begeistert nickte, gab Meret ihm die Münzen zurück. Kurz darauf marschierte Jan mit dem Jutebeutel in der rechten und einer Papiertüte voller Zuckerfische in der linken Hand in der aufrechten Haltung eines gefürchteten Freibeuters aus dem Laden.

HEIMAT

Heiko Gebhard stand am Küchenfenster seines Hauses und schaute auf die Weide, auf der die Kühe von Hendrik Dekker grasten. Eine Möwe saß auf einem Zaunpfahl und musterte die Tiere einen Moment lang, bevor sie Richtung Nordsee davonflog.

In der Hand hielt der Postbote einen zerknitterten Brief, den er inzwischen so oft gelesen hatte, dass er an den Rändern eingerissen war. Dabei hatte Heiko weniger auf den Text, sondern mehr auf die Zahl geachtet, die dort in fetten Ziffern abgedruckt worden war. Er faltete den Brief auseinander und warf einen erneuten Blick auf das Angebot, das er in einer ersten Reaktion vehement abgelehnt hatte.

Eventuell hätte er sich die Sache doch besser überlegen sollen, denn mit den 500 000 Euro wäre er seine finanziellen Sorgen los und könnte sich mit Monika irgendwo eine moderne Wohnung mit Kochinsel, Wasserbett und einem riesigen Flachbildschirm kaufen.

Aber Heiko wollte nicht *irgendwo* leben, er wollte in Sünnum bleiben. Obwohl das Kaff, wie seine Kollegen es abfällig nannten, so bedeutungslos war, dass die Häuser nicht einmal bei Google Maps auftauchten, war es seine Heimat.

Was sollte Heiko denn in einer piekfeinen Bude, wenn er von dort aus nicht mehr auf ein oder zwei Tüdelbräu in den Kroog gehen konnte? Das Gasthaus der Friesenbrauerin war schließlich so etwas wie sein zweites Wohnzimmer, in dem er sich mit Freunden und seinem Bruder Sören traf, der nur wenige Gehminuten entfernt wohnte.

Heiko faltete den Brief zusammen und legte ihn auf den Tisch. Wenn die Kohle wieder mal nicht reichte, konnte er bei Tüdelbüdel anschreiben lassen und beim nächsten Gehaltseingang zahlen. Die Friesenbrauerin hatte ihn wegen ausstehender Zahlungen niemals angemahnt oder eine dumme Bemerkung gemacht, wenn er sein Bier verschüttet hatte – was ihm gelegentlich passierte, wenn er wieder einmal zu tief ins Glas geschaut hatte.

Der Postbote öffnete den Hängeschrank in der Küche, schob die Müslipackungen zur Seite und griff nach der dahinter stehenden Wodkaflasche. Mit zitternden Fingern schraubte er den Deckel auf und trank einen großen Schluck. Dann wischte er sich mit dem Handrücken über die spröden Lippen und stellte die Flasche schnell zurück, weil er Monikas tadelnden Blick vor seinem inneren Auge sah.

Nach ihrem Einzug hatte sie nicht nur das Chaos im Haus beseitigt, sondern auch seinem Leben wieder eine Struktur gegeben. Da die Krankenschwester heute Nachtschicht hatte, würde sie erst am frühen Morgen nach Sünnum zurückkehren.

Heiko sah auf die alte Standuhr, die Monika bei ihrem Einzug mitgebracht hatte. Zunächst hatte er sich gegen das klobige Ding gewehrt, weil er dafür seine Bierkisten aus der Küche räumen und im Abstellraum unterbringen musste. Inzwischen hatte er sich nicht nur an das Ticken, sondern auch an den Gong gewöhnt, der jede volle Stunde ertönte. Gleich würde das akustische Signal sieben Mal erklingen – und ihn daran erinnern, dass er sich heute mit seinem Bruder im Kroog treffen wollte.

Heiko schlurfte ins Schlafzimmer und tauschte seine Jogginghose gegen eine Jeans, zog sich ein frisches Hemd an und setzte seine lederne Schirmmütze auf. Früher war er auch mit einem fleckigen T-Shirt in den Kroog gegangen, aber seit er mit Monika zusammen war, legte er ein bisschen mehr Wert auf sein Äußeres. Nachdem er den Flachmann mit Wodka aufgefüllt hatte, steckte er seinen treuen Begleiter in die Jackentasche und zog den Reißverschluss zu. Dann schlüpfte Heiko in seine ausgelatschten Schuhe, öffnete die Eingangstür und ging über den gekiesten Weg bis zum weiß gestrichenen Zaun, dessen Farbe inzwischen abblätterte. Dort drehte er sich um und betrachtete sein mit rotem Klinker gemauertes Haus, das dringend renoviert werden musste. Regenwasser leckte an der linken Giebelseite durch das Dach, beim nächsten Sturm konnte es erheblichen Schaden nehmen. Zudem mussten die Fenster erneuert und die Heizung ausgetauscht werden. Wenn Burmeister ihm für diese Bruchbude so viel Geld bot, musste er ein besonderes Interesse an seinem Grundstück haben.

Heiko ließ seinen Blick über die angrenzenden Felder und Weiden schweifen. Die Sonne stand an diesem Abend wie eine polierte Scheibe im Westen und überzog die Landschaft mit einem goldenen Glanz.

»Mein Land bekommst du nicht.«

Heiko nahm seinen Flachmann aus der Tasche und schraubte den Deckel ab. Dann trank er einen Schluck, als wollte er seinen Entschluss damit besiegeln, steckte die Taschenflasche wieder ein und überquerte die Blumenwiese vor seinem Haus, deren Blüten wie bunte Farbtupfer auf einem Gemälde wirkten. Das Summen der Bienen und anderer Insekten erfüllte die Luft. Der Postbote schlug nach einer Stechmücke in seinem Nacken.

Von der Wiese aus kam er über einen Feldweg, der zwischen zwei Grundstücken entlangführte, auf die schmale Straße, die direkt vor dem Kroog endete.

Heiko öffnete die Tür der Gastwirtschaft. Stimmengewirr und Gelächter schlug ihm wie eine akustische Wolke entgegen, in die sich die Melodie des alten Schlagers *Junge, komm bald wieder* von Freddy Quinn mischte.

»Moin Heiko«, begrüßte ihn Tüdelbüdel, die hinter der Theke stand und ein Bier zapfte, das er kurz darauf entgegennahm. Mit dem Glas in der Hand ging er zu einem der drei Stehtische, an dem sein Bruder Sören mit dem Krabbenfischer Tammo Friese diskutierte.

»Enno ist doch einer von uns!« Der Wattführer trank einen Schluck, bevor er Heiko mit einem *Moin* begrüßte.

»Der soll was mit der Kerstin vom Burmeister gehabt haben.« Tammo stellte sein Glas auf den Tisch.

»Blödsinn! Der würde Meret niemals betrügen«, hielt Heiko dagegen.

»Enno ist auch nur ein Mann.« Tammo zuckte mit den Schultern.

»Was soll das denn heißen?«, ereiferte sich Sören. »Ich bin meiner Leefke immer treu gewesen und …«

»An deiner Stelle würde ich besser die Klappe halten.« Tammo deutete mit einem Kopfnicken auf Ennos Frau, die in diesem Moment die Gaststube betrat. Das Stimmengewirr erstarb von einer Sekunde auf die andere, nur Freddy Quinn war weiterhin zu hören.

»Was ist denn mit euch los?« Die Friesenbrauerin musterte ihre Gäste mit dem strengen Blick einer Lehrerin, die unartige Schüler zur Räson bringen muss.

Dann wandte sie sich an Meret, die im Türrahmen stehen geblieben war. »Hier ist ein Platz frei.« Gesine deutete auf einen Barhocker vor sich.

Als Meret sich aber trotz der Aufforderung zum Gehen wandte, stellte Joris sein Bierglas ab und klatschte so lange in die Hände, bis er die Aufmerksamkeit der Gäste hatte.

»Wie ihr inzwischen alle wisst, wurde Enno verhaftet. Obwohl ich nach wie vor an seine Unschuld glaube, hat er Meret mit Kerstin Burmeister betrogen und für diese Scheiße werde ich ihm eines Tages gehörig den Kopf waschen. Wer Meret aber deshalb auch nur schief ansieht oder sich das Maul über die Affäre zerreißt, den grabe ich eigenhändig bei Ebbe im Watt ein und warte in aller Ruhe auf die Flut. Habt ihr das kapiert?« Die Anwesenden nickten wie auf ein unsichtbares Kommando hin und Joris wandte sich an Meret, die ihn mit aufgerissenen Augen ansah.

»Jetzt zick nicht rum und komm endlich rein.« Er winkte sie zu sich. Sie lächelte unsicher und betrat dann die Gaststube.

»Joris, gut gesprochen! In den letzten Jahren habe ich dich noch nie so viel reden gehört. Meret, komm zu uns. Ich gebe dir ein Bier aus!« Heiko wandte sich an die Friesenbrauerin. »Tüdelbüdel, das geht auf meinen Deckel.«

»Welchen meinst du? Die Dinger stapeln sich inzwischen bei mir!« Gesine grinste und stellte ein neues Glas unter den Zapfhahn.

Die Gäste lachten und wandten sich wieder ihren Gesprächen zu. Freddy Quinn wurde von der Sängerin Lale

Anderson abgelöst, deren *Friesenlied* nun aus den Lautsprechern schallte.

»Danke. Das tut mir nach meinem Strandspaziergang gut.« Meret stellte sich an den Tisch und blickte von den Brüdern zum Krabbenfischer. »Wenn ihr etwas zu Ennos Affäre oder seiner Verhaftung wissen wollt, müsst ihr ihn fragen, denn ich habe auch keine Ahnung.«

»Wenn der Kerl sich wieder in Sünnum sehen lässt, werde ich ihm für seine Untreue eine ordentliche Abreibung verpassen. Eine Frau wie dich würde ich auf Händen tragen.«

»Heiko, damit dürfte Monika keinesfalls einverstanden sein. Zudem bist du so hager, dass der Wind durch deine Rippen pfeift und du beim nächsten Sturm vom Deich geweht wirst. Bei Meret würdest du dir einen Bruch heben.« Der beleibte Wattführer schlug seinen Bruder lachend auf die Schulter.

»Willst du damit etwa andeuten, dass ich zu viel Gewicht mit mir herumschleppe?« Meret hob die Augenbrauen.

»So meine ich das nicht.« Sören kratzte sich am Kopf. »Du hast die Rundungen an den … ähem … richtigen Stellen. Wenn du verstehst, was ich damit sagen möchte, und … ihr Bagaluten hört endlich auf, so dämlich zu grinsen!«

Aber Tammo und Heiko hielten sich nicht an seine Aufforderung und brachen in lautstarkes Gelächter aus, in das auch Meret einstimmte.

»Sepp hätte dir für diesen Fauxpas ordentlich die Leviten gelesen«, japste der Krabbenfischer und schnappte wie ein Ertrinkender nach Luft. Dann wurde er ernst und bestätigte: »Heiko hat recht. Sollte Enno sich jemals wieder in Sünnum sehen lassen, kann er sich auf einen handfesten Krach mit der Dorfgemeinschaft gefasst machen.«

Der Postbote nickte zustimmend, holte Merets Bier bei Tüdelbüdel ab, stellte es auf den Tisch und prostete ihr zu.

»Burmeister wird ausrasten, wenn er von der Affäre Wind bekommt«, mutmaßte Heiko. »Der Mistkerl hat mir übrigens eine halbe Million Euro für mein Haus geboten.«

Seinem Bruder entgleisten die Gesichtszüge. »Deine Bruchbude ist nicht einmal ein Zehntel dieses Betrages wert.«

»Moment mal«, schaltete sich Meret ein. »Burmeister will dir fünfhunderttausend Euro für dein Grundstück zahlen?«

»Das ist richtig«, bestätigte Heiko.

»Wirst du zu diesem Preis verkaufen?«, hakte Tammo nach.

»Natürlich nicht!«, entrüstete sich Heiko und leerte sein Glas mit großen Schlucken. »Sünnum ist meine Heimat und seine Heimat verkauft man nicht. So einfach ist das!«

Er hielt vier Finger in die Höhe und verdeutlichte der Friesenbrauerin damit, dass er eine neue Runde bestellen wollte. Diese hielt einen Bierdeckel mit dicht nebeneinander gezogenen Linien in die Höhe. Als Heiko nickte, fügte Tüdelbüdel vier weitere Striche hinzu und ließ ihn in einer Schublade verschwinden.

»Was will er denn damit?« Der Wattführer runzelte die Stirn.

»Er braucht es sicherlich für seine geplante Milchfabrik.«

Die Männer sahen Meret fragend an.

»Woher weißt du denn davon?«

»Enno hatte Burmeisters Vorhaben vor einigen Tagen zum ersten Mal erwähnt. Damals dachte ich noch, dass er die Information aus seinen heimlichen Recherchen hat, aber Kerstin wird ihm davon berichtet haben.« Als Meret den Namen ihrer Nebenbuhlerin aussprach, legten sich ihre Finger so fest um das Glas, dass es zu zerbrechen drohte.

»Dann wird Burmeister auch hinter den Landkäufen der letzten Monate stecken.« Heiko nahm die Biergläser vom Tablett, das die Friesenbrauerin an den Tisch gebracht hatte. »Tüdelbüdel, weißt du etwas von einer Milchfabrik?«

»Ich kenne nur die Gerüchte über einen Megastall. Hoffentlich ist niemand so dämlich, Burmeister die dafür benötigten Grundstücke zu verkaufen.«

»Mein Land bekommt er jedenfalls nicht!« Der Postbote schlug mit der flachen Hand so fest auf den Tisch, dass es wie ein Schuss knallte und Tammo zusammenzuckte.

»Schiet ok! Musst du mich so erschrecken?«

»Ihr solltet es als Weckruf verstehen!« Tüdelbüdel legte die Stirn in Falten. »Burmeister führt sicherlich nichts Gutes im Schilde. Ein Mann wie er interessiert sich weder für seine Tiere noch für die hier lebenden Menschen, sondern einzig und allein für seinen Profit. Was immer er plant: Wir müssen es mit allen Mitteln verhindern.«

»Ich bin dabei!« Heiko ballte die rechte Hand zur Faust und streckte sie siegessicher nach oben.

Die anderen nickten zustimmend und besiegelten den Pakt mit einem Tüdelbräu, dem wenig später eine neue Runde folgte.

In den nächsten Stunden wurde Burmeisters Kaufangebot im Kroog lebhaft diskutiert und alle Sünnumer waren sich darin einig, dass der Landwirt seine geplante Milchfabrik niemals verwirklichen durfte.

»Ich muss morgen früh raus!« Nach einem Blick auf seine Uhr verabschiedete sich der Krabbenfischer.

»Wir sollten uns auch langsam auf den Heimweg machen. Es ist schon nach elf.« Sören leerte sein Glas.

»Na und?« Heiko sah seinen Bruder trotzig an. »Früher sind wir vom Kroog direkt zur Arbeit marschiert.«

»Damals waren wir deutlich jünger.«

»Willst du mir damit etwas sagen … kleiner Bruder?«, stichelte der Postbote.

»Außer der Tatsache, dass du inzwischen ein alter Sack bist, der nur aus Haut und Knochen besteht? Zudem bin ich ziemlich angeschickert. Das neue Tüdelbräu knallt ordentlich.«

»Stimmt«, pflichtete ihnen Meret bei. »Ich sollte auch besser ins Bett gehen.«

»Ich bringe dich nach Hause! Etwas frische Luft wird mir guttun.« Heiko reichte ihr mit einer übertrieben galanten Geste den Arm und Meret hakte sich bei ihm unter.

Die drei verabschiedeten sich von Tüdelbüdel und traten den Heimweg an. Nachdem Sören in die nächste Querstraße abgebogen war, spazierten sie auf direktem Weg zur Allee, die sie zu ihrem Ziel führte.

Bei ihrem nächtlichen Spaziergang trug der Wind das Brandungsrauschen der Nordsee, das in dieser sternklaren Nacht wie eine Hintergrundmusik zu hören war, zu ihnen.

»Das Schicksal ist manchmal ein richtiges Miststück. Lass dich bloß nicht unterkriegen!« Vor Merets Haus, das sich im Mondlicht wie ein drohender Schatten vor ihnen erhob, blieben sie stehen.

»Keine Sorgen. Ich komme schon klar. Danke für deine Begleitung.«

Heiko deutete eine Verbeugung an und lüftete seine Schirmmütze. »Es war mir ein Vergnügen. Solltest du Hilfe brauchen oder Lust auf einen Klönschnack haben, kannst du jederzeit bei uns vorbeikommen.«

»In den nächsten Tagen werde ich erst einmal mein Leben entrümpeln und mit diesem Haus beginnen. Wenn ich damit fertig bin, soll mich hier nichts mehr an Enno erinnern.«

»Wo soll er nach seiner Rückkehr denn bleiben?« Heiko kratzte sich am Kopf.

»Das ist nicht mein Problem.« Meret zuckte mit den Schultern und ging zur Haustür. Vor dem Eingang drehte sie sich zu ihm um. »Gute Nacht.«

Der Postbote winkte ihr zu, bis sie die Tür hinter sich geschlossen hatte, und ging dann einige Schritte. Als er vom Haus aus nicht mehr gesehen werden konnte, zog er seinen Flachmann aus der Jackentasche und genehmigte sich einen Schluck.

Mit einem Mal hörte er hinter sich ein Knacken, das klang, als wäre jemand auf einen auf der Straße liegenden Ast getreten. Tagsüber wäre das Geräusch kaum zu hören gewesen, aber in der Nacht klang es wie Kanonendonner.

Heiko setzte den Flachmann ab und drehte sich um.

»Wer bischt …«, nuschelte er verwirrt, als eine Gestalt, die er nur wie einen Schatten wahrnahm, auf ihn zueilte und ihm die linke Hand auf den Mund legte. Heiko krallte seine Finger um den Flachmann und schlug damit zu. Zumindest hatte er das vor, aber der Unbekannte riss ihm den

Edelstahlbehälter aus der Hand und warf ihn an den Straßenrand.

»Ganz ruhig«, flüsterte ihm der Angreifer ins Ohr. »Wir beide machen jetzt einen Ausflug zur Nordsee. Beim kleinsten Laut werde ich dich töten. Hast du das verstanden?«

Der Postbote ruckte mit dem Kopf vor und zurück. Bei den abrupten Bewegungen lockerte sich der Griff seines Widersachers etwas. Heiko nutzte den Moment, schnappte mit den Zähnen nach seinem Mittelfinger und biss zu. Hinter sich hörte er einen Schmerzensschrei, dann wurde er grob nach vorne gestoßen.

Heiko taumelte einige Schritte, bis er sich wieder in der Gewalt hatte. Dann rannte er so schnell, als wäre der Leibhaftige hinter ihm her. Dabei rief er lauthals um Hilfe. Wenige Augenblicke später spürte er den warmen Atem seines Verfolgers im Nacken und trieb sich zu noch größerer Eile an.

Das Herz raste in seiner Brust und er hechelte wie ein Hund. Seine arthritischen Knie schmerzten und die Muskulatur seiner Beine brannte, als würde statt Blut flüssiges Feuer durch seine Adern fließen.

Heiko rief erneut um Hilfe, brachte aber nur ein Krächzen heraus, weil er kaum noch Luft bekam. Nach einem weiteren Stoß in den Rücken stolperte er und machte einen Ausfallschritt, um einen Sturz zu vermeiden – allerdings vergeblich. Mit einem Aufschrei fiel Heiko auf den rissigen Asphalt. Dabei schürfte er sich die Hände blutig. Der Postbote wollte wieder aufstehen, blieb nach einem Tritt in die Rippen aber schwer atmend liegen.

Der Verfolger ergriff seine Arme und zog ihn auf den

schmalen Pfad, der über den Deich zum Strand führte. Heiko strampelte wie ein kleines Kind und schrie wie am Spieß, konnte sich aus dem eisernen Griff aber nicht befreien. Nach einigen Metern beugte sich sein Peiniger über ihn und drückte seinen Kopf in den Sand. Heiko hielt die Luft an und presste die Lippen fest aufeinander, damit er nicht erstickte. Mit aller Kraft versuchte er, sich aus seiner misslichen Lage zu befreien. In seiner Verzweiflung zappelte er mit Armen und Beinen, aber seine Bewegungen wurden immer schwächer, bis die Gliedmaßen wie tote Äste neben seinem Körper lagen und er das Bewusstsein verlor.

Als Heiko wieder zu sich kam, lag er rücklings am Strand. An einem klaren Nachthimmel funkelten die Sterne. Die auflaufende Flut leckte über den feinen Sand und überspülte seinen Körper bis zur Brust. Wenn er nicht sofort von hier verschwand, würde die Nordsee zu seinem feuchten Grab werden.

»Bist ein verdammt zäher Bursche. Warst nur ein paar Sekunden ohnmächtig. Was hältst du von einem ordentlichen Schluck aus der Pulle?« Die gesichtslose Gestalt beugte sich über ihn und rammte ihm ein kleines Fläschchen zwischen die Lippen. Bitter schmeckende Flüssigkeit lief in seinen Mund. Heiko wollte das grauenvolle Zeug zunächst ausspucken, aber der Unbekannte presste ihm die Hand so lange auf die Lippen, bis er es runtergewürgt hatte.

»Geht doch.« Er tätschelte dem Postboten die Wange wie einem braven Kind.

Heiko grub die Hände in den Sand und warf dem Unbekannten eine Ladung davon ins Gesicht. Dieser schrie auf und rieb sich über die Augen.

Heiko nutzte den Moment und rappelte sich auf. Bevor er loslaufen konnte, packte ihn sein Widersacher am Fußknöchel und riss das Bein weg. Dann warf er sich mit seinem ganzen Gewicht auf ihn. Heiko wehrte sich mit Händen und Füßen. Seine Finger wurden zu Klauen, mit denen er ihm die Arme zerkratzte und das Tuch vom Gesicht riss. Als er seinen Feind erkannte, erstarrte er mitten in der Bewegung.

»Du bist …«

Weiter kam Heiko nicht, denn nun presste ihm sein Gegner die linke Hand auf den Mund und schleifte ihn in die auflaufende Flut. Obwohl Heiko seine letzten Kraftreserven mobilisierte, konnte er nicht verhindern, dass sein Kopf unter Wasser gedrückt wurde. Seine Gegenwehr wurde immer schwächer, bis er leblos in der Nordsee trieb.

FUNDSACHE

»Das darf doch nicht wahr sein.«

Wiebke ließ das Board und die Tasche, in der sich die zum Kiten notwendigen Utensilien befanden, in den Sand fallen und kniete sich neben den leblosen Körper von Heiko Gebhard, den die Flut an den Strand von Sünnum gespült hatte.

Da der Wind in der letzten Nacht aufgefrischt hatte, war die Polizistin an diesem Morgen bei Sonnenaufgang aufgestanden, um vor der Arbeit auf der Nordsee zu kiten.

Wiebke liebte die frühen Stunden des Tages, in denen sie allein am Strand war und nur das Rauschen der Brandung und die Schreie der Möwen zu hören waren.

Wenn sie, vom Wind getragen, auf ihrem Board in den Horizont hineinfuhr, empfand sie wieder jene unbändige Freiheit, die ihr im Leben, bei dem sie sich in einem Labyrinth aus Gesetzen, Regeln und Verordnungen zurechtfinden musste, oft fehlte.

Die Polizistin tastete nach einem Puls. Als sie keinen fand, rief sie den Rettungsdienst und begann sofort danach mit lebensrettenden Maßnahmen. Obwohl ihr Verstand die Sinnlosigkeit ihres Handelns längst erkannt hatte, weigerte sich Wiebke, seinen Tod zu akzeptieren, und sie machte so lange weiter, bis der Notarzt am Strand eintraf und die Behandlung übernahm. Kurz darauf schüttelte dieser den Kopf und stand wieder auf.

»Hier kommt jede Hilfe zu spät.«

»Ist Heiko ertrunken?«

»Davon gehe ich aus. Die genaue Todesursache wird die Rechtsmedizin nach einer Autopsie feststellen.«

Wiebke kramte ihr Notfallhandy aus der Gurttasche und rief im Polizeikommissariat Norden an.

»Polizeimeister Meiners, mit wem …«

»Komm sofort nach Sünnum«, unterbrach sie den Jungspund, bevor sie hinzufügte: »Ich klingele Gesner aus dem Bett. Wir treffen uns am Strand.«

»Hat das nicht Zeit bis später? Ich wollte mich nach der Nachtschicht erst einmal aufs Ohr hauen und danach pumpen gehen.«

»Das kannst du vergessen. Beweg deinen Arsch hierher, aber zackig.«

Wiebke beendete das Gespräch und telefonierte mit ihrem Vorgesetzten, der sich sofort auf den Weg machen wollte. Nach den Anrufen sicherte sie den Fundort der Leiche und wartete auf ihre Kollegen. Gesner war eine halbe Stunde später bei ihr.

Seinem Aussehen nach hatte er sich direkt angezogen und war losgefahren. Die Haare waren ungekämmt und ein Hemdzipfel hing über dem Hosenbund. Aber das schien ihn nicht zu stören – wenn er es überhaupt bemerkt hatte.

»Was genau ist passiert?« Er deutete mit einem Kopfnicken auf die Leiche.

»Keine Ahnung. Ich habe Heiko heute Morgen am Strand gefunden.«

»Ist irgendeine Fremdeinwirkung erkennbar?«

Wiebke schüttelte den Kopf. »Ich habe keine Stich- oder Schussverletzung entdeckt. Seine Hände waren aufgeschürft, als wäre er vor seinem Tod gestürzt. Wahrscheinlich ist er ertrunken.«

»Demnach war es nur ein Unfall?« Gesner zog die Augenbrauen hoch.

»*Nur ein Unfall*?«, wiederholte die Polizistin, wobei sie jede einzelne Silbe betonte.

»Beruhige dich, du weißt genau, was ich damit sagen will. Meines Wissens hat der Postbote gerne einen über den Durst getrunken. Könnte er im Suff …«

»Niemals«, unterbrach ihn Wiebke. »Obwohl Heiko in Sünnum aufgewachsen ist, war er eine Landratte. *Wasser ist was für die Fische,* hat er immer gesagt.«

»Du musst nicht gleich laut werden, ich bin schließlich nicht taub. Könnte er nicht trotzdem letzte Nacht in der Nordsee gebadet haben?«

»In voller Montur? Nee, echt nicht.«

»Was ist deiner Meinung nach denn passiert?«, wollte Gesner wissen.

»Ist das nicht offensichtlich? Heiko wurde umgebracht.«

»Dafür gibt es bisher keine Anzeichen. Ist dir in der letzten Nacht etwas Besonderes aufgefallen? Hat er sich mit jemandem gestritten? War er allein unterwegs oder …«

»Stopp!« Wiebke hob beide Hände. »Keine Ahnung. Gestern Abend war ich früh im Bett und habe eine Weile mit Ruben geskypt. Danach bin ich irgendwann eingeschlafen. Meine Mutter weiß sicherlich mehr. Zudem … da kommt Patrick.« Sie deutete mit einem Kopfnicken zum Pfad, der von der Straße zum Strand führte.

»Warum hat das denn so lange gedauert?« Gesner musterte seinen jungen Mitarbeiter mit eisigem Blick.

»Das Navi hat mich auf einen Feldweg ins Nirgendwo

geführt. Ist doch nicht meine Schuld, wenn dieses Kaff auf keiner digitalen Landkarte existiert.«

»Nach Sünnum führt genau eine einzige Straße, das solltest du langsam wissen.«

»Ist das eine Leiche?« Patrick ignorierte die Bemerkung seiner Kollegin und deutete mit einem Kopfnicken auf den leblosen Körper.

»Nee, das ist eine ostfriesische Meerjungfrau.«

»Wiebke, komm wieder runter.« Gesner legte ihr beruhigend die Hand auf die Schulter. »Geh nach Hause und trink erst einmal einen Kaffee. Bei der Gelegenheit kannst du auch gleich mit deiner Mutter reden, sie kann uns hoffentlich weiterhelfen. Wir kümmern uns hier um alles Weitere.«

»Okay.« Wiebke hob ihre Tasche auf, klemmte sich das Board unter den Arm und marschierte zum Kroog zurück.

Wenige Minuten später öffnete die Polizistin die Hintertür, stellte die Tasche auf den Boden in der Diele und lehnte das Board an die Wand. Dann eilte sie in die Küche, in der ihre Mutter gerade einen Wasserkessel füllte. Neben der Spüle standen eine alte Kanne und ein Porzellanfilter, an dessen Rand eine Ecke herausgebrochen war.

Die Friesenbrauerin setzte den Kaffee noch immer von Hand auf, da die modernen Maschinen das aromatische Getränk ihrer Meinung nach in eine ungenießbare braune Brühe verwandelten.

»Kindchen, mit dir hatte ich um diese Zeit nicht gerechnet. Hattest du keinen Wind oder warum bist du schon wieder hier?« Sie drehte sich zu Wiebke um.

»Heiko ... er ist ... tot.« Die Worte schmerzten, als bestünden die Buchstaben aus Glasscherben.

»Mein Gott, das darf doch nicht wahr sein. Gestern Abend war er noch im Kroog und hat Tüdelbräu getrunken. Was um alles in der Welt ist denn passiert?« Gesine stellte das Wasser ab und trat, den Kessel in der Hand haltend, zu ihr.

»Ich habe seine Leiche am Strand gefunden. Allem Anschein nach ist er ertrunken.«

»Blödsinn. Heiko hätte niemals in der Nordsee gebadet, jedenfalls nicht freiwillig«, widersprach die Friesenbrauerin energisch.

»Das glaube ich auch nicht, aber wer hätte ihn denn ertränken sollen?«

»Burmeister. Gestern hat Heiko im Kroog erzählt, dass der Mistkerl ihm für sein Haus eine halbe Million Euro geboten hat, doch Heiko wollte trotz des hohen Betrages nicht verkaufen.«

»Die baufällige Hütte ist nicht einmal ein Zehntel wert. Was will Burmeister denn damit?« Wiebke sah ihre Mutter mit großen Augen an.

»Gerüchten zufolge braucht er das Land für eine Milchfabrik. Wahrscheinlich hat er deshalb auch seine Frau umgebracht.«

»Mama, dafür gibt es keine Anhaltspunkte. Was hat es denn mit dieser Milchfabrik auf sich?«, hakte Wiebke nach.

»Keine Ahnung, da musst du Meret fragen. Die hat gestern im Kroog davon gesprochen.«

»Gute Idee. Wann ist Heiko denn gegangen?«

»Das muss so gegen elf gewesen sein.«

»Hat er den Kroog alleine verlassen?«

»Was soll das werden? Ein Verhör?«

»Mama, bitte. Jede Kleinigkeit …«

»… kann wichtig sein, ich weiß. Tut mir leid, aber die Todesnachricht muss ich erst einmal verdauen.« Tüdelbüdel seufzte vernehmlich, bevor sie fortfuhr: »Er ist mit Sören und Meret gegangen.«

»Wollte Heiko sich noch mit jemandem treffen?«

»Das weiß ich nicht.« Gesine stellte den Wasserkessel auf den Herd, betätigte den Zündschalter und drehte das Gas auf. Ein bläulicher Feuerring flammte auf.

»Worüber hast du mit Enno eigentlich in dem Zimmer gesprochen?« Wiebke ließ ihre Mutter bei dieser Frage nicht aus den Augen.

»Ich wüsste nicht, was das mit dem Tod von Heiko zu tun hat.« Die Friesenbrauerin drehte sich zu ihr um und stemmte die Hände in die Seiten.

»Hast du mal darüber nachgedacht, dass die Mordfälle zusammenhängen können?«, blaffte die Polizistin sie an.

»In welchem Ton redest du eigentlich mit mir?«

»Reichen dir zwei Leichen am Strand nicht? Bei unseren Ermittlungen darf es keine Geheimnisse geben, vor allem nicht zwischen uns«, fuhr Wiebke in etwas ruhigerem Tonfall fort.

Gesine funkelte ihre Tochter einen Moment lang wütend an, dann nickte sie und berichtete: »Enno hat mir seine Affäre mit Kerstin gebeichtet. Der arme Kerl hat sich Hals über Kopf in Burmeisters Frau verliebt.«

»Das wissen wir bereits. Was ist mit dem Mord?«

»Enno hat mir versichert, dass er damit nichts zu tun hat und reingelegt wurde.«

»Alle Beweise …«

»… sprechen gegen ihn. Genau darum geht es doch. Warum sollte er dir die Tatwaffe auf dem Silbertablett servieren? An seiner Stelle hätte ich das Messer direkt im Watt vergraben. Dann wäre es niemals gefunden worden.«

»Da ist was dran. Enno hätte damit rechnen müssen, dass wir seinen Schuppen bei einem Verdacht gegen ihn auf den Kopf stellen«, überlegte Wiebke laut. »Er könnte allerdings davon ausgegangen sein, dass wir ihm nicht auf die Schliche kommen.«

»Dann hätte er das Messer nicht verstecken müssen«, widersprach die Friesenbrauerin. »Mit ihm habt ihr den Falschen verhaftet. Versprichst du mir, die Ermittlungen nicht ruhen zu lassen, bevor du den wahren Mörder gefasst hast? Ich bin sicher, dass Burmeister in beiden Fällen seine Finger im Spiel hat.«

»Ich werde dem Verdacht nachgehen. Kannst du im Kroog die Ohren offenhalten? Bei einem Tüdelbräu werden viele Gäste ganz redselig.«

»Um Geschwätz von wichtigen Informationen unterscheiden zu können, musst du mich aber über den Stand der Ermittlungen auf dem Laufenden halten.«

»Mama, du weißt doch, dass ich mit dir keinesfalls darüber sprechen darf.«

»Willst du denn nicht, dass Heikos Mörder gefasst wird?«

»Natürlich. Bei der Fahndung brauche ich …«

»… meine Hilfe.« Die Friesenbrauerin trat zu ihrer Tochter und ergriff ihre Hand. »Heiko war einer von uns. Das sind wir ihm und dem ganzen Dorf schuldig.« Sie drückte Wiebkes Hand fester.

»Du wirst dich nur umhören und nicht auf eigene Faust ermitteln, ist das klar?«

»So etwas würde ich niemals tun.«

»Schön, dass wir das geklärt hätten. Ich verschwinde dann mal wieder.« Wiebke zog ihre Hand zurück und drehte sich um.

»Nicht ohne Frühstück«, bestimmte Gesine. »Hilke Dekker hat vorhin frisches Brot und Rosinenbrötchen vorbeigebracht. Ich hole schnell etwas zu essen aus dem Lädchen. Eine kleine Stärkung wird uns guttun. Gießt du in der Zeit den Kaffee auf?«

»Ich habe keinen Hunger«, winkte Wiebke ab, aber ihre Mutter ignorierte den Einwand und verließ die Küche. Kurz darauf kehrte sie mit einer Tüte zurück, von der ein wundervoller Duft nach frischen Backwaren ausging, der sich mit dem aromatischen Geruch des aufgebrühten Kaffees vermischte.

»Du musst etwas essen. Heute wirst du deine ganze Kraft brauchen. Es hilft niemandem, wenn du später zusammenklappst.«

Gesine deckte den Tisch ein und kurz darauf saßen Mutter und Tochter beim Frühstück. Wiebke griff nach einem Rosinenbrötchen, schnitt es auf und bestrich beide Hälften mit Butter.

»Habt ihr schon mit seiner Lebensgefährtin Monika gesprochen?« Gesine trank einen Schluck Kaffee.

»Bisher noch nicht.« Wiebke riss ein Stück von ihrem Brötchen ab, steckte es in den Mund und kaute lustlos darauf herum. Nachdem sie eine Hälfte gegessen hatte, trank sie ihren Kaffee aus.

»Ich ziehe mich schnell um und gehe dann an die Arbeit.«

»Du hast deinen Teller …«

»… nicht aufgegessen, ich weiß. Tut mir leid, aber ich

bringe keinen Bissen mehr runter.« Wiebke stand auf und ging in ihr Zimmer. Sie zog die Dienstkleidung an, verabschiedete sich dann von ihrer Mutter und machte sich auf den Weg zurück zum Strand.

»Die Leiche wurde vor wenigen Minuten abtransportiert«, informierte sie Gesner und deutete dann mit einem Kopfnicken auf den jungen Kollegen, der mit einer Pinzette Muschelstückchen in einen kleinen Beutel füllte.

»Was macht Patrick denn da?« Wiebke zog die Augenbrauen hoch.

»Er sammelt Beweismaterial.« Gesner schüttelte den Kopf. »Meinetwegen kann er den ganzen Strand durchsieben. Dann ist er zumindest beschäftigt. Hast du von deiner Mutter etwas erfahren?«

»Heiko war gestern Abend im Kroog und hat die Kneipe gegen elf Uhr mit seinem Bruder und Meret Prester verlassen. Burmeister hat ihm eine halbe Million für sein Haus geboten, weil er das Grundstück für ein Großprojekt benötigt.«

»Dann ist ein Mord aus Burmeisters Sicht sinnlos, da er die Immobilie nicht erben wird.«

»Der Erbe könnte sich aber auf einen Handel einlassen«, wandte Wiebke ein.

»Puh, das ist ziemlich weit hergeholt, findest du nicht auch? Wer wird das Objekt nach seinem Tod denn bekommen?« Gesner stieß hörbar den Atem aus und strich sich durch die Haare.

»Aller Wahrscheinlichkeit nach sein Bruder, weil er der einzig noch lebende Verwandte ist.«

»Würde der denn an Burmeister verkaufen?«

Die Polizistin schüttelte den Kopf. »Davon gehe ich keinesfalls aus. Dazu ist Sören, wie die anderen Sünnumer, viel zu heimatverbunden.«

»Dann können wir Burmeister als Täter zunächst ausschließen. Bevor wir uns auf die Suche nach einem Mörder machen, müssen wir erst einmal Anhaltspunkte für einen gewaltsamen Tod finden.«

»Selbst wenn wir keine Anzeichen für ein Verbrechen entdecken, werde ich wegen Mordes ermitteln, auch wenn ich dafür jedes Sandkorn umdrehen muss. Das war weder ein Unfall noch ein Selbstmord. Zunächst müssen wir erst einmal mit seinem Bruder sprechen. Ich …« Wiebke verstummte und senkte den Kopf, bevor sie fortfuhr: »… habe keine Ahnung, wie ich ihm die Todesnachricht überbringen soll.«

»Das werde ich übernehmen. Du kannst in der Zeit mit Meret reden und unserem Jungspund bei der Suche nach Beweisen helfen.« Ihr Vorgesetzter drehte sich um und marschierte los.

»Nee, das ist meine Aufgabe.« Wiebke eilte ihm hinterher. »Das bin ich seinen Angehörigen schuldig.«

»Quatsch, in deinem Job musst du keinesfalls …«

»Ich werde mit ihnen nicht als Polizistin, sondern als Freundin reden«, fiel sie ihrem Vorgesetzten ins Wort und schritt entschlossen voran.

Wenige Minuten später standen die Polizisten vor dem Haus der Familie Gebhard.

Wiebke klingelte.

Kurz darauf hörte sie schlurfende Schritte, dann wurde die Eingangstür geöffnet und ein verschlafener Sören sah von ihr zu Gesner. Er war nur mit einem weißen T-Shirt und einer grauen Jogginghose bekleidet.

»Was ist denn los?« Er kratzte sich am Kopf.

»Wir sind wegen Heiko hier. Er ...« Wiebke verstummte und sah betreten zu Boden.

»Wer ist denn da?«, hörten die Beamten die Stimme seiner Frau aus dem Hintergrund.

»Wiebke ist hier«, rief er in den Flur und wandte sich ihr dann wieder zu. »Hat mein Bruder seinen Rausch wieder in einem Vorgarten ausgeschlafen oder sonst was angestellt?«

Die Polizistin gab sich einen Ruck. »Er ist tot. Ich habe seine Leiche heute Morgen am Strand gefunden.«

Einen Moment lang starrte Sören sie verwundert an. Dann fuhr er sich über das unrasierte Kinn. »Das ist Blödsinn, denn Heiko war seit dem Vorfall nicht mehr am Strand. Warum bist du tatsächlich hier?«

»Heiko Gebhard ist leider verstorben«, bestätigte Gesner mit salbungsvoller Stimme.

»Das ist unmöglich.« Sören lehnte sich an den Türrahmen. Sekunden später ließ ein Schluchzer seinen massigen Leib erbeben.

»Um Himmels willen.« Leefke stürmte an die Tür. Ihre strohblonden Haare standen vom Kopf ab und wirkten auf den ersten Blick wie ein Weizenfeld nach einem Sturm. Zu einem verwaschenen blauen Pullover mit dem Aufdruck einer fliegenden Möwe trug sie eine schwarze Leggins. Die nackten Füße steckten in quietschgelben Badelatschen.

»Was habt ihr ihm denn erzählt?«

»Heiko ist tot. Es tut mir so leid.« Wiebke wischte sich mit den Handrücken die Tränen aus den Augen.

»Kommt erst mal rein.« Leefke ergriff die Hand ihres

Mannes und gemeinsam trotteten sie in die Küche. Dort ließ sich Sören auf einen Stuhl fallen, stützte die Ellenbogen auf den Tisch und verbarg den Kopf in den Händen.

»Mama, warum weint Papa denn?« Jan stand im Türrahmen. Er trug einen blauen Schlafanzug, auf dem die Comicfigur eines Piraten zu sehen war. Das Gummiband, an dem seine Augenklappe befestigt war, hing wie eine Kette um seinen Hals. In einem um den Bauch geknoteten Stoffgürtel steckte ein Plastikschwert.

»Jan, warum bist du denn schon auf?« Leefke eilte zu ihrem Sohn und nahm ihn in den Arm. »Was hältst du davon, wenn du wieder ins Bett gehst und etwas schläfst?«

»Ich bin aber nicht mehr müde«, protestierte er.

»Möchtest du dir vor dem Frühstück eine Folge von Michels Lausbubengeschichten ansehen?«

»Ich darf jetzt fernsehen?« Jan riss die Augen auf.

»Ausnahmsweise. Ich lege dir schnell die DVD ein.« Leefke verließ mit ihm die Küche.

»Wir haben gestern zusammen Tüdelbräu getrunken.« Sören hob den Kopf und sah von Gesner zu Wiebke.

»Meine Mutter hat mir erzählt, dass du gemeinsam mit Heiko und Meret den Kroog verlassen hast. Was habt ihr dann gemacht?«

»Wir sind ein paar Schritte zusammen gegangen. An Einzelheiten erinnere ich mich nicht mehr so genau, weil ich ordentlich einen im Tee hatte. Meines Wissens hatte Heiko Meret angeboten, sie nach Hause zu begleiten. Sie könnte etwas wissen. Was passiert denn jetzt mit Heiko?«

»Sein Leichnam wird zunächst in der Rechtsmedizin obduziert. Wenn wir ein Fremdverschulden ausschließen …«

»Das war Burmeister. Das Schwein wird ihn umgebracht

haben, weil Heiko ihm sein Grundstück nicht verkaufen wollte.« Sören schlug mit der Faust so fest auf den Tisch, dass eine Tasse umfiel. Kaffee lief auf die Tischdecke und tropfte zu Boden.

»Das werden wir überprüfen.«

»Wiebke, dann solltet ihr euch besser beeilen, denn ich werde dem Arschloch jeden einzelnen Knochen im Leib brechen.« Sören stand auf und stampfte zur Tür.

»Das wirst du schön bleiben lassen.« Leefke, die in die Küche zurückgekehrt war, stellte sich ihm in den Weg.

»Burmeister wird für den Mord an Heiko bezahlen.« Sören ballte die rechte Hand zur Faust und schlug damit in seine linke Handfläche.

»Keine Selbstjustiz«, mahnte Gesner. »Bisher wissen wir nicht einmal, ob er überhaupt etwas damit zu tun hat.«

»Er hat recht. Setz dich wieder.« Im ersten Moment schien Sören seiner Frau widersprechen zu wollen. Dann ließ er seine Arme hängen und kehrte zum Tisch zurück.

»Wir halten dich auf dem Laufenden«, versprach Wiebke und stand auf. Gesner erhob sich ebenfalls. Wenige Augenblicke später verabschiedeten sie sich von Leefke, die die Polizisten zur Haustür begleitet hatte.

»Wir brauchen sofort einen Durchsuchungsbeschluss für Burmeisters Haus und sollten auf jeden Fall ...«

»... einen kühlen Kopf bewahren«, mahnte Gesner. »Du reagierst wieder einmal zu emotional.«

»Natürlich reagiere ich emotional«, wetterte die Polizistin. »Ich kenne Heiko seit meiner Kindheit. Wenn er Post für uns hatte, ist er immer auf einen Klönschnack und ein Tüdelbräu im Kroog vorbeigekommen. Er war ein liebenswerter Kauz, der mit Monika endlich sein Glück gefunden hatte.«

»Bist du sicher, dass du ihr die Todesnachricht überbringen willst?«

»Von *wollen* kann keine Rede sein, aber ich muss es einfach, verstehst du das?«

Gesner nickte. »Was hat es denn mit dem Vorfall auf sich, von dem Sören gesprochen hat?«

»Heiko muss sechs oder sieben Jahre alt gewesen sein, als er mit seinem Bruder heimlich in der Nordsee gebadet hat. Dabei haben die Kinder die Kraft der Wellen unterschätzt und wurden bei einsetzendem Niedrigwasser immer weiter aufs Meer hinausgezogen. Sören hat sich im letzten Moment an Land retten können, aber Heiko fehlte die Kraft dazu. Glücklicherweise hat sein Bruder sofort Hilfe geholt und der Vater hat seinen Sohn mehr tot als lebendig aus dem Wasser gefischt. Nach diesem Tag hat Heiko die Nordsee gemieden wie der Teufel das Weihwasser. Aus diesem Grund wird er in der letzten Nacht kaum freiwillig im Meer gebadet haben. Da in Sünnum jeder seine Geschichte kennt, wird ein mutmaßlicher Mörder nicht aus dem Dorf stammen.«

»Wenn jemand es wie einen Unfall aussehen lassen wollte, hätte er damit einen Fehler gemacht«, überlegte Gesner.

Wenige Minuten später schritten sie über den gekiesten Weg zu dem mit Klinker ummauerten Haus.

»Monika ist daheim.« Wiebke deutete auf einen VW Golf, der das knallige Rot einer Klatschmohnblüte hatte. »Ihren Wagen erkennt man sofort.«

Die Polizisten klingelten, aber niemand öffnete ihnen.

»Wenn Monika Nachtschicht hatte, wird sie um diese Zeit noch im Bett sein. Zudem …«

Wiebke verstummte, als sie das Geräusch eines Schlüssels hörte, der von innen im Schloss gedreht wurde. Wenige Augenblicke später stand Heikos Lebensgefährtin vor ihnen. Sie trug einen weißen Bademantel, auf dem unzählige Herzchen aufgedruckt waren.

»Wiebke, was willst du denn hier?« Monika strich sich eine Strähne ihres schulterlangen schwarzen Haares hinter das Ohr.

»Wir müssen mit dir wegen Heiko reden. Können wir kurz reinkommen?«

»Der ist in der letzten Nacht nicht aufgetaucht. Er hat bestimmt wieder ein Bier zu viel erwischt und pennt bei Sören.«

»Leider nicht. Er ist tot.«

Monika sah die beiden mit versteinertem Gesichtsausdruck an. Dann drehte sie sich abrupt um, stelzte mit den steifen Bewegungen einer Plastikfigur in die Küche und stellte Tassen auf den Tisch. Die Polizisten folgten ihr.

»Was machst du da?« Wiebke trat zu ihr.

»Ich setze schnell einen Kaffee auf. Möchtet ihr ein Rührei? Ich kann …«

»Wir wollen nur mit dir reden. Setz dich.«

Wiebke ergriff Monikas Hände. Diese versteifte sich und zunächst hatte es den Anschein, als würde sie ihre Hände zurückziehen. Dann liefen Tränen über ihre Wangen und Monika zitterte, als würde sie in einem Wintersturm nur mit einem Nachthemd bekleidet auf dem Deich stehen. Wiebke nahm die Krankenschwester in den Arm und hielt sie fest, bis sie sich wieder etwas beruhigt hatte.

»Geht schon.«

Monika öffnete eine Schublade, nahm eine Packung Papiertaschentücher heraus und wischte sich die Tränen aus dem Gesicht. Dann setzte sie sich und blickte von Gesner zu Wiebke.

»Hatte er einen Unfall?«

»Er ist wahrscheinlich in der Nordsee ertrunken«, antwortete der Kommissar ausweichend.

»Wenn das ein Scherz sein soll, kann ich nicht darüber lachen.« Monika fuhr sich mit den Fingern über die Augen. »Ihr wisst genau, dass Heiko seit seiner Kindheit nicht mehr im Meer gebadet hat.«

»Wir werden den Grund dafür schon herausfinden«, gab sich Gesner zuversichtlich.

»Kennst du jemanden, der Heiko schaden wollte?« Wiebke beugte sich etwas vor.

»Er war eine herzensgute Seele. Mir ist niemand bekannt, der ihm etwas antun wollte.«

»Weißt du etwas von einem Kaufangebot für das Haus? Ich habe gehört, dass Burmeister eine halbe Million Euro dafür zahlen wollte.«

»Das Schreiben liegt auf dem Couchtisch. In den letzten vier Wochen haben schon zwei Immobilienfirmen ihr Interesse an dieser Bruchbude bekundet. Wollt ihr die Briefe sehen?«

»Gerne. Wir können uns aber auch später unterhalten.« Die Polizistin legte ihre Hand auf Monikas. »Ich kann verstehen, wenn du jetzt lieber allein sein möchtest. Falls du mit einem Psychologen oder Seelsorger sprechen willst, werden wir uns darum kümmern.«

»Ich komme schon irgendwie klar.« Monika stand auf

und verließ die Küche. Kurz darauf reichte sie Wiebke drei Briefumschläge.

»Keine Ahnung, warum Heiko sie aufbewahrt hat.«

»Er könnte einen Verkauf trotz allem in Erwägung gezogen haben«, schlug Gesner eine Lösung vor.

»Das glaube ich keinesfalls. Heiko war so fest in Sünnum verwurzelt, dass er niemals woanders leben wollte.«

Die Polizistin steckte die Umschläge ein. »Wenn wir etwas für dich tun können …« Wiebke verstummte, als sie die Stimme ihrer Mutter im Flur hörte.

»Gesine, ich bin in der Küche«, rief ihr die Krankenschwester zu.

»Es tut mir so leid!« Die Friesenbrauerin stürmte in den Raum und drückte Monika fest an sich. In ihren Armen brachen nun alle Dämme und sie ließ ihren Tränen freien Lauf.

Niemand von ihnen sagte etwas, weil kein Wort die Anteilnahme so gut ausdrücken konnte wie Tüdelbüdels Umarmung. Nach einer Weile wurde aus dem Tränenfluss ein Rinnsal, das mehr und mehr versiegte. Monika löste sich aus Gesines Armen und wischte sich die Tränen von der Wange.

»Ihr müsst mich für eine elende Heulsuse halten.«

»Sabbel nicht so einen Blödsinn«, widersprach Tüdelbüdel und wandte sich dann an ihre Tochter. »Habt ihr Burmeister schon verhaftet?«

»Mama, wann sollen wir das denn gemacht haben? Wie bist du überhaupt reingekommen?« Wiebke sah sie fragend an.

»Die Eingangstür stand einen Spaltbreit offen.«

»Wer ist denn jetzt im Lädchen?«

»Nachdem du gegangen bist, habe ich Joris aus dem Bett geklingelt. Bis der alte Gnadderkopp in die Puschen kommt, müssen die Kunden ihre Einkäufe in die Kladde eintragen. Habt ihr schon mit Meret geredet?«

»Bisher noch nicht. Wir müssen …«

»… uns sofort an die Arbeit machen. Los, worauf wartet ihr noch? Ich kümmere mich in der Zeit um Monika.«

Wiebke schien ihrer Mutter zunächst widersprechen zu wollen. Dann umarmte sie Monika noch einmal und bedeutete ihrem Vorgesetzten mit einem Kopfnicken, ihr zu folgen.

»Was war das denn für eine Show?«, fragte Gesner, nachdem die beiden Polizisten das Haus verlassen hatten.

»Meine Mutter hält Burmeister für Heikos Mörder.«

»Deshalb darf sie uns doch keine Vorschriften machen«, ereiferte sich der Kommissar.

»Mama kann manchmal sehr bestimmend sein.« Ein Lächeln huschte über Wiebkes Gesicht, wie ein Sonnenstrahl, der durch eine Unwetterfront fällt und nach kurzer Zeit wieder verschwunden ist.

»Wir nehmen die Abkürzung.« Sie deutete auf eine Wiese, deren Wildblumen sich in einem sanften Morgenwind wiegten. Wenige Minuten später marschierten sie über den angrenzenden Feldweg auf eine schmale Straße und von dort zur Allee, an der Presters Haus stand. Die Eingangstür wurde geöffnet, bevor die Polizisten das Gebäude erreicht hatten.

»Ich habe euch vom Fenster aus gesehen«, erklärte Meret, bevor sie fragte: »Gibt es neue Informationen zu Ennos Verhaftung?«

»Nee, wir sind wegen Heiko hier. Sören sagte, dass er dich gestern nach Hause bringen wollte.«

»Stimmt. Warum wollt ihr das denn wissen?« Die Schneiderin lehnte sich an den Türrahmen.

»Er ist tot.« Gesner musterte Meret aufmerksam.

»Er ist … *was*?« Sie schlug sich die rechte Hand vor ihren Mund.

»Heiko ist in der Nordsee ertrunken. Möglicherweise waren Sie die letzte Person, die ihn lebend gesehen hat. Worüber haben Sie denn gesprochen?« Der Kommissar sah ihr in die Augen.

Die grauenvolle Nachricht schien Meret die Sprache verschlagen zu haben, denn sie antwortete erst nach einer Weile mit leiser Stimme: »Im Kroog haben wir uns über Burmeisters Milchfabrik und das Kaufangebot für sein Haus unterhalten. Auf dem Rückweg hat Heiko mir seine Hilfe angeboten.«

»Wirkte er traurig oder deprimiert?«

»Eigentlich nicht. Heiko war nur ordentlich angeschickert.«

»Weißt du, was es mit dieser ominösen Milchfabrik auf sich hat?«

»Wiebke, das kann ich dir leider nicht genau sagen. Mir ist nur bekannt, dass Burmeister ein großes Projekt plant.«

»Das werden wir überprüfen. Bitte lass dir den gestrigen Abend noch einmal in Ruhe durch den Kopf gehen. Wenn dir etwas einfällt, kannst du mich jederzeit anrufen.«

»Wiebke, ich denke darüber nach. Wollt ihr reinkommen? Ich kann einen Tee aufsetzen.«

»Jetzt nicht. Wie du dir sicher denken kannst, haben wir alle Hände voll zu tun.«

»Dann sehen wir uns später.« Meret winkte den Polizisten zu, die sich umdrehten und Richtung Allee schritten.

»Meret hat Heikos Angst vor dem Wasser nicht erwähnt.« Auf der Straße kickte Gesner ein Steinchen zur Seite.

»Es ist denkbar, dass sie die Geschichte nicht kennt, denn Meret ist erst vor zwei Jahren bei Enno eingezogen.«

»Aha.« Der Kommissar nickte.

»Worauf willst du hinaus?« Wiebke blieb stehen.

»Ich habe nur laut nachgedacht. Was ist das denn?« Gesner bückte sich nach einem am Straßenrand liegenden Gegenstand, der die Sonnenstrahlen reflektierte, die durch das Blätterdach fielen. »Das sieht wie ein Flachmann aus.«

Wiebke linste über seine Schulter. »Das verbeulte Ding gehörte Heiko. Siehst du die eingravierten Buchstaben HG in der Mitte? Das sind seine Initialen.«

»Wahrscheinlich war er so besoffen, dass er das gute Stück gestern Nacht hier verloren hat.«

»Niemals. Heiko hat den Flachmann gehütet wie einen Diamanten. Vielleicht hat ihn ihm jemand bei einer Rangelei aus der Hand geschlagen. Mit etwas Glück finden wir darauf die Fingerabdrücke des Mörders.« Wiebke ging neben dem Fundstück in die Hocke.

Gesner hielt die Luft an und stieß sie dann hörbar aus. »Wenn wir deiner Theorie folgen und von einem Überfall ausgehen, muss Heiko aber irgendwie zum Strand gekommen sein.«

»Von hier aus ist es nicht weit. Wenn ihn der Angreifer über den Deich zur Nordsee geschleift hat, entdecken wir möglicherweise noch irgendwelche Spuren.« Die Polizistin deutete Richtung Meer.

»Das ist eine ziemlich abenteuerliche Spekulation.« Der Kommissar legte die Stirn in Falten.

»Eigentlich nicht«, widersprach Wiebke. »Burmeister könnte Heiko in der letzten Nacht gefolgt sein und auf einen geeigneten Augenblick gewartet haben.«

»Der mutmaßliche Mörder«, korrigierte Gesner. »Wir wissen nicht, ob Burmeister überhaupt etwas mit Heikos Tod zu tun hat.«

»Wer soll es denn sonst gewesen sein?« Wiebke reckte das Kinn vor.

»Das herauszufinden ist unsere Aufgabe.« Ihr Vorgesetzter hob mahnend den Zeigefinger. »Keine voreiligen Schuldzuweisungen.«

Wiebke nickte. »Du hast recht. Dann wollen wir uns mal an die Arbeit machen.«

SPURENSUCHE

Drei Tage später legte Gesine am späten Nachmittag die Äpfel, die Hilke Dekker auf ihrem Bio-Bauernhof geerntet hatte, in eine Kiste, als der kleine Jan Gebhard den Laden betrat. An seinen Sturz erinnerten nur noch verkrustete Wunden auf seinen Knien.

»Kann ich einen Heringsschwarm bekommen?« Der fünfjährige Junge deutete auf das Bonbonglas mit den bunten Zuckerfischen. Dann kramte er in seiner Hosentasche und legte den Inhalt auf den verkratzten Zahlteller mit dem Logo der *Küstenbank*, der vor vielen Jahren ein Werbegeschenk gewesen war.

»Mal sehen, was wir hier haben. Einen Knopf, drei Murmeln, einen Kieselstein und zwei Kupfermünzen.« Die Friesenbrauerin gab ihm Stein und Knopf zurück und kassierte die Münzen. Dann füllte sie eine Tüte mit den süßen Leckereien und deutete auf die Murmeln. »Damit habe ich schon ewig nicht mehr gespielt. Siehst du die blecherne Milchkanne am Ende des Gangs? Wenn du diese zuerst triffst, bekommst du einen zweiten Heringsschwarm.«

Gesine trat mit zwei Murmeln in der Hand vor den Verkaufstresen.

»Und wenn ich verliere?« Jan sah sie mit großen Augen an.

»Ein echter Pirat denkt nicht einmal an eine Niederlage.«

Tüdelbüdel zwinkerte ihm zu und kniete sich dann neben den Jungen. Dabei knackten ihre Gelenke. »Altwerden ist nichts für Feiglinge«, grummelte sie und gab ihm eine rubinrote Glasmurmel. »Willst du anfangen?«

Jan schüttelte den Kopf und Gesine ließ die gläserne Kugel rollen. Auf halber Strecke berührte diese einen Mehlsack, kam von ihrem Kurs ab und landete zwischen den Kartoffeln.

»Ich bin anscheinend etwas aus der Übung. Du bist dran.«

Jan kniete sich auf den Boden, visierte das Ziel an und ließ die Murmel rollen. Kurz vor der Milchkanne touchierte sie einen Holzeimer mit sauren Gurken und landete zwischen zwei Kartons, die Gläser mit eingemachtem Obst enthielten.

»Puh, das war knapp.« Die Friesenbrauerin atmete erleichtert auf. »Da niemand gewonnen hat, müssen wir eine neue Runde ausspielen. Holst du die Murmeln?«

»Klar.« Jan sprang auf und flitzte durch den Gang. Kurz darauf drückte er Gesine eine davon in die ausgestreckte Hand und kniete sich wieder neben sie.

Tüdelbüdel schickte die gläserne Kugel erneut auf die Reise. Diese rollte jetzt an dem Mehlsack vorbei und ließ auch den Holzeimer hinter sich. Sie wollte die Arme schon jubelnd emporreißen, als die Ladentür geöffnet wurde und Joris eintrat. Wenige Zentimeter vor der Milchkanne knallte die Murmel gegen seine Schuhspitze und rollte unter ein Regal.

»Was soll das denn werden?« Der ehemalige Kapitän warf Gesine einen irritierten Blick zu.

»Wir spielen mit Murmeln und du hast mich um meinen Sieg gebracht.«

»Du würdest aus dieser Entfernung nicht einmal einen

Seehund treffen.« Joris trottete den Gang entlang und blieb vor ihnen stehen. Einen Moment lang schaute er zunächst Tüdelbüdel und dann Jan an.

»Seit wann hat ein altes Mädchen wie Tüdelbüdel denn eine Chance gegen einen echten Piraten?«

»Auf dem Zahlteller liegt eine weitere Murmel. Wenn du dich traust, kannst du gerne gegen uns antreten.«

»Bei einem Sieg bekomme ich eine Kiste Tüdelbräu.«

»Geht in Ordnung. Solltest du allerdings verlieren, hilfst du mir einen Monat lang im Kroog aus.«

Der Leuchtturmbesitzer nahm seine Seemannsmütze ab und kratzte sich am Kopf. »Können wir auch über eine Woche reden?«

»Nichts da. Spielst du mit, oder bist du eine Bangbüx?«

Statt einer Antwort kniete Joris sich umständlich auf den Boden. Jan holte die Murmel unter dem Regal hervor und brachte sie Gesine, die ihren alten Freund mit gerunzelter Stirn ansah.

»Alles okay? Geht das mit deinem Bein?«

»Du musst dir um mich keine Sorgen machen. Wer fängt an?«

Nach drei Spielrunden, in denen niemand auch nur in die Nähe der Milchkanne gekommen war, gelang Jan der entscheidende Treffer. Er sprang auf und hüpfte vor Freude wie ein Gummiball auf und ab. »Ich habe gewonnen.«

»Ich ergebe mich dem tapferen Piraten.« Joris richtete sich auf, hielt aber mitten in der Bewegung inne und verzog das Gesicht.

»Ich helfe dir.« Gesine, die bereits aufgestanden war, reichte ihm die Hand. Wenige Augenblicke später lehnte er am Regal.

»Ist alles okay? Du bist ziemlich blass um die Nase.«

»Geht schon«, winkte Joris ab und wuschelte Jan über die strohblonden Haare. »Du hast mutig gekämpft. Lass dich auch im Leben niemals unterkriegen.«

Der Junge grinste über das ganze Gesicht und nahm die beiden Tüten mit den Heringsschwärmen entgegen, die Gesine ihm hinhielt. Dann verabschiedete er sich und verließ den Laden.

»Du siehst total fertig aus.«

»Mir geht es gut, ich bin allerdings vollkommen unterhopft. Dagegen hilft nur ein Tüdelbräu.«

Gesine sah auf die schmiedeeiserne Uhr, die hinter dem Verkaufstresen an der Wand hing. Die Antiquität war einer Sonne nachempfunden. Im Mittelpunkt des gelb gestrichenen Metalls befand sich das Uhrwerk. Die Zeiger liefen auf den zwölf Strahlen, die anstelle eines Ziffernblattes dort angebracht waren.

»Ist zwar erst zehn vor sechs, aber geh schon mal vor und zapfe dir ein Bier. Ich komme gleich nach.«

Joris nickte ihr kurz zu und schlurfte dann aus dem Laden. Nachdem Gesine ihr Geschäft aufgeräumt und einen Zettel mit der Aufschrift *Bin im* Kroog an die Tür gehängt hatte, folgte sie dem alten Kapitän. Dieser saß auf einem Barhocker vor der Theke und hielt ein Bierglas in der Hand.

»Hat Wiebke bei ihren Ermittlungen zum Tod von Heiko etwas herausgefunden?«

»Seit drei Tagen scheint es in Sünnum kein anderes Thema mehr zu geben.« Die Friesenbrauerin trat hinter die Bar und zapfte sich ebenfalls ein Tüdelbräu.

»Zwei Tote am Strand, das kann doch kein Zufall sein.«

Joris leerte sein Glas und reichte es Gesine, die es wieder auffüllte.

»Davon gehe ich ebenfalls nicht aus. Wiebke hat mir beim Mittagessen erzählt, dass in Heikos Blut neben Alkohol auch Benzodiazepine nachgewiesen wurden.«

»Benzowas?«

»Schlafmittel. Nach Ansicht der Rechtsmediziner hätte man mit der Dosis einen Elefanten betäuben können.«

»Warum sollte Heiko so ein Zeug nehmen und sich danach in die Fluten stürzen?«

»Vielleicht wollte er sich umbringen.« Gesine trank einen Schluck.

»Heiko? Niemals.« Zur Bekräftigung schlug der alte Kapitän mit der flachen Hand auf die Theke.

»Wenn er das Schlafmittel nicht freiwillig genommen hat, muss es ihm jemand eingeflößt haben. Die Spurensicherung hat Blutspuren mit seiner DNA auf dem Asphalt gefunden, die die Experten seinen aufgeschürften Händen zuschreiben. Wahrscheinlich ist er auf dem Heimweg gestürzt.«

»Gab es denn Anzeichen eines Kampfes? Heiko könnte überfallen worden sein.«

»Dafür gibt es bisher leider keine Anhaltspunkte. Niemand hat etwas gesehen oder gehört. Das ist aber nicht weiter verwunderlich, denn außer Ennos Haus ist dort draußen nur noch ein Schafstall.« Die Friesenbrauerin trank einen Schluck Tüdelbräu, bevor sie fortfuhr: »Ich gehe davon aus, dass Burmeister Heiko mit dem Schlafmittel betäubt und ihn dann in der Nordsee ertränkt hat.«

»Das hätte er auch ohne dieses Benzozeugs machen können.«

»Es ist denkbar, dass er Heiko ruhigstellen und einem möglichen Kampf in der Nordsee aus dem Weg gehen wollte. Die Todesangst verleiht vielen Menschen Bärenkräfte.«

»Tüdelbüdel, da ist was dran. Demnach sollten wir uns bei der Suche nach dem Täter auf jemanden konzentrieren, der Heiko körperlich unterlegen war.«

»Dann kommen nur Frauen und Kinder infrage. Der arme Kerl bestand doch nur aus Haut und Knochen.«

»Damit scheidet Burmeister als Täter aus.« Joris fuhr sich nachdenklich über den weißen Bart. »Wer erbt Heikos Haus?«

»Meines Wissens bekommt es Sören.«

»Monika geht leer aus?«

»Ohne Testament ist sie nicht erbberechtigt, schließlich waren die beiden nicht verheiratet.«

»Wo soll sie denn dann wohnen?« Der Leuchtturmbesitzer drehte das Bierglas in seinen Fingern.

»Ich gehe davon aus, dass Sören sie nicht rauswerfen wird.«

»Der wird Monika keinesfalls hängen lassen.« Joris trank einen Schluck, bevor er fortfuhr: »Hoffentlich kann Wiebke Heikos Mörder bald ermitteln.«

»Da bin ich nicht so sicher.« Die Friesenbrauerin stützte sich auf die Theke und lehnte sich etwas vor. »Als Ordnungshüterin muss sie sich an Gesetze und Vorschriften halten. Zudem schließt ihr Vorgesetzter einen Selbstmord nicht kategorisch aus.«

»Was willst du mir denn damit sagen?« Joris stellte das Glas auf die Theke.

»Wenn Wiebke mit ihren Ermittlungen nichts erreicht,

werde ich eigene Nachforschungen anstellen müssen. Meiner Theorie nach hat Burmeister auch bei Kerstins Tod seine Finger im Spiel gehabt. Er wird im Hintergrund die Fäden ziehen, da bin ich sicher.«

»Du solltest die Ermittlungen besser der Polizei überlassen. Mach keinen Blödsinn, hörst du? Wir sehen uns später.«

Joris stand auf und verabschiedete sich. Die Friesenbrauerin sah ihm gedankenverloren nach.

ERBSACHE

Burmeister legte den Ordner mit den Planungsunterlagen zur Seite, nahm die Lesebrille ab und rieb sich den Nasenrücken. Nach dem Tod des versoffenen Postboten musste er nun zügig mit dem Erben des Hauses über einen Verkauf verhandeln.

Der Leichenfund hatte sich in Sünnum und den angrenzenden Dörfern herumgesprochen, weil seine Kollegen es beim Austragen der Post überall erzählt hatten. In Ostfriesland verbreiteten sich die Nachrichten auch ohne Internet in Windeseile.

Falls die Schnapsdrossel kein Testament gemacht hatte, würde die Bruchbude von seinem Bruder übernommen werden. Bevor er diesen unter Druck setzte, musste er die Krankenschwester als Erbin zunächst aber ausschließen.

Da die Küstenbank vor der Auszahlung seiner Kredite auf die Vorlage eines beurkundeten Kaufvertrages bestand, durfte Burmeister keine Zeit verlieren.

Bisher hat er sich darüber keine Gedanken machen müssen, da er mit dem Leiter der örtlichen Filiale seit vielen Jahren befreundet war. Dummerweise hatte der alte Fiersen vor zwei Wochen bei einem Treffen der *Norddeutschen Kreditoffensive* in einem Hamburger Luxushotel einen Herzinfarkt erlitten und lag nun auf der Intensivstation. Leider war der alte Schwerenöter nicht bei einem langweiligen Vortrag vom Stuhl gekippt, sondern während des Geschlechtsaktes leblos auf einem Callgirl zusammengebrochen. Bisher war noch unklar, ob seine Pumpe wegen Überanstrengung den Dienst quittiert hatte oder ob ihm die blauen Pillen einen Strich durch die Rechnung gemacht hatten.

Sicher war nur, dass die Zentrale der Küstenbank einen studierten Wichtigtuer namens Arno Siegler mit der Filialleitung beauftragt hatte, der sich streng an die Vorschriften hielt.

»Dämlicher Korinthenkacker.« Burmeister zerknüllte das Schreiben der Bank, mit dem diese eine sofortige Auszahlung verweigerte, und warf es in den Papierkorb.

Als er dem geschniegelten Anzugträger bei seinem letzten Gespräch einige persönliche Gefälligkeiten in Aussicht gestellt hatte, war dieser aufgestanden und hatte den Raum mit der Bemerkung, dass er nicht korrupt sei, verlassen. Da er den Schnösel vor Baubeginn nicht mehr in die Spur bringen konnte, musste er nun improvisieren.

Burmeister griff nach der Computermaus und fuhr mit dem Cursor auf einen Ordner, in dem er heimlich aufgenommene Fotos abgespeichert hatte.

Zielsicher steuerte er ein Bild an und blickte wenig später auf den Schnappschuss einer glücklichen Familie. Wenn es sein musste, würde er ihnen das Grinsen aus den Gesichtern wischen und sie in einem Tränenmeer ertränken. Niemand würde ihm seinen Plan vermasseln, bei dem er alles auf eine Karte gesetzt hatte und …

Die Klingel riss ihn aus seinen Gedanken. Er stützte sich auf die Schreibtischplatte, stand auf und schlurfte zur Eingangstür. Wenige Augenblicke später musterte er die vor seinem Haus stehenden Polizisten aus zusammengekniffenen Augen.

»Moin, wir sind …«

»Ich habe eure Namen nicht vergessen.« Burmeister sah von dem hageren Kommissar zur Tochter der Friesenbrauerin. »Habt ihr den Mörder meiner Frau gefasst?«

»Bisher leider nicht, die Ermittlungen laufen aber auf Hochtouren. Im Haus von Heiko Gebhard haben wir ein Schreiben gefunden, in dem Sie dem Verstorbenen fünfhunderttausend Euro für seine Immobilie geboten haben.«

»Na und?« Er zuckte mit den Schultern. »Habe ich mich damit strafbar gemacht?«

»Keinesfalls«, winkte Gesner sofort ab. »Wir haben uns nur über die Höhe des Kaufpreises gewundert.«

»Kommen Sie endlich zur Sache, ich habe zu tun.« Burmeister wedelte ungeduldig mit seiner linken Hand.

»Ihr Angebot liegt weit über den örtlichen Immobilienpreisen. Zudem befindet sich das Objekt in einem renovierungsbedürftigen Zustand.«

»Gebhard brauchte Geld und ich wollte ihm helfen. Ist sonst noch etwas?«

»Bei seinem Nachlass wurden weitere Kaufangebote gefunden. Sie stammen alle von Immobiliengesellschaften, in denen Sie geschäftsführend tätig sind.«

»Wie gesagt, Gebhard brauchte Geld und …«

»Das ist doch Blödsinn«, unterbrach Wiebke Felber ihn aufgebracht. »Warum wollen Sie das Grundstück unbedingt kaufen?«

»Das ist meine Sache.« Burmeister trat einen Schritt zurück.

»Haben Sie Heiko Gebhard umgebracht?«

»Frau Felber, das ist eine ungeheuerliche Unterstellung«, echauffierte sich Burmeister.

»Wo waren Sie denn in der Mordnacht?« Gesner ließ sich nicht aus der Ruhe bringen.

»In meinem Büro. Das kann meine Haushälterin Marie Wolters gerne bestätigen. Seit Kerstins Tod übernachtet sie im Gästezimmer, damit sie mir jederzeit zur Hand gehen kann.«

»Können wir kurz mit ihr sprechen?« Felber zog die Augenbrauen zusammen.

»Sie ist momentan nicht auf dem Hof, müsste aber in einer Stunde zurück sein.«

»Wie praktisch«, bemerkte die Polizistin süffisant. »Dürfen wir uns in Ihrem Haus einmal umsehen?«

»Nicht ohne Durchsuchungsbeschluss. Ich wünsche Ihnen einen schönen Tag.« Burmeister drückte die Tür zu, aber die Nervensäge stellte blitzschnell ihren Fuß in den Spalt.

»Haben Sie etwas zu verbergen?«

»Jetzt reicht es mir aber«, bellte er. »Ich habe keine Ahnung, warum Sie mich mit derart absurden Verdächtigungen belästigen, denn ich habe weder meine Frau getötet noch den Postboten umgebracht. Wenn Sie nur einen Funken Mitgefühl hätten, würden Sie einem trauernden Witwer mehr Respekt entgegenbringen. Ohne meinen Anwalt sage ich kein Wort mehr. Wenn Sie ihren Fuß nicht sofort zurückziehen, werde ich Sie verklagen.«

Felber schien sich von seinen Drohungen aber nicht im Mindesten beeindrucken zu lassen. »Wir brauchen den Namen und die Anschrift Ihrer Haushälterin.«

»Welchen Teil von *Ohne meinen Anwalt sage ich kein Wort mehr* haben Sie nicht verstanden?«

Ihre Augen verengten sich zu schmalen Schlitzen. Einen

Moment lang befürchtete Burmeister, dass sie sich wie eine Furie auf ihn stürzen würde, aber dann zog sie ihren Fuß zurück und er knallte die Tür zu.

TESTAMENT

»Demnach bist du Heikos Alleinerbin.« Die Friesenbrauerin legte das Testament vor sich auf den Verkaufstresen ihres Lädchens und sah Monika Nansen ernst an.

Diese nickte.

»Ich bin unsicher, ob es rechtswirksam ist, schließlich
war Heiko damit nicht bei einem Notar.«

»Meines Wissens muss ein handgeschriebenes Testament nicht beurkundet werden. Sicher bin ich aber nicht.
Hast du schon mit Sören darüber gesprochen?«

Monika spielte mit einer Haarsträhne. »Bisher nicht.«

»Warum kommst du damit erst zu mir?«

»Weil ich momentan ziemlich durch den Wind bin und
keine Kraft für eine Auseinandersetzung mit ihm habe.«

»Er wird den letzten Willen seines Bruders respektieren.
Du solltest mit ihm reden.« Gesine faltete das Blatt in der
Mitte zusammen und reichte es Monika.

»Sören kann manchmal ein richtiger Bullerballer sein.«

»Er ist gelegentlich etwas aufbrausend«, gab die Friesenbrauerin zu und wechselte dann das Thema: »Wirst du das
Haus an Burmeister verkaufen?«

»Das Geld könnte ich schon brauchen«, wich Monika
einer Antwort aus.

»In Sünnum wird niemand im Stich gelassen. Solltest du
finanzielle Unterstützung benötigen …«

»Ich will keine Almosen«, unterbrach sie Gesine und
senkte den Blick.

»Wenn Joris einen Unfall hätte und kein Arzt vor Ort wäre, würdest du ihm doch sicherlich auch helfen, ohne etwas dafür zu verlangen.«

»Natürlich würde ich das.« Ein Lächeln huschte über Monikas Gesicht, flüchtig wie das Licht eines Glühwürmchens. »Deine Botschaft ist angekommen.« Sie steckte das Testament in ihre Handtasche und verließ den Laden.

Die Friesenbrauerin sah ihr gedankenverloren nach. Dann räumte sie die Flaschen mit dem Apfelsaft ins Regal und fegte den Boden.

Da Wiebke heute wieder Überstunden machte und daher erst spät heimkommen würde, aß Gesine in ihrer Wohnung allein zu Abend und öffnete dann den Kroog.

Eine Stunde später hatten sich neben Joris, der an der Theke saß, sieben weitere Gäste in der Schankwirtschaft eingefunden. Es erklang Musik der Friesenfolkband *Laway*. Heikos Stammplatz an seinem Stehtisch war leer. Die Stimmung war gedämpft und die Sünnumer sprachen leise, als könnten sie seine Totenruhe stören.

»Ich hätte gerne ein weiteres Tüdelbräu. Hat Wiebke bereits einen Täter ermittelt?« Tammo Friese, der neben Joris an der Theke lehnte, reichte der Friesenbrauerin ein leeres Bierglas. Sie nahm es entgegen und stellte ein neues Glas unter den Zapfhahn.

»Meines Wissens nicht. Ich bin allerdings nicht auf dem laufenden Stand der Ermittlungen, da wir in den letzten beiden Tagen kaum miteinander gesprochen haben. Wiebke kommt nur noch zum Schlafen nach Hause.«

»Burmeister wird Heiko getötet haben, weil er ihm sein Grundstück nicht verkaufen wollte.« Josef Bergmüller trank einen Schluck Tüdelbräu.

»Dafür gibt es keine Beweise.« Tammo nahm das volle Glas von Gesine entgegen, bevor er fortfuhr: »Sören wird ihm die Hütte auch nicht verkaufen.«

»Dann wird Burmeister ihn ebenfalls töten.«

»Sepp, er kann doch nicht das ganze Dorf auslöschen«, widersprach Tammo.

»Heiko hat alles seiner Monika vermacht.«

Die drei Männer sahen Tüdelbüdel, die gerade ein Glas spülte, überrascht an.

»Echt jetzt? Sören geht leer aus?« Joris runzelte die Stirn.

»Anscheinend schon. Monika hat mir heute das Testament gezeigt. Das ganze Schreiben besteht aus einem einzigen Satz, den Heiko auf das Papier gekritzelt hat.«

Tüdelbüdel trocknete das Glas ab und stellte es zu den anderen. »Könnte Burmeister ihn zu diesem Zeitpunkt bedroht ...«

Joris verstummte, als die Tür aufgerissen wurde und Sören hereinstürmte.

»Nu is daddeldu!«

Seine Stimme hallte durch den Kroog und übertönte die Musik aus den Lautsprechern. Mit strammen Schritten marschierte er durch den Schankraum zur Theke und deutete wortlos auf den Zapfhahn.

»Was ist denn los?« Gesine ließ Bier in ein Glas laufen.

»Heiko hat Monika alles vermacht.«

»Komm runter und trink erst mal ein Tüdelbräu.« Joris schlug ihm kumpelhaft auf die Schulter. »Eventuell ist alles nur ein großes Missverständnis.«

»Das Testament ist leider vollkommen eindeutig. Seht selbst.«

Sören zog ein mehrfach zusammengefaltetes Blatt aus

seiner hinteren Hosentasche und knallte es auf den Tresen. Joris griff danach und las es sich durch.

Hiermit vererbe ich meiner Lebensgefährtin Monika Nansen meine gesamten Besitztümer.

Heiko Gebhard

Joris gab das Testament an Tammo weiter, der es aufmerksam studierte.

»Ist das ein Duplikat?« Die Friesenbrauerin reichte Sören sein Bier.

Dieser nickte. »Ich habe das Original während Monikas Besuch mit meinem Computerdrucker kopiert. Warum hat er mich enterbt? Unser Elternhaus sollte immer in Familienbesitz bleiben.«

»Du weißt genau, wie sehr er Monika geliebt hat. Er wollte bestimmt, dass sie nach seinem Tod finanziell abgesichert ist.« Tammo legte das Papier auf die Theke.

»Er hätte ihr alles andere hinterlassen können.« Sören trank einen Schluck Bier.

»Außer dem Haus besaß er doch kaum etwas von Wert«, wandte Joris ein.

»Das stimmt leider.« Sören leerte sein Glas mit großen Schlucken und stellte es auf die Theke.

»Kannst du mir ein weiteres Tüdelbräu machen?«

»Kein Problem.« Gesine nahm ein neues Glas und hielt es unter den Zapfhahn. Dann deutete sie auf das Schriftstück, das sich inzwischen mit Bier vollgesogen hatte. »Sören, du solltest den letzten Willen deines Bruders respektieren. Heiko wird es mit dem Testament ernst gewesen sein, denn er hat sich damit beträchtliche Mühe gegeben.«

»Wie kommst du denn darauf?«

»Weil er es in halbwegs lesbarer Schrift verfasst hat. Normalerweise war seine Sauklaue kaum zu entziffern.«

»Könnte Monika das Testament nach Heikos Tod geschrieben und seine Unterschrift gefälscht haben?«

»Was ist denn das für eine Frage? Mein Tüdelbräu ist dir wohl zu Kopf gestiegen.« Die Friesenbrauerin stemmte die Hände in die Seiten und musterte Sören mit tadelndem Blick. Er ignorierte ihre Bemerkung und deutete auf einen unterbrochenen Halbkreis zwischen dem *b* und dem *h* im Nachnamen.

»Seht ihr diesen Bogen hier? Heiko hat diese Linie immer so schwungvoll durchgezogen, dass die beiden Buchstaben oft nicht mehr als solche erkennbar waren.«

»Willst du damit etwa behaupten, dass Monika das Testament nach Heikos Tod aufgesetzt hat?« Tüdelbüdel schüttelte energisch den Kopf. »Das ist Blödsinn.«

»Eine halbe Million Euro sind eine Menge Geld.«

»Sören, wir reden hier über Monika. Sie ist doch keine Betrügerin.« Joris trank einen Schluck Bier.

»Bis vor wenigen Tagen konnte sich auch niemand vorstellen, dass Enno fremdgeht und allem Anschein nach sogar ein Mörder ist«, eiferte sich dieser.

»Man kennt niemanden wirklich«, gab Tammo zu, bevor er hinzufügte: »Aber Monika ist eine herzensgute Krankenschwester, die von ihren Patienten nicht umsonst *Friesenengel* genannt wird.«

»Könnte sie unter Druck gesetzt worden sein?«

»Sören, bei einer Erpressung müsste sie Dreck am Stecken haben.« Sepp sah in die Runde, bevor er fortfuhr: »Mir fehlt aber die Fantasie, um Monika mit Spielschulden, Drogen oder heimlichen Affären in Verbindung zu bringen.«

»Wir müssen mit allen Mitteln verhindern, dass sie das Haus an Burmeister verkauft.« Die Friesenbrauerin erinnerte sich an Monikas nachmittäglichen Besuch. Hatte deren offensichtliche Anspannung nicht an dem bevorstehenden Gespräch mit Sören gelegen?

Verbarg sie ein dunkles Geheimnis?

»Schreibst du die Tüdelbräu auf meinen Deckel?« Sören wandte sich zum Gehen. »Ich werde die Wahrheit noch heute aus Monika …«

»… herausprügeln? Wolltest du das etwa sagen?« Tüdelbüdel stützte die Arme auf dem Tresen ab und beugte sich vor.

»Niemand will ihr etwas antun. Dennoch sollten wir sie zur Rede stellen«, bekräftigte Tammo. »Sören hat ein Recht auf die Wahrheit!«

»Wir werden uns morgen in aller Ruhe mit Monika unterhalten. Ist das okay?« Gesine blickte von einem zum anderen.

»Tüdelbüdel hat recht.« Joris leerte sein Glas mit einem letzten Schluck. »Heiko hätte nicht gewollt, dass wir gewaltsam gegen seine große Liebe vorgehen. Wir sollten alle noch ein Tüdelbräu trinken und uns dann auf den Heimweg machen. Die nächste Runde geht auf meinen Deckel.«

»Ich weiß nicht. Monika hat schließlich …«

»Sören, ich will dein Wort, dass du nach dem Bier direkt nach Hause gehst.« Der ehemalige Kapitän musterte ihn mit stechendem Blick.

Der Angesprochene senkte den Kopf und schwieg. Dann nickte er.

GESPRÄCHSBEDARF

Monika Nansen saß in der Küche auf einem der verschrammten Holzstühle, die Heiko nicht mehr lackieren würde. Da sie keine Lampe eingeschaltet hatte, wurde der Raum nur vom Licht des Mondes erfüllt, das durch ein Fenster hereinfiel und die Einrichtung mit einem silberfarbenen Glanz überzog. Vor ihr stand eine Tasse Tee, aus der sie seit zwei Stunden keinen Schluck getrunken hatte. Das Ticken der alten Standuhr, die sie bei ihrem Einzug in Heikos Haus mitgebracht hatte, zerhackte die Zeit in bedeutungslose Einheiten. Der Gong, der zu jeder vollen Stunde ertönte, klang in ihren Ohren wie das Geläut einer Totenglocke.

Was hatte sie nur getan?

Sie sah aus dem Fenster auf die Kuhweide, die von einer Wallhecke begrenzt wurde. Die Nacht hatte alle Farben aus der Landschaft gewischt, sodass diese nur noch aus Licht und Schatten zu bestehen schien. Die Ruhe, die Monika an der Küstenregion so liebte, war einer Stille gewichen, die so bedrückend war wie in einem Mausoleum.

Seit Heikos Tod fühlte sie sich wie unter einer Glasglocke gefangen. Während das Leben um sie herum weiterging, war sie zum Zuschauen verdammt. Sie war eine Ausgestoßene, die zwar sichtbar war, aber nicht mehr dazugehörte.

Monika rieb sich die Augen, stand auf und schlurfte ins Schlafzimmer. Dort ließ sie sich auf das Bett fallen, nahm Heikos Kissen und drückte ihren Kopf hinein.

Nach einer schlaflosen Nacht quälte sie sich vor Sonnenaufgang aus dem Bett und ging in die Küche. Dort kippte sie den kalten Tee ins Spülbecken und machte sich einen starken Kaffee. Da sie heute wieder Nachtschicht hatte, konnte sie sich bis zum Arbeitsbeginn noch um ihre finanziellen Angelegenheiten kümmern.

Mit dem Koffeinkick in der Hand trat sie auf die Terrasse, bei der sich einige Platten bereits abgesenkt hatten und zu Stolperfallen werden konnten. Monika schritt bis zu der hüfthohen Feuerdornhecke, die ihr Grundstück begrenzte, und ließ ihren Blick über die endlos erscheinende ostfriesische Landschaft schweifen. Ein leichter Morgenwind spielte mit ihren Haaren. Die Luft war erfüllt von Vogelgezwitscher. Auf der Weide muhte eine Kuh. In der Ferne bellte ein Hund.

Sie atmete tief ein, füllte die Lungen mit der sauerstoffhaltigen Luft. Dann trank sie ihren Kaffee aus und kehrte ins Haus zurück. Am späten Vormittag griff Monika nach dem Telefonhörer und wählte eine Nummer, die sie längst auswendig kannte.

»Ich brauche nur noch einen kleinen Zahlungsaufschub«, fiel sie dem Mann ins Wort, der ihren Anruf entgegengenommen hatte und sie mit einer Floskel abwimmeln wollte. »Wenn ich das Haus meines verstorbenen Lebensgefährten verkaufe, kann ich die Schulden begleichen.«

»Wir haben uns Ihnen gegenüber bisher sehr großzügig gezeigt. Daher sehe ich leider keine Möglichkeit …«

»Eine Woche. Bitte geben Sie mir nur noch eine Woche Zeit«, flehte sie.

»Wie wollen Sie das Haus denn in so kurzer Zeit verkaufen?«

»Das werde ich schon schaffen«, gab Monika sich zuversichtlicher, als sie war.

»Okay. Sie bekommen einen letzten Zahlungsaufschub von fünf Tagen.«

»Ich danke Ihnen.« Sie beendete das Gespräch und suchte sich im Internet eine Telefonnummer heraus. Nach einem Moment des Zögerns tippte sie die Ziffernfolge in die Tasten des mobilen Telefons. Wenige Augenblicke später hörte sie eine Stimme.

»Burmeister.«

UNTERSCHRIFTEN

»Bist du dir absolut sicher?« Die Friesenbrauerin sah ihre Tochter, mit der sie am Mittagstisch saß, ernst an.

»Ich habe Heikos Testament einer forensischen Handschriftenprüfung unterzogen. Nach Meinung des Experten handelt es sich dabei um eine Fälschung. Neben dem fehlenden Bogen zwischen dem *b* und dem *h* hat er mehrere Druckpunkte entdeckt, die auf eine nachgemachte Schrift hindeuten. Siehst du die umrandeten Stellen?«

Wiebke deutete auf die mit einem roten Stift gezogenen Kreise auf einem Computerausdruck, der in der Mitte des Tisches lag.

Gesine beugte sich vor und begutachtete die markierten Punkte. »Die habe ich nicht bemerkt.«

»Die sind auf den ersten Blick auch kaum erkennbar. Eine Handschrift besteht normalerweise aus durchgezogenen Linien. Die Druckpunkte deuten darauf hin, dass der Stift an diesen Stellen abgesetzt wurde. Das passiert beispielsweise immer dann, wenn ein Blatt Papier unter das andere gelegt wird, um ein Bild abzupausen.«

»Wurde die Schrift auch mit Heikos Gekritzel auf meinem Bierdeckel verglichen?« Gesine schob ihren Suppenteller zur Seite.

»Natürlich. Dort sind keine Druckpunkte erkennbar. Zudem ist der Bogen zwischen den beiden Buchstaben vorhanden. Monika wird das Testament nach Heikos Tod angefertigt haben.«

»Das darf doch nicht wahr sein.« Tüdelbüdel seufzte vernehmbar.

»Ich habe schon mit Sören gesprochen. Er will noch heute eine Anfechtungserklärung beim Nachlassgericht einreichen. Obwohl es mir schwerfällt, muss ich Monika dazu vernehmen. Urkundenfälschung ist eine ernste Angelegenheit.«

Gesine hob den Kopf. »Ich werde mit ihr reden.«

»Mama, das ist meine Aufgabe.« Wiebke stand auf, stellte die beiden Suppenteller ineinander und legte die Löffel hinein. Sie wollte das Geschirr gerade zum Spülbecken tragen, als das auf dem Tisch liegende Mobiltelefon vibrierte.

Die Polizistin warf einen Blick auf das Display und seufzte. Dann nahm sie das Gespräch entgegen. »Patrick, was willst du?«

»Du musst sofort kommen.«

»Was ist denn los?«

»In Norden gab es einen Überfall und ich erreiche unseren Chef nicht. Ich brauche dringend Unterstützung.« Er klang aufgeregt.

»Gesner hat einen Zahnarzttermin und ich bin bei meiner Mutter in Sünnum. Das wird einen Moment dauern.«

»Beeil dich. Ich schicke dir meinen Standort auf dein Handy.«

»Das ist … Patrick? Hallo …« Wenige Augenblicke später warf Wiebke einen Blick auf die Anschrift und wandte sich dann an ihre Mutter. »Ich muss sofort los.«

»Was ist denn passiert?« Gesine räumte die Gläser ab.

»Keine Ahnung. Anscheinend hat jemand eine Packung Zigaretten mitgehen lassen. Patrick vermutet hinter jedem

Verbrechen eine weltweite Verschwörung. Der Döspaddel hält sich für einen ostfriesischen James Bond.«

»Was ist mit Monika?«

»Die werde ich danach zusammen mit Gesner vernehmen.« Wiebke eilte in den Flur und griff nach dem Wagenschlüssel, der in einer hölzernen Schale auf der Kommode lag.

»Wir sehen uns später. Versprichst du mir, in der Zeit nicht mit Monika zu reden? Das ist Sache der Polizei.«

»Du kennst mich doch«, antwortete ihre Mutter ausweichend.

»Genau deshalb mache ich mir auch Sorgen.«

Wiebke klimperte mit den Wagenschlüsseln und lief aus dem Haus. Die Friesenbrauerin trat ans Fenster und sah dem himmelblauen Mini ihrer Tochter nach, bis dieser hinter einer Kurve verschwunden war.

Dann stellte sie die Teller ins Spülbecken und steckte den Computerausdruck ein, den Wiebke in der Eile auf dem Tisch liegengelassen hatte. Kurz drauf radelte sie mit ihrem Hollandrad zum Haus des verstorbenen Postboten.

Auf dem Weg dorthin grübelte Tüdelbüdel unentwegt über den grauenvollen Verdacht, den sie bisher für sich behalten hatte: Hatte Monika Heiko getötet und das Testament gefälscht, um das Haus an Burmeister zu verkaufen? War die liebevolle Krankenschwester, die sich aufopferungsvoll um ihre Patienten kümmerte, nur eine Fassade, hinter der sich eine kaltblütige Mörderin verbarg?

Auch wenn der Gedanke so schrecklich war, dass Gesine diesen am liebsten verdrängt hätte, musste sie sich Gewissheit verschaffen.

Sie stellte das Fahrrad vor dem Gartenzaun ab, marschierte zur Tür und klingelte. Wenige Augenblicke später schaute sie in die geröteten Augen von Monika. Offensichtlich hatte sie geweint – oder war die Trauer um Heiko nur eine Show, mit der sie ihre Mitmenschen in die Irre führte?

»Tüdelbüdel, wie schön, dich zu sehen. Komm doch rein.«

Die Krankenschwester trat einen Schritt zur Seite und die Friesenbrauerin schritt an ihr vorbei in die Küche. Monika schloss die Haustür und folgte ihr.

»Wir müssen reden.« Gesine setzte sich auf einen der Stühle, die um den Tisch herum standen.

»Was ist los? Du klingst so seltsam.«

»Was hat es mit Heikos Testament auf sich?«

Gesine kam direkt zur Sache. Monika zuckte einmal kurz zusammen, dann hatte sie ihre Mimik wieder unter Kontrolle.

»Das habe ich dir doch gezeigt. Worauf willst du hinaus?«

»Hast du das Testament gefälscht?« Tüdelbüdel ließ sie bei dieser Frage nicht aus den Augen.

»Selbstverständlich nicht«, empörte sich Monika und trottete zur Arbeitsplatte neben der Spüle. »Möchtest du eine Tasse Tee oder einen Kaffee?«

»Ich will die Wahrheit.«

»Heiko hat mir seine ganzen Besitztümer vererbt. Das hat mich auch überrascht, aber ich werde seinen letzten Willen respektieren. Was ist jetzt: Willst du Kaffee oder Tee?« Ohne eine Antwort abzuwarten, hantierte Monika mit der dort stehenden Kaffeemaschine. »Ich habe in der vergangenen Nacht kaum geschlafen und brauche einen Koffeinkick, sonst stehe ich den Tag nicht durch.« Sie legte zunächst einen Filter ein und öffnete dann eine Dose mit gemahlenem Kaffee. Beim Einfüllen zitterte ihre Hand so sehr, dass sie einen Teil des Pulvers auf der Arbeitsplatte verteilte.

»Warum lügst du mich an?«

»Das würde ich niemals tun.«

Der Löffel rutschte aus Monikas Hand und Kaffeepulver rieselte zu Boden. Sie stützte sich auf der Arbeitsfläche ab. Ihr Körper erbebte unter einem Schluchzer.

»Rede mit mir.« Gesine stand auf und legte ihr beruhigend die Hand auf den Rücken.

»Warum kannst du mich nicht in Ruhe um Heiko trauern lassen?« Monika wirbelte herum und wischte sich die Tränen aus den Augen.

»Ich verschwinde erst dann, wenn du mir die Wahrheit gesagt hast.« Die Friesenbrauerin zog den Computerausdruck aus der Hosentasche, faltete das Papier auseinander und legte es auf den Küchentisch. »Das ist eine Schriftexpertise des Testaments. Nach Auskunft von Polizeiexperten ist diese gefälscht. Wiebke wird …«

Die Krankenschwester sah Gesine wie versteinert an. »Du hast Heikos letzten Willen polizeilich prüfen lassen? Vertraust du mir nicht mehr?«

»Hätte ich denn einen Grund, dir zu misstrauen? Wo warst du in der Mordnacht?« Auch wenn Tüdelbüdel leise sprach, detonierten die Worte wie Bomben.

»Willst du mir damit etwa unterstellen, dass ich Heiko getötet habe?«, giftete Monika.

Gesine blieb reglos neben ihr stehen. »Du hast meine Frage nicht beantwortet.«

»Ich hatte Nachtschicht im Krankenhaus. Du gehst jetzt

besser, denn ich habe keine Lust, mir deine haltlosen Anschuldigungen länger anzuhören.« Ohne die Friesenbrauerin eines weiteren Blickes zu würdigen, stampfte Monika
zur Haustür und öffnete sie.

Tüdelbüdel griff nach dem Ausdruck und steckte ihn ein.
Dann folgte sie der Aufforderung.

Sie hatte das Haus kaum verlassen, als die Tür mit einem
lauten Knall hinter ihr zugeschlagen wurde. Mit gesenktem Kopf schlurfte die Friesenbrauerin zu ihrem Fahrrad
und radelte nach Hause. Auf dem Weg dorthin spürte sie
das drohende Unheil wie eine aufziehende Gewitterfront,
ohne das Geringste dagegen unternehmen zu können.

ERMITTLUNGEN

»Patrick, das ist nicht dein Ernst!« Wiebke funkelte ihren Kollegen vor dem Feinkostgeschäft in der Norder Innenstadt wütend an.

»Warum regst du dich denn so auf, schließlich habe ich den Kerl auf frischer Tat ertappt.« Der junge Kollege deutete auf eine Packung Ostfriesentee, die er in der linken Hand hielt. »Da ich mich bei der Verhaftung streng an die Vorschriften halte, musste ich …«

»Ich kenne die Spielregeln«, unterbrach ihn die Polizistin unwirsch. »Bei dem Dieb handelt es sich aber um einen dreiundneunzigjährigen Bewohner der hiesigen Seniorenresidenz, der bei jedem Wetter mit Ostfriesennerz und Pantoffeln durch die Straßen läuft. Vor der Übergabe an seinen Sohn hat er dieses Geschäft fast vierzig Jahre lang geleitet. Der alte Gunnar ist so etwas wie das lebende Wahrzeichen des Ortes und du Vollpfosten nimmst den armen Kerl fest.« Sie deutete auf einen alten Mann mit schlohweißem Haar, der vor dem Geschäft auf einer Bank saß und jeden Passanten mit einem freundlichen *Moin* grüßte.

»Wenn du ihm nicht sofort die Handschellen abnimmst, lasse ich dich auf dem nächsten Fischkutter kielholen.«

»Kielholen?« Patrick kratzte sich am Kopf.

»Dabei wirst du von einem Tau unter dem Schiffsrumpf durchgezogen. Was ist jetzt? Willst du tauchen oder den alten Mann endlich freilassen?«

»Ich habe den Diebstahl aber genau beobachtet«, rechtfertigte er sich.

»Hat der Ladenbesitzer überhaupt Anzeige erstattet?«, hakte Wiebke nach.

»Bisher noch nicht. Ich dachte …«

»Wann kapierst du endlich, dass dein Hirn mit derart komplexen Prozessen vollkommen überfordert ist?«

»Was ist denn hier los?« Gesner stützte sich mit den Händen auf seinen Oberschenkeln ab und rang nach Atem.

»Sherlock hat den berüchtigtsten Verbrecher Ostfrieslands dingfest gemacht.« Wiebke deutete auf den weißhaarigen Mann, der ihnen fröhlich zuwinkte. Dabei klimperten die Handschellen an seinen dünnen Gelenken.

»Ich sprinte nach meinem Zahnarzttermin durch die halbe Stadt, weil Gunnar wieder einmal ein Pfund Tee aus seinem Laden mitgenommen hat?«

»Ist der Mann etwa ein Serientäter?« Patrick zog die Augenbrauen hoch.

Gesner ignorierte seine Frage, sondern schritt zu dem älteren Herrn und nahm diesem die Handschellen ab. Nachdem er kurz mit ihm gesprochen hatte, winkte er Patrick zu sich. Der Polizeimeister folgte der Aufforderung.

»Soll ich den Täter in unsere Zelle bringen?«

»Im Gegenteil. Ich habe Gunnar versprochen, dass du ihn als Wiedergutmachung für die Festnahme auf eine Tasse Tee und ein Stück Friesentorte einladen wirst und ihn danach in die Seniorenresidenz begleitest. Er mag seinen Tee übrigens am liebsten mit einem ordentlichen Schuss Rum. Es wird Zeit, dass ihr beiden euch besser kennenlernt.«

»Aber ich …«

»… werde Ihrer Anweisung folgen. Das wolltest du doch sagen, oder?«

Patrick schwieg einen Moment, dann nickte er und reichte Wiebke die Packung Tee. Wenige Augenblicke später sah sie dem alten Mann, der sich bei dem jungen Ordnungshüter eingehakt hatte, nach.

»Damit dürfte unser Superbulle eine Weile beschäftigt sein.« Gesner schüttelte den Kopf. »Hoffentlich reicht er bald einen Versetzungsantrag ein. Hast du Monika Nansen schon vernommen?«

»Dazu bin ich noch nicht gekommen, weil mich Patrick angerufen und zu diesem ›Überfall‹ zitiert hat.«

»Ich bringe den Tee zurück und rede kurz mit Gunnars Sohn. Wahrscheinlich hat er von der Verhaftung seines Vaters nichts mitbekommen, denn sonst hätte er längst eingegriffen.«

Wenige Minuten später hatten die Polizisten den vermeintlichen Diebstahl geklärt und waren auf dem Weg nach Sünnum.

Sie parkten den Wagen neben dem Gartenzaun vor Heikos Grundstück, stiegen aus und klingelten, aber niemand öffnete. Der Kommissar trat einen Schritt zurück und musterte das Haus. Die Fenster waren geschlossen, die Vorhänge zugezogen.

»Monikas Wagen steht nicht im Carport.« Wiebke deutete auf den leeren Unterstand.

»Sie könnte bei der Arbeit sein.« Gesner klingelte erneut. Als auch jetzt niemand aufsperrte, umrundeten die Polizisten das Gebäude, das mit den zugezogenen Gardinen einen verlassenen Eindruck machte.

»Ich habe kein gutes Gefühl bei der Sache. Hoffentlich ist sie nicht abgehauen. Hast du mit deiner Mutter über die Schriftexpertise gesprochen?«

»Beim Mittagessen. Sie wird …«

»… ihre Nase wieder in unsere Angelegenheiten gesteckt haben. Wenn Gesine ihr etwas von den Ermittlungen erzählt hat, könnte Monika untergetaucht sein.«

»Wo soll sie denn hin?« Wiebke presste die Lippen aufeinander.

»Keine Ahnung. Es ist sogar denkbar, dass deine Mutter ihr bei der Flucht geholfen hat.«

»Das würde Mama niemals tun. Ich rede mit ihr.«

»Nichts da, *wir* reden mit ihr«, mahnte Gesner. »Wenn sie unbedingt Miss Marple spielen will, werde ich sie wegen Behinderung der Justiz festnehmen müssen.«

Die Beamten kehrten zum Dienstfahrzeug zurück und fuhren zum Kroog. Ihr Vorgesetzter hatte den Wagen gerade gestoppt, als Wiebke schon heraussprang und zum Lädchen stürmte. Sie riss die Eingangstür so ungestüm auf, dass das Glöckchen darüber wie verrückt bimmelte und herunterzufallen drohte.

»Warst du bei Monika?« Die Polizistin marschierte durch den Gang zum Kassentresen, hinter dem ihre Mutter stand und Zuckerfische in das große Glas füllte.

»Ja, ich habe mit ihr gesprochen.«

Als das Glöckchen erneut bimmelte, sah die Friesenbrauerin auf und nickte Gesner kurz zu.

»Verdammt, du solltest doch nicht mit ihr reden.« Wiebke schlug mit der flachen Hand auf den Tresen. »Dafür kannst du rechtlich belangt werden, ist dir das eigentlich klar?«

»Ich musste es wissen.« Tüdelbüdel hielt dem Blick ihrer Tochter stand.

»Was hat Frau Nansen Ihnen denn erzählt?« Gesner stellte sich neben seine Kollegin.

»Sie hat sowohl die Fälschung wie auch den Mordvorwurf abgestritten.«

»Mama, sollte Monika in einen Mord verwickelt sein, ist sie jetzt gewarnt und wird untertauchen. Das ist Behinderung der Justiz.«

»Tüünkram, das ist die Suche nach der Wahrheit. Monika hat mich übrigens rausgeworfen. An eurer Stelle würde ich zum Krankenhaus fahren, meines Wissens hat sie heute Spätschicht.« Für Gesine schien das Gespräch beendet zu sein, denn sie füllte weitere Zuckerfische in das Glas. Wiebke sah ihre Mutter einen Moment lang erbost an. Dann drehte sie sich um und stampfte hinaus.

Gesner folgte ihr. »Na toll, ihretwegen können wir jetzt den ganzen Weg zurückfahren. Sollte Tüdelbüdel unsere Ermittlungen noch einmal torpedieren, werde ich sie persönlich zur Rechenschaft ziehen.« Er öffnete die Fahrertür und stieg ein.

»Das wird Mama vermutlich nicht abschrecken.« Wiebke setzte sich auf den Beifahrersitz.

Die Fahrt zum Norder Krankenhaus verlief schweigend.

Nach ihrer Ankunft stellten die Polizisten den Wagen auf dem Parkplatz ab und eilten zur orthopädischen Abteilung, in der Monika arbeitete.

Die Sohlen ihrer Schuhe quietschten auf dem Linoleumboden. In den Gängen roch es nach einer Mischung aus Desinfektionsmitteln und Kantinenessen. Servierwagen mit abgeräumtem Geschirr standen an den Wänden. Ein junger Mann mit bandagiertem Bein humpelte ihnen auf Krücken entgegen. Ein Arzt in einem weißen Kittel hastete an den Beamten vorbei und verschwand in einem Patientenzimmer.

Auf der Station klopfte Gesner an die Tür des Schwesternzimmers, in dem eine füllige Frau Medikamente sortierte. Sie öffnete ihnen.

»Moin. Können Sie mir sagen, wo ich Frau Nansen finde?«

»Das hätte ich auch gerne gewusst.« Die Krankenschwester sah von Gesner zu Wiebke. »Hat Monika etwas ausgefressen?«

»Wir haben nur ein paar Fragen zum Tod ihres Lebensgefährten. Reine Routineangelegenheit«, winkte der Kommissar ab.

»Keine Ahnung, wo Monika sich rumtreibt. Bisher ist sie jedenfalls nicht zu ihrer Schicht erschienen. Ihretwegen darf ich jetzt Überstunden machen.«

»Ist sie öfter unpünktlich?«, hakte Wiebke sofort nach.

»Nee, normalerweise ist sie immer eine Viertelstunde vor Arbeitsbeginn hier.«

»Hat sie sich denn krankgemeldet?«, fragte Gesner.

»Das ist mir nicht bekannt. Gegebenenfalls wissen die Kollegen in der Personalabteilung etwas. Sie finden das Büro im Erdgeschoss, dritte Tür links.«

»Wenn Frau Nansen erscheint, soll Sie sich umgehend bei uns melden.« Gesner reichte der Krankenschwester eine Visitenkarte. Dann verabschiedete er sich von ihr und eilte mit Wiebke zum Personalbüro.

»Wie kann ich Ihnen behilflich sein?« Ein etwa sechzigjähriger Mann mit ungewöhnlich blasser Haut und einem akkurat gekämmten Haarkranz, der Wiebke an eine Mönchstonsur erinnerte, sah zu ihnen auf.

Der Angestellte saß in einem etwa zwölf Quadratmeter großen Büro. An den Wänden standen stählerne Aktenschränke, die einige Schrammen aufwiesen. Eine der Türen war eingedellt. An der linken Wand hing das vergilbte Bild eines Leuchtturms in einem blauen Plastikrahmen. Neben zwei gegeneinandergestellten Schreibtischen, von denen einer unbesetzt war, kämpfte ein Gummibaum mit verstaubten Blättern um sein Leben. Auf den Arbeitsflächen stapelten sich Ordner und Postkörbe um die dort stehenden Computermonitore. Vor dem anwesenden Mitarbeiter stand eine graue Tastatur, daneben ein Schild, welches ihn als *Hermann Berger* auswies.

»Moin. Wir hätten gerne gewusst, ob sich Monika Nansen heute krankgemeldet hat.«

»Informationen dieser Art darf ich nicht herausgeben. Wer sind Sie überhaupt?« Berger musterte die uniformierten Ordnungshüter durch seine Hornbrille.

»Kommissar Gesner. Das ist meine Kollegin Felber.«

»Das kann jeder behaupten. Können Sie sich denn ausweisen?« Hinter den dicken Brillengläsern wirkten die braunen Augen des Mitarbeiters wie Fische in einem Aquarium. Nachdem er ihre Papierausweise aufmerksam studiert hatte, wühlte er in einem Korb, auf dem *Posteingang* stand.

»Ich habe keine Arbeitsunfähigkeitsbescheinigung vorliegen. Tut mir leid. Ist Monika heute denn nicht zum Dienst erschienen?«

»Kennen Sie alle Mitarbeiter dieses Krankenhauses namentlich?« Wiebke war beeindruckt.

»Selbstverständlich. In meinen dreiundvierzig Berufsjahren habe ich weder einen Namen noch ein Gesicht vergessen. Ist alles auf dieser Festplatte gespeichert.« Berger tippte sich an die Stirn. »Auf mein Gedächtnis ist im Gegensatz zur modernen Technik immer Verlass. Nachdem unser hausinterner Server abgeschmiert ist, arbeite ich wie im Mittelalter. Glücklicherweise kann ich inzwischen wieder mit meinem Computer auf die Personaldaten zugreifen.«

»Können wir die Dienstpläne von Monika Nansen einsehen?« Gesner trat einen Schritt vor.

»Ich kann Ihnen leider nur den aktuellen Monatsplan zeigen.« Bergers Finger flogen mit erstaunlicher Geschwindigkeit über die Tasten. Kurz darauf spuckte ein unter dem Schreibtisch stehender Drucker geräuschvoll Papier aus. Berger bückte sich und reichte Gesner den Computerausdruck. Dieser studierte ihn aufmerksam.

»Was bedeuten die Zeitangaben hinter den Daten?« Der Kommissar deutete auf zwei Zeilen, die mit *Kommen* und *Gehen* überschrieben waren.

»Während dieser Zeit hatte sich Monika im elektronischen Erfassungssystem eingeloggt.«

»Demnach hat sie ihre Schicht an diesem Tag um 22 Uhr 37 beendet, ist das richtig?« Der Kommissar deutete auf eine Zeile.

»Stimmt«, bestätigte der Personalmitarbeiter, bevor er hinzufügte: »An diesem Tag ist Monika früher nach Hause gegangen. Ist sie wegen der Pfändung in Schwierigkeiten?«

»Aus ermittlungstechnischen Gründen dürfen wir Ihnen dazu keine Auskünfte erteilen. Was können Sie uns denn zur Pfändung sagen?« Wiebke reagierte geschickt auf diese neue, brisante Information.

»Das Pflegeheim *Friesenstift* in Greetsiel hat seit drei Wochen ein Pfändungspfandrecht an den Gehaltsforderungen. Daher dürfen wir das Geld nur bis zur Freigrenze auszahlen. Hoffentlich bekommt Monika ihre finanziellen Angelegenheiten schnell wieder in den Griff.«

»Davon gehen wir aus. Vielen Dank für die Information.«

Die Polizisten verabschiedeten sich und eilten zum Dienstfahrzeug.

»In der Mordnacht hat Monika also nicht bis zum frühen Morgen durchgearbeitet.« Der Kommissar strich sich über das stoppelige Kinn.

»Demnach können wir sie als Täterin nicht ausschließen. Mit ihren finanziellen Problemen hat Monika sogar ein Motiv für den Mord an Heiko. Wir müssen sie unbedingt finden.«

»Hast du eine Idee, warum sie dem Friesenstift Geld schuldet?« Gesner zog den Wagenschlüssel aus der Hosentasche.

»Keine Ahnung. Meines Wissens lebt ihre Mutter noch immer in Dornum. Nach dem frühen Tod ihres Vaters ist Monika dort aufgewachsen und erst vor einem Jahr zu Heiko nach Sünnum gezogen«, erläuterte Wiebke. »Ich kann mir sie beim besten Willen nicht als Verbrecherin vorstellen.«

»Wenn man alle Bösewichter auf Anhieb erkennen würde, hätten wir bald nichts mehr zu tun.« Der Kommissar öffnete die Wagentür. »Was hältst du von einem Ausflug nach Greetsiel? Dort gibt es leckere Fischbrötchen.«

»Gute Idee. Ich habe schon lange keinen Brathering mehr gegessen.«

Auf dem Weg zum einzigen Hafenort an der Leybucht folgten die Polizisten den Landstraßen, die sie an Feldern und Weiden vorbeiführten. Die Sonne schien von einem blassblauen Himmel, über den dünne Schleierwolken zogen. Der endlos erscheinende Horizont erinnerte Wiebke an jene dreidimensionalen Kunstwerke, die ihr wahres Bild erst nach längerer Betrachtung offenbarten. Auch Ostfriesland hatte viele verborgene Schönheiten zu bieten. Wiebke konnte sich nicht vorstellen, jemals woanders zu leben.

»Denkst du an dein nächstes Date?«

»Wie kommst du denn darauf?« Sie sah ihren Vorgesetzten fragend an.

»Du hast gelächelt. Da das sicherlich nichts mit den aktuellen Ermittlungen zu tun hat, wirst du an einen heißen Lover gedacht haben. Bist du eigentlich noch mit diesem Barbesitzer auf Norderney zusammen?«

»Du bist so neugierig wie meine Mutter. Da läuft nichts. Jedenfalls nichts, was du wissen müsstest.« Sie schaute aus dem Fenster.

»In deinem Alter ...«

»... sollte ich längst unter der Haube sein? Den Spruch habe ich schon öfter gehört.«

»Ich hätte es etwas anders ausgedrückt.« Gesner grinste.

»Schon mal was von Emanzipation gehört?« Wiebke seufzte vernehmlich und deutete dann auf die Straße. »Da vorne musst du links abbiegen.«

Wenige Minuten später stellte der Kommissar den Wagen auf dem Parkplatz vor dem Friesenstift ab. Er stieg aus und ließ den Blick über die historische Burg schweifen, die in den letzten Jahren vollständig restauriert worden war und nun in modernem Glanz erstrahlte. Der Wassergraben war im Zuge der umfangreichen Renovierung in eine parkähnliche Gartenanlage integriert worden.

Pfleger schoben betagte Bewohner in Rollstühlen über das Gelände oder begleiteten sie bei ihren Spaziergängen. Auf einer Bank saßen drei ältere Damen zusammen und lachten.

Gesner stieß einen anerkennenden Pfiff aus. »So eine Luxusbude möchte ich mir später auch leisten können.«

Wiebke sah sich um. »Das ist mir alles zu perfekt. Ich komme mir vor wie in einem Disneyland für Senioren.«

»Die Betreiber werden sich die Unterkunft sicherlich teuer bezahlen lassen.«

Die Polizisten gingen über einen gewundenen Weg zum Haupteingang und der Kommissar drückte die Holztür des Eingangsportals auf, dessen Griff aus einem geschnitzten Anker bestand.

Wenige Augenblicke später musterte Wiebke die pompöse Eingangshalle. Eine Treppe, deren Stufen mit rotem Teppich ausgelegt waren, führte in die oberen Stockwerke. An der linken Seite befanden sich zwei Aufzüge, gegenüber war eine Rezeption, die aus poliertem Mahagoniholz bestand.

»Wie kann ich Ihnen helfen?« Eine etwa dreißigjährige Frau mit einer eleganten Hochsteckfrisur stöckelte zu den beiden. Bekleidet war sie mit einem dunkelblauen Kostüm und einer weißen Bluse. Ihre Füße steckten in eleganten Pumps.

»Wir hätten gerne mit der Geschäftsleitung gesprochen.«

»In welcher Angelegenheit?«

»Darüber dürfen wir mit Ihnen leider nicht reden«, erklärte Gesner mit salbungsvoller Stimme.

»Verstehe.« Die Mitarbeiterin trippelte zur Rezeption.
Nach einem kurzen Telefonat informierte sie die Beamten: »Dr. Althauer wird Sie in seinem Büro empfangen. Ich
bringe Sie hin.«

Die Polizisten folgten ihr über die Treppe in das erste
Stockwerk. Dort wurden sie von einem Mann, der Wiebke
an eine jüngere Ausgabe des Schauspielers George Cloo-
ney erinnerte, im Flur empfangen.

»Katja, ich übernehme jetzt. Können Sie sich bitte um
Frau Prater kümmern? Die Gute hat ein Problem mit dem
hausinternen Friseur. Sie ist vollkommen aufgelöst, weil er
beim Tönen einen falschen Farbton erwischt haben soll.«

»Selbstverständlich«, flötete die Empfangsdame und
kehrte ins Erdgeschoss zurück.

»Mein Name ist Dr. Althauer.« Er wandte sich an die Polizisten und deutete eine leichte Verbeugung an. »Ich leite
diese großartige Einrichtung. Kommen Sie doch rein.« Mit
einer einladenden Geste bat er seine Besucher in ein Büro,
das keinerlei Ähnlichkeit mit dem Kabuff von Hermann
Berger hatte. In der Mitte des Raums stand ein moderner
Schreibtisch, der aus einem Chromgestell und einer Glas-
platte bestand. Ein Flachbildschirm war in der Mitte platziert, davor befanden sich eine kabellose Tastatur und eine
vertikale Computermaus. Rechts daneben lag eine lederne
Aktenmappe, auf der linken Seite war eine Broschüre des
Friesenstifts zu sehen, auf der ein älteres Paar abgebildet

war, das mit strahlend weißen Zähnen und akkurat ge-kämmten Haaren in die Kamera grinste.

Eine Seite des Raums bestand aus einer Fensterfront, von der aus man eine wundervolle Sicht in den Garten hatte. An der rückwärtigen Wand hing ein riesiges Ge-mälde, das ineinanderlaufende Farben zeigte, die keinem Muster zu folgen schienen und Wiebke an eine Kinder-zeichnung erinnerte.

»Nehmen Sie bitte Platz.« Dr. Althauer deutete auf einen runden Tisch, der sich in der linken Ecke des Büros befand. Vier Lederstühle standen davor. »Kann ich Ihnen etwas an-bieten? Kaffee, Tee oder vielleicht ein Wasser?«

»Nein danke.« Gesner winkte ab. »Wir wollen Sie nicht länger als unbedingt nötig von der Arbeit abhalten. Kön-nen Sie uns etwas zur Pfändungsforderung gegen Monika Nansen sagen?«

Der Geschäftsführer setzte sich und legte die Fingerspit-zen aneinander. »Das ist eine traurige Angelegenheit, die hoffentlich bald bereinigt ist.«

»Würden Sie das bitte näher erläutern?« Der Kommissar beugte sich vor.

»Die Mutter von Frau Nansen wird seit ihrem Schlag-anfall im Friesenstift betreut. Dank der hervorragenden Arbeit unserer Mediziner und Therapeuten, die auf ei-nem ganzheitlichen Gesundheitskonzept beruht und zu-dem …«

»Ich hatte Sie nicht um einen Vortrag über diese Ein-richtung gebeten.« Gesner wedelte verärgert mit der Hand. »Beantworten Sie bitte einfach meine Frage.«

Dr. Althauer entgleisten für einen Moment die Gesichts-züge. Dann hatte er sich wieder in seiner Gewalt. »Natürlich. Da die Rentenzahlung von Frau Nansen für die Unterbringung im Friesenstift nicht ausreicht, hat ihre Tochter die Differenz dreizehn Monate lang ausgeglichen. Danach blieben die Zahlungen aus, sodass wir uns schließlich zu einer Pfändung gezwungen sahen. In unserem letzten Telefonat hat die Tochter allerdings von einer Erbschaft gesprochen, mit der wir dieses unerfreuliche Kapitel hoffentlich bald schließen können. Sollten unsere Rechnungen nach Ablauf einer fünftägigen Frist nicht bezahlt werden, müssen wir ihre Mutter leider an eine andere Einrichtung abgeben. Das wäre äußerst bedauerlich, da sich die alte Dame hier ausgezeichnet eingelebt hat und ein wertvolles Mitglied unserer Gemeinschaft geworden ist.«

Die Polizisten wechselten einen vielsagenden Blick.

»Hat Frau Nansen Ihnen gegenüber nähere Informationen zur Erbschaft gemacht?« Wiebke setzte sich aufrecht hin.

»Sie hat von einer Immobilie gesprochen. Keine Ahnung, wie sie diese in so kurzer Zeit verkaufen will.« Dr. Althauer zuckte mit den Schultern.

»Können wir uns mit der Mutter unterhalten?«

»Aus ärztlicher Sicht muss ich davon abraten. Das psychologische Gleichgewicht von Frau Nansen …«

»Da ist Monika.« Wiebke, die bei dem Gespräch aus dem Fenster gesehen hatte, sprang abrupt auf und deutete auf eine dunkelhaarige Person. »Neben dem Springbrunnen. Siehst du sie?«

Gesner, der sich ebenfalls erhoben hatte und nun neben ihr stand, nickte. Dann drehte er sich um und lief durch das Büro. Seine Kollegin folgte ihm zur Treppe.

Die Polizisten hasteten über die Stufen, bis Wiebke in

einer Teppichfalte hängenblieb. Sie schrie auf und ruderte mit den Armen, als könnte sie vor dem Unausweichlichen davonfliegen. Aber sie war kein Vogel. Die Schwerkraft zog sie unbarmherzig in die Tiefe.

Im letzten Moment ergriff Gesner ihren rechten Arm und riss sie zurück. Einen Augenblick lang stand Wiebke schwankend wie ein Matrose nach einer Seefahrt auf der Stufe, dann hatte sie ihr Gleichgewicht wiedergefunden.

»Alles klar?«, rief ihr der Kommissar zu.

Sie nickte, schnaufte einmal durch und ließ sich bei den letzten Stufen etwas mehr Zeit. Unten angekommen, rannte sie durch die Eingangshalle und die Tür, die der Kommissar bereits aufgerissen hatte.

»Ich sehe sie nicht mehr.« Gesner deutete keuchend zu dem Springbrunnen, neben dem zwei ältere Männer standen.

»Sie kann nicht weit sein. Ich laufe zum Parkplatz. Nimm du die andere Richtung.«

Wiebke sprintete los und folgte dabei dem Weg, der vom Brunnen aus in einer sanften Biegung zum Besucherparkplatz führte. Kurz darauf erreichte sie den geschotterten Platz, der bis auf wenige freie Stellplätze belegt war. Die Polizistin drehte sich einmal um die eigene Achse, aber sie konnte die Verdächtige nirgendwo entdecken.

Erschöpft lehnte sie sich gegen einen schwarzen Lieferwagen und rang nach Atem. Ihr Herz raste. Wenn Monika Heiko wegen des Erbes getötet hatte, würde sie auch vor weiteren Verbrechen nicht zurückschrecken. Wiebke musste die Krankenschwester finden, bevor sie anderen Menschen etwas antun konnte.

Ein anspringender Motor ließ sie aufhorchen. Die Polizistin lief in die Mitte des Parkplatzes und sah sich um. Plötzlich schoss neben dem Lieferwagen ein knallroter VW Golf hervor – mit Monika hinterm Steuer.

Wiebke stellte sich ihr in den Weg und hob beide Hände, um sie auf diese Weise zum Anhalten zu bewegen. Aber die Flüchtende schien sich davon nicht beeindrucken zu lassen, denn sie fuhr weiterhin auf die Polizistin zu.

Wiebkes Gedanken rasten. Würde sie die Frau, mit der sie oft im Kroog gefeiert hatte, wirklich überfahren? Sollte sie sich mit einem Sprung in Sicherheit bringen und ihr damit die Flucht ermöglichen?

Die Polizistin bewegte sich keinen Millimeter und starrte Monika durch die Windschutzscheibe an, als wollte sie diese mit reiner Willenskraft zum Bremsen zwingen.

Als der Wagen wenige Zentimeter vor ihr abrupt zum Stehen kam, atmete Wiebke erleichtert auf. Mit einer Geste verdeutlichte sie Monika, das Fenster herunterzukurbeln, und ging um den Wagen herum.

Darauf schien Monika nur gewartet zu haben, denn plötzlich gab sie Gas. Kleine Steinchen wurden von den Reifen hochgeschleudert und knallten gegen parkende Autos. Der VW Golf schlitterte einmal kurz, dann hatte sie das Fahrzeug wieder in ihrer Gewalt und raste vom Parkplatz.

Wiebke, die sich mit einem Hechtsprung aus dem Gefahrenbereich gebracht hatte, rappelte sich wieder auf und klopfte sich den Staub aus der Uniform.

»Dammich nochmol«, fluchte sie und informierte ihren Vorgesetzten telefonisch über den missglückten Zugriff.

GESTÄNDNIS

Die Friesenbrauerin sortierte drei Packungen Roggenmehl ins Regal ihres Lädchens. In Gedanken war sie allerdings nicht bei der Arbeit, da ihr die Toten am Strand von Sünnum nicht aus dem Kopf gingen. Gesine musste unbedingt herausfinden, wer die grauenvollen Verbrechen verübt hatte, denn sie war der festen Überzeugung, dass Heiko keinen Selbstmord begangen hatte.

Das Bimmeln der Türglocke riss sie aus ihren Gedanken und sie schaute zu der Frau, die geraden den Laden betrat.

»Monika, was machst du denn hier?«

»Wir müssen reden. Allein.« Sie drückte die Tür hinter sich zu und schritt auf Tüdelbüdel zu.

Diese musterte ihre Besucherin furchtlos. »Die Polizei sucht nach dir.«

»Ich weiß, denn in Greetsiel bin ich Wiebke nur knapp entwischt. Vor meiner Verhaftung will ich dir alles erzählen.«

»Warum? Bei meinem letzten Besuch hast du mich rausgeworfen.« Gesine musterte sie aus zusammengekniffenen Augen.

»War nicht so gemeint, ich war vollkommen durch den Wind.«

»Das habe ich gemerkt. Hast du Heiko getötet?«

»Du kommst immer gleich zur Sache.« Monika lachte freudlos auf. »Nein, denn ich habe ihn geliebt. Das weißt du.«

Sie stellte sich direkt vor die Friesenbrauerin, die mit dem Rücken am Regal lehnte.

»Demnach hast du ihn also nicht umgebracht.«

»Nein.« Monikas Stimme war fest.

»Gut, dass wir das endlich geklärt hätten. Was ist mit dem Testament?«, hakte Gesine nach.

»Das ist eine Fälschung. Ich brauche das Geld.«

»Warum das denn? Sören hätte dich bestimmt nicht rausgeworfen. In Sünnum wird niemand im Stich gelassen, das solltest du eigentlich wissen.«

»Es geht nicht um mich, sondern um meine Mutter.«

»Was hat die denn damit zu tun? Ist ihr etwas passiert?«

»Sie hatte vor sechzehn Monaten einen Schlaganfall.« Monikas Stimme zitterte leicht.

»Das wusste ich nicht. Warum hast du nie ein Wort darüber verloren?«

»Weil ich euch nicht auch noch anlügen wollte. Ich bin nicht die Tochter, die sich meine Mutter gewünscht hat«, antwortete sie ausweichend und sah zu Boden. »Aber das ist eine längere Geschichte.«

»Warum möchtest du mir ausgerechnet jetzt alles erzählen?«

»Weil du der einzige Mensch bist, der mich niemals im Stich lassen wird.« Monika sah Tüdelbüdel in die Augen. »Die Zeit der Lügen ist vorbei. Ich brauche eine Freundin wie dich jetzt mehr als jemals zuvor.«

»Dann werde ich dir zuhören. Komm, wir reden im Kroog, dort ist um diese Zeit niemand.«

»Hast du hier nichts mehr zu tun?«

»Nichts, was wichtiger wäre als unser Gespräch.«

Gesine zog die Kladde, in der die Kunden ihre Einkäufe

aufschrieben, aus einer Schublade und legte sie zusammen mit einem Kugelschreiber auf den Verkaufstresen. Dann ging sie mit Monika zur benachbarten Gaststätte und zapfte zwei Biere.

Monika, die sich auf einen Barhocker vor der Theke gesetzt hatte, nahm das volle Glas entgegen. Tüdelbüdel prostete ihr zu und trank einen Schluck. Dann stellte sie das Bier auf die Arbeitsfläche neben der Zapfanlage und sah ihr Gegenüber erwartungsvoll an.

Nach einem Moment des Schweigens erzählte Monika mit leiser Stimme: »Als Kind wollte ich immer Ärztin werden. Obwohl meine Mutter und ich nach Vaters Tod mehr schlecht als recht über die Runden kamen, hat sie eisern gespart, um mir diesen Lebenstraum zu ermöglichen. Mama hat viele Jahre lang jeden Cent zur Seite gelegt und sich keinen einzigen Wunsch erfüllt. Nach dem Abitur habe ich mit dem Medizinstudium angefangen, aber dann …« Sie verstummte und trank einen Schluck, bevor sie fortfuhr: »… bin ich durch die Prüfungen gerasselt. Nach zwei Jahren habe ich das Studium abgebrochen und eine Ausbildung als Krankenschwester begonnen. Da meine Mutter so viel Hoffnung in mich gesetzt hatte, wollte ich sie nicht enttäuschen, und ihr später davon erzählen. Im Laufe der Zeit habe ich mich aber in einem Netz aus Lügen verstrickt, aus dem ich keinen Ausweg mehr gefunden habe. Meine Mutter hält mich für eine erfolgreiche Ärztin, dabei bin ich nur eine Krankenschwester.«

»Was soll das heißen: *Nur eine Krankenschwester*?« Tüdelbüdel runzelte die Stirn.

»Du weißt genau, was ich meine.« Monika trank einen Schluck. »Ich habe versagt.«

»Dat kunn je wull nicht angahn! So einen Blödsinn will ich nie wieder hören, hast du das verstanden?« Die Friesenbrauerin schlug mit der Faust auf die Theke.

»Ich habe mein Studium nicht geschafft.«

»Na und? Du bist nur einen anderen Weg gegangen. Für deine Patienten bist du der *Friesenengel*. Diese Bezeichnung sollte dir mehr bedeuten als jeder Doktortitel.«

»Ich mag meinen Job. Meine Mutter …«

»… wird dich auch als Krankenschwester lieben, da bin ich sicher. Ich verstehe aber nicht, was dein abgebrochenes Studium mit dem gefälschten Testament zu tun hat.«

Monika drehte das Glas in den Händen. »Nach dem Schlaganfall konnte sich meine Mutter nicht mehr selbst versorgen und musste in ein Pflegeheim. Wie du sicherlich weißt, ist das Friesenstift die beste Adresse Ostfrieslands. Nach einem Leben voller Entbehrungen wollte ich ihr etwas zurückgeben. Kannst du das verstehen?«

Die Friesenbrauerin überlegte einen Augenblick, bevor sie antwortete. »Mir wäre die Wahrheit lieber gewesen als eine luxuriöse Umgebung. Wenn ich dich richtig verstehe, geht deine Mutter davon aus, dass du dir die Kosten ihrer Unterbringung von deinem Gehalt als Ärztin leisten kannst.«

Die Krankenschwester nickte und trank einen Schluck.

»Wie hast du das Geld in den letzten Monaten denn aufgetrieben?«, hakte Gesine nach.

»Ich habe meine Ersparnisse aufgebraucht und die Lebensversicherung gekündigt. Danach habe ich meinen Dispokredit bis zum Anschlag ausgereizt. So bin ich eine Weile über die Runden gekommen. Weil ich mir das Friesenstift nur für eine begrenzte Zeit leisten konnte, wollte ich bei jedem Besuch mit meiner Mutter über eine neue Unterkunft reden. Aber sie war dort so glücklich, dass ich es einfach nicht übers Herz gebracht habe.« Monika zuckte mit den Schultern.

»Deshalb wolltest du Heikos Haus an Burmeister verkaufen.«

»Ich hatte keine andere Wahl. Da ich mit den Zahlungen im Rückstand war, würde meine Mutter das Friesenstift bereits Ende des Monats verlassen müssen. Spätestens dann wären meine Lügen aufgeflogen.«

»Man hat immer eine Wahl.« Die Stimme der Friesenbrauerin duldete keinen Widerspruch. »Mit dem Vertrag hättest du nicht nur das Haus, sondern ganz Sünnum an Burmeister verkauft, ist dir das eigentlich klar? Wenn die Gerüchte über die Milchfabrik stimmen, wird er uns einen Monsterstall direkt vor die Nase setzen. Hast du bei deiner Entscheidung auch nur einen Gedanken an die hier lebenden Menschen verschwendet?«

»Ich habe …« Monika wischte sich mit dem Handrücken eine Träne aus dem Augenwinkel.

»… Scheiße gebaut, aber so richtig. Dafür wird Sören dir gehörig die Ohren langziehen.«

»Nicht nur er.«

»Dennoch wird dir niemand den Kopf abreißen. Zunächst einmal wirst du jetzt Wiebke anrufen und dich stellen.«

Monika zögerte einen Moment. Dann zog sie ihr Mobiltelefon aus der Hosentasche und tippte auf eine im Kurzwahlverzeichnis hinterlegte Nummer. Wenige Augenblicke später legte sie das Gerät auf den Tresen.

»Sie wird sich sofort auf den Weg machen.«

»Willst du bis dahin noch ein Tüdelbräu?« Die Friesen-brauerin deutete auf das leere Glas.

»Gerne, aber ich weiß nicht, ob ich mir das noch leisten kann.«

»Geht aufs Haus.« Tüdelbüdel zapfte ein weiteres Bier.

MORDVERDACHT

»Wie lange soll Monika denn in Untersuchungshaft bleiben? Sie ist schon seit drei Tagen im Gefängnis.«

Die Friesenbrauerin warf ihrer Tochter einen mürrischen Blick zu und wischte über den Zapfhahn. An diesem späten Abend räumten die beiden Frauen im Kroog auf und spülten die Gläser. Bis auf Joris, der noch immer an der Theke saß, waren alle anderen Gäste bereits gegangen.

»Mama, bei Monika ermitteln wir auch wegen Mordes, ist dir das eigentlich klar?«

»Damit verschwendet ihr nur eure Zeit, denn sie hat Heiko nicht getötet. Da Sören wegen des gefälschten Testaments nichts mehr unternehmen will, besteht keinerlei Haftgrund.«

»So einfach ist das leider nicht. In ihrem Haus wurden übrigens verschreibungspflichtige Schlafmittel gefunden.«

»Na und? Deshalb ist sie doch keine Mörderin.«

»Nach Ansicht unserer Experten konnten deren Wirkstoffe aber in Heikos Leiche nachgewiesen werden. Zudem hatte sie als Krankenschwester Zugang zu Benzodiazepin und anderen pharmazeutischen Mitteln.«

»Fehlten im Krankenhaus denn Medikamente?« Joris sah auf.

»Bisher konnten keine Unregelmäßigkeiten im Bestand festgestellt werden. Die Bevorratung …«

»Sabbel nich so ein Beamtendeutsch, das ist grauenvoll.« Er leerte sein Bierglas und stellte es auf die Theke. »Wenn ich dich richtig verstehe, habt ihr keine stichhaltigen Beweise.«

»In der Tatnacht hat sie sich von ihrer Schicht abgemeldet und ist früher nach Hause gefahren. Angeblich hatte sie Migräne. Daheim will sie sich ins Bett gelegt und geschlafen haben.«

»Warum glaubst du ihr nicht?« Tüdelbüdel trocknete ein Glas ab und stellte es ins Regal.

»Monika hatte ein Motiv, die Mittel und die Gelegenheit.« Bei jedem Begriff reckte Wiebke einen Finger in die Höhe.

»Statt eine Unschuldige zu verdächtigen, solltet ihr euch lieber auf Burmeister konzentrieren. Dem Kerl traue ich alles zu.« Die Friesenbrauerin ergriff das leere Glas von Joris und stellte es neben die Spüle.

»Mir ist der Landwirt auch nicht sympathisch. Bei meinen Ermittlungen darf ich mich aber nicht von Gefühlen leiten lassen, sondern muss mich einzig und allein auf die Fakten konzentrieren.«

»Burmeister will das Grundstück unbedingt besitzen. Daher hätte auch er ein Motiv. Habt ihr sein Haus bereits auf den Kopf gestellt?«

Gesine ließ nicht locker.

»Herrgott, Mama, darüber haben wir doch schon gesprochen. Für einen Durchsuchungsbeschluss fehlt uns ein hinreichender Tatverdacht.«

»Reichen dir zwei Leichen am Strand von Sünnum nicht?«, schrie die Friesenbrauerin ihre Tochter an. »Habt ihr von Burmeister überhaupt die Offenlegung seiner Pläne verlangt? Die Morde hängen doch bestimmt mit der geplanten Milchfabrik zusammen.«

»Das ist reine Spekulation. Zudem haben wir bei beiden Ermittlungen verdächtige Personen festgenommen. Burmeister scheint mit den Todesfällen nichts zu tun zu haben.«

»Er ist ein skrupelloser Geschäftsmann, der für seinen Profit auch über Leichen geht.«

»Wir haben nichts gegen ihn in der Hand, wann kapierst du das endlich?«, konterte Wiebke mit hochrotem Kopf.

»Wollt oder könnt ihr gegen ihn nichts unternehmen?«

»Mama, du wirst unsachlich. Wir sollten das Gespräch besser beenden.«

»Ich lasse mir von dir doch nicht den Mund verbieten. Auf welcher Seite stehst du eigentlich?« Tüdelbüdel marschierte zu ihrer Tochter, die an den Stehtischen die Gläser einsammelte, und baute sich vor ihr auf.

»Ich mache nur meinen Job, okay?«, ereiferte sich die Polizistin, bevor sie hinzufügte: »Im Rahmen des geltenden Rechts …«

»Du darfst Recht und Gerechtigkeit niemals miteinander verwechseln.« Die Friesenbrauerin hob mahnend den Zeigefinger.

»So eine blöde Bemerkung muss ich mir echt nicht bieten lassen. Mach deine Arbeit gefälligst allein. Ich gehe jetzt ins Bett, schließlich muss ich morgen wieder früh raus, um unschuldige Leute zu verhaften.«

Wiebke reichte ihrer Mutter das Tablett und stapfte dann zum Ausgang. Gesine griff danach, konnte es wegen der feuchten Finger aber nicht richtig festhalten. Es fiel zu Boden und die Gläser zerbrachen. Wiebke drehte sich im Türrahmen noch einmal um und betrachtete den scherbenübersäten Fußboden. Dann knallte sie die Tür hinter sich zu.

»Die beruhigt sich schon wieder.« Joris schlurfte zu Tüdelbüdel und legte ihr eine Hand auf die Schulter. »Ich hole schnell einen Besen.«

»Ich werde das Gefühl nicht los, dass mein Leben auch bald ein einziger Scherbenhaufen ist.«

»Warum müsst ihr Frauen immer gleich so melodramatisch werden?« Er schüttelte den Kopf.

»Das war kein normaler Streit. Manchmal kenne ich meine eigene Tochter nicht mehr. Wenn wir nichts unternehmen, wird Monika wegen eines Mordes verurteilt, den sie nicht begangen hat. Und denk nur mal an Enno.«

»Bist du dir bei unserem *Friesenengel* wirklich sicher? In ihrer finanziellen Not könnte sie … okay, okay, ich sag schon nichts mehr.« Joris hob in einer theatralischen Geste die Hände, als ihm die Friesenbrauerin einen finsteren Blick zuwarf.

»Wenn wir ihre Unschuld beweisen können, muss die Mordanklage fallengelassen werden. Vielleicht können wir bei unseren Nachforschungen auch die Mordanklage gegen Enno entkräften.«

»Ähem … wen genau meinst du denn mit *wir*?« Er fuhr sich über seinen weißen Bart.

»Na, wen wohl? Wir beide werden den wahren Täter schon ermitteln.«

»Wie stellst du dir das denn vor?« Der ehemalige Kapitän schob seine Seemannsmütze aus der Stirn.

»Indem wir Burmeister zur Rede stellen. Sollte er unsere Fragen nicht beantworten, werden wir in sein Haus einbrechen.«

»Sabbel nicht so einen Blödsinn. Möchtest du von deiner eigenen Tochter festgenommen werden?«

»Wiebke darf davon natürlich nichts erfahren.«

»Tüdelbüdel, Alleingänge sind eine dumme Idee, das habe ich dir schon öfter gesagt. Wir sollten mit der Polizei zusammenarbeiten und nicht selbst zu Kriminellen werden. Zudem sind wir nicht mehr die Jüngsten.«

»Wie meinst du das denn?« Die Friesenbrauerin runzelte die Stirn.

»Das weißt du ganz genau. Ich bin ein ausgemusterter Kapitän und du bist eine Frau im Niemandsland zwischen Menopause und einsetzender Mumifizierung.«

Gesine entgleisten die Gesichtszüge. Dann grinste sie. »Jeden anderen hätte ich für diesen Spruch in einem Fass Tüdelbräu ertränkt.«

»Einen schöneren Tod kann ich mir nicht vorstellen. Für einen Einbruch bin ich aber echt zu alt.«

»Zu alt oder zu feige?« Sie hob die Augenbrauen.

»Feige? Ich? Niemand hat mich jemals einen Feigling genannt.« Seine Stimme übertönte das Lied aus den Lautsprechern, in dem ein Shanty-Chor das Liebesleid eines Matrosen beklagte. »Als Kapitän hätte ich es früher auch allein mit Störtebeker und seiner Crew aufgenommen.«

»Mein tapferer Seebär, dann sind wir uns also einig.« Tüdelbüdel strich ihm über die Wange.

»Das habe ich nicht gesagt. Ich wollte …«

»… fegen«, erinnerte sie ihn.

Eine halbe Stunde später waren die Scherben aufgekehrt und alle Gläser gespült. Tüdelbüdel holte ein zerfleddertes Schreibheft und den blauen Kugelschreiber der Seenotrettung aus einer Schublade hinter der Theke, mit dem sie sonst Striche auf die Bierdeckel ihrer Gäste machte.

»Schreib mal auf, was wir schon alles wissen.« Joris deutete auf das Heft.

»Das habe ich doch im Kopf.« Tüdelbüdel musterte ihn wie einen Schüler, der ein gelerntes Gedicht nicht auswendig aufsagen konnte.

Er ignorierte ihren tadelnden Blick. »Wie wollen wir denn in Burmeisters Haus kommen, ohne dass eine Alarmanlage losgeht oder wir von einem Wachhund zerfleischt werden?«

»Wir werden seinen Hof vorher natürlich observieren. So machen das die Ganoven in den Krimis auch immer.«

Joris seufzte vernehmlich. »Selbst wenn wir unbemerkt in sein Haus kommen: Wonach suchen wir eigentlich?«

»Fotos, Erpresserbriefe, Computerdateien und …«

»Stopp!« Er hob die Hand. »Du hast eindeutig zu viele Filme gesehen. Für eine Hausdurchsuchung brauchen wir etliche Stunden, wenn nicht sogar Tage. Diese Zeit haben wir niemals. Was hältst du davon, wenn wir ihn stattdessen zum Reden bringen?«

»Wie willst du das denn anstellen?« Die Friesenbrauerin zog die Augenbrauen hoch.

»Hast du noch etwas von deinem Starkbier, das du zum letztjährigen Oktoberfest gebraut hast? Das Quasselwasser haut selbst den stärksten Matrosen um. Mal sehen, was Burmeister im Suff so alles ausplaudert.«

»Wenn er einschläft, können wir uns in seinem Haus etwas umsehen. Das ist eine gute Idee. Wir sollten ihm gleich morgen einen Besuch abstatten.«

Joris stand auf und schlurfte zum Ausgang. »Dann werde ich mich jetzt aufs Ohr hauen.«

Wenige Minuten später verließ auch Gesine den Kroog und ging ins Bett.

ÜBERRASCHUNGSBESUCH

Burmeister marschierte mit gesenktem Kopf und hinter dem Rücken verschränkten Händen über die Felder und Weiden, die er mit seinen Strohfirmen bereits aufgekauft hatte.

Dunkle Wolken hingen an diesem Abend so tief am Himmel, dass es den Anschein hatte, als könnte er danach greifen und sie wie Zuckerwatte zerrupfen. Der Nieselregen hatte sich wie ein feuchtes Tuch über die Landschaft gelegt und ließ seine Sicht verschwimmen. Krähen flogen vor ihm auf und krächzten protestierend.

Drei Millionen Euro hatte der Landwirt bisher für das Areal bezahlt, auf dem die Milchfabrik entstehen sollte. Aber ohne das Grundstück des Postboten würde sein Lebenswerk unvollendet bleiben – und seinen finanziellen Ruin bedeuten.

Mit grimmiger Miene schritt Burmeister den Grundriss seines Megastalls ab, wie so oft in den letzten Tagen. Von dort aus gelangte er zur Molkerei und überquerte danach den Ladeplatz seiner LKW-Flotte, die seine Milchprodukte zu den Supermärkten und Discountern bringen würden, um sie dort in klingende Münzen zu verwandeln.

Mit drei großen Lebensmittelketten hatte er bereits Lieferverträge zu Dumpingpreisen abgeschlossen, um die Wettbewerber aus dem Markt zu drängen. Wenn er diese nicht einhielt, drohten empfindliche Strafzahlungen.

Nach Gebhards plötzlichem Tod hatte er zunächst mit

dessen Bruder Sören über den Verkauf verhandeln wollen, aber dann hatte ihn die Krankenschwester angerufen und ihm ein lukratives Angebot gemacht.

Bei dem Gedanken an das gefälschte Testament fletschte Burmeister die Zähne. Nach dem Telefonat hatte er seinen Notar sofort mit der Ausarbeitung eines Kaufvertrages beauftragt und sich das Nachlassdokument vorlegen lassen. Die mahnende Stimme des Zweifels hatte er in seiner Freude darüber, endlich mit dem Bau beginnen zu können, ignoriert. Als die Krankenschwester nicht zur Vertragsunterzeichnung erschienen war, hatte sich seine Begeisterung in eine Wut verwandelt, die noch immer wie ein loderndes Feuer in ihm brannte.

Der Landwirt marschierte bis zur Grundstücksgrenze und warf einen Blick auf das Haus, dessen verschlossene Fenster ihn aus leeren Augen anzustarren schienen.

»Bald schon wirst du mir gehören.«

Siegessicher rieb er sich die Hände. Sören würde ihm die Immobilie verkaufen, denn manche Verträge wurden nicht mit Tinte geschrieben, sondern mit Blut und Tränen.

Burmeister stampfte zurück zu seinem Wagen, den er an einem Feldweg abgestellt hatte, stieg ein und fuhr nach Hause.

Als er einen alten VW Käfer auf seiner Hofeinfahrt stehen sah, runzelte der Landwirt die Stirn. Wenn er sich nicht irrte, gehörte die Rostlaube mit den verschiedenfarbigen Kotflügeln der Friesenbrauerin, die anscheinend noch immer nicht kapiert hatte, dass die Hippiezeit längst vorbei war und sich der Traum von Frieden und Freiheit nicht erfüllt hatte. Was wollte die alte Fregatte bei ihm?

Kam sie im Auftrag ihrer Tochter, weil die Polizistin auf

offiziellem Weg nichts erreicht hatte? Sollte sie ihn ausspionieren?

Burmeister öffnete die Haustür und trat in den Flur. Er hatte seine Jacke gerade an die Garderobe gehängt und die dreckverschmierten Schuhe ausgezogen, als seine Haushälterin, die auch in dieser Nacht im Gästezimmer schlief, aus der Küche kam.

»Frau Felber und Herr Harms warten im Wohnzimmer auf Sie.«

»Warum haben Sie die beiden ins Haus gelassen?« Der Milchbauer fuhr sich durch die feuchten Haare.

»Ich konnte Ihren Besuch bei dem Schietwetter doch nicht draußen warten lassen.« Marie Wolters sah ihren Arbeitgeber empört an und fragte dann: »Soll ich den Gästen etwas zu essen machen?«

»Die beiden brauchen keine Bewirtung. Sie können ruhig ins Bett gehen«, grummelte Burmeister, während er fieberhaft überlegte, was der überraschende Besuch zu bedeuten hatte.

Mit schnellen Schritten durchquerte er die Diele, öffnete die Wohnzimmertür und ließ seinen Blick durch den Raum schweifen, als wäre ihm die Einrichtung unbekannt.

An der linken Wand stand ein Eichenschrank, gegenüber war eine Kommode aus dem gleichen Holz. Die Stirnseite wurde von einem Ledersofa dominiert, über dem ein Ölgemälde hing, das einen Dreimaster im Sturm zeigte. Davor stand ein Couchtisch, daneben ein Sessel.

Auf den ersten Blick schien alles in Ordnung zu sein, denn er konnte keine offenstehenden Schranktüren oder aufgezogene Schubladen erkennen, die auf eine Schnüffelei hindeuteten. Bis auf die Bierkiste, die neben seinem

Lieblingssessel auf dem Teppich stand, schien sich nichts verändert zu haben.

»Was wollt ihr hier?« Er trat ein und musterte die ungebetenen Gäste, die nebeneinander auf dem Sofa saßen.

»Moin erst mal.« Die Friesenbrauerin sah ihn mit ihren blauen Augen an.

»Wir wollten Ihnen unser Beileid zum Tod Ihrer Frau aussprechen.« Ihr Begleiter zog seine Seemannsmütze vom Kopf und knetete sie zwischen seinen Fingern.

»Der Mörder kommt aus eurem Dorf.« Burmeister blieb vor dem Couchtisch stehen. »Prester hat mir meine Frau genommen.«

»Bisher ist seine Schuld nicht bewiesen.« Der Blick von Gesine Felber war so stechend, als wollte sie in ihn hineinsehen.

»Blödsinn. Er hat Kerstin verführt und dann getötet.«

»Sollte Prester der Täter sein, wird er seine gerechte Strafe bekommen.« Joris Harms setzte die Mütze wieder auf.

»Auch wenn eure Anteilnahme ziemlich spät kommt, habe ich sie hiermit zur Kenntnis genommen. Ist sonst noch etwas?«

»Wir würden uns gerne mit Ihnen unterhalten.« Felber deutete auf die Bierkiste.

»Ich wüsste nicht, was wir zu besprechen hätten.«

»Warum trinken wir nicht ein Bier zusammen?«, schlug der alte Seebär vor.

»Wollt ihr mich mit dem Gebräu etwa vergiften?«

»Wenn wir Sie umbringen wollten, hätten wir das längst erledigt.« Die Friesenbrauerin lächelte schmallippig.

Im ersten Moment wollte Burmeister mit einer giftigen

Bemerkung auf die unterschwellige Drohung reagieren und seine ungebetenen Gäste rauswerfen, aber dann würde er den wahren Grund ihres Besuches nie erfahren.

Da die beiden Spacken, wie dumme Menschen in Ostfriesland genannt wurden, sicherlich nicht mit einer Kiste Bier zum Kondolieren gekommen waren, wollten sie ihn entweder ausspionieren oder mit ihm auf gute Nachbarschaft anstoßen. Weil er ihnen mit etwas rhetorischem Geschick Informationen zu Sören und seiner Familie entlocken konnte, würde er sich auf das Spiel einlassen. Er nahm sich eine Flasche aus der Kiste, ploppte den Bügelverschluss auf und trank einen Schluck.

In der nächsten halben Stunde unterhielten sie sich über belanglose Themen wie das Wetter, nervige Touristen und die geplante Ferienanlage in der Krummhörn. Bei dem Gespräch taxierten sie sich wie Soldaten vor dem entscheidenden Gefecht.

Der Landwirt hatte inzwischen seine zweite Flasche geleert und nahm sich ein weiteres Bier aus der Kiste. Zu seiner Verwunderung schmeckte ihm das Tüdelbräu so gut, dass er sich an diesem Abend ein paar Flaschen davon gönnen würde. Wenn die Dumpfbacken darauf spekulierten, dass er mit besoffenem Kopp Geheimnisse ausplauderte, mussten sie schon schwerere Geschütze auffahren. Da Bier für Burmeister so etwas wie ein Grundnahrungsmittel war, würde er nach ein paar Buddeln nicht einmal angeschickert sein.

Der ehemalige Kapitän stellte seine Flasche vor sich auf den Tisch. »Ich habe gehört, dass Sie das Haus des verstorbenen Heiko Gebhard kaufen wollen.«

Aus dieser Richtung wehte also der Wind. Burmeister lächelte in sich hinein. Er würde die Schwachköpfe mit einigen Lügen beruhigen und sie dann über Sören ausfragen.

»Das ist richtig. Die Bruchbude ist ein Schandfleck für Sünnum, findet ihr nicht auch?« Auch wenn er sich nach außen hin locker gab, war jedes Wort wohlüberlegt.

»Das Gebäude muss dringend renoviert werden«, bestätigte die Friesenbrauerin. »Das ist für Sören aber kein Problem, da das ganze Dorf dabei mithelfen wird. Was wollen Sie denn mit dem Objekt anfangen?«

»Ich möchte das Haus umbauen und später selbst bewohnen.« Burmeister trank einen Schluck, ohne seine Gäste dabei aus den Augen zu lassen, die einen überraschten Blick wechselten.

»Warum das denn?« Gesine Felber lehnte sich etwas vor.

»Nach Kerstins Tod kann ich hier nicht länger leben. In diesem Gebäude lauern in jeder Ecke Gespenster der Erinnerungen, denen ich nicht entkommen kann.«

Gespenster der Erinnerungen.

Der Spruch war gut. Mit dieser sentimentalen Rührseligkeit hatte die alte Schachtel sicherlich nicht gerechnet. Burmeister belohnte sich mit einem großen Schluck. Das Zeug wirkte wie Schmierstoff für seinen Denkapparat und befeuerte seine Kreativität.

»Demnach wollen Sie die Vergangenheit hinter sich lassen?« Joris Harms drehte seine Flasche zwischen den Händen.

»Ich möchte einen Neuanfang wagen. Warum nicht in Sünnum?«

»Was ist denn mit Ihrem Bauernhof?«, hakte die Friesenbrauerin sofort nach.

»Den werde ich verpachten. Kerstins Tod hat mir den Wert meines eigenen Lebens schmerzlich vor Augen geführt. Jeder Tag ist ein kostbares Geschenk, das mit keinem Geld der Welt bezahlt werden kann.«

Jeder Tag ist ein kostbares Geschenk. Auch nicht schlecht. Der Landwirt gönnte sich einen weiteren Schluck.

»Wie meinen Sie das denn?«

»Joris, ich darf Sie doch so nennen, oder?« Ohne eine Antwort abzuwarten, fuhr Burmeister fort: »Bisher habe ich mich bei meinen Entscheidungen nur vom Profit leiten lassen. Kerstin hat mir schon zu Lebzeiten die Augen für die Schönheit der Natur öffnen wollen, aber meine Gier hat mich blind gemacht. Nun möchte ich ihr Werk fortführen.«

Meine Gier hat mich blind gemacht.

Der war nicht so toll, das konnte er besser. Burmeister trank einen großen Schluck.

»Ich kann Ihnen nicht ganz folgen.« Harms spielte mit dem Bügelverschluss.

»Nennt mich doch bitte Uwe. Auf Förmlichkeiten sollten wir als zukünftige Nachbarn verzichten, meint ihr nicht auch?«

Vertrauen schaffen war eine seiner Grundregeln bei jeder Verhandlung. Schließlich konnte man einen vermeintlichen Freund leichter übers Ohr hauen als einen argwöhnischen Geschäftspartner. Burmeister hob seine Flasche. Nach einem Moment des Zögerns stießen seine Gäste mit ihm an.

»Was ist denn mit der geplanten Milchfabrik?« Die Friesenbrauerin musterte ihn argwöhnisch.

»Das Projekt ist nur ein Gerücht. Aber du fragst sicher

wegen der Landkäufe in der Nähe von Sünnum. Ich stecke tatsächlich hinter den Firmen«, flüsterte Burmeister verschwörerisch. Vermeintliche Geheimnisse preisgeben war eine weitere vertrauensbildende Maßnahme.

»Wofür willst du das Land denn nutzen?« Joris schob seine Mütze aus der Stirn.

»Ich möchte es als Naturschutzgebiet ausweisen. Die einmalige Landschaft der Küstenregion sollte unbedingt erhalten werden, meint ihr nicht auch?«

Burmeister musste sich beherrschen, um beim Anblick der überraschten Duseldassel nicht loszuprusten. So langsam lief er zur Höchstform auf.

»Dann wird es also keine Milchfabrik geben?«

»Natürlich nicht. Gesine, ich kann deine Bedenken verstehen, aber nach Kerstins Tod bin ich wie aus einer Trance erwacht. Wenn ich mehr Zeit mit ihr verbracht hätte, würde sie vielleicht noch leben.«

Burmeister wischte sich einige Krokodilstränen aus den Augen. Während er seine Flasche mit großen Schlucken leerte, gratulierte er sich zu seiner grandiosen Show. Mit seinem Talent konnte er auch als Schauspieler Karriere machen.

»Wir hatten schon mit dem Schlimmsten gerechnet. Wenn du in Sünnum lebst, sehen wir uns demnächst öfter im Kroog. Joris und du, ihr habt euch sicher viel zu erzählen.« Die Friesenbrauerin stand auf, nahm eine volle Bierflasche aus der Kiste und reichte sie ihm. Burmeister entging nicht, dass sie ihrem Begleiter dabei einen fragenden Blick zuwarf.

»Ich muss mal für kleine Mädchen. Wo finde ich denn die Toilette?«

»Diresch neschen schie Einschanschtür. Kanschte nisch verschehlen.« Einige Buchstaben klebten beim Sprechen wie Gummibärchen aneinander.

»Bin gleich wieder da.« Sie klopfte ihm auf die Schulter und verließ dann den Raum.

»Jescht schönnen wir unsch endlisch wie rischtische Männer uscherhalten.« Burmeister zwinkerte Joris verschwörerisch zu. »Was ischt Schören schenn für einer?«

»Ein feiner Kerl und der beste Wattführer Ostfrieslands. Niemand kennt das Wattenmeer so gut wie er. Seine geführten Touren sind oft Wochen im Voraus ausgebucht.«

»Dasch meische isch nischt. Hasch er wasch misch anderen Frauen?« Die Zunge kroch beim Sprechen wie ein dicker Wurm in seinem Mund herum.

»Du willst wissen, ob er eine Affäre hat?« Joris spielte mit seinem Bügelverschluss.

Burmeister nickte. Dabei fühlte sich sein Kopf an wie eine Schneekugel, die heftig durchgeschüttelt wird. Er trank einen Schluck, damit es ihm wieder besser ging.

»Sören liebt seine Frau. Er würde Leefke niemals betrügen.«

»Schielt er Karschen oder Roulesch?«

»Karten? Roulette?« Der ehemalige Kapitän sah ihn fragen an.

»Schenau.«

Burmeister schüttelte den Kopf. Sein Gesprächspartner franste an den Seiten immer weiter aus, als würde er sich langsam auflösen. Er rieb sich mit dem linken Handrücken über die Augen. Vielleicht sollte er mit dem Bier doch etwas vorsichtiger sein. Wenn er den Blödmann aushorchen wollte, brauchte er schließlich einen klaren Kopf.

»Nee, Sören ist kein Spieler.«

»Er muschoch …« Verzweifelt suchte Burmeister nach den richtigen Wörtern, aber seine Sprachtruhe war, bis auf einige ungeliebte Buchstaben, die nutzlos in einer verstaubten Ecke lagen, leer.

Was war nur mit ihm los?

Seine Synapsen, die bisher vor Kreativität Funken gesprüht hatten, schienen wie überlastete Stromkabel durchgeschmort zu sein.

»Alles klar mit dir?« Joris sah ihn besorgt an.

»Isch … oschay.«

Burmeister hob die rechte Hand. Zumindest hatte er das vor, aber auch seine Nerven schienen nicht mehr richtig zu funktionieren. Die Bierflasche rutschte ihm aus kraftlosen Fingern und fiel zu Boden. Sein Kopf fühlte sich immer schwerer an, das Sichtfeld verschwamm wie bei einem kaputten Fernseher.

Auch wenn sich der Landwirt mit aller Kraft dagegen wehrte, konnte er nicht verhindern, dass sein Kinn auf die Brust sackte. Die Stimmen – war die Friesenbrauerin ins Zimmer zurückgekehrt? – waren nur noch ein undeutliches Murmeln, das er nicht verstehen konnte. Dann wurde es ganz still.

*

Irgendwann stachen weiße Nadeln aus Licht in die Dunkelheit und er öffnete die Augen. Die Morgensonne schien ihm durch ein Fenster im Wohnzimmer direkt ins Gesicht.

Grelle Blitze explodierten in seinem Schädel und ließen ihn aufstöhnen. Burmeister presste die Handflächen an die Schläfen, als könnte er seinen Kopf auf diese Weise vor dem Zerplatzen retten, und kniff die Augen zu schmalen Schlitzen zusammen. In dem verschwommenen Blickfeld tauchte die neben dem Sessel stehende Bierkiste auf und erinnerte ihn an seinen gestrigen Besuch.

»Damminochmol«, fluchte der Landwirt und stützte sich an den Armlehnen seines Sessels hoch. Einen Moment lang stand er schwankend auf dem Teppich, als wäre dieser ein Floß auf der sturmgepeitschten Nordsee. Dann schüttelte er sich wie ein nasser Hund und schlurfte in die Küche, aus der es nach frisch gebackenem Brot duftete. Bei dem Geruch drehte sich ihm der Magen um.

»Ich brauche einen starken Kaffee, aber zackig.«

Marie Wolters, die neben dem Backofen stand, musterte ihn mit einem amüsierten Blick, der ihm nicht sonderlich gefiel. »Ich mache Ihnen sofort eine Kanne.«

»Müssen Sie so schreien?« Er starrte sie aus blutunterlaufenen Augen an.

»Ich habe ganz normal gesprochen«, rechtfertigte sich seine Haushälterin empört, bevor sie fragte: »Soll ich Ihnen das Frühstück machen?«

»Später, ich habe jetzt keinen Hunger. Bringen Sie mir den Kaffee ins Arbeitszimmer.« Burmeister drehte sich um und schlurfte davon.

Bei jedem Schritt schien abgestandenes Bier in seinem Kopf zu schwappen wie Suppe in einer Schüssel, die mit zitternden Händen zum Tisch getragen wird.

Er hätte das Teufelsbräu der alten Hexe niemals anrühren dürfen. War der Besuch nur ein Vorwand gewesen, um ihn auszuhorchen und in seinem Haus rumzuschnüffeln? Was hatte er im Suff alles erzählt?

Burmeister klopfte sich an die Stirn, als könnte er seinen Denkapparat auf diese Weise wieder auf Touren bringen. Aber seine Erinnerungen verbargen sich noch immer in einem alkoholgetränkten Nebel.

Im Arbeitszimmer schaltete er das Deckenlicht ein und musterte den Raum aus zusammengekniffenen Augen.

An der linken Wand stand ein halbhoher Schrank, in dem er Ordner und wichtige Dokumente aufbewahrte. Gegenüber war ein Regal, auf dessen Brettern Prospekte und Informationsmaterial verschiedener Bauunternehmer lagen. Über den Schreibtisch, der gegenüber der Tür an der Stirnseite stand, hatte sich eine wahre Papierflut ergossen. Bauzeichnungen, Flurkarten, Berechnungen und Vertragsentwürfe bedeckten in einem wirren Durcheinander die Holzplatte. In der Mitte stand ein aufgeklappter Laptop, daneben eine Digitaluhr. An der Wand hinter dem Schreibtisch hing der Schädel eines Stiers mit gewaltigen Hörnern.

Mit zitterndem Finger drückte Burmeister auf die *Enter*-Taste und der Laptop erwachte summend aus seinem Stand-by-Modus. Auf einem schwarzen Bildschirm erschien ein weißes Feld, das ihn zur Eingabe eines Kennwortes aufforderte.

Er gab das Datum der geplanten Eröffnung seiner Milchfabrik ein und blickte wenig später auf eine Modellzeichnung des Projektes, die ihm als Bildschirmschoner diente.

Nachdem Burmeister sich vergewissert hatte, dass seine Dateiordner, in denen er alle wichtigen Dokumente und Informationen zu seiner Milchfabrik gespeichert hatte, nicht gelöscht worden waren, atmete er trotz der quälenden Ungewissheit, ob die Friesenbrauerin seine Dateien kopiert hatte, erleichtert auf.

Da er mit der Krankenschwester wertvolle Zeit vertrödelt hatte, würde er Sören noch heute ein Kaufangebot machen, das dieser keinesfalls ausschlagen konnte. Wenn seine Geschäftspartner erfuhren, dass er sie wegen des letzten Grundstücks angelogen hatte, würden sie ihre Aufträge bestimmt zurückziehen.

»Ihr Kaffee.«

Die Haushälterin trat in den Raum. In den Händen hielt sie ein Tablett, auf dem sich eine Kanne des aromatischen Getränks und eine Tasse befanden. Sie stellte es auf eine Ecke des Schreibtisches, auf der keine Schriftstücke lagen.

»Was haben die Herrschaften denn gestern von Ihnen gewollt? Ihr Besuch erschien mir etwas …« Marie Wolters verstummte einen Moment, als suche sie nach dem richtigen Wort. »… überraschend. Schließlich sind Ihnen nicht alle Sünnumer wohlgesinnt. Gesine Felber ist …«

»Sabbel nich so viel«, fuhr Burmeister seine Angestellte an. »Wie soll ich mich bei dem Geplapper denn konzentrieren?«

»Ich wollte …« Sie hob in einer abwehrenden Geste die Hände.

»… mich vom Acker machen«, beendete Burmeister den Satz, schenkte sich eine Tasse Kaffee ein und trank einen Schluck. »Was soll das sein? Spülwasser?« Er verzog angewidert das Gesicht.

»Ich werde Ihnen einen neuen Kaffee aufbrühen.« Seine Haushälterin griff nach der Kanne.

»Besser ist das, und jetzt raus hier.« Burmeister wedelte mit der Hand. Marie Wolters drehte sich wortlos um und verließ den Raum. Der Landwirt sah ihr nach, bis sie die Tür hinter sich geschlossen hatte. Dann machte er sich an die Arbeit.

MILCHFABRIK

»Hast du den Verstand verloren? Du kannst Heikos Grundstück doch nicht an Burmeister verkaufen.«

Die Friesenbrauerin stützte sich auf den Verkaufstresen ihres Lädchens und sah Sören Gebhard, der an diesem späten Nachmittag zu ihr gekommen war, entgeistert an.

»Mir ist die Entscheidung nicht leichtgefallen«, rechtfertigte er sich. »Aber ich brauche das Geld. Zudem hat Leefke mir erzählt ...«

»Hast du Schulden?«, unterbrach ihn Gesine unwirsch.

»Nee, das ist es nicht. Wie du weißt, kommen wir mit meinem Verdienst irgendwie über die Runden. Damit kann ich aber kein zweites Kind durchfüttern.«

»Willst du mir damit etwa sagen, dass Leefke wieder schwanger ist?«

»Ist das nicht toll? Ich habe es selbst erst gestern Abend erfahren. Wegen der letztjährigen Fehlgeburt hat Leefke die Schwangerschaft bis nach der kritischen Phase für sich behalten. Sie ist jetzt in der elften Woche und wir freuen uns unbändig auf ein Geschwisterchen für Jan. Wegen der Milchfabrik musst du dir übrigens keine Sorgen machen, das ist nur ein Gerücht. Burmeister hat mir zugesagt, dass er Heikos Haus auf eigene Kosten renovieren lassen und danach dort einziehen möchte. Das Land will er als Naturschutzgebiet ausweisen. Das ist ...«

»... eine Lüge. Du darfst dem Kerl kein Wort glauben.«

»Tüdelbüdel, ich weiß, dass du ihn nicht sonderlich magst. Deswegen ist Burmeister aber noch lange kein schlechter Mensch.«

»Die Milchfabrik wurde bereits genehmigt. Nach dem Verkauf deines Grundstücks wird er sofort mit den Bauarbeiten beginnen.«

»Woher weißt du das?« Sören musterte sie argwöhnisch.

»Das ist jetzt nicht wichtig«, winkte die Friesenbrauerin ab, bevor sie fortfuhr: »Heikos Grund und Boden ist das fehlende Puzzleteil in Burmeisters Masterplan. Erinnerst du dich an den letzten Abend deines Bruders? Damals hast auch du im Kroog lauthals verkündet, das Haus niemals verkaufen zu wollen.«

»Zu diesem Zeitpunkt wusste ich noch nichts von Leefkes Schwangerschaft.« Sören sah zu Boden. »Ich brauche die Kohle zum Lebensunterhalt und für die Ausbildung meiner Kinder.«

»Burmeister wird die Zukunft eurer Familie ruinieren, kapierst du das denn nicht?«, ereiferte sich Gesine. »Wenn er seine Megafabrik erst einmal gebaut hat, werden die Touristen auf andere Urlaubsregionen an der Nordseeküste ausweichen und dort ihre Wattführungen buchen. Niemand will neben einem Areal blökender Rindviecher seine Ferien verbringen. Hast du bei deiner Entscheidung an die negativen Auswirkungen für die Umwelt gedacht? Statt sauberer Landluft wird zukünftig eine stinkende Wolke über der Gegend hängen. Willst du ernsthaft, dass wertvolles Weide- und Ackerland zubetoniert wird und den ganzen Tag Lastwagen an Sünnum vorbeibrettern? Zudem werden die Kühe von Burmeister sicherlich nicht artgerecht gehalten, sondern zu lebenden Milchmaschinen degradiert werden. Darüber hinaus ist die gigantische Menge der anfallenden Gülle …«

»Es wird keine Milchfabrik geben!«, fiel ihr Sören mit hochrotem Gesicht ins Wort. »Im Gegensatz zu dir habe ich kein Problem mit Burmeister. Er hat mir übrigens von deinem und Joris' Besuch bei ihm erzählt. Habt ihr ihn in der letzten Nacht echt mit Tüdelbräu abgefüllt, um in aller Ruhe sein Haus durchsuchen zu können? Hat Wiebke dich mit der Schnüffelei beauftragt, weil sie auf offiziellem Weg nicht gegen den Landwirt vorgehen kann?« Sören ballte die Hände zu Fäusten.

»Burmeister hat Dreck am Stecken. Es ist sogar denkbar, dass er deinen Bruder auf dem Gewissen hat. Ich werde nicht eher ruhen, bis ich den Mistkerl überführt habe.«

»Du weißt genau, dass Monika ihn umgebracht hat.«

»Blödsinn. Sie hat Heiko geliebt. Mit ihr war er so glücklich wie nie zuvor.«

»Monika hat sein Testament gefälscht«, wandte Sören ein.

»Das bestreitet auch niemand. Aber das Dokument hat sie erst nach Heikos Tod angefertigt.«

»Woher weißt du das so genau? Hast du ihr beim Schreiben etwa geholfen?«

Die Friesenbrauerin beugte sich vor. »Ich verstehe, dass deine Gefühle durch Heikos Tod und Leefkes Schwangerschaft mit dir Achterbahn fahren und du total durcheinander bist. Bevor du weiteren Unsinn redest, solltest du jetzt aber besser nach Hause gehen.«

»Ich lass mir von dir keine Vorschriften machen.« Sören

deutete mit dem Zeigefinger auf die Friesenbrauerin. »Ist das klar?«

Statt einer Antwort sah ihm Tüdelbüdel tief in die Augen und für einen Moment hatte es den Anschein, als wollten sie einander niederstarren. Dann blickte Sören auf seine Einkäufe, die vor ihm auf dem Verkaufstresen lagen.

»Was bekommst du für die Eier und das Brot?«

»Nichts. Spar dein Geld für das Baby.«

Im ersten Moment schien Sören protestieren zu wollen, dann nahm er die Lebensmittel, drehte sich um und verließ mit polternden Schritten den Laden. Wenige Augenblicke später bimmelte das Türglöckchen erneut. In der Annahme, dass Sören etwas vergessen hatte, sah Gesine auf.

»Was ist denn mit dem los?« Joris schlurfte zum Verkaufstresen. »Der Kerl ist wie ein wütender Stier an mir vorbeigestürmt.«

»Er wird Heikos Haus an Burmeister verkaufen.«

»Ach, Tüünkram.« Der ehemalige Kapitän winkte ab. »Sören ist so heimatverbunden, dass er das niemals machen würde.«

»Leefke ist schwanger«, unterrichtete ihn die Friesenbrauerin. »Er braucht das Geld für seine Familie. Sagt er zumindest.«

»Schiet ok. Hast du ihm die Pläne und Genehmigungen der Milchfabrik gezeigt, die du gestern abfotografiert hast?«

»Nein, denn das hätte nichts geändert, im Gegenteil. Burmeister hat ihm bereits von unserem Besuch erzählt. Wenn Wiebke davon erfährt, wird sie mir die Hölle heißmachen.«

»Mit den Aufnahmen auf deinem Smartphone können wir die Planung der Milchfabrik belegen. Der Mistkerl hat sogar die Genehmigung für einen Stall mit achthundert Kühen bekommen, obwohl sich das Umweltgutachten eindeutig gegen ein solches Vorhaben ausspricht.«

»Er wird die Verantwortlichen bestochen haben«, mutmaßte Gesine. »Aber das können wir ebenso wenig beweisen wie die Morde an seiner Frau und Heiko. Wir haben in seinem Haus nichts gefunden, was auf eine Täterschaft hindeutet. Wenn Sören ihm das Grundstück verkauft, können wir den Bau der Milchfabrik nicht mehr stoppen.«

»Da Burmeister den Kauf so schnell wie möglich über die Bühne bringen will, scheint er mit seinem Projekt unter Zeitdruck zu stehen.« Joris dachte nach. »Wenn wir den Erwerb schon nicht verhindern können, sollten wir sein Vorhaben zumindest verzögern. Womöglich finden wir bis zum Baubeginn noch einen Weg, mit dem wir seine Pläne durchkreuzen können.«

»Wie willst du das denn anstellen?« Tüdelbüdel sah ihr Gegenüber mit großen Augen an.

»Da er seine Geschäfte gerne diskret abwickelt, sollten wir sein Vorhaben in den Fokus der Öffentlichkeit rücken. Kennst du die Journalisten, mit denen Enno bei seinen Aktionen für *Mien Freesland* zusammengearbeitet hat?«

»Nein, aber ich wollte ohnehin wieder bei Meret vorbeischauen. Sie kann uns sicherlich weiterhelfen.«

»Wenn wir die hier lebenden Menschen für das Thema sensibilisieren, muss er seine Karten auf den Tisch legen.«

»Joris, das ist eine gute Idee. Kannst du den Laden übernehmen? Ich gehe schnell zu Meret.«

»Dann brauche ich aber eine Extraration von deinem

Lebenselixier.« Mit einem Kopfnicken deutete Joris auf die hinter Tüdelbüdel stehende Bierkiste.

»Nimm dir eine Flasche.«

Gesine kam um den Verkaufstresen herum und ergriff Joris' Hand. »Im Kampf gegen Burmeister brauche ich deine Hilfe, denn allein schaffe ich das niemals. Kann ich mich auf dich verlassen?«

»Blöde Frage«, grummelte er und drückte ihre Hand etwas fester. Dann ließ Joris sie los und trat hinter den Verkaufstresen. Dort öffnete er eine Flasche Tüdelbräu und trank einen großen Schluck. »Wenn du länger bleibst, kann ich heute auch im Kroog das Bier ausschenken.«

»Aber nur unter der Bedingung, dass du meine Gäste nicht verdursten lässt. Ich bin bald wieder zurück.« Die Friesenbrauerin winkte ihm zum Abschied zu und trat aus dem Laden.

Die Sonne schien an diesem späten Nachmittag von einem blassblauen Himmel, an dem majestätische Wolkenschiffe vorüberglitten. Eine sanfte Brise trug das Rauschen der Nordseebrandung und die Schreie der Möwen zu ihr. Vögel zwitscherten in den Bäumen. Kinderlachen drang aus einem benachbarten Garten.

Gesine wandte das Gesicht der Sonne zu und schloss die Augen. Dann atmete sie tief ein, füllte die Lungen mit der sauerstoffhaltigen Luft und genoss einen Augenblick jener inneren Ruhe, die sie in den letzten Tagen zu selten gefunden hatte. Nach einem Moment des Innehaltens marschierte sie los.

»Tüdelbüdel, das ist aber eine Überraschung. Komm rein.« Meret Prester, die ihr die Haustür geöffnet hatte, machte einen Schritt zur Seite und Gesine trat in den Flur.

»Was ist denn da drin?« Sie deutete auf die dort stehenden Kisten und Müllsäcke.

»Ennos Sachen. In den letzten Tagen habe ich das Haus entrümpelt. Einige Kisten und kleinere Möbelstücke habe ich bereits in den Schuppen gebracht. Wenn ich alle Räume ausgemistet habe, kommt der ganze Krempel auf den Sperrmüll.«

»Du kannst seine Sachen doch nicht wegwerfen«, entrüstete sie sich und folgte Meret in die Küche.

»Im Gefängnis kann er mit seinem Zeug ohnehin nichts anfangen.« Sie füllte Wasser in einen Topf und stellte diesen auf den Herd.

»Du solltest noch nicht von einer Verurteilung ausgehen. Wiebke ist weiter an dem Fall dran und sucht nach entlastenden Hinweisen. Möglicherweise wurde Enno der Mord in die Schuhe geschoben.«

»Das denke ich keinesfalls. Da alle Beweise gegen Enno sprechen, rechne ich mit einem Schuldspruch. Kann ich dir einen Tee anbieten?« Meret schaltete eine Herdplatte ein.

»Ich habe leider keine Zeit für einen Klönschnack.«

»Warum bist du dann hier?« Meret, die gerade zwei Tassen aus dem Schrank holte, hielt in der Bewegung inne.

»Ich brauche Informationen zu den Journalisten, mit denen Enno zusammengearbeitet hat. Kennst du welche von ihnen?«

»Mir ist nur Robert Sternberg von der Zeitschrift *Deichkieker* bekannt. Seine Kollegen kannst du dir in den jeweiligen Online-Ausgaben im Internet raussuchen.« Meret stellte eine Tasse in den Schrank zurück und die andere auf den Tisch. »Warum willst du die Namen überhaupt wissen?«

»Sören wird Burmeister das Grundstück seines Bruders verkaufen.«

»Echt jetzt? Das hätte ich ihm niemals zugetraut.« Sie sah Tüdelbüdel mit großen Augen an. »Sören hat doch erst vor Kurzem im Kroog erzählt, dass das Haus im Familienbesitz bleiben würde.«

»Leefke ist schwanger. Offensichtlich reicht sein Gehalt nicht für zwei Kinder.«

Die Schneiderin zog die Augenbrauen hoch. »Von einer Schwangerschaft wusste ich nichts.«

»Ich habe auch erst heute davon erfahren.« Gesine seufzte vernehmlich. »Kannst du eine spontane Demonstration von *Mien Freesland* organisieren? Wir müssen unbedingt etwas gegen die geplante Milchfabrik unternehmen.«

»Das dürfte schwierig werden, weil Enno sich immer darum gekümmert hat.« Meret überlegte einen Moment. »Ich könnte die anderen Organisatoren ansprechen, aber das wird eine Weile dauern. Zudem muss eine solche Veranstaltung genehmigt werden.«

»So viel Zeit haben wir nicht. Wenn Burmeister den Kaufvertrag unterzeichnet hat, können wir die Milchfabrik nicht länger verhindern.«

»Jetzt übertreibst du aber. Für so ein Bauprojekt braucht er neben einem Kredit in Millionenhöhe auch Gutachten und Genehmigungen. Zudem …«

»Ihm liegen alle erforderlichen Unterlagen bereits vor«, warf die Friesenbrauerin ein.

Meret sah sie irritiert an. »Das wird er dir bestimmt nicht erzählt haben. Woher weißt du das?«

»Joris und ich haben uns gestern bei Burmeister umgesehen. Siehst du das hier?« Tüdelbüdel zog ihr Smartphone aus der Hosentasche und zeigte Meret die Fotos der Unterlagen, die sie im Haus des Landwirts gemacht hatte.

»Seid ihr etwa bei ihm eingebrochen?« Meret trat einen Schritt zurück.

»So etwas würden wir niemals machen.« Gesine grinste verschmitzt, bevor sie erklärte: »Wir haben ihn mit Tüdelbräu ausgeknockt. Erinnerst du dich an mein Starkbier zum letztjährigen Oktoberfest?«

»Verschwommen.« Meret zog die Stirn kraus. »Ich weiß nur noch, dass wir im Kroog den ganzen Abend bayrische Wiesn-Hits gehört haben und Sepp sich bei einem Schuhplattler vor der Theke langgemacht hat. Wenn mich meine Erinnerung nicht trügt, hat Joris Döntjes von seinen Kämpfen mit dem Meeresgott Neptun erzählt und Sören seinem Bruder beim Fingerhakeln fast die Hand gebrochen. In dieser Nacht waren wir alle ziemlich dun.«

»Tammo und seine Kumpels aus Greetsiel haben es nicht mehr nach Hause geschafft und im Kroog gepennt.« In der Erinnerung an den bierseligen Abend huschte ein Lächeln über Gesines Gesicht.

»Wenn ich dich richtig verstehe, habt ihr Burmeister mit Tüdelbräu abgefüllt und dann sein Haus auf den Kopf gestellt«, nahm Meret den Gesprächsfaden wieder auf. »Habt ihr neben den Unterlagen zur Milchfabrik auch Beweise für den Mord an Heiko gefunden?«

»Leider nicht. Als wir seine Haushälterin im Flur gehört haben, sind wir sofort verschwunden.«

»Hoffentlich bekommt ihr deshalb keinen Ärger.«

»Ärger ist mein zweiter Vorname. Komm doch mal wieder im Kroog vorbei.«

»Im Moment will ich lieber allein sein, denn neben dem Haus muss ich auch mein Gefühlsleben entrümpeln. Da deine Gäste kein heulendes Häufchen Elend sehen wollen, bleibe ich besser daheim.«

»Was redest du nur für einen Blödsinn? Joris hat bei deinem letzten Besuch doch eine klare Ansage gemacht. Du solltest dich keinesfalls im Haus verkriechen. Zudem sind im Kroog keine Fremden, sondern Freunde, die dir gerne ein Bier ausgeben und mit dir schnacken.«

»Das hat Heiko auch getan. Wenn er mich nicht nach Hause begleitet hätte, würde er vielleicht noch leben.«

»Du darfst dir deshalb keine Vorwürfe machen. Wenn du jemanden zum Reden oder Hilfe brauchst, komm bei mir vorbei.« Tüdelbüdel nahm Meret zum Abschied in den Arm und machte sich dann auf den Heimweg.

In ihrer Küche suchte sie im Internet zunächst nach dem Journalisten Robert Sternberg und rief ihn in der Redaktion an. Zu ihrer Freude nahm er das Telefonat nach dem zweiten Klingeln entgegen.

»Moin, hier ist Sternberg vom *Deichkieker*.«

»Hier spricht Gesine Felber, ich bin …«

»… die Friesenbrauerin«, unterbrach er sie. »Wenn ich eine Reportage über den Kroog schreiben soll, müssen Sie mich vorher mit einer Kiste Tüdelbräu bestechen.«

»Woher kennen Sie mich?«

»Enno hat mir mal ein paar Flaschen Tüdelbräu mitgebracht. Meiner Meinung nach brauen Sie das beste Bier Ostfrieslands. Ich liebe Ihren Bölkstoff.« Er lachte scheppernd.

»Ich möchte mit Ihnen aber nicht über mein Tüdel-

bräu, sondern über das Bauvorhaben von Burmeister sprechen.«

Das Lachen verstummte so schnell, als hätte Gesine ein
Radio ausgeschaltet.

»Kiek an, kiek an«, meldete sich Sternberg nach einem
Moment des Schweigens zurück. »Wollen Sie sich etwa mit
dem alten Gnadderkopp anlegen?«

»Ich möchte die geplante Milchfabrik verhindern.«

»Das hat Enno auch schon versucht, aber niemand wollte
ihm dazu irgendwelche Auskünfte erteilen. Nachdem sich
Burmeisters Ehefrau der Bewegung *Mien Freesland* ange-
schlossen hatte, hat er zunächst sie und danach Enno eis-
kalt abserviert.«

»Demnach glauben Sie also nicht, dass Prester Kerstin
getötet hat?«

»Meiner Meinung nach wurde er reingelegt.«

»Von Burmeister?«, hakte Gesine sofort nach.

»Das habe ich nicht gesagt.« Die Stimme des Journalisten hatte plötzlich jede Freundlichkeit verloren. »Mit dem
Kerl werde ich mich bestimmt nicht anlegen.«

»Was soll das denn heißen?«

»Burmeister spielt in einer anderen Liga. Wenn Sie gegen ihn vorgehen wollen, sollten Sie sich an überregionale
Tageszeitungen oder Fernsehsender wenden. Ich habe den
Deichkieker in den letzten zwanzig Jahren zu Ostfrieslands
führendem Magazin aufgebaut. Trotz meiner Abonnen-
ten halte ich mich aber größtenteils mit Werbeeinnahmen
über Wasser. Burmeister ist mein finanzstärkster Anzei-
genkunde und deshalb …«

»… wollen Sie sich an dem brisanten Thema nicht die
Finger verbrennen«, beendete Tüdelbüdel den Satz. »Wür-

den Sie denn über die Milchfabrik berichten, wenn ich Ihnen handfeste Beweise für den geplanten Bau liefere?«

Am anderen Ende der Leitung herrschte einen Moment lang Schweigen. »Von welchen Beweisen reden wir denn?«

»Planungsunterlagen, Baugenehmigung und Gutachten.«

»Wo haben Sie die Unterlagen her?«, wollte Sternberg wissen.

»Die habe ich … wie soll ich sagen … unter der Hand bekommen.«

»Verstehe.« Der Journalist machte eine erneute Pause, bevor er fortfuhr: »Mit illegal erworbenen Unterlagen kann ich nichts anfangen. Bei einer Veröffentlichung werden seine Anwälte wie Bluthunde über mich herfallen. Ein Gerichtsverfahren kann ich mir nicht leisten.«

»Müssen Sie Ihre Quellen denn nicht schützen?«

»Wenn ich mich mit Burmeister anlege, müsste ich zunächst meine Familie in Sicherheit bringen. Als Herausgeber der Zeitschrift *Deichkieker* kann ich unter keinen Umständen …«

Die Friesenbrauerin beendete das Gespräch mitten im Satz.

Da sie auf Sternberg nicht zählen konnte, rief sie wieder die Suchmaschine auf und sah sich nach anderen ostfriesischen Journalisten um, die in den letzten Monaten über *Mien Freesland* berichtet hatten. Aber auch bei ihnen hatte sie kein Glück. Entweder waren die Pressevertreter telefonisch nicht erreichbar, oder sie winkten bei einer Berichterstattung über die geplante Milchfabrik ab. Wie Sternberg wollten auch sie eine offene Konfrontation unter allen Umständen vermeiden.

Der Landwirt schien gefährlicher zu sein, als Gesine bisher angenommen hatte. Wenn sie sich offen gegen ihn stellte, musste sie … mit ihrer Ermordung rechnen?

Hatte Burmeister neben Heiko auch seine Frau umgebracht und Enno den Mord angehängt? Wollte sie sich wirklich mit ihm anlegen? War es nicht besser, die Sache auf sich beruhen zu lassen?

»Nein!«

Die Friesenbrauerin schrie das Wort in ihre Küche, als könnte sie ihm damit größeres Gewicht verleihen.

Nach einem schnellen Abendessen, das aus einem Schinkenbrot und einem Glas Milch bestand, steckte sie ihr Smartphone ein und ging zum Lädchen, das Joris aber bereits geschlossen hatte.

Sie fand ihn im Kroog. Er saß allein auf einem Barhocker hinter dem Zapfhahn, ein Glas Bier in der Hand. Aus den Lautsprechern erklang die Musik einer ostfriesischen Rockband, die den Gesang mit Brandungsrauschen unterlegt hatte.

Er prostete ihr zu. »Hast du mit Meret gesprochen?«

Die Friesenbrauerin erzählte ihm von der Unterhaltung, und von den Telefonaten mit den Journalisten. Joris hörte aufmerksam zu und stellte das leere Glas dann nachdenklich vor sich ab.

»Wenn sich sogar die Journalisten vor Burmeister fürchten, werde ich dich in nächster Zeit nicht aus den Augen lassen.«

»Mein tapferer Seebär, das ist lieb von dir. Ich wusste nicht, dass dir so viel an mir liegt.« Tüdelbüdel strich ihm über die Wange.

»Wie kommst du denn darauf? Ohne dich gibt es nur

kein Tüdelbräu mehr, das ist alles.« Joris griff nach dem Glas. »Apropos Tüdelbräu. Kann ich noch ein Bier haben?«

Die Friesenbrauerin lachte und stellte ein neues Glas unter die Zapfanlage.

*

Eine Stunde später waren die beiden immer noch allein.

»Das verstehe ich nicht. Wo sind die Sünnumer denn alle hin?« Joris warf einen Blick zur Tür. »So leer wie heute war es in den letzten Jahren nie.«

»Das kann ich mir auch nicht erklären.« Gesine trocknete ein gespültes Glas ab. »Wir müssen …«

Sie verstummte, als die Tür aufgerissen wurde und Leefke in die Gaststube stürmte. Ihre strohblonden Haare waren zerzaust, das Gesicht verquollen. Ihre Hose war am linken Oberschenkel eingerissen, Blut tränkte den Stoff. Das T-Shirt klebte schweißnass auf ihrem Körper. Der rechte Fuß steckte in einem quietschgelben Badelatschen, den anderen schien sie verloren zu haben, da sie nur eine verdreckte Socke trug.

»Wiebke, wo ist Wiebke?«

»Die ist im Polizeikommissariat.« Die Friesenbrauerin eilte hinter der Theke hervor.

»Sören ist … Gefahr.« Leefke stützte sich auf den Oberschenkeln ab und rang nach Atem. »Männer … drohen …« Sie wischte sich mit dem Handrücken über das verheulte Gesicht. »… ich bin hinten raus und … ab durch die Rosenbüsche. Kein Smartphone. Brauche … Hilfe.«

»Von wem redest du?« Joris war aufgestanden und zu den beiden Frauen getreten.

»Tammo, Sepp und ein paar andere.«

»Wo ist Jan?« Bei der Frage sah Leefke Tüdelbüdel mit großen Augen an. Dabei flackerte ihr Blick wie eine Flamme im Luftzug. »In Sicherheit«, flüsterte sie nach einem Moment des Schweigens.

»Gott sei Dank. Ich rufe Wiebke an.« Gesine griff nach ihrem Smartphone und wollte gerade auf eine im Kurzwahlverzeichnis hinterlegte Nummer tippen, als Joris eine Hand auf ihren Arm legte.

»Warte einen Moment«, bat er und wandte sich dann an Leefke. »Die Jungs sind sauer, weil Sören das Grundstück an Burmeister verkaufen will, richtig?«

Sie nickte schwach.

»Diese Bagaluten knöpfe ich mir vor. Dazu brauchen wir keine Polizei, das regeln wir unter uns.« Wütend stampfte er aus dem Kroog.

»Du bleibst besser hier.« Gesine drückte Leefke ihr Handy in die Hand. »Damit kannst du jederzeit Hilfe holen.«

»Wo willst du denn hin?«

»Joris retten. Wenn es zu einer Schlägerei kommt, wird er garantiert den Kürzeren ziehen.« Die Friesenbrauerin lief aus der Gaststube und eilte zum Haus der Gebhards.

Auf halbem Weg trug der Wind Schreie und wüste Beschimpfungen zu ihr, die mit jedem Schritt etwas lauter wurden. Wenige Minuten später bog sie in die Seitenstraße, in der Sören mit seiner Familie wohnte.

Vor dem Haus hatten sich einige Menschen versammelt und verlangten lauthals nach Sören, der wie versteinert im ersten Stock in einem geöffneten Fenster stand. In der Abenddämmerung wirkte der erleuchtete Raum wie eine Bühne, auf der bald etwas Furchtbares geschehen würde.

Tüdelbüdel blieb stehen und sah sich um.

Auch wenn es in Sünnum immer wieder Streit – und im Kroog sogar einmal eine Schlägerei – gegeben hatte, waren die Bewohner noch nie mit solcher Wut aufeinander losgegangen. Der Hass, den Burmeister wie ein Krebsgeschwür nach Sünnum gebracht hatte, streute immer weitere Metastasen der Zwietracht, die die Dorfgemeinschaft eines Tages zerstören würde.

»Komm runter, du Verräter«, verlangte Tammo Friese.

»Den Kerl knööp ik mi vör!« Hinnerk Gravenhorst stieg über eine kniehohe Hecke, die das Grundstück zur Straße hin begrenzte, in das Blumenbeet vor dem Haus und zertrampelte dabei einen Rosenstrauch.

»Glei klatscht's! Und zwar koan Apllaus.« Sepp vergaß in seiner Wut sowohl jeden Anstand als auch die guten Manieren und fluchte auf Bayrisch.

»Dem werde ich die Flausen schon austreiben.« Hauke Peters ballte die rechte Hand zur Faust.

»Für so einen Scheiß hätte ich euch auf meinem Schiff über die Planke gehen lassen!« Joris' Stimme übertönte das Geschrei wie ein Donnerhall. Die Anwesenden verstummten und hielten in ihren Bewegungen inne, als hätte jemand bei einem Film die Pausentaste gedrückt.

»Wat wullt denn du?« Hinnerk drehte sich zu ihm um, wobei er auf einen weiteren Rosenstrauch trat, dessen dünne Äste unter seinem Gewicht zerbrachen.

»Ich will euch zur Vernunft bringen. Lasst Sören gefälligst in Ruhe.« Joris ergriff den Arm von Peters und zog ihn zu sich.

»Nimm deine Finger weg«, raunzte dieser ihn an.

»Der Mistkerl will das Grundstück an Burmeister verkaufen.« Tammo drehte sich zu Joris um.

»Das gibt euch noch lange nicht das Recht, wie eine Horde meuternder Piraten über die Familie herzufallen.«

Gravenhorst stampfte zu Joris und packte ihn am Hemdkragen. »Wenn du nicht sofort einen Abgang machst, werde ich dich …«

Ein gellender Schrei, so schrill, dass er Glas zerspringen lassen konnte, ließ alle verstummen. Von einer Sekunde zur anderen war es mucksmäuschenstill.

Alle Anwesenden starrten die Friesenbrauerin an, die zwischen den Streitenden entlangschritt wie eine Lehrerin durch eine Klasse rüpelhafter Schüler.

»Seid ihr meschugge? Wollt ihr zunächst Joris und danach Sören am nächsten Baum aufknüpfen? Leefke ist euretwegen vollkommen fertig und heult sich die Augen aus dem Kopf.«

»Wir wollten doch nur reden.« Peters senkte den Blick, als wären seine dreckverkrusteten Schuhe interessante Betrachtungsobjekte.

»Blödsinn. Ihr wolltet die Fäuste sprechen lassen. Mir gefällt Sörens Entscheidung auch nicht, aber ich muss sie respektieren und das solltet ihr ebenfalls. Was ich hingegen keinesfalls akzeptieren kann, ist der Zorn, den Burmeister in dieses Dorf gebracht hat. Seht euch doch nur an. Ihr geht auf Sören los, als wäre er ein Schwerverbrecher.«

»Du hast uns nichts zu sagen.« Gravenhorst ließ von Joris ab und ging auf sie zu.

»Das stimmt.«

Obwohl der glatzköpfige Tischler die Friesenbrauerin

um zwei Köpfe überragte, wich sie keinen Millimeter zurück. »Wenn ihr Sören und seine Familie aber weiterhin bedroht, werde ich die Polizei rufen müssen.«

»Das wirst du schön bleiben lassen, sonst …«

»… was?«, ging Joris dazwischen. »Hinnerk, willst du einer alten Frau etwa die Knochen brechen?«

»Alte Frau?« Gesine zog die Augenbrauen hoch.

»Lass gut sein.« Der Tierarzt legte Gravenhorst eine Hand auf die Schulter. »Tüdelbüdel hat recht. Wir sollten die Angelegenheit nicht schlimmer machen, als sie ohnehin schon ist.«

»Mit dem Verkauf wirst du Sünnum zerstören«, rief Tammo Sören zu, der noch immer bewegungslos am Fenster stand.

»Das ist leider richtig«, pflichtete ihm Sepp bei. »Dennoch sollten wir jetzt besser verschwinden.«

»Was haltet ihr davon, wenn ihr euren Ärger mit einem Tüdelbräu runterspült? Das gilt auch für dich.« Mit der letzten Bemerkung wandte sich die Friesenbrauerin an Sören, der das Geschehen vom Fenster aus beobachtet hatte. »Heute Abend gibt es Freibier für alle.«

»Besser nicht. Ist Leefke bei dir?«, fragte er besorgt.

»Deine Frau ist im Kroog. Ich werde mich um sie kümmern. Hat Jan etwas von dem Trubel mitbekommen?«

Bei der Frage zuckte Sören wie unter einem Peitschenhieb zusammen, dann hatte er sich wieder in der Gewalt und winkte ab. »Nee, der schläft.«

»Das ist prima.«

Tüdelbüdel drehte sich um und machte sich auf den Rückweg zum Kroog. Als sie mit den Männern die Gastwirtschaft betrat, huschte Leefke, die teilnahmslos auf einem Barhocker gesessen hatte, wie ein scheues Reh hinter die Theke.

»Keine Angst. Niemand wird dir etwas antun.« Tüdelbüdel trat zu ihr. »Hast du inzwischen die Polizei angerufen?«

Die werdende Mutter schüttelte den Kopf. »Ich möchte keinen Ärger.«

»Weshalb solltest du denn Ärger bekommen?« Joris, der hinter Gesine getreten war, runzelte die Stirn.

»Nicht so wichtig«, winkte sie ab und lächelte schief. »Ich werde mich dann mal vom Acker machen.«

»Brauchst du einen Arzt?«

»Tüdelbüdel, das ist lieb, aber ich habe mich nur an einer Dorne verletzt. Halb so wild.« Sie deutete auf die Wunde an ihrem Oberschenkel.

»Soll ich mir die Verletzung mal ansehen?«, fragte Peters.

»Du bist Tierarzt«, wandte Tammo ein.

»Das macht für mich keinen Unterschied, denn die Rindviecher haben wesentlich mehr Intelligenz als die meisten von euch. Das gilt natürlich nicht für dich.« Mit dieser Bemerkung wandte er sich an Leefke, bevor er mit leiser Stimme hinzufügte: »Tut mir leid. In meinem Frust habe ich wohl etwas übers Ziel hinausgeschossen.«

Leefke betrachtete ihn einen Moment, dann schüttelte sie den Kopf und verließ wortlos den Kroog.

»Das bringt ihr wieder in Ordnung, ist das klar?« Die Friesenbrauerin stellte ein Glas unter die Zapfanlage, ohne die Männer dabei aus den Augen zu lassen. »Mit eurem pubertären Auftritt habt ihr die Familie vollkommen verängstigt.«

»Heiko hätte nicht gewollt, dass sein Haus verkauft

wird.« Gravenhorst setzte sich auf einen Barhocker, der unter ihm wie ein Möbelstück aus einem Kindergarten wirkte.

»Sörens Entscheidung hat mich nicht nur überrascht …« Joris nahm ein Bierglas entgegen, das Tüdelbüdel ihm reichte. »… sondern auch verärgert. Vor dem Notartermin wollte ich mit ihm reden, aber dazu wird er jetzt sicherlich nicht mehr bereit sein.«

»Er ist nicht länger einer von uns!« Gravenhorst verschränkte die muskulösen Arme vor seiner Brust.

»Sabbel nich so einen Blödsinn«, fuhr ihn Gesine an und reichte ein Bier über den Tresen. »Ein Tüdelbräu bringt dich hoffentlich zur Vernunft.«

Er brummelte etwas Unverständliches und nahm das Glas entgegen. Nachdem Tüdelbüdel jeden mit Bier versorgt hatte, klatschte sie in die Hände und blickte in die Runde.

»Sollte ich so eine Anfeindung wie heute noch einmal erleben, werde ich den Kroog schließen und aus Sünnum verschwinden. Mit einem Dorf, dessen Bewohner Lynchjustiz betreiben, will ich nichts zu tun haben. Geht das in eure ostfriesischen Sturköpfe?«

»Jetzt übertreibst du aber. Wir hätten Sören schon nichts angetan.«

»Tammo, da wäre ich mir nicht so sicher. In einer so aufgeheizten Stimmung kann ein einziges Wort der Funke sein, der eine ganze Sprengladung hochgehen lässt. Warum richtet ihr eure Wut nicht auf den Menschen, der für diese Misere verantwortlich ist?«

»Gegen Burmeister können wir ohnehin nichts ausrichten.« Sepp trank einen Schluck Bier.

»Wer kämpft, kann verlieren, wer nicht kämpft, hat schon verloren.« Tüdelbüdel sah in die Runde.

»Deine Motivationssprüche helfen uns in dieser Situation nicht weiter«, nörgelte Gravenhorst.

»Das mag sein. Dennoch sollten wir Burmeister gehörig in den Arsch treten.« Um ihre Entschlossenheit zu demonstrieren, trat sie mit dem Fuß in die Luft.

»Ich weiß nicht, ob das eine gute Idee ist. Nach unserer gestrigen Aktion können wir froh sein, dass er uns noch nicht verklagt hat.« Gedankenverloren drehte Joris sein Bierglas in den Händen.

»Was habt ihr denn angestellt?«, fragte Sepp, der neben ihm an der Theke stand, und Joris erzählte von ihrem Besuch bei dem Landwirt.

»Demnach können wir die Milchfabrik nicht mehr verhindern.« Tammo hob in einer hilflosen Geste die Hände.

»Wir sollten es zumindest versuchen. Da keine regionale Zeitschrift über das Bauvorhaben berichten will und ich auf die Schnelle keinen Kontakt zu Journalisten größerer Zeitungen oder Fernsehsendern aufbauen kann, müssen wir selbst für Aufmerksamkeit sorgen. Was haltet ihr davon, wenn wir die Zuwegung zu Burmeisters Stall blockieren, damit die Milchlaster am frühen Morgen nicht durchkommen? Dabei können wir mit Plakaten und Sprechchören auf das Bauprojekt aufmerksam machen, wie Enno das bei *Mien Freesland* auch getan hätte. In seinem Schuppen findet sich bestimmt noch brauchbares Material.«

»Tüdelbüdel, Burmeister wird sich nicht von Pappschildern aufhalten lassen«, wandte Sepp ein. »Bei ihm müssen wir schon größere Geschütze auffahren.«

»Ich könnte unseren Protest filmen und als Livestream

im Internet hochladen. Wenn wir unsere Aktion in den sozialen Netzwerken posten und die Menschen unsere Nachricht teilen, werden wir die gewünschte Aufmerksamkeit erreichen«, schlug Gravenhorst vor und deutete auf sein Bierglas. »Kann ich noch ein Tüdelbräu bekommen? Nachdenken macht unglaublich durstig.«

»Bei deinem Bierkonsum müsstest du ein Genie sein.« Die Friesenbrauerin grinste und stellte ein neues Glas unter den Zapfhahn. »Deine Idee gefällt mir. Wenn wir die Aufnahme auf der Website von *Mien Freesland* hochladen, werden sich unserem Protest sicherlich weitere Aktivisten anschließen.«

»Wollen wir uns wirklich mit Burmeister anlegen?« Sepp strich mit dem rechten Zeigefinger nachdenklich über den Rand seines Glases. »Die ganze Aktion wird außer Ärger ohnehin nichts bringen. Mein Chef wird zudem nicht sonderlich begeistert sein, wenn ich mich bei einer illegalen Demonstration filmen lasse.«

»Du bist eine richtige Bangbüx. Aus dir wird anscheinend nie ein sturmerprobtes Küstenkind«, lästerte Tammo.

»Ich gebe nur zu bedenken …«

»Bedenkenträger hat dieses Land mehr als genug. Wer von euch nicht mitmachen will, geht jetzt nach Hause. Ich bin dabei. Wer noch?«

»Tüdelbüdel, sind wir nicht langsam …«

»… wenn du jetzt *zu alt* sagst, bekommst du lebenslanges Hausverbot«, unterbrach die Friesenbrauerin Joris und drohte ihm spielerisch mit der Faust.

»Schon gut«, murmelte dieser in seinen Bart, bevor er hinzufügte: »Bei einer Sitzblockade bestehe ich aber auf einem weichen Kissen unter meinem Hintern.«

»Und ich lasse mich nur mit rosafarbenen Plüschhand-schellen an Stalltüren fesseln.«

Nach dieser Bemerkung Gravenhorsts prustete Tammo den Schluck Bier, den er im Mund hatte, quer über die Theke und hielt sich den Bauch vor Lachen.

»Wenn ich früher eine Schiffsbesatzung mit Chaoten wie euch befehligt hätte, wären wir direkt nach dem Aus-laufen gekentert.« Joris schüttelte entnervt den Kopf.

»Nichts für ungut, aber ich muss um acht Uhr eine fünfte Klasse unterrichten. Die Kids sind schlimmer zu hüten als ein Sack voller Flöhe.« Sepp griff nach seinem Hut und setzte ihn auf. »Ich wünsche euch viel Erfolg.«

»Du kannst doch jetzt nicht abhauen«, rief ihm Tammo hinterher.

»Ich habe morgen früh einen Termin bei einem Bauern in Südbrookmerland.« Hauke verabschiedete sich eben-falls.

»Echt jetzt? Du verschwindest auch?« Tammo, der mit einem Papiertaschentuch über die Theke wischte, sah ihn erstaunt an.

»Sein Pferd braucht ärztliche Hilfe. Soll ich das Tier etwa verrecken lassen?«

»So dramatisch ist es bestimmt nicht«, wandte Tammo ein.

»Ich wünsche euch viel Erfolg.« Hauke schlug ihm auf die Schulter.

»Wir sehen uns morgen.« Die Friesenbrauerin winkte den beiden zum Abschied zu und wandte sich dann an ihre letzten Gäste. »Ich habe keine Ahnung, was uns bei Burmeister erwartet, aber ich werde keinesfalls kampflos aufgeben.«

»Ich bin dabei.« Gravenhorst hob seinen Arm.

»Ich auch«, bestätigte Tammo.

»Soll ich dir ein Kissen für die Sitzblockade holen, oder willst du ebenfalls ins Bett?« Tüdelbüdel zwinkerte Joris zu.

»Einer muss schließlich auf dich aufpassen. Bis zu unserem Aufbruch brauche ich aber noch etwas Wegzehrung.« Er deutete auf sein leeres Glas.

»Im Kroog wird niemand verdursten.« Die Friesenbrauerin zapfte ein neues Tüdelbräu.

HAUSFRIEDENSBRUCH

Wiebke Felber hackte im Büro des Polizeikommissariats Norden so fest auf die Tastatur ein, dass die Anschläge wie Gewehrschüsse klangen.

»Willst du das Ding in seine Einzelteile zerlegen?« Steffen Gesner sah von seiner Arbeit auf. »Selbst unser Muskelprotz geht damit sanfter um.«

Bei dieser Bemerkung warf er dem jungen Kollegen, der wie gebannt auf den Computermonitor starrte, einen kurzen Blick zu. Aber dieser reagierte nicht auf seine Anspielung, sofern er sie überhaupt gehört hatte.

»Wir müssen etwas übersehen haben!« Sie schlug die *Enter*-Taste so hart an, dass die obere Ecke des Plastiküberzugs abplatzte.

»Wiebke, jetzt komm mal wieder runter.« Der Kommissar stand auf und baute sich breitbeinig vor ihrem Schreibtisch auf. »Was um alles in der Welt ist mit dir los? Seit zwei Tagen bist du vollkommen neben der Spur. Hast du Ärger mit deinem Barkeeper?«

»Nee, Ruben hat nichts damit zu tun. Meine Mutter dreht wegen der Verhaftungen am Rad. Auch ich bin noch immer unsicher, ob wir die Richtigen eingebuchtet haben. Enno kenne ich seit meiner Kindheit. Obwohl er früher gelegentlich über die Stränge geschlagen hat, traue ich ihm keinen Mord zu. Monika ist ein herzensguter Mensch, der sich für ihre Patienten aufgeopfert hat. Allein die Vorstellung, dass sie Heiko ertränkt haben soll, ist absurd. Die beiden …«

»… lebten in einem Kaff fernab jeder Zivilisation. Wenn ich in Sünnum wohnen müsste, würde ich auch durchdrehen«, bemerkt Patrick Meiners süffisant und grinste.

»Kümmere dich gefälligst um deinen Kram«, fuhr Wiebke ihn an, bevor sie sich an ihren Vorgesetzten wandte. »Enno und Monika könnten unschuldig sein. Nach Meinung meiner Mutter ist Burmeister für die beiden Morde verantwortlich.«

Gesner seufzte vernehmlich. »Deine Mutter sollte unsere Ermittlungen nicht infrage stellen, du übrigens auch nicht. In beiden Fällen haben wir Beweise, die gegen die Verhafteten sprechen. Sünnum ist nun einmal nicht das Paradies, für das die Friesenbrauerin euer Dorf hält. Manchmal erinnert sie mich an Pippi Langstrumpf. Die hat sich die Welt auch zurechtgeschustert, wie es ihr gefallen hat.«

»Da ist was dran.« Wiebke lächelte schief und deutete dann auf ihren Bildschirm, auf dem ein Schriftstück zu sehen war. »Ich habe mir den Bericht über das Schlafmittel noch einmal angesehen, mit dem Heiko vor seinem Tod betäubt wurde. Im Krankenhaus fehlen keine Bestände, was gegen die Theorie spricht, dass Monika es dort gestohlen hat. Andererseits ist dieses Mittel in jeder Apotheke erhältlich. In Heikos Haus haben wir ein altes Rezept seines Arztes dafür gefunden. Das deutet auch …«

»… auf Monika hin, verstehst du das denn nicht?«

»Das Rezept wurde aber bisher nicht eingelöst«, wandte sie ein.

»Er könnte von dem Medikament dennoch eine Packung daheim gehabt haben.«

»Das ist möglich. Aber warum sollte Monika bei dem Mord ausgerechnet ein Präparat wählen, das sich sowohl im Krankenhausbestand als auch bei ihr daheim befand? Weshalb hat sie kein ein anderes Mittel genommen, um den Verdacht von sich abzulenken? Als Krankenschwester kennt sie sich doch damit aus.«

»Keine Ahnung.« Gesner fuhr sich durch die Haare. »Sie könnte sich so sehr auf das gefälschte Testament konzentriert haben, dass sie darüber nicht nachgedacht hat. Damit wir uns richtig verstehen: Ich halte sie keineswegs für eine skrupellose Killerin, aber Menschen agieren in ausweglo- ser Lage oft nicht rational. In der Angst, dass das Karten- haus ihrer Lügen zusammenbricht, wird sie panisch ge- handelt haben. Was passiert jetzt mit ihrer Mutter?«

»Sie muss das Friesenstift am Monatsende verlassen. Da sie nur eine geringe Rente bekommt, kann sie keine An- sprüche an ihre zukünftige Unterkunft stellen.«

»Hoffentlich findet sie einen geeigneten Heimplatz. Wa- rum fährst du nicht nach Hause und schläfst dich aus?«

»Dazu fehlt mir die Zeit. Ich muss mich …«

»… ausschlafen«, unterbrach der Kommissar seine Kol- legin und deutete zur Tür. »Abflug. Das war keine Bitte, sondern ein Befehl.«

»Wie du willst.«

Wiebke speicherte die Datei, fuhr ihren Computer he- runter und stand auf. Wortlos stampfte sie aus dem Büro und machte sich auf den Weg nach Sünnum.

Die Landschaft, die sich an diesem späten Nachmittag wie eine Postkartenidylle vor ihr ausbreitete, erschien ihr wie eine Filmkulisse, die nichts mit der Wirklichkeit zu tun hatte. Vor einer roten Ampel stoppte sie den Wagen.

Seit den Morden kam sie sich als Polizistin immer öfter wie eine Schauspielerin vor, die aus ihrer Rolle ausbrechen musste, wenn sie den wahren Mörder jemals fassen wollte. Obwohl alle bisher bekannten Fakten und Beweise gegen die Inhaftierten sprachen, fühlten sich deren Verhaftungen irgendwie *falsch* an.

»Schiet ok!«

Sie schlug mit der flachen Hand auf das Lenkrad. Sollte Burmeister hinter den Morden stecken, würde er unter Umständen ungeschoren davonkommen. Um das zu verhindern, musste sie nur ein paar Regeln brechen und auf eigene Faust ermitteln. Was war denn schon dabei?

Ein Hupen riss sie aus ihrem Gedankenkarussell. Wiebke schaute auf und sah eine grüne Ampel vor sich, die Sekundenbruchteile später auf Gelb umschaltete.

Sie trat das Gaspedal durch und ließ die Kupplung kommen. Der Motor heulte auf wie ein getretener Hund. Der Mini machte einen Satz nach vorn und blieb mitten auf der Kreuzung stehen, als wollte der Wagen auf diese Weise gegen die grobe Behandlung protestieren.

Hektisch startete Wiebke den Motor neu, aber ihre Karre sprang nicht mehr an. Erst nach dem fünften Versuch erwachte ihr Auto zu neuem Leben und die Polizistin fuhr in einem Hupkonzert der Fahrzeuge, deren Fahrbahn sie blockiert hatte, über die Kreuzung.

An der nächsten Abbiegung bog sie kurzentschlossen Richtung Neßmersiel ab. Bevor sie nach Sünnum zurückkehrte, wollte sie sich bei einem Deichspaziergang von einer frischen Brise ordentlich durchpusten lassen.

In ihrem jetzigen Zustand würde ein Gespräch mit ihrer Mutter nur in einer weiteren Auseinandersetzung enden.

Wiebke parkte den Mini, stieg aus und spazierte zum Deich. Das Wattenmeer lag an diesem Nachmittag wie ein feuchter Teppich vor ihr. Schleierwolken zogen über den Horizont. Die im Westen stehende Sonne glitzerte auf dem Wasser eines Priels. Schafe grasten friedlich zu beiden Seiten des schmalen Weges.

Eine Familie mit zwei kleinen Kindern kam ihr entgegen. Ein etwa zweijähriges Mädchen mit blonden Zöpfen saß in einem Bollerwagen, der von ihrer Mutter gezogen wurde, und brabbelte vergnügt vor sich hin. Ein Junge von etwa vier Jahren hielt die Hand seines Vaters fest, mit der anderen umklammerte er ein Waffeleis.

Seine Mundpartie war schokoladenverschmiert. Er lachte und deutete auf eine Möwe, die über ihnen flog – und aus heiterem Himmel im Sturzflug auf ihn zuraste. Bevor der Kleine reagieren konnte, hatte der Vogel das Eis aus seiner Hand stibitzt und flog mit seiner süßen Beute davon.

Sein unbeschwertes Lachen ging in einen überraschten Schrei über, der von einem Schluchzen abgelöst wurde. Der Vater beugte sich zu einem Sohn und nahm ihn in den Arm.

Wiebke sah ihnen gedankenverloren nach.

Eine einzige Möwe hatte gereicht, um den harmonischen Augenblick der Urlauber zu zerstören. Auch wenn die Familie den Vorfall bald wieder vergessen haben würde, erschien ihr das Glück mehr denn je wie eine Seifenblase, die jederzeit an den rauen Klippen der Realität zerplatzen konnte.

Die Polizistin setzte sich auf eine Bank, legte die Hände in den Schoß und ließ ihre Gedanken mit den Wolken treiben. Gegen Abend frischte der Wind etwas auf und Wiebke, die keine Jacke angezogen hatte, schlang die Arme um den Körper. Einen Moment lang überlegte sie, noch ein Tänzchen auf dem Meer zu wagen, aber zum Kitesurfen war sie zu müde.

Auf dem Rückweg zum Wagen kaufte sie sich an einem Imbiss zwei Fischbrötchen und eine Flasche Mineralwasser.

Zurück in Sünnum warf sie zunächst einen Blick in das Lädchen. Es war geschlossen, Gesine war also entweder im Kroog oder daheim. Da Wiebke trotz der Auszeit auf dem Deich noch immer keine Kraft für einen weiteren Streit mit ihrer Mutter hatte, hoffte sie, ihr auch an diesen Abend aus dem Weg gehen zu können. Am nächsten Morgen sah die Welt sicherlich wieder anders aus.

In der Diele legte sie den Wagenschlüssel in die Schale auf der Kommode, zog sich die Schuhe aus und ging in die Küche. Auf dem Tisch standen ein Laptop, ein leeres Glas und ein Teller, auf dem sich Brotkrumen befanden. Demnach hatte ihre Mutter bereits zu Abend gegessen. Wiebke öffnete den Kühlschrank, griff nach der in der Tür stehenden Milchflasche und trank einige große Schlucke.

Danach schlurfte sie in ihr Zimmer, legte das Smartphone auf den Nachttisch und zog sich um. Nach einer Katzenwäsche ließ sie sich rücklings auf das Bett fallen. Mit hinter dem Kopf verschränkten Händen schaute Wiebke an die Zimmerdecke, bis diese immer mehr verschwamm und sie einschlief.

Die Melodie des Liedes *Hoch im Norden*, die sie sich als Klingelton hinterlegt hatte, riss sie aus ihren Träumen. Wiebke drehte sich zur Seite. Die grünlich leuchtenden Ziffern ihres Weckers zeigten 06:17 Uhr an. Sie griff nach dem auf dem Nachttisch liegenden Mobiltelefon und warf einen Blick auf das Display, auf dem die Telefonnummer des Polizeikommissariats Norden angezeigt wurde.

»Was ist los?« Wiebke setzte sich auf und nahm den Anruf entgegen.

»Auf dem Hof von Burmeister haben Demonstranten die Zuwegung zu seinem Kuhstall blockiert. Der Fahrer des Milchlasters kommt nicht durch«, informierte sie ihr Vorgesetzter.

»Warum rufst du mich deswegen an? Kann sich unser Schönling nicht darum kümmern?«

»Ich hätte ihm die Aktion gerne aufs Auge gedrückt, aber da deine Mutter unter den Teilnehmern ist, dachte ich, du willst dort mal vorbeischauen.«

»Mama ist dabei?« Wiebke wischte sich mit dem Handrücken über die Augen.

»Sie hat sich an ein Gatter gekettet und will ihren Protest erst dann beenden, wenn Burmeister auf die geplante Milchfabrik verzichtet. Neben ihr sitzt jemand auf einem Kissen und droht dem Landwirt mit Tod und Teufel. Ich gehe davon aus, dass es sich dabei um …«

»… Joris Harms handelt.« Wiebke stand auf.

»Wenn du dich sofort darum kümmerst, können wir die Sache vielleicht auf sich beruhen lassen. Ich möchte deine Mutter ungern abführen müssen.«

»Ich bin schon unterwegs.«

Die Polizistin beendete das Gespräch. Wenige Minuten später hatte sie ihre Dienstkleidung angezogen und war auf der Landstraße, die zu Burmeisters Gehöft führte.

Die aufgehende Sonne überzog die Wiesen und Felder mit einem goldenen Schimmer, als wollte die Natur etwas Glitzer auf Wiebkes Leben streuen, das in den letzten Tagen einiges von seinem Glanz eingebüßt hatte. Aber sie würdigte die verschwenderische Schönheit der Natur mit keinem Blick.

Mit zusammengekniffenen Lippen raste sie durch eine Landschaft, die an diesem frühen Morgen wie ausgestorben vor ihr lag. Nur gelegentlich kam ihr ein Wagen entgegen.

An der Abzweigung zu Burmeisters Hof bremste Wiebke den Mini scharf ab und bog auf den Schotterweg ein, der zwischen Weiden vorbeiführte, auf denen Kühe grasten.

Nach wenigen Metern sah sie den Milchlastwagen, der wie jeden Morgen die Rohmilch abholen wollte, um sie zur Molkerei zu bringen. Neben dem Fahrzeug standen vier Männer, die wild gestikulierend miteinander diskutierten und sich dann zu ihr umdrehten. Wiebke stoppte den Wagen, zog den Schlüssel ab und stieg aus. Als sie ihre Mutter an dem geschlossenen Gatter sah, das eine Weiterfahrt verhinderte, bereitete sie sich auf einen handfesten Krach vor, atmete tief ein und schritt dann auf die Männer zu.

»Was ist hier los?« Mit dieser Frage wandte sie sich an Burmeister, der mit gesenktem Kopf auf Wiebke zustampfte, als wollte er sie in Grund und Boden rammen.

»Was hier los ist?«, wiederholte er ihre Frage, wobei er die Worte wie Kaugummi dehnte. »Ihre verrückte Mutter ist mit den anderen Spacken auf mein Grundstück eingedrungen und hat …«

»Würden Sie bei der Darstellung des Sachverhalts bitte jegliche Art der Diffamierung unterlassen und mir die Ereignisse in chronologischer Reihenfolge und rein auf Fakten basierend schildern?«

»Wat sabbelst du da für einen Schwachsinn?« Burmeister riss die Augen auf und bohrte Wiebke seinen Zeige-finger in ihren Solarplexus. »Wenn du die bekloppte Alte nicht sofort von meinem Hof schaffst, werde ich sie und ihr lächerliches Gefolge zu Viehfutter verarbeiten, ist das klar?«

»Wenn Sie Ihren Finger nicht sofort zurückziehen, werde ich Sie wegen tätlichen Angriffs auf eine Vollstreckungsbe-amtin festnehmen.«

Zu ihrer Überraschung reagierte Burmeister so schnell, als hätte er sich verbrannt, und starrte Wiebke irritiert an. Sie ließ ihn stehen und ging zu ihrer Mutter, neben der ein Pappschild mit der Aufschrift *Keen Kohstall* lag.

»Du musst Burmeister festnehmen. Er hat Enno und Heiko getötet und will mich auch umbringen.« Sie schaute ihre Tochter trotzig an.

Wiebke seufzte vernehmlich. »Mama, du kannst die Augen nicht vor der Realität verschließen, nur weil sie dir nicht gefällt. Ich bin auch erschüttert, dass Enno und Monika Mörder sein sollen. Im Gegensatz zu dir setze ich mich aber mit den Ereignissen auseinander. Wo hast du die Dinger überhaupt her?« Wiebke deutete auf die mit rosenrotem Plüsch überzogenen Handschellen, mit denen sich ihre Mutter so an die Verstrebung des Gatters gekettet hatte, dass es nicht geöffnet werden konnte.

»Aus meinem Laden. Hinnerk hat mich auf die Idee ge-bracht. In einer der untersten Schubladen befinden sich weitere …«

»… Sexspielzeuge?« Wiebke verdrehte die Augen.

Statt einer Antwort grinste Gesine und zuckte mit den Schultern. »Sei doch nicht so prüde. In den wilden siebzi-ger Jahren hatten wir die freie Liebe …«

»Mama, davon will ich nichts hören, das ist echt peinlich. Wo ist der Schlüssel?«

»Den hat sie auf die Wiese geworfen«, meldete sich Joris zu Wort, der auf einem fransenverzierten Gobelinkissen saß und seinen Rücken gegen einen Zaunpfahl lehnte. Neben ihm stand ein Schild mit der Aufschrift *Burmeister = Tiere in Not und Menschen tot.*

»Direkt in den Kuhfladen da vorne. Das sollte anscheinend ein Statement sein. Kannst du mir mal aufhelfen? Langsam werde ich zu alt für diesen Scheiß.« Er reichte ihr die Hand. Wiebke ergriff sie und zog ihn hoch. Als der ehemalige Kapitän den Rücken durchdrückte, knackten einige Wirbel.

»Ich bin vollkommen verspannt«, beschwerte er sich und griff nach dem Schild. Die Holzlatte als Krücke nutzend, stakste er mit ungelenken Bewegungen zu Tammo Friese und Hinnerk Gravenhorst, die aufgebracht mit Burmeister diskutierten.

Wiebke folgte ihm.

»Gib mir sofort das Handy«, verlangte der Landwirt gerade und streckte Hinnerk, der die Kamera seines Smartphones auf ihn gerichtet hatte, die rechte Hand entgegen.

»Nichts da. Die Aufnahmen von deinem Hof werde ich ins Internet stellen. Die Milchfabrik darf nie gebaut werden.« Hinnerk steckte das Gerät in seine Hosentasche.

»Lass mich mal sehen«, verlangte Wiebke.

Nach einem Moment des Zögerns reichte er ihr sein Smartphone und sie spielte eine der Videodateien ab, die Hinnerk von ihrer Aktion gemacht hatte.

Auf der schwach beleuchteten Aufnahme war zunächst

ihre Mutter zu sehen, die das Pappschild in die Handy-
kamera hielt und sich dann mit den Handschellen an das
Gatter fesselte. Dabei skandierte sie laut *Keen Kohstall*, wobei sie von Joris unterstützt wurde, der sein Plakat schwenk-
te und etwas Unverständliches brummte. Hinnerk wetterte
unterdessen lauthals gegen die Milchfabrik und beschimpfte Burmeister als Tierquäler und Mörder. Tammo war zwar
auch im Bild, schwieg aber und blickte zur Straße, als wäre
ihm die ganze Aktion nicht geheuer.

»Lösch die Aufnahmen sofort, hast du mich verstanden?«

»Nee, das mach ich nicht. Die Menschen müssen von
der Milchfabrik und den Morden erfahren. Burmeister
darf damit nicht durchkommen.«

»Dann werde ich das Gerät konfiszieren und dich festnehmen müssen«, drohte die Polizistin.

»Du hast doch den Schuss nicht gehört.« Hinnerk tippte
sich mit dem Zeigefinger gegen die Schläfe.

»Das war Beamtenbeleidigung. Dafür kann ich dich anzeigen.«

»Mensch Wiebke, jetzt mach dich mal locker. Wir müssen doch zusammenhalten. Schließlich bist du eine von
uns.«

»Ihr kapiert das echt nicht, oder?« Die Polizistin sah von
den Männern zu ihrer Mutter. »Was ihr hier macht, ist kriminell. Ihr könnt nicht einfach die Zuwegung auf einem
Privatgrundstück blockieren. Das ist Hausfriedensbruch.«

»Genau. Ich werde euch alle anzeigen«, bekräftigte Burmeister und deutete auf die Friesenbrauerin. »Deine Mutter hat mich unter Drogen gesetzt und dann in meinem
Haus rumgeschnüffelt.«

»Mama, stimmt das?« Wiebke trat zu ihr.

»Blödsinn. Ich habe ihm nur eine Kiste Bier als Gastge-schenk vorbeigebracht, aber mein Tüdelbräu war ihm an-scheinend zu stark. Joris und ich wollten in Ruhe mit ihm über die Milchfabrik reden, aber das war nicht möglich, weil der Kerl ziemlich schnell hinüber war.«

»Was hast du ihm gegeben? Doch nicht etwa das Stark-bier des letzten Oktoberfestes?«

»Woher soll ich denn wissen, dass Burmeister nichts verträgt?« Die Friesenbrauerin grinste verschmitzt.

»Darüber reden wir später«, raunte Wiebke ihrer Mut-ter zu und wandte sich dann an den Landwirt. »Werden Sie auf eine Anzeige verzichten, wenn die Demonstranten sofort abziehen und der Fahrer die Milch wie geplant ab-holen kann?«

»Nee, auf keinen Fall.« Burmeister stampfte mit dem Fuß auf wie ein trotziges Kind. »Die alte Hexe und ihre Lakaien sollen im Knast verrecken.«

»Dann werde ich die Beteiligten nun festnehmen. Im Zuge der Ermittlungen werden wir das aufgenommene Videoma-terial auswerten müssen, um etwaige Vergehen nachweisen zu können. Dabei werden wir uns natürlich auch mit den gegen Sie erhobenen Vorwürfen auseinandersetzen und die rechtliche Situation der geplanten Milchfabrik überprüfen. Sollten wir dabei Unstimmigkeiten feststellen …«

»Was willst du mir mit dem bürokratischen Gesabbel eigentlich sagen?« Burmeister fuhr sich durch die Haare.

»Wenn Sie die Anzeige fallenlassen, wird Hinnerk die Videodateien löschen und der Vorfall wird nicht weiter un-tersucht.«

»Ich habe nichts zu verbergen.« Burmeister hob die

Hände, als wollte er sich ergeben. »Andererseits möchte ich mit meinen zukünftigen Nachbarn in Frieden leben. Wenn sich die Friesenbrauerin bei mir entschuldigt und der Glatzkopf die Videos löscht, werde ich nichts weiter unternehmen.«

»Darauf kannst du lange warten«, wetterte Tüdelbüdel.

Wiebke atmete erneut tief ein und marschierte dann zu ihrer Mutter. »Ich habe dir gerade eine Anzeige erspart. Du solltest mir also dankbar sein.«

»Burmeister ist ein Verbrecher. Wenn er Heikos Grundstück kauft, wird niemand mehr die Milchfabrik verhindern können.«

»Wenn er dazu alle Genehmigungen hat, ist das keinesfalls illegal. Soll ich dich jetzt nach Hause fahren oder zur Befragung mit aufs Revier nehmen?«

»Du würdest deine eigene Mutter einsperren?« Gesine hob den Kopf und sah ihre Tochter herausfordernd an.

»Wenn du mir keine andere Wahl lässt, werde ich dich verhaften müssen.«

»Tüdelbüdel, lass gut sein. Die Show ist vorbei.« Joris bückte sich und hob sein Kissen auf. »Die ganze Aktion war ohnehin eine Schnapsidee. Ich gehe jetzt nach Hause.«

»Fällst du mir etwa auch in den Rücken?«, fuhr ihn die Friesenbrauerin an.

»Sei doch vernünftig«, wich er einer Antwort aus und warf einen Blick auf die Kuhweide. »Hättest du den Schlüssel nicht einfach auf die Wiese werfen können?«

»Wir gehen mit Joris.« Tammo und Hinnerk traten zu ihm. »Mit einem Rechtsstreit ist niemandem geholfen.«

»Was seid ihr nur für Feiglinge. Ich bleibe hier!«, verkündete die Friesenbrauerin lauthals.

»Dann gilt die Abmachung nicht.« Burmeister trat zu der Gruppe. »Wenn ihr nicht alle verschwindet, werde ich Anzeige erstatten.«

»Haben Sie eine Zange, mit der wir die Ketten der Handschellen lösen können?«, fragte Wiebke, den Einwand ihrer Mutter bewusst ignorierend.

»Klar. In der Scheune ist ein Werkzeugkoffer.« Der Landwirt deutete auf das Gebäude neben seinem Wohnhaus.

»Danke. Das ist nett von Ihnen.«

»Ich habe nicht gesagt, dass ihr die Zange bekommt. Wenn ihr Tüdelbüdel mitnehmen wollt, müsst ihr schon in der Scheiße wühlen.« Der Landwirt grinste hämisch.

»Echt jetzt?« Die Polizistin stemmte die Hände in die Seiten. Als Burmeister auf ihre Frage mit einem Nicken antwortete, trottete sie zu ihrem Wagen, öffnete das Handschuhfach und nahm eine Packung blauer Einweghandschuhe heraus, die sie wegen möglicher Tatortbesichtigungen immer mit sich führte. Sie zog sich die Latexhandschuhe an und kletterte wenig später über das Gatter.

»Das kann doch nur ein Albtraum sein«, grummelte Wiebke, als sie neben dem Kuhfladen in die Hocke ging. Glücklicherweise wurde das Metall vom Sonnenlicht reflektiert, sodass sie nicht lange danach suchen musste. Mit spitzen Fingern zog die Polizistin den Schlüssel heraus und wischte ihn am Gras ab. Nachdem sie ihre Handschuhe ausgezogen und in ein Papiertaschentuch gewickelt hatte, kehrte sie damit zu ihrer Mutter zurück und befreite diese von den Handschellen.

»Ich bleibe hier.« Tüdelbüdel blieb auf dem Boden sitzen.

»Mama, so langsam werde ich ernsthaft sauer. Mit deinem Sturkopf machst du alles nur schlimmer. Willst du, dass alle Beteiligten deinetwegen angezeigt werden?«

»Wir können Burmeister damit doch nicht durchkommen lassen.«

»Die Ermittlungen sind Sache der Polizei. Komm jetzt.« Wiebke reichte ihrer Mutter die Hand, die diese zu ihrer Verwunderung auch ergriff.

»Hast du die Videos gelöscht?«, fragte die Polizistin daraufhin Hinnerk, der bestätigend nickte.

»Dann wollen wir mal.« Joris wollte gerade losmarschieren, als Burmeister sich an Gesine wandte.

»Ich habe noch nichts gehört.« Der Landwirt legte die rechte Hand hinter sein Ohr.

»Sie bestehen doch nicht ernsthaft auf einer Entschuldigung?« Wiebke seufzte vernehmlich. Heute blieb ihr aber auch nichts erspart.

»Wir hatten eine Vereinbarung.« Burmeister beugte sich zur Friesenbrauerin. »Wolltest du mir nicht etwas sagen?«

Einen Moment lang befürchtete Wiebke, dass ihre Mutter ihm ins Ohr beißen würde. Stattdessen zischte sie leise: »Du hast noch lange nicht gewonnen«, bevor sie etwas lauter das Wort *Entschuldigung* zwischen ihren Zähnen zermalmte.

»Na, geht doch.« Er schlug ihr kumpelhaft auf die Schulter.

»Komm jetzt.« Wiebke ergriff die Hand ihrer Mutter, bevor diese eine weitere Dummheit machen konnte, und raunte ihr zu: »Ich bringe dich nach Hause.«

»Lass mal. Ich fahre bei Hinnerk mit. Sein Wagen steht auf dem Feldweg neben der Einfahrt.«

»Wir müssen dringend miteinander reden.« Wiebke ergriff ihre Hand. »Ich habe dir eine Anzeige erspart, ist dir das eigentlich klar?«

»Dafür hast du mich in aller Öffentlichkeit gedemütigt.«

»Wenn man Mist baut, muss man sich dafür entschuldigen. Das hast du mir als Kind beigebracht, erinnerst du dich?«

»Ich habe aber keinen Mist gebaut.« Gesine entriss ihrer Tochter die Hand und eilte zu den drei Männern, die bereits einige Schritte vorausgegangen waren. Wiebke sah ihnen nach, bis sie hinter einem Strauch verschwunden waren. Dann setzte sie sich in ihren Wagen und fuhr zum Polizeikommissariat. Auf dem Weg dorthin war sie den Tränen nahe. Die Morde schienen nicht nur Sünnum, sondern auch die Beziehung zu ihrer Mutter in den Grundfesten erschüttert zu haben.

VERSTECKSPIEL

Burmeister sah der Polizistin auf dem Weg zu ihrem Wagen nach. Hoffentlich hatte er sie so sehr verunsichert, dass sie ihn nun in Ruhe ließ. Als die vier Vollpfosten aus Sünnum im Morgengrauen auf dem Hof aufgetaucht waren und Schilder geschwenkt hatten, hätte er sie am liebsten über den Haufen geschossen und in der Güllegrube entsorgt. Da ihr Verschwinden aber für Aufsehen gesorgt hätte, hatte er die Polizei angerufen und um Hilfe gebeten – wie das jeder gesetzestreue Bürger tun würde.

Mit seinem Verzicht auf eine Anzeige wegen Hausfriedensbruch hatte Burmeister zwei Fliegen mit einer Klappe geschlagen: Zum einen hatte er sich der Friesenbrauerin gegenüber so großzügig verhalten, dass sie ihm dafür dankbar sein musste. Der Blick, mit dem sie ihm ihre Entschuldigung ins Gesicht gespuckt hatte, war so köstlich gewesen, dass er sich ewig daran erinnern würde. Andererseits hatte er damit weitere Ermittlungen im Keim erstickt, denn in seiner jetzigen Situation konnte er keine neugierigen Schnüffler auf seinem Hof brauchen.

Da der Notar den Kaufvertrag erst am kommenden Tag beurkunden konnte, musste Burmeister sich bis dahin vollkommen unauffällig verhalten. Nach der Unterzeichnung durch Sören Gebhard würde er das Geld für das Grundstück unverzüglich überweisen und bei der Küstenbank die Auszahlung seiner Kredite beantragen, damit der Bau endlich beginnen konnte.

»Willst du hier Wurzeln schlagen?«, fuhr er den Fahrer des Milchlasters an, der eine Zigarette rauchte und seinen Blick dabei über die Kuhweide schweifen ließ.

Der Mitarbeiter der Molkerei musterte Burmeister mit einem finsteren Blick. Dann nahm er einen letzten Zug, schnippte die Kippe zu Boden und trat sie aus.

Obwohl der Landwirt den Mann seit Jahren kannte, ließ er ihn bei seiner Arbeit an diesem Morgen nicht aus den Augen. Nachdem der Milchtanker vom Hof gefahren war, eilte Burmeister in den Kuhstall, in dem die angebundenen Tiere fast das ganze Jahr über dichtgedrängt nebeneinanderstanden. Auf die Weide durften seine Rindviecher nur für kurze Zeit.

Beim Anblick glücklicher Kühe auf saftigen Wiesen dachte Burmeister weniger an das Wohlergehen seiner Vierbeiner, sondern mehr an das öffentliche Image, mit dem er den Menschen eine artgerechte Tierhaltung vorgaukelte.

Er durchquerte den Stall auf dem Gang zwischen den Kühen hindurch, die an beiden Seiten auf Spaltenböden standen. Die Viecher kauten auf seinem Kraftfutter, einer von ihm eigens kreierten Mischung, und glotzten ihn aus großen Augen an. Er würde nie verstehen, wie man in diesen stinkenden Tieren etwas anderes als fleischgewordene Maschinen zur Produktion von Milch sehen konnte.

Am Ende des Ganges befand sich auf jeder Seite eine etwa zwanzig Quadratmeter große Kammer, die mit einem außen angebrachten Riegel verschlossen war. Hinter der linken Tür lagerten in Regalen liegende Werkzeuge und Ersatzteile für landwirtschaftliche Geräte sowie Kanister mit Öl und Benzin. Die rechte Tür war zusätzlich mit einem Vorhängeschloss gesichert. Burmeister kramte einen

Schlüsselbund aus der Hosentasche, öffnete das Schloss und zog den Riegel zurück. Nachdem er sich mit einem schnellen Blick über die Schulter vergewissert hatte, dass er allein im Stall war, drückte er die Tür auf und schlüpfte hindurch.

Der Raum war mit Milchkannen, Säcken mit Futtermitteln und übereinandergestapelten Kisten so vollgestopft, dass man sich darin kaum bewegen konnte. An der Decke hing eine Neonröhre. Burmeister stellte eine blecherne Milchkanne hinter die Tür, damit diese beim Öffnen umgeworfen und ihn auf diese Weise mit einem Heidenlärm vor einem unerwünschten Eindringling warnen würde.

Dann warf er einen Blick durch das gusseiserne Fenster, dessen Scheibe so verdreckt war, dass man kaum noch hindurchsehen konnte.

Spinnenweben wehten in einem Lufthauch wie Vorhänge, verhüllten die oberen Ecken des Raumes und hingen von den beiden Dachbalken. Eine große Winkelspinne verschwand hinter einem Sack Futtermittel. Obwohl Burmeister kein Arachnophober war, mochte er die Krabbeltiere nicht sonderlich und machte aus ihnen am liebsten einen hübschen Matschfleck.

Der Landwirt wuchtete einige Säcke zur Seite und verschob eine Kiste. Dann quetschte er sich durch den schmalen Spalt bis zu einer weiß gekalkten Mauer, in die eine etwa ein Meter hohe und ebenso breite Tür eingelassen war. Dahinter verbarg sich ein weiterer Raum, der zwei Quadratmeter groß war und in dem er die besonderen Zutaten für sein Kraftfutter aufbewahrte: Antibiotika und andere illegale Medikamente.

Burmeister bückte sich und öffnete das Vorhängeschloss

mit einem zweiten Schlüssel. Beim Aufziehen quietschte die Tür und einen Moment lang hielt er mitten in der Bewegung inne. Dann kroch er hinein, wobei er sich so geschmeidig wie ein gestrandeter Wal fühlte. Mit der rechten Hand zog er an dem dünnen Hanfseil, das neben der Luke hing, und eine einzelne Glühbirne warf ein kränkliches Licht auf die Medikamente, die sich an den Wänden stapelten.

In der Mitte des Raumes lag ein an Händen und Füßen gefesseltes Kind und starrte ihn mit angstgeweiteten Augen an. Durch den verdreckten Lappen, der als Knebel diente, drang ein kaum hörbares Wimmern. Der Landwirt beobachtete die magere Gestalt mit dem Interesse eines Forschers, der eine neue Spezies entdeckt hatte. Dann knipste er das Licht aus und verschloss die Tür. Wenige Minuten später saß er in seinem Arbeitszimmer und bereitete sich auf den Notartermin vor. Wenn Gebhard den Kaufvertrag unterschrieben hatte, konnte niemand mehr seine Milchfabrik verhindern, mit deren Finanzierung er alles auf eine Karte gesetzt hatte. Bald schon würde ihn das weiße Gold zu einem reichen Mann machen.

SPENDENAKTION

Die Friesenbrauerin knallte die Wohnungstür hinter sich zu, schlüpfte aus den dreckverkrusteten Schuhen und schlurrte in die Küche. Dort ließ sie sich auf einen Stuhl fallen und rieb sich die Schläfen.

Die Aktion *Keen Kohstall* hatte in einem kompletten Desaster geendet. Statt die Milchfabrik zu verhindern, war sie von ihrer eigenen Tochter wie ein dressiertes Hündchen vorgeführt worden. Sogar Joris hatte die Veranstaltung als Schnapsidee bezeichnet – womit er sogar recht hatte, denn Burmeister war mit Versammlungen und Demonstrationen nicht zu stoppen.

»Du hättest dich besser nicht mit mir anlegen sollen«, flüsterte Tüdelbüdel in die Stille ihrer Küche und ballte dabei die rechte Hand zur Faust.

Wenn sie genug Geld hätte, würde sie Sören das Grundstück abkaufen und das Haus an Monika vermieten – sofern diese vom Mordvorwurf freigesprochen wurde. Trotz der Beweismittel war sie noch immer von ihrer und Ennos Unschuld überzeugt. Auch wenn beide Fehler gemacht hatten, waren sie deshalb noch lange keine Mörder. Leider konnte sie mit ihren Einkünften keinen Kredit in Höhe von fünfhunderttausend Euro zurückzahlen. Da ihres Wissens niemand in Sünnum eine solche Summe aufzubringen vermochte, würden sie den Verkauf an Burmeister auf diese Weise ebenfalls nicht verhindern können.

Es sein denn …

Ein Lächeln umspielte Tüdelbüdels Lippen, als ihr eine Möglichkeit einfiel, mit der die Sünnumer dem Milchbauern das Grundstück im letzten Moment doch noch vor der Nase wegschnappen konnten.

Gesine brühte sich einen Kaffee auf und stellte den mit einem Anker verzierten Becher auf den Tisch. Dann holte sie einen Spiralblock und einen schwarzen Filzstift aus einer Schublade und schrieb die Einladung zur ersten Bürgerversammlung im Kroog.

Eine knappe Stunde später hatte sie zahlreiche Kopien mit ihrem Computerdrucker gemacht und diese in ihren Fahrradkorb gelegt. Nachdem sie das Lädchen aufgeschlossen und die Kladde auf dem Verkaufstresen platziert hatte, machte sie sich auf den Weg.

Bei den Sünnumern, die sie nicht persönlich antraf, steckte sie die Einladung in den Briefkasten. Zum Schluss radelte Tüdelbüdel zum Leuchtturm, öffnete die tagsüber unverschlossene Tür und stieg die schmalen Stufen zu Joris' Wohnung hinauf.

Die Treppe endete in einem lichtdurchfluteten Wohnbereich. Joris saß mit im Schoß verschränkten Händen in seinem Ohrensessel, der Kopf ruhte auf seiner Brust. Wie bei jedem ihrer Besuche hatte Gesine bei dem weitläufigen Ausblick auch jetzt das Gefühl, dem Horizont so nahe zu sein, dass sie nach den Wolken greifen konnte. Unter ihr flimmerte das Wasser der Nordsee im Sonnenlicht. Schaumkronen tanzten auf den Wellen, die sich mit Getöse am Strand brachen.

»Was willst du hier?«, murmelte Joris in seinen Bart.

»Wir können die Milchfabrik noch immer verhindern.«

»Tüdelbüdel, das Spiel ist aus. Ich bin total erledigt. Mein

Rücken schmerzt, als hätte ein Trecker darauf gewendet. Du kennst nicht zufällig eine Physiotherapeutin, die auch Hausbesuche macht?«

»Das hättest du wohl gerne.« Die Friesenbrauerin stellte sich vor seinen Sessel und drückte ihm einen Zettel in die Hand. Joris hob den Kopf und warf einen Blick darauf.

»Eine Bürgerversammlung? Was willst du denn damit erreichen?«

»Das steht da doch.« Tüdelbüdel deutete auf die beiden unteren Zeilen. »Wenn jeder einen Teil seiner Ersparnisse opfert, müssten wir die Summe für Sörens Grundstück aufbringen können.«

»Die meisten Sünnumer werden sicherlich nur wegen des Freibiers kommen«, mutmaßte Joris. »Apropos Tüdelbräu ...«

»Nichts da. Du brauchst erst einmal einen starken Kaffee. Welchen Betrag kannst du beisteuern?«

»Keine Ahnung. Dazu muss ich erst meine Aktienkurse checken und den aktuellen Verkaufspreis der Goldbarren erfragen.«

»Ich wusste gar nicht, dass du an der Börse spekulierst. Seit wann hast du überhaupt ein Wertpapierdepot?« Die Friesenbrauerin zog die Augenbrauen hoch.

»Ich hänge mein Vermögen ungern an die große Glocke, da ich keinesfalls möchte, dass du mich nur wegen des Geldes magst.«

»Sabbel nicht so einen Blödsinn.« Gesine schüttelte den Kopf. »Einen Moment lang bin ich dir tatsächlich auf den Leim gegangen.«

Joris legte die Hände auf die Armlehnen des Sessels und stützte sich auf. Dann schlurfte er zu einem Schrank an der gegenüberliegenden Seite des Raums und zog eine Schublade auf. Wenige Augenblicke später blätterte er in seinem Sparbuch.

»Ich könnte zwanzigtausend Euro beisteuern.«

»Das ist ein vielversprechender Anfang. Mit meinen dreißigtausend haben wir schon ein Zehntel des Betrages zusammen. Sehe ich dich heute Abend im Kroog?«

»Selbstverständlich.«

»Gut zu wissen, dass ich mich immer auf dich verlassen kann.«

»Ich komme nur wegen des Freibiers«, stellte der alte Kapitän klar und setzte sich wieder in seinen Sessel. »Bis dahin muss ich etwas Schlaf nachholen. Mir steckt unsere Aktion noch in den Knochen.«

Ohne Gesine eines weiteren Blickes zu würdigen, legte er die Hände wieder auf den Bauch und schloss die Augen. Tüdelbüdel sah ihn einen Moment lang schmunzelnd an, dann kehrte sie zu ihrem Lädchen zurück.

Am späten Nachmittag bereitete die Friesenbrauerin im Kroog die erste Bürgerversammlung des Dorfes vor, zu der sie alle mit Ausnahme der Gebhards eingeladen hatte, weil sie keine weitere Auseinandersetzung mit den anderen Dorfbewohnern riskieren wollte. Dabei warf sie immer wieder einen Blick auf das Mobiltelefon, aber Wiebke hatte sich bisher noch nicht gemeldet. Im Laufe des Tages hatte Gesine sie schon einige Male anrufen wollen, es dann allerdings doch unterlassen. Sie würde sich nach der Versammlung mit ihrer Tochter aussprechen.

Abends war es im Schankraum so voll, dass sie die Gäste nicht mehr an ihrem Platz bedienen konnte. Statt sich mit

einem Tablett zwischen den Dorfbewohnern hindurchzu-
quetschen, gab sie die Biergläser den vor der Theke stehenden Sünnumern, die diese dann weiterreichten.

Obwohl der Raum von Stimmengewirr und dem Klirren von Gläsern erfüllt war, fehlte an diesem Abend das
Gelächter, das im Kroog so oft zu hören ist.

Die Morde und der drohende Verkauf von Heikos
Grundstück schienen sich wie eine unsichtbare Decke
über die Anwesenden gelegt zu haben und jeden fröhli-
chen Laut zu ersticken.

Als alle Gäste mit einem Glas Tüdelbräu versorgt waren,
klatschte Tüdelbüdel in die Hände und rief ihnen zu: »Alle
mal herhören!«

Das Gemurmel wurde für einen Moment etwas leiser,
dann stieg der Geräuschpegel wieder an.

»Ruhe! Sonst gifft dat wat an de Ohrn.« Joris Stimme
donnerte durch den Raum und die Gespräche endeten so
abrupt, als hätte jemand einen Schalter umgelegt. Da Gesine an diesem Abend auf musikalische Untermalung verzichtet hatte, war es nun so still, dass man eine Stecknadel
hätte fallen hören können. Alle Augen richteten sich auf
sie.

»Ich habe die erste Bürgerversammlung einberufen,
weil Sünnum …«

»Sprich lauter«, wurde sie von Hinnerk unterbrochen,
der in der letzten Reihe stand.

»Ich kann dich kaum verstehen«, pflichtete ihm Tammo
bei.

Gesine überlegte einen Moment, dann kletterte sie mit
Joris Hilfe auf die Theke.

»Könnt ihr mich jetzt besser hören?«

»Laut und deutlich«, meldete sich Josef Bergmüller zu Wort.

»Wie ihr alle wisst, will Sören das Haus seines Bruders an Burmeister verkaufen. Da er das Geld …« Gesine wurde von Pfiffen und Buhrufen unterbrochen und brauchte drei weitere Anläufe, um sich Gehör zu verschaffen.

»… offensichtlich für seine Familie benötigt, sollten wir ihm das Grundstück abkaufen, damit er es nicht an Burmeister veräußern muss.«

»Niemand von uns hat so viele Rücklagen«, gab Hauke zu bedenken.

»Deshalb sollten wir unsere Ersparnisse zusammenlegen.«

»Wie stellst du dir das denn vor?«, wollte die Bio-Bäuerin Hilke Dekker, die Gesine morgens frisches Brot und andere Backwaren brachte, wissen.

»Jeder schreibt seinen Namen und den Betrag, den er aufbringen kann, auf einen Bierdeckel.«

»Tüdelbüdel, so einfach ist das nicht. Wenn wir alle zusammenlegen, müssen wir zunächst eine Gesellschaft gründen, die Eigentümerin der Immobilie wird. Dazu sind umfangreiche Vorbereitungen notwendig, über die wir …«

»… uns später immer noch Gedanken machen können«, unterbrach Gesine den Deichschäfer Michael Tapken. »Zunächst einmal müssen wir den Betrag überhaupt zusammenkratzen. Auf den Tischen liegen Bierdeckel und Stifte. Für jeden bei mir eingereichten Deckel gibt es ein weiteres Freibier.«

»Super, dann teile ich meinen Betrag auf zehn Bierdeckel auf«, freute sich Tammo.

»So weit kommt das noch«, protestierte Meret Prester,

nahm ihm einen Stapel der Untersetzer ab und verteilte sie an die Umstehenden.

»Hilf mir mal runter.«

Nach Gesines Aufforderung trat Joris hinter die Theke und streckte ihr beide Arme entgegen. Sie stützte sich auf seinen Schultern ab, er umfasste ihre Taille und ließ sie nach unten gleiten.

»Du kannst mich jetzt loslassen.« Sie zwinkerte ihm zu und er zog seine Hände zurück.

Bald glich der Kroog einem Tollhaus, weil alle Gäste gleichzeitig zur Theke drängten, um ihre Bierdeckel gegen Tüdelbräu einzutauschen.

»Hier ist mein Deckel.«

»Was ist jetzt mit meinem Freibier?«

»Ich war zuerst da.«

»Drängle nicht so.«

»Nimm deine Hand aus meinem Gesicht.«

»Stell dich gefälligst hinten an.«

Während Joris die Deckel entgegennahm, zapfte die Friesenbrauerin ein Bier nach dem anderen.

»Wie viel haben wir eingesammelt?«

Der hünenhafte Hinnerk, der sich inzwischen nach vorne gekämpft hatte und wie ein Wellenbrecher in der ersten Reihe stand, sah Joris fragend an.

»Mach hinne«, rief jemand aus der Menge.

»Warum dauert das so lange?«

»Jedes Kind kann schneller rechnen.«

»Haltet den Sabbel. Wenn ständig einer dazwischenquatscht, kann ich mich nicht konzentrieren«, grummelte Joris und addierte die Zahlen auf, die er untereinander auf einen Zettel geschrieben hatte.

»Haben wir es geschafft?« Gesine warf einen Blick auf die Summe, die er unterstrichen hatte.

»Leider nicht. Meiner Rechnung nach haben wir nur vierhundertsiebzigtausend Euro.«

»Gib mal her.« Sie nahm ihm den Zettel aus der Hand und prüfte die Aufstellung.

»So ein Mist«, fluchte die Friesenbrauerin wenig später. »Alle mal herhören. Uns fehlen dreißigtausend Euro. Wer von euch kann etwas mehr lockermachen?«

»Sören soll auf die Summe verzichten. Damit kann er seinen Anteil zur Erhaltung des Dorfes leisten«, forderte der Deichschäfer.

»So muss das«, bestätigte Hinnerk und reckte den Zeigefinger nach oben. »Wir sollten sofort mit ihm reden. Wer kommt mit?« Er wandte sich zum Gehen.

»Kommt nicht infrage.« Die Erinnerung an die grauenvollen Szenen vor Sörens Haus jagten der Friesenbrauerin noch immer kalte Schauer über den Rücken.

»Hierbleiben«, forderte sie daher, konnte sich in dem Tumult aber kein Gehör mehr verschaffen.

»Ruhe jetzt«, rief Joris in die Gaststube und schlug mit der Faust auf die Theke. »Tüdelbüdel und ich werden allein mit ihm sprechen. Kann wirklich niemand von euch sein Angebot erhöhen? Peters, was ist mit dir?«

»Ich bin schon bis ans Limit gegangen«, antwortete der Tierarzt und fügte nach einer kurzen Pause hinzu: »Hinnerk hat vollkommen recht. Sören muss seinen Obolus ebenfalls beisteuern.«

»Dann werden wir ihm jetzt einen Besuch abstatten. Während unserer Abwesenheit wird Meret Bier zapfen.« Die Friesenbrauerin winkte die erstaunte Frau zu sich.

»Kann Wiebke den Job nicht übernehmen?« Meret kämpfte sich bis zur Theke durch. »Wo ist deine Tochter überhaupt?«

»Sie ist im Polizeikommissariat.« Gesine zuckte mit den Schultern, bevor sie hinzufügte: »In den letzten Tagen ist sie nur zum Schlafen nach Hause gekommen.«

»Kannst du nicht jemand anderen damit beauftragen?«

»Theoretisch schon. Du bist allerdings die Einzige, die beim Zapfen keinen Blödsinn macht und sich ständig selbst bedient. Wir werden hoffentlich nicht lange brauchen.«

»Okay. Bis später.« Meret griff nach einem leeren Glas und stellte es unter den Zapfhahn.

Gesine und Joris bahnten sich durch die dichtgedrängt stehenden Gäste einen Weg nach draußen.

»Meinst du, dass Sören darauf eingehen wird?«

»Tüdelbüdel, das kann ich dir nicht sagen. Noch vor wenigen Tagen war allein der Gedanke, dass er das Haus seines Bruders an Burmeister verkaufen würde, vollkommen absurd.«

»Ich verstehe seinen Sinneswandel nicht. Für mich gibt es kaum einen heimatverbundeneren Menschen als Sören.«

Vor dem Haus der Familie Gebhard blieben die beiden stehen und nickten sich in stiller Übereinkunft zu. Dann marschierten sie zur Haustür und Gesine klingelte.

Wenige Augenblicke später hörten sie schlurfende Schritte und die Tür wurde von Sören geöffnet.

Er musterte sie argwöhnisch. »Was wollt ihr denn hier?«

»Können wir kurz reinkommen? Wir müssen mit dir reden.«

»Geht jetzt nicht. Leefke hat sich hingelegt«, antwortete er abweisend.

»Ist sie krank? Fehlt ihr etwas?« Joris machte einen Schritt auf ihn zu.

»Nee, das ist es nicht. Liegt wohl an der Schwangerschaft.«.

»Verstehe.« Gesine nickte. »Können wir trotzdem kurz mit dir reden?«

»Keine Zeit. Ich muss mich um meine Frau und …« Er verstummte einen Moment, bevor er fortfuhr: »… um Jan kümmern.«

»Wir bieten dir für Heikos Haus vierhundertsiebzigtausend Euro«, platzte Joris mit der Neuigkeit heraus. »Die Sünnumer haben ihre Ersparnisse zusammengelegt. Wenn du auf dreißigtausend Euro verzichtest, musst du nicht an Burmeister verkaufen.«

»Warum sollte ich das Geld in den Wind schießen?«

»Weil Sünnum auch deine Heimat ist und die verkauft man nicht. Das hast du noch vor wenigen Tagen selbst geäußert«, erinnerte ihn die Friesenbrauerin.

»Leefkes Schwangerschaft hat alles verändert, das habe ich doch schon gesagt. Ich muss vor allem an meine Familie denken.«

»Schiet ok, jetzt reicht es mir aber.« Joris ging auf Sören zu, bis er ihm direkt gegenüberstand. »Du bekommst im Dorf jede nur erdenkliche Unterstützung. Notfalls werde ich bei deinem Nachwuchs sogar Windeln wechseln und Schlaflieder singen. Damit dürften sich deine Probleme erledigt haben.«

»Ich kann nicht auf die dreißigtausend Euro verzichten. War es das?« Sören starrte seine Besucher feindselig an.

»Noch nicht. Warte einen Moment.«

Gesine griff nach ihrem Mobiltelefon und entfernte sich einige Schritte. An der Hausecke tippte sie auf eine im Kurzwahlverzeichnis hinterlegte Nummer und atmete tief durch. Nach dem siebten Klingeln wurde der Anruf entgegengenommen.

»Mama, was willst du?« Wiebke wirkte gehetzt.

»Ich brauche deine Hilfe.«

»Hast du dich wieder irgendwo angekettet und den Schlüssel weggeworfen?«

»Lass uns in Ruhe miteinander reden.«

»Dazu solltest du erst einmal Vernunft annehmen. Wenn du weiterhin so bescheuerte Aktionen durchziehst, werde ich dich eines Tages verhaften müssen.«

»Wiebke, ich brauche Geld.« Die Friesenbrauerin rieb sich die Augen.

»Warum überfällst du dann nicht einfach eine Bank?«

»Mit deinen dummen Sprüchen ist mir nicht geholfen. Die Sünnumer haben heute alle zusammengelegt, um Sören das Haus abzukaufen, damit Burmeister es nicht bekommt. Dabei fehlen uns dreißigtausend Euro. Ich weiß, dass du dir einen neuen Wagen kaufen willst und für einen Kiteurlaub auf den Kanaren sparst.«

»Warum soll ich darauf verzichten, weil Sören komplett am Rad dreht? Kannst du ihn nicht in die Spur bringen?«

»Kindchen, ich würde dich keinesfalls darum bitten, wenn es nicht wichtig wäre.« Gesine seufzte vernehmlich.

»Nee, ich sehe das nicht ein.«

»Damit tust du nicht nur mir, sondern dem ganzen Dorf einen Gefallen.«

»Das ist doch vollkommen bescheuert und …«

»Bitte.« Die Friesenbrauerin presste sich das Mobiltelefon beim Sprechen fest ans Ohr, als könnte das Wort auf dem Weg zu Wiebke verlorengehen.

»Scheiße!«

Einige Augenblicke hörte Tüdelbüdel nur Atemgeräusche.

»Dreiundzwanzigtausend. Mehr habe ich nicht.«

»Danke. Wenn du nach Hause kommst, werden wir miteinander reden.«

»Das kann spät werden.«

»Ich werde auf dich warten.«

Die Friesenbrauerin beendete das Telefonat und dachte kurz nach. Wenn sie ihren Dispo bis zum Limit ausreizte und die Tageseinnahmen der letzten Woche hinzufügte, konnte sie die restlichen siebentausend Euro aufbringen. Zufrieden steckte sie das Mobiltelefon wieder ein und kehrte zur Haustür zurück.

»Soll ich hier Wurzeln schlagen?« Sören musterte Gesine mit grimmigem Blick.

»Du bekommst die fünfhunderttausend Euro.«

Joris sah Tüdelbüdel erstaunt an. »Wo hast du das fehlende Geld denn aufgetrieben?«

»Erzähle ich dir später. Sind wir im Geschäft?« Die Frage richtete sie an Sören.

»Ich habe Burmeister das Haus versprochen.« Sören sah zu Boden.

»Na und? Solange du keinen Vertrag unterzeichnet hast, bist du juristisch nicht gebunden.«

»Joris, das ist mir klar. Ich werde darüber nachdenken, okay?«

»Was gibt es da noch zu überlegen?« Die Friesenbrauerin stemmte die Hände in die Seiten. »Du bekommst das Geld und Burmeister keine Milchfabrik. Von dieser Lösung profitieren alle.«

Sören sah Gesine einen Moment lang an, dann schlug er den beiden die Haustür vor der Nase zu.

»Was um alles in der Welt ist nur mit Sören los? Ich verstehe den Kerl nicht mehr.« Joris hob in einer hilflosen Geste die Hände.

»Keine Ahnung. Hoffentlich ist mit Leefke und dem Baby alles in Ordnung.«

»Wenn er uns nichts erzählen will, können wir nicht helfen. Jetzt müssen wir seine Entscheidung erst einmal abwarten.«

»Die Leute im Kroog werden darüber sicherlich nicht begeistert sein«, prophezeite Tüdelbüdel. »Hoffentlich machen die Sünnumer in ihrer Wut keinen Fehler, den sie später bitter bereuen werden.«

LOKALRUNDE

Uwe Burmeister stapfte durch seinen Kuhstall und musterte die Rindviecher wie Soldaten, die er in eine ausweglose
Schlacht führen wollte. Bei seinen täglichen Kontrollgän-
gen ging es ihm allerdings weniger um die Vierbeiner,
sondern um die Aufsicht der Arbeiter, die seiner Meinung
nach nur dann ordentlich schufteten, wenn er sie im Auge
behielt.

Nach der lächerlichen Protestaktion würde die Friesenbrauerin hoffentlich nicht länger auf seinen Nerven
herumtrampeln.

Bei der Erinnerung an den Moment, in dem die Polizistin in der Kuhscheiße wühlen musste, um ihre Mutter von
den Handschellen zu befreien, grinste er hämisch. Wenn
ihm die alte Fregatte noch einmal Schwierigkeiten machte,
würde er sie umbringen und ihre Leiche in der Güllegrube
entsorgen.

Das Vibrieren des Mobiltelefons riss ihn aus seinen Gedanken. Burmeister zog das Gerät aus der Hosentasche
und nahm den Anruf entgegen.

»Moin, hier ist Sören Gebhard.« Die Stimme klang so
unterwürfig, als würde ihn ein Leibeigener ansprechen.

»Was ist los?«, bellte der Landwirt.

»Die Sünnumer haben mir ebenfalls fünfhunderttausend Euro für das Grundstück geboten.«

»Na und? Wir haben einen Deal, schon vergessen?«

»Selbstverständlich nicht, ich meine nur …«

»… was?«, unterbrach er ihn barsch.

»Wenn ich das Grundstück trotzdem an Sie verkaufe, werden mich die Dorfbewohner …« Er verstummte.

»… am nächsten Baum aufhängen?«, beendet Burmeister den Satz und lachte.

»Das hoffe ich nicht, aber wenn Sie das Angebot erhöhen, können wir den Kaufvertrag wie geplant unterzeichnen.«

»Willst du mich etwa erpressen?« Der Landwirt blieb stehen.

»Nee, ich dachte nur …«

»Das Denken solltest du besser den Wattwürmern überlassen, die haben mehr Grips im Kopf. Wer hat denn mit dir wegen des Angebotes gesprochen?«

»Die Friesenbrauerin. Sie war vor wenigen Minuten mit Joris Harms bei mir.«

Der Landwirt boxte ein Loch in die Luft. »Ich werde noch heute mit ihr reden und die Sache aus der Welt schaffen. Wir sehen uns morgen wie geplant beim Notar.«

»Kann ich kurz mit Jan sprechen? Bitte.« Die Stimme war kaum mehr als ein Flüstern.

Burmeister beendete das Telefonat, ohne auf die Frage einzugehen, und steckte das Gerät wieder ein. Einen Moment lang stand er unschlüssig im Stall.

Dann nickte er, als wollte er eine nicht gestellte Frage beantworten, und marschierte zu seinem Wagen.

Wenige Minuten später war Burmeister auf dem Weg nach Sünnum, um sich im Kroog ein Tüdelbräu zu genehmigen.

Wenn er die Friesenbrauerin vor ihren eigenen Leuten vorführte wie einen Bullen, den er am Nasenring hinter sich herzog, würde sie ihm nie wieder in die Quere kommen.

Der Landwirt parkte direkt vor der Gaststätte und stieg aus. Zwei Gäste, die rauchend auf der Bank vor dem Gebäude saßen, musterten ihn irritiert. Mit einem Mal ließ einer von ihnen seine Zigarette fallen, trat die Kippe aus und verschwand in der Kneipe. Wahrscheinlich würde er die Friesenbrauerin vorwarnen.

Burmeister ließ sich davon nicht beirren. Mit den strammen Schritten eines Feldherrn, der sich erhobenen Hauptes in das feindliche Lager wagte, eilte er zur Tür und riss sie auf.

»Moin.« Sein Gruß hallte durch den Kroog wie ein Schlachtruf.

Das Stimmengewirr erstarb augenblicklich, als würden die Worte wie tote Fliegen zu Boden fallen, und niemand sang mehr die aus den Lautsprechern erklingende Ostfrieslandhymne mit. Während Burmeister zur Theke ging, hinter der die Friesenbrauerin reglos stand und ihn anstarrte, als hätte eine Kuh mit rosafarbenen Gummistiefeln die Gaststube betreten, traten alle Anwesenden einen Schritt zurück – wie Untergebene, die ihrem Führer huldigten.

Der Landwirt musste sich ein Grinsen verkneifen. Mit seinem Auftritt schien er die Sünnumer vollkommen verunsichert zu haben. Anscheinend hatte niemand von ihnen damit gerechnet, dass er sich in die Höhle der Löwin wagte, die in seinen Augen nur ein bockiges Schaf war. Ihm würde schon nichts geschehen – schließlich war ihre Tochter eine Polizistin, die für Recht und Ordnung sorgte.

»Eine Lokalrunde Tüdelbräu. Ich gebe einen aus.« Er

deutete auf den Zapfhahn und lehnte sich dann lässig an die Theke.

»Was willst du hier?«, knurrte der ausgemusterte Kapitän, der neben ihm auf einem Barhocker saß, feindselig.

»Ein Bier mit meinen neuen Nachbarn trinken.«

»Sören wird Heikos Haus an uns verkaufen«, presste Tüdelbüdel zwischen zusammengekniffenen Lippen hervor. »Zudem würde niemand ein Bier von dir annehmen.«

»Warum denn so feindselig? Ich hatte gehofft, dass wir eines Tages Freunde werden können. Sören hat mit mir über euer Angebot gesprochen, aber daraus wird leider nichts. Bekomme ich endlich etwas zu trinken oder muss ich in dieser Kneipe verdursten?«

Er sah die Friesenbrauerin vorwurfsvoll an. Zu seiner Überraschung senkte sie den Blick nicht.

»Warum sollte er das Grundstück an dich verkaufen, wenn er das Geld auch von uns bekommt?«

»Soweit ich weiß, habt ihr den bisherigen Kaufpreis irgendwie zusammengekratzt. Hiermit stocke ich den Betrag um weitere fünfzigtausend Euro auf. Sören wird den Kaufvertrag morgen unterzeichnen und es gibt nichts, was ihr dagegen tun könnt.« Er wieherte schallend.

»Dat gifft glieks 'n Klopperee!«

Eine Stimme, die Hinnerk gehören musste, riss die Menschen aus ihrer Erstarrung, denn plötzlich schrien alle durcheinander und stießen wüste Drohungen aus.

Burmeister, der mit dem Rücken zur Gaststube am Tresen stand, ließ die Friesenbrauerin nicht aus den Augen. Wenn er Gesine Felber richtig einschätzte, würde sie nicht zulassen, dass sie ihn zusammenschlugen.

Sollte sie die Sünnumer von einem Angriff abhalten,

würde er sie damit zu einer Verbündeten machen. Falls sie eine Schlägerei zuließ, würde sie sich für deren Folgen verantworten müssen. Wie immer Tüdelbüdel sich auch entschied: Sie konnte nur verlieren.

Obwohl ihn die Friesenbrauerin weiterhin unbeirrt anstarrte, schien sie diese Zwickmühle ebenfalls erkannt zu haben, denn die Adern an ihrem Hals traten deutlich hervor.

Ohne weitere Vorwarnung rammte jemand Burmeister seinen Ellenbogen in den Rücken. Statt das Gesicht schmerzvoll zu verziehen, grinste er Tüdelbüdel dabei an.

Ein Tritt in die linke Wade ließ ihn kurz aufstöhnen, aber dann hatte er sich wieder in seiner Gewalt. Den Hieb in die Rippen steckte der Milchbauer weg, ohne eine Miene zu verziehen. Inzwischen glich der Kroog einem Tollhaus, alle schrien durcheinander. Wenn die Friesenbrauerin nicht bald eingriff, würden ihre Gäste wie tollwütige Hunde über ihn herfallen. Bisher hatte sie sich noch keine Blöße gegeben.

Als ein Unbekannter gegen seinen rechten Fuß trat, kippte Burmeister zur Seite und konnte sich erst im letzten Moment an der Theke festhalten. Als er Tüdelbüdel wieder ansah, lächelte diese schmallippig. Hatte er sie falsch eingeschätzt?

»Ich bringe das Schwein um!«

Jemand legte ihm von hinten einen Arm um den Hals und drückte zu. Während er wie ein Fisch auf dem Trockenen nach Luft schnappte, sah ihm die Friesenbrauerin unbeirrt in die Augen. Dann hob sie die Hand.

»Aufhören. Lass den Mann los.«

»Das Schwein will uns fertigmachen.« Hinnerks Stimme war wutverzerrt.

»Keine Selbstjustiz«, mahnte Joris und stand auf.

»Ich sorge hier nur für Gerechtigkeit. Die Bullen unternehmen doch nichts gegen diesen Verbrecher.«

Der Landwirt krallte seine Finger in den muskulösen Arm, um etwas Druck von seinem Kehlkopf zu nehmen – aber vergebens.

»Du sollst Burmeister loslassen, habe ich gesagt.«

»Joris, du hast hier gar nichts zu melden.«

Der Landwirt rang nach Atem und trat um sich. Seine Gegenwehr schien den Gegner aber nur weiter anzustacheln, denn nun presste er den Arm noch fester um seinen Hals.

»Schluss jetzt!«

Urplötzlich ergoss sich eine Ladung Bier über seinen Kopf und der Druck ließ etwas nach. Dann verschwand der Arm.

»Hinnerk, willst du seinetwegen den Rest deines Lebens im Gefängnis verbringen?« Tüdelbüdel stellte das Glas, dessen Inhalt sie dem Tischler ins Gesicht gekippt hatte, neben den Zapfhahn.

Burmeister atmete erleichtert auf. Demnach war sein Plan in letzter Minute doch noch aufgegangen. Mit ihrem Eingreifen hatte sich die Friesenbrauerin gegen ihre eigenen Leute gestellt.

»Danke für deine Hilfe. Du bist eine echte Freundin.«

Obwohl das Sprechen schmerzte, als würden die Buchstaben aus Heftzwecken bestehen, hatte sich Burmeister nie besser gefühlt. Mit seinem Besuch im Kroog hatte er der Friesenbrauerin eine Niederlage zugefügt, von der sie sich so schnell nicht erholen würde.

»Raus, aber sofort.« Sie deutete auf die Tür.

»Das werde ich dir nie vergessen.« Burmeister nickte ihr zu und schritt dann zum Ausgang. Die feindseligen Blicke, die ihm dabei begegneten, waren für ihn wie ein stummer Applaus, der seinen Sieg noch großartiger machte.

Zufrieden verließ er den Kroog und ging zu seinem Wagen. Auf der Fahrt schaltete er das Radio ein. Als das Lied *Nur Sieger steh'n im Licht* der Band *Wind* gespielt wurde, pfiff er die Melodie vergnügt mit.

STALLGERUCH

»Warum hast du mir das Bier ins Gesicht gekippt?« Hinnerk Gravenhorst wischte sich mit dem Ärmel seines karierten Flanellhemdes über die Stirn, wobei er Tüdelbüdel wütend anfunkelte. »Hattest du etwa Angst um Burmeister?«

Das Stimmengewirr im Kroog erinnerte nach dem Verschwinden des Milchbauern an einen wütenden Hornissenschwarm.

»Natürlich nicht«, entgegnete die Friesenbrauerin entrüstet. »Mit meiner Aktion wollte ich nur verhindern, dass du in deiner Wut zu weit gehst.«

»Ich brauche keinen Babysitter. Deinetwegen hält mich der Mistkerl jetzt für ein Weichei.« Er trank sein Bier aus und knallte das Glas so fest auf die Theke, dass es zerbrach. »Ich hau ab. Was ist mit euch?«

Diese Frage richtete Hinnerk an die Anwesenden, die nach Burmeisters Verschwinden lauthals miteinander diskutierten und dabei immer wieder auf Tüdelbüdel deuteten. Wenige Minuten später hatten bis auf Joris alle Gäste den Kroog verlassen.

»Was hätte ich denn machen sollen?« Die Friesenbrauerin fuhr sich durch die Haare. Dann sammelte sie die leeren Gläser mit einem Tablett ein und trottete damit zur Spüle.

»Du hast alles richtig gemacht.« Joris trank einen Schluck Tüdelbräu.

»Das sehen die Dorfbewohner aber anders.«

»Die beruhigen sich schon wieder.« Er stellte sein Glas auf die Theke.

»So eine aufgeheizte Stimmung hatten wir in Sünnum noch nie. Wenn wir nichts dagegen unternehmen, wird Burmeister unsere Gemeinschaft wie ein Puzzle in seine Einzelteile zerlegen.«

»Wir sollten unseren Frieden mit ihm machen.« Joris drückte sein Kreuz durch. »Ich spüre noch immer jeden einzelnen Knochen. War ein anstrengender Tag heute.«

»Er ist keinesfalls vorbei.« Gesine reckte das Kinn vor.

»Tüdelbüdel, lass gut sein. Wir haben alles versucht. Man muss auch eine Niederlage einstecken können.«

»Ich werde bis zur letzten Sekunde für die Freilassung von Enno und Monika und gegen Burmeister kämpfen.«

»Sei doch nicht so ein Sturkopf. Was willst du denn noch machen?«

»Ich werde Leefke ins Gewissen reden. Wenn ich sie von unserem Kaufangebot überzeugen kann, knickt Sören möglicherweise ein. Kommst du hier allein zurecht?«

»Selbstverständlich, der Kroog ist schließlich mein zweites Wohnzimmer.« Joris grinste schief.

»Es könnte länger dauern. Mach die Musik und das Licht aus, wenn du gehst.«

»Soll ich nicht besser mitkommen?«

»Nee, lass mal. Das ist so ein Frauending. Schlaf gut, wir sehen uns morgen.«

In der Tür drehte sich die Friesenbrauerin noch einmal um. »Danke für deine Hilfe.«

»Einer muss doch auf dich aufpassen. Versprichst du mir, heute Nacht keine Dummheiten zu machen?« Joris musterte Tüdelbüdel mit durchdringendem Blick. Statt einer Antwort winkte sie ihm zu und verließ den Kroog.

*

Die Friesenbrauerin hatte die Gespräche mit Enno Prester, in denen er immer wieder von Tierquälerei und unerlaubten Antibiotika im Viehfutter auf Burmeisters Bauernhof gesprochen hatte, nicht vergessen.

Wenn sie in seinem Kuhstall Beweise für Verstöße wider das Tierschutzgesetz fand, würde ihre Tochter Ermittlungen gegen Burmeister einleiten müssen, in deren Zusammenhang sich ihre Kollegen dann das Haus vornehmen konnten.

Dort würden die Beamten hoffentlich Hinweise für die Verbrechen finden, die Sünnum erschüttert hatten. Als verurteilter Mörder würde Burmeister keine Milchfabrik bauen können. Obwohl diese Möglichkeit nur ein letzter Strohhalm war, um das Unausweichliche noch verhindern zu können, klammerte sich die Friesenbrauerin mit aller Kraft daran. Die Hoffnung starb bekanntlich zuletzt.

Wenige Minuten später hatte sie sich umgezogen und radelte zu Burmeisters Hof. Sie hatte Joris nichts von ihrer wahren Absicht erzählt, weil er sie sicherlich davon abgehalten hätte.

In der Abenddämmerung wirkten die Äste der am Straßenrand stehenden Bäume wie schwarze Arme, die mit klauenartig verkrümmten Fingern nach ihr griffen. Die Tiere auf den Weiden sahen wie drohende Schatten aus. Ostfriesland schien an diesem Abend jede Farbe verloren zu haben.

Gesine lehnte das Fahrrad an den Pfeiler eines Zauns und spähte zu Burmeisters Hof, dessen Kuhstall die Weide am anderen Ende begrenzte.

Obwohl sich die Friesenbrauerin erst einige Stunden zuvor an sein Gatter gefesselt hatte, schien seitdem eine Ewigkeit vergangen zu sein. Die letzten Tage waren ihr wie die Fahrt auf einem Karussell erschienen, das sich immer schneller drehte.

Gesine musste unbedingt verhindern, dass ihr dabei schwindelig wurde und sie die Orientierung verlor. Wenn sie heimlich in Burmeisters Stall eindrang, würde sie mit einer Anzeige wegen Hausfriedensbruchs, eventuell sogar Einbruchs rechnen müssen.

Wollte sie seinetwegen kriminell werden? Würde sie ihrer Tochter bei einer Verhaftung in die Augen sehen können? Rechtfertigte das Ziel jedes Mittel? Musste sie …

Entschlossen griff Tüdelbüdel nach der im Fahrradkorb liegenden Taschenlampe. In ihrer schwarzen Kleidung, die aus einer Jeans und einem Kapuzenpullover bestand, würde sie nur ein weiterer Schatten in der Nacht sein.

Die Friesenbrauerin atmete tief ein, dann drückte sie mit dem Plastikgriff der Taschenlampe die oberste Reihe des Stacheldrahtzauns nach unten und schwang das rechte Bein hinüber. Nachdem sie damit sicher auf der anderen Seite stand, hob sie das linke Bein an. Sie hatte es fast geschafft, als sie mit der Jeans an einem stählernen Dorn hängenblieb.

In dem Versuch, das linke Bein aus dem Stacheldraht zu befreien, rutschte sie mit dem Standbein auf dem Gras aus und fiel zur Seite. Mit einem Ratschen riss ihre Hose am Oberschenkel auf und Gesine landete mit den Händen voran nur wenige Zentimeter neben einem Kuhfladen.

Rasch rappelte sie sich auf und begutachtete den Schaden. Glücklicherweise hatte der Dorn ihre Haut nur leicht geritzt und keine tiefe Wunde hinterlassen.

Leise fluchend griff die Friesenbrauerin nach der Taschenlampe, die sie bei der Aktion verloren hatte, und schlich in geduckter Haltung über die Weide, wobei sie die überwiegend liegenden Kühe bestmöglich als Deckung nutzte – und sich dabei reichlich bescheuert vorkam.

Als sie den Stall endlich erreicht hatte, drückte sie sich mit dem Rücken an die Wand, wie das die Ermittler in den Krimis auch immer machten. Wahrscheinlich waren die aber nicht so aufgeregt wie sie, denn das Herz schlug ihr bis zum Hals und das Blut rauschte in ihren Ohren.

Zu allem Überfluss kam auch noch eine Kuh direkt auf sie zu.

»Hau ab«, flüsterte Tüdelbüdel.

Aber das Rindvieh ignorierte ihren Befehl und trottete gemächlich weiter. Einen halben Meter vor Tüdelbüdel blieb die Kuh stehen und betrachtete sie interessiert.

»Verschwinde.« Gesine wedelte mit der Hand.

Der Vierbeiner hob den Kopf und streckte die Nase vor, als wollte er sich dazu äußern. Dann drehte er sich um und kehrte in gemächlichem Tempo zu seinen Artgenossen zurück.

Die Friesenbrauerin atmete erleichtert auf und schob sich an der Wand entlang, bis sie zu einem gusseisernen Fenster kam, das in vier etwa fünfzig Quadratzentimeter große Segmente unterteilt war.

Gesine wischte über die verdreckte Scheibe und lugte hinein. Obwohl sie außer schemenhaften Umrissen nichts entdecken konnte, zog sie ihr Smartphone, das sie bei dem

Sturz glücklicherweise nicht verloren hatte, aus der Hosentasche und machte mit der integrierten Kamera ein Foto – schließlich konnte jedes Bild ein Beweis für Burmeisters Tierquälerei sein.

Bei der Aufnahme schaltete sich der automatische Blitz ein, wurde von der Scheibe reflektiert und erhellte Tüdelbüdels Gesicht für einen Sekundenbruchteil.

»Schiet ok.« Sie duckte sich und hielt den Atem an.

Wenn sie sich weiterhin so dämlich anstellte, konnte sie auch gleich mit einer Lichtsirene und lautem Schreien auf sich aufmerksam machen.

Ein lauer Nachtwind strich sanft über die Haut der Friesenbrauerin. In der Ferne hörte sie das Motorengeräusch eines Fahrzeugs. Aus einem nahestehenden Busch flog ein Vogel auf und verschmolz mit dem dunklen Himmel. Wahrscheinlich hatte ihn eine streunende Katze oder ein Fuchs gestört, möglicherweise auch ein Wolf.

In den letzten Wochen waren die Raubtiere sogar in der Nähe von Sünnum gesehen worden. Der Gedanke, dass ein oder mehrere Wölfe in der Gegend umherschlichen, ließ ihr eine Gänsehaut über den Rücken laufen.

Auch wenn Tüdelbüdel am liebsten abgehauen wäre, zwang sie sich zur Ruhe und wartete einen Moment. Als sie keine Schritte hörte, schlich sie an der Wand entlang bis zu dem Zaun, der Burmeisters Zuwegung zur Weide hin begrenzte.

Gesine drückte den Stacheldraht wieder mit der Taschenlampe nach unten und schwang das rechte Bein hinüber. Dieses Mal gelangte sie ohne Zwischenfall auf die andere Seite.

Von dort aus huschte sie zum Eingang des Stalls, der

vom Haus aus glücklicherweise nicht eingesehen werden konnte.

Die Friesenbrauerin zog den Riegel zurück, aber die Tür ließ sich nur spaltbreit öffnen. Sie atmete tief durch und versuchte es erneut. Ihre Muskeln zitterten vor Anstrengung, während sich die Tür mit einem entsetzlichen Quietschen langsam öffnete. Als der Spalt groß genug war, quetschte sie sich hindurch und sofort schlug ihr der typische Stallgeruch, ein Gemisch aus Kuh, Mist und Futter, entgegen.

Zwei am Dachfirst herabhängende Neonleuchten sorgten im Gang zwischen den nebeneinanderstehenden Kühen, die nicht auf die Weide gelassen worden waren, für ein kränkliches Licht, das die Umgebung kaum erhellte.

Die armen Tiere hatten einen Ledergurt um den Hals, der mit einer Kette an einer über ihnen verlaufenden Stange verbunden war.

Die Friesenbrauerin schritt langsam durch den Gang, wobei sie die Situation der Kühe immer wieder mit Fotos dokumentierte. Bei einigen Tieren waren trotz der ungünstigen Lichtverhältnisse Scheuerstellen am Widerrist sowie entzündete Gelenke erkennbar. Diese Verletzungen würden aber weder eine Anzeige noch eine polizeiliche Ermittlung rechtfertigen, da die Anbindehaltung keinesfalls verboten war. Burmeister schien sich demnach an die geltenden Gesetze zu halten.

War der Landwirt tatsächlich das Monster, das die Friesenbrauerin in ihm zu sehen glaubte, oder hielt sie ihre Anschuldigungen nur aufrecht, damit sie ihm die Verantwortung für die grauenvollen Morde in die Schuhe schieben konnte? Wehrte sie sich nur deshalb gegen die Milchfabrik, weil diese eine Idylle zu zerstören drohte, die ohnehin nur in ihrer Fantasie existierte?

Gedankenverloren durchschritt Gesine den Gang, bis sie zu einem abgemauerten Bereich kam. Sie schob den Riegel der linken Tür zurück, öffnete diese und leuchtete mit ihrer Taschenlampe hinein. Staubpartikel tanzten in der Luft. In den Regalen erkannte sie Werkzeuge und seltsame Konstruktionen, bei denen es sich um Ersatzteile für landwirtschaftliche Geräte handeln konnte. Auf dem Boden standen Kanister. Ein schwacher Geruch nach Öl und Benzin lag in der Luft.

Tüdelbüdel verließ den Raum und huschte zur anderen Tür, deren Riegel mit einem Hängeschloss gesichert war. Als sie den Strahl der Taschenlampe darauf richtete, glänzte der Verschluss im Lichtschein. Demnach schien er neu zu sein.

Was verbarg Burmeister dahinter?

Die Friesenbrauerin überlegte kurz. Dann kehrte sie in den anderen Raum zurück und nahm einen Schraubenzieher aus dem Regal. Diesen steckte sie in den Bügel, um das Schloss aufzuhebeln, aber auch das schien in den Fernsehkrimis wesentlich einfacher zu sein als in der Wirklichkeit.

Mit zusammengebissenen Zähnen mühte sich Tüdelbüdel an dem Schloss ab, aber vergeblich. Sie brauchte einen größeren Hebel.

Auf dem Weg zur gegenüberliegenden Tür trat sie auf einen kleineren Strohhaufen, wie sie überall im Gang lagen. Darunter verbarg sich ein runder Gegenstand, auf dem sie beinahe ausgerutscht wäre.

Die Friesenbrauerin richtete den Strahl der Taschenlampe auf den Boden, ging in die Hocke und fegte das Stroh mit der Hand zur Seite. Vor ihr lag eine verdreckte Kugel, die sie an der Hose abwischte und danach unter das Licht hielt. Dabei handelte es sich um eine rubinrote Murmel.

Obwohl es in Ostfriesland sicherlich viele rote Glaskugeln gab, war Gesine sicher, dass es dieselbe Murmel war, mit der Jan in ihrem Geschäft gespielt hatte.

Hatte er sie einem Freund geschenkt oder war sie ihm aus der Hosentasche gefallen und von einem Unbekannten gefunden worden? Wenn ja: Wer hatte sie ausgerechnet in Burmeisters Kuhstall verloren?

Da der Landwirt keine eigenen Kinder hatte, kamen Bekannte oder Feriengäste in Betracht – aber die Möglichkeit, dass einer von ihnen ausgerechnet Jans Murmel hier liegen gelassen hatte, war so unwahrscheinlich wie ein Sechser im Lotto. Natürlich konnte sich Tüdelbüdel auch irren – aber sollte es tatsächlich Jans Murmel sein und er sie nicht beim Spielen im Kuhstall verloren haben, gab es noch eine weitere Erklärung …

Gesine schlug sich die Hand vor den Mund, als könnte sie den Schrei, der tief in ihrem Innersten steckte, damit ersticken.

Der Gedanke, dass Burmeister den kleinen Jan entführt hatte, um Sören auf diese Weise zum Verkauf des Hauses zu drängen, wirkte wie ein Schlag in den Magen.

Nachdem die Friesenbrauerin den ersten Schrecken überwunden hatte, steckte sie die Murmel in die Hosentasche und zog das Mobiltelefon heraus. Sie musste Wiebke sofort benachrichtigen.

Auf dem Display wurde ein verpasster Anruf ihrer Tochter angezeigt. Da Gesine das Gerät zuvor auf stumm geschaltet und das Vibrieren in der Aufregung nicht bemerkt hatte, war ihr dieser entgangen. Als sie auf die Rückwahltaste tippen wollte, zitterte ihre Hand so sehr, dass ihr das Gerät aus den Fingern zu rutschen drohte.

»Selbst die stümperhaftesten Ermittler sind wahre Genies gegen dich.«

Sie sah auf. Burmeister stand etwa zwei Meter von ihr entfernt und grinste. In der rechten Hand hielt er eine Axt. Er machte einen Schritt auf sie zu.

»Eine Weile habe ich dir amüsiert zugesehen, aber jetzt muss ich deinen Auftritt leider beenden. Hast du die Überwachungskameras auf meinem Hof nicht bemerkt? Eine hängt direkt über dem Eingang.«

Bei der Bemerkung deutete er in die angegebene Richtung und ließ sie für einen Moment aus den Augen. Gesine nutzte seine Unachtsamkeit und riss die Tür der linken Kammer auf. Bevor sie hineinschlüpfen konnte, schlossen sich die Finger seiner Hand wie ein Stahlreif um ihr Handgelenk und das Mobiltelefon fiel zu Boden.

»Lass mich sofort los!«

Sie trat nach ihm, aber er wich geschickt aus und kurz darauf gab sie ihren Widerstand auf. Wenn sie nicht in diesem Kuhstall sterben wollte, musste sie sich dringend etwas einfallen lassen.

»Braves Mädchen.« Er tätschelte ihre Wange wie einem Kind, das ein Gedicht fehlerfrei aufgesagt hat. »Danke übrigens für deine Rettung im Kroog. Nach unseren Meinungsverschiedenheiten hätte ich nie gedacht, dass dir so viel an mir liegt.«

Tüdelbüdel musterte ihn mit einem vor Verachtung triefenden Blick. »Lass mich gehen. Wiebke wird jeden Augenblick hier sein.«

»Du bluffst doch nur. Nachdem sie deinetwegen in der Kuhscheiße wühlen musste, wird deine Tochter nicht besonders gut auf dich zu sprechen sein. Zudem gehe ich keinesfalls davon aus, dass sie eine armselige Version von Miss Marple zum Spionieren auf meinen Hof geschickt hat. Du hast nicht einmal die Seitentür bemerkt, durch die ich in den Stall gekommen bin. Wenn sie etwas gegen mich in der Hand hätte, wäre sie längst mit der ganzen Truppe hier aufmarschiert. Was hast du eigentlich im Stall gemacht?«

»Fotografiert. Mit den Aufnahmen möchte ich am Wettbewerb *Die schönsten Kühe Ostfrieslands* teilnehmen.«

»Eine bessere Ausrede fällt dir nicht ein? Du enttäuschst mich.« Burmeister sah sie traurig an. »In den letzten Tagen habe ich dir immer wieder versöhnlich die Hand gereicht und weder deine Schnüffelei in meinem Haus noch die alberne Demonstration geahndet. Statt mir dafür zu danken, schleichst du dich wie eine Diebin in meinen Stall. Warum fragst du mich nicht einfach, wenn du etwas wissen willst?«

Die Murmel brannte wie ein glühendes Kohlestück in ihrer Tasche. Obwohl die Friesenbrauerin am liebsten direkt verschwunden wäre, musste sie noch wissen, was sich in dem abgeschlossenen Raum befand.

»Warum ist diese Tür mit einem Hängeschloss gesichert?«

Bei ihrer Frage runzelte Burmeister die Stirn und ließ sich mit der Antwort etwas Zeit. »In dem Raum befinden sich überwiegend Futtermittel und Milchkannen. Nachdem immer wieder Säcke mit Kraftfutter verschwunden sind, habe ich die Tür verschlossen. Hast du das Zeug etwa geklaut und daraus Bier gebraut?« Er lachte schallend.

»Kann ich mir die Sachen einmal ansehen?« Tüdelbüdel ignorierte seine Frage.

»Ich habe nichts zu verbergen.« Der Landwirt kramte einen Schlüsselbund aus der Hosentasche und öffnete das Hängeschloss. Dann zog er den Riegel zurück und drückte die Tür auf. »Sieh dich nur um.«

Er betätigte einen neben der Tür angebrachten Lichtschalter. Eine Neonröhre flackerte kurz auf und erhellte dann einen Raum, der mit Milchkannen, großen Säcken und übereinandergestapelten Kisten gefüllt war wie eine Rumpelkammer. Die Scheiben des gusseisernen Fensters wirkten wie ein Spiegel.

»Geh ruhig rein.«

Die Friesenbrauerin zögerte. Wenn sie den Raum vor Burmeister betrat, konnte er die Tür hinter ihr schließen und sie einsperren. Da er sie mit seiner körperlichen Überlegenheit ohnehin jederzeit überwältigen und mit der Axt verletzen oder sogar töten konnte, musste sie dieses Risiko eingehen.

Mit klopfendem Herzen trat Gesine daher in den Raum und zwängte sich durch die dichtstehenden Futtersäcke hindurch. Der Blick des Landwirts, der wie ein lebender Pfropfen in der Tür stand, brannte sich wie eine Flamme in ihren Rücken. In der Hoffnung, eine weitere Murmel oder einen anderen Hinweis auf Jans Entführung zu finden, suchte sie mit gesenktem Kopf den Boden ab. Aber außer Staub, Futterpartikeln und Strohhalmen konnte sie nichts entdecken. Nachdem sie auch die an den Wänden stehenden Futtersäcke inspiziert und sich die Kisten näher ange-

sehen hatte, stieß sie mit dem Fuß gegen eine der Milchkannen, die polternd umfiel. Gesine zuckte zusammen.

»Wenn du sonst nichts zu tun hast, kannst du hier natürlich auch aufräumen und saubermachen. Der Kuhstall
müsste zudem mal wieder ausgemistet werden.« Burmeister grinste.

»Ich würde jetzt gerne gehen.« Sie stellte sich vor den
noch immer in der Tür stehenden Landwirt.

»Das ist leider nicht möglich.«

Mit diesen Worten hob Burmeister die Axt hoch über
seinen Kopf.

FAMILIENBANDE

Wiebke stellte ihren himmelblauen Mini vor dem Kroog ab, stieg aus und sah sich um. An diesem Abend war es erstaunlich ruhig. Normalerweise waren immer einige Raucher vor der Gaststätte und schnackten miteinander. Irritiert marschierte sie zur Tür und trat in den Schankraum. Joris stand hinter der Theke und zapfte sich ein Tüdelbräu.

»Warum ist hier denn nichts los?«

»Burmeister hat uns heute einen Besuch abgestattet. Dabei kam es beinahe zu einer Schlägerei.«

»Was macht der Kerl denn im Kroog?«, fragte die Polizistin ungläubig.

»Er hat uns mit einer Preiserhöhung für Heikos Haus provoziert. Deine Mutter ist daraufhin zu Leefke gegangen, um ihr den Verkauf an Burmeister auszureden. Ich warte hier auf sie. Eigentlich müsste Tüdelbüdel längst zurück sein.« Joris drehte den Zapfhahn zu und trank einen Schluck aus seinem Glas.

»Ich sehe mich mal in der Wohnung um.«

Wiebke verließ die Gastwirtschaft und eilte, immer zwei Stufen auf einmal nehmend, die Treppe hoch. Dabei rief sie nach ihrer Mutter, bekam allerdings keine Antwort. Nachdem sie in jedem Zimmer nachgesehen hatte, versuchte sie, Gesine über das Handy zu erreichen, aber diese nahm das Telefonat nicht entgegen. Anscheinend war ihre Mutter so in ein Gespräch mit Leefke vertieft, dass sie das Klingeln nicht gehört hatte.

Bei dem Gedanken, dass sie wegen Sörens Sturheit auf ihre Ersparnisse verzichten sollte, ballte die Polizistin die Hände zu Fäusten. In dieser Angelegenheit hatte sie auch ein Wörtchen mitzureden. Wenn Sören trotz der finanziellen Entbehrungen vieler Sünnumer Heikos Haus weiterhin an Burmeister verkaufen wollte, würde sie ihm gehörig die Meinung sagen. Nach dem Streit mit ihrer Mutter war sie noch immer ordentlich auf Krawall gebürstet.

Wiebke verließ die Wohnung und eilte zum Haus der Gebhardts. Da in einem der unteren Räume und im Flur Licht brannte, schienen die Bewohner derzeit nicht zu schlafen. Entschlossen schritt die Polizistin zur Haustür und klingelte. Nach einer Weile wurde die Tür geöffnet.

Bei Sörens Anblick hielt Wiebke den Atem an und ließ die Luft dann langsam entweichen.

Die blutunterlaufenen Augen lagen so tief in den Höhlen, als hätte sie jemand in den Schädel gedrückt. Seine Haut hatte die Farbe kalter Asche, die Wangen hingen wie Teigtaschen in seinem Gesicht. Mit den nach vorne gezogenen Schultern wirkte er wie eine aufblasbare Puppe, aus der jemand einen Teil der Luft abgelassen hatte.

»Willst du mich etwa verhaften, weil ich das Haus an Burmeister verkaufen werde?« Er musterte die Polizistin, die in ihrer Dienstkleidung vor ihm stand, mürrisch.

»Nee, ich bin privat hier und hatte bisher keine Zeit zum Umziehen«, presste Wiebke zwischen zusammengebissenen Zähnen hervor, bevor sie fragte: »Kann ich kurz mit meiner Mutter sprechen?«

»Tüdelbüdel ist nicht hier.«

»Wann ist sie denn gegangen?« Wiebke runzelte die Stirn.

»Ich habe nicht auf die Uhr gesehen. Frag Joris, der wird dir eine Antwort geben können.«

»Der ist im Kroog und behauptet, dass meine Mutter nach Burmeisters Kaufpreiserhöhung mit Leefke sprechen wollte.«

»Davon weiß ich nichts.« Sören drückte die Tür zu. Im letzten Moment stellte die Polizistin den rechten Fuß in den Spalt.

»Warum bist du so abweisend?« Sie musterte ihn mit kaltem Blick.

»Hm, mal überlegen.« Sören rieb sich über das Kinn. »Meine Familie wird wegen des Verkaufs offen angefeindet. Wir werden im eigenen Haus von einem wütenden Mob bedroht und müssen um unser Leben fürchten. Leefke ist vollkommen fertig.«

»Das tut mir leid. So etwas hätte nie passieren dürfen. Warum habt ihr die Polizei denn nicht gerufen?«

»Weil die uns nicht helfen kann.« Leefke trat hinter ihren Mann. »Verschwinde und lass uns in Ruhe«, verlangte sie mit tränenerstickter Stimme.

»Was ist hier eigentlich los? Werdet ihr bedroht?« Wiebke legte eine Hand auf den Türknauf.

»Nur von den Menschen, die ich immer als meine Freunde betrachtet habe«, entgegnete Sören mit bebenden Lippen, bevor er süffisant hinzufügte: »Du musst dir also keine Sorgen machen.«

»Verdammt, was soll der Scheiß?« Wiebke platzte der Kragen. »Warum wollt ihr unbedingt an Burmeister verkaufen? Vor wenigen Tagen hättest du ihn noch am liebsten bei Ebbe auf einer Sandbank eingebuddelt und danach einen Freudentanz aufgeführt.«

»Die Schwangerschaft. Wir brauchen das Geld.« Leefke sprach so leise, dass sie kaum zu verstehen war.

»Meine Mutter hat die geforderte Summe aufgetrieben. Warum verkauft ihr das Haus nicht an die Sünnumer?«

»Burmeister hat uns ein besseres Angebot gemacht.«

»Sören, eine halbe Million Euro sind verdammt viel Geld für Heikos Bruchbude. Die meisten Sünnumer opfern ihre Ersparnisse, um die Milchfabrik zu verhindern. Euretwegen verzichte ich auf einen Traumurlaub und einen neuen Wagen. Warum kriegt ihr den Hals nicht voll?«

»Das ist unsere Sache. Wenn du nicht sofort den Fuß aus der Tür nimmst, werde ich …«

»… die Polizei rufen?« Wiebke lachte freudlos auf.

»Lass uns in Ruhe, okay?« Tränen liefen über Leefkes Wangen und sie wischte diese mit dem Handrücken weg.

»Bist du jetzt zufrieden?« Sören bedachte die Polizistin mit einem feindseligen Blick.

»Ich will euch doch nur helfen.«

»Das kannst du nicht.« Leefke zitterte urplötzlich am ganzen Leib wie in einem Fieberschub. Sören drehte sich zu seiner Frau um und nahm sie in den Arm.

»Ruhig, ganz ruhig.« Er strich ihr über die in alle Richtungen abstehenden Haare.

Wiebke stand eine Weile unschlüssig auf der Fußmatte, dann trat sie in den Flur und drückte die Tür hinter sich zu.

»Hat Jan etwas von den Anfeindungen mitbekommen?«

»Nein«, schniefte Leefke und befreite sich aus der Umarmung ihres Mannes, bevor sie hinzufügte: »Er ist ein tapferer kleiner Pirat.«

»Hat Burmeister ihm etwas angetan?«

»Natürlich nicht. Jan ist …«

»… in seinem Zimmer?«

Die Eheleute wechselten einen schnellen Blick, bevor Sören antwortete: »Nein, wir haben ihn für ein paar Tage zu meinen Eltern nach Emden gebracht. Die sind total vernarrt in ihren Enkel.«

»Muss er denn nicht in den Kindergarten?« Die Polizistin sah von Sören zu Leefke.

»Er … fühlte sich nicht gut«, stammelte seine Mutter.

»Als er letztes Jahr mit einer fiebrigen Erkältung im Bett lag, bist du keine Minute von seiner Seite gewichen. Warum gibst du ein krankes Kind zu deinen Schwiegereltern?«, hakte Wiebke sofort nach.

»So schlimm ist … es nicht. Er war nur etwas … unpässlich.«

»Nur etwas unpässlich?«, wiederholte Wiebke und zog die Augenbrauen hoch »Kann ich kurz in Emden anrufen und mich nach ihm erkundigen?«

»Um diese Zeit?« Leefke schüttelte den Kopf. »Unser Junge schläft doch längst.«

»Ich habe in meinem Leben schon viele Verhöre geführt und mir dabei eine Menge Unsinn anhören müssen, aber ihr beiden seid die mit Abstand schlechtesten Lügner.«

»Was erlaubst du dir? Raus hier!« Sören deutete zur Tür.

»Ich habe euch nie im Stich gelassen. Warum vertraut ihr mir jetzt nicht? Lasst mich doch helfen.« Wiebke wandte sich an Leefke. »Bist du tatsächlich schwanger?«

Sie nickte und flüsterte dann, als würden sie belauscht: »Er wird Jan töten, wenn wir ihm das Haus nicht verkaufen.«

»Was erzählst du für einen Blödsinn?«, fuhr Sören seine Frau an.

»Ich kann nicht mehr. Die Angst um Jan, die offenen Anfeindungen, das ist einfach zu viel.« Sie lehnte sich an die Wand, während erneut Tränen über ihre Wangen liefen.

»Keine Polizei. Das war der Deal!« Er hob mahnend den Zeigefinger.

»Es existiert kein Deal«, schrie sie ihren Mann an. »Dieses Schwein hat unseren Jungen entführt und es gibt nichts, das wir dagegen unternehmen können.«

»Nach Unterzeichnung des Kaufvertrages bekommen wir Jan zurück.« Sören drückte sie an sich.

»Burmeister wird seine Zusage nicht einhalten«, prophezeite Wiebke.

»Er hat es uns versprochen.« Leefke klammerte sich an die Worte wie eine Ertrinkende an die Trümmerteile eines im Sturm gesunkenen Schiffes.

»Vertraust du ihm?« Wiebke ließ die Mutter bei der Frage nicht aus den Augen.

»Wir haben keine andere Wahl«, antwortete sie ausweichend und sah zu Boden.

»Man hat immer eine Wahl.«

»Deine blöden Sprüche helfen uns nicht weiter.«

»Sören, wenn Jan zu euch zurückkehren soll, müsst ihr mit mir zusammenarbeiten«, verlangte Wiebke.

»Falls wir die Polizei einschalten, werden wir unseren Sohn niemals wiedersehen.«

»Sören, Jan wird sterben, wenn wir nichts unternehmen, kapierst du das denn nicht?«, beschwor Leefke ihren Mann.

»Das dürfen wir nicht. Burmeister wird …«

»… uns Jan niemals zurückgeben, er ist ein Lügner, der dir jeden Scheiß erzählt, um seine Ziele zu erreichen. Geht das nicht in deinen ostfriesischen Dickschädel?« Leefke befreite sich aus der Umarmung ihres Mannes und hämmerte mit den Fäusten gegen seine Brust. Er ließ sie gewähren, als wäre sein Körper ein Boxsack, an dem sie sich abreagieren konnte.

»Ich würde euren Sohn niemals in Gefahr bringen. Zudem helfe ich euch nicht nur als Polizistin, sondern auch als Freundin.«

»Kommt, wir gehen ins Wohnzimmer.« Leefke stakste voran und deutete auf ein geblümtes Sofa. »Setz dich. Sören, du ebenfalls. Wir müssen reden.«

Er grummelte etwas Unverständliches und schlurfte dann zu einem Vitrinenschrank, der die gesamte Stirnseite des Raums einnahm. Wenige Augenblicke später stellte er eine Flasche Rum auf den Tisch. »Ich bereite uns erst einmal einen steifen Grog zu. Du bekommst einen Tee, das Baby verträgt noch keinen Alkohol.« Sören strich seiner Frau bei diesen Worten sanft über den Bauch, der noch keine Schwangerschaft erkennen ließ.

Wiebke setzte sich und ließ den Blick durch das Wohnzimmer schweifen, das sie noch nie so aufgeräumt erlebt hatte.

Bei ihren früheren Besuchen hatte oft ein solches Durcheinander aus verschiedenen Spielsachen, zerlesenen Bilderbüchern, zusammengelegter Wäsche und anderen Dingen geherrscht, dass sie den Weg zum Sofa wie einen Hindernisparcours hinter sich bringen musste. Heute stand nur eine halb aufgebaute Murmelbahn auf dem Teppich.

»Vor wenigen Tagen habe ich Jan ausgeschimpft, weil seine Murmeln überall rumlagen und ich immer wieder auf die Dinger getreten bin. Einmal wäre ich fast darauf ausgerutscht. Jetzt könnte er meinetwegen einen ganzen

Sack davon im Haus verteilen.« Leefke ließ sich neben die Polizistin auf das Sofa fallen.

»Wir werden Jan finden.« Sie ergriff die Hand der Schwangeren.

»Daran zweifle ich keinesfalls. Die Frage ist nur, ob ihr ihn *rechtzeitig* finden werdet.«

»Bis zur Vertragsunterzeichnung wird Burmeister ihm nichts antun. Habt ihr seit seinem Verschwinden ein Lebenszeichen von Jan erhalten?«

»Nein.« Leefke ließ den Kopf hängen.

»Wie hat Burmeister euch kontaktiert?«

»Telefonisch. Sören hat mit ihm gesprochen.«

»Seit wann … warte einen Moment.« Wiebke zog ihr Mobiltelefon aus der Hosentasche und warf einen Blick auf das Display, auf dem ein Anruf ihrer Mutter angezeigt wurde.

»Mama, wo bist du? Hallo?« Bei den Atemgeräuschen, die zu hören waren, zog sich ihr Magen zusammen. »Sag doch was.«

»Mein Erscheinen hat ihr anscheinend die Sprache verschlagen.«

»Mit wem spreche ich?« Trotz ihrer Anspannung bemühte sich die Polizistin um einen sachlichen Tonfall.

»Hier ist Burmeister. Ich habe Ihre Mutter in meinem Kuhstall erwischt. Wollen Sie die Anzeige aufnehmen, oder muss ich einen Ihrer Kollegen anrufen?«

»Kuhstall?«, wiederholte Wiebke wie ein begriffsstutziges Kind.

»Richtig. Soll ich es Ihnen buchstabieren?«

»Das ist nicht nötig.« Sie gab sich einen Ruck. »Kann ich kurz mit ihr reden?«

»Kein Problem.« Die Polizistin hörte ein undeutliches Murmeln, dann vernahm sie die Stimme ihrer Mutter: »Wiebke?«

»Was um alles in der Welt hast du in seinem Kuhstall zu suchen?«

»Das erzähle ich dir später. Burmeister hält mich gegen meinen Willen hier fest. Kannst du ihn deshalb verhaften?«

Wiebke schüttelte in stummem Entsetzen den Kopf. »Mama, du benimmst dich wie ein trotziges Kind. Ich bin gleich bei dir. Mach in dieser Zeit keine weiteren Dummheiten. Schaffst du das?« Ohne eine Antwort abzuwarten, beendete Wiebke das Gespräch, steckte das Mobiltelefon wieder ein und sah Leefke an. »Meine Mutter ist bei Burmeister. Ich muss mich um sie kümmern, bevor er ihr etwas antut.«

»Hat sie Jan gesehen?« Sören, der mit einem Tablett, auf dem zwei Groggläser und eine Tasse Tee standen, ins Wohnzimmer zurückkehrte, musterte Wiebke wissbegierig.

»Sie hat ihn nicht erwähnt. Wenn ich meine Kollegen über die Entführung informiere, werden die Einsatzkräfte Burmeisters Hof auf den Kopf stellen. Habt ihr einen Beweis für die Entführung? Eine Botschaft, ein Foto oder was auch immer?«

»Nee, nichts dergleichen.« Sören stellte das Tablett auf den Couchtisch. »Sollte die Polizei bei ihm auftauchen, wird er die Erpressung leugnen und unseren Jungen heimlich verschwinden lassen. Dieses Schwein ist zu allem fähig.«

»Wir haben Experten, die auf Entführungen spezialisiert sind.«

»Wiebke, das bringt doch nichts. Burmeister ist mit allen Wassern gewaschen. Wenn er weiß, dass wir mit dir geredet haben, wird Jan sterben. Das Risiko will ich keinesfalls eingehen.«

»Ich auch nicht«, ließ sich Leefke vernehmen. »Wenn wir uns an seine Spielregeln halten, haben wir zumindest eine Chance, unseren Sohn lebend zurückzubekommen.«

»Ihr könnt Burmeister nicht vertrauen.« Wiebke stand auf und schritt zur Tür.

»Wir haben keine andere Möglichkeit, verstehst du das denn nicht?«

Die Polizistin drehte sich um und nickte dann. »Ich werde mich zunächst auf seinem Hof umsehen. Sollte ich dort einen Hinweis auf Jan finden, werde ich sofort meine Kollegen informieren. Wenn sich Burmeister in der Zwischenzeit bei euch meldet, haben wir nicht miteinander gesprochen. Geht das in Ordnung?«

Wiebke sah von Sören zu Leefke, die in sich zusammengesunken auf dem Sofa saß. Sie hob den Kopf und nickte ihr zu. »Lass uns nicht im Stich, hörst du?«

»Ihr könnt euch auf mich verlassen. Wir sehen uns später.«

Die Polizistin eilte zum Kroog zurück, stieg in ihren Mini und fuhr los. Auf dem Weg zu Burmeister suchte sie nach einem Ausweg aus der Zwickmühle, in der sie sich befand.

Da der Landwirt vor krummen Geschäften nicht zurückschreckte, traute sie ihm die Entführung durchaus zu. Aber konnte er Jan auch töten? Die Ermordung eines Kindes war schließlich etwas anderes, als einen Vertragspartner über den Tisch zu ziehen. Würde er für das Grundstück bis zum Äußersten gehen? Wenn er wirklich zu allem entschlossen war, konnte er auch sie beim geringsten Verdacht beseitigen und es wie einen Unfall aussehen lassen – auf einem Bauernhof konnte schließlich viel passieren. Sollte Wiebke nicht doch Verstärkung anfordern, als sich diesem Risiko auszusetzen? Bei der Überlegung musste sie auch an ihre Mutter denken, der Burmeister ebenfalls etwas antun konnte. Was hatte Gesine überhaupt in seinem Kuhstall zu suchen? Wusste sie von der Entführung? Versuchte sie Jan auf eigene Faust zu finden?

Die Gedanken drehten sich wie ein Karussell, schneller, immer schneller, bis Wiebke eine Entscheidung fällte.

Vor seiner Hofeinfahrt bremste die Polizistin und bog von der Straße ab. Obwohl sie im Schritttempo fuhr, wurde sie auf dem mit Schlaglöchern versehenen Weg ordentlich durchgeschüttelt. Kurz darauf tauchten im Licht der Scheinwerfer zwei Gestalten auf, die mit jedem Meter etwas deutlicher wurden, bis sie Burmeister und ihre Mutter erkannte, die eine Taschenlampe in der rechten Hand hielt. Wenige Meter vor ihnen stoppte sie den Mini und zog den Schlüssel ab.

Einen Moment lang blieb Wiebke sitzen, die Hände so fest um das Lenkrad gekrallt, dass ihre Knöchel weiß hervortraten. Obwohl sie Burmeister am liebsten auf der Stelle verhaftet hätte, durfte sie sich nichts anmerken lassen, da der kleinste Fehler fatale Folgen für Jan haben konnte. Die Polizistin atmete tief ein, öffnete die Fahrertür und stieg aus.

»Moin.« Sie bemühte sich um einen möglichst lockeren Tonfall.

»Er ist ein Mörder und wollte mich mit einer Axt erschlagen.« Ihre Mutter machte einen Schritt auf sie zu, wurde aber sofort von Burmeister zurückgerissen. »Siehst du? Das ist Körperverletzung. Ich will …«

»Mama, halt den Sabbel.«

Die Worte wirkten wie eine eiskalte Dusche. Tüdelbüdel klappte der Kiefer herunter, als wären sämtliche Muskeln und Sehnen gerissen.

»Was hat sie jetzt schon wieder für einen Mist gebaut?«, fragte Wiebke in einem bewusst genervten Tonfall, mit dem sie Burmeister täuschen wollte. Hoffentlich kaufte er ihr die Show der angesäuerten Tochter ab, denn in ihrem Inneren brodelte es wie in einem Vulkan kurz vor der Eruption. Wie gerne hätte sie jetzt ihre Dienstpistole gezogen und ihm den Lauf an die Stirn gehalten, um ihn zum Reden zu bringen. Wenn sich Burmeister davon aber nicht einschüchtern ließ, hätte sie schneller eine Dienstaufsichtsbeschwerde am Hals, als sie *Moin* sagen konnte. Da Wiebke das Leben des Jungen zudem nicht mit einer unüberlegten Aktion gefährden wollte, musste sie ihre Gefühle im Griff haben. Auch wenn es ihr widerstrebte, würde sie sich zum Schein auf seine Seite schlagen. Auf diese Weise konnte sie ihn hoffentlich in Sicherheit wiegen und ihre Mutter aus den Klauen des Verbrechers retten.

»Sie hat sich in meinen Stall geschlichen und die Kühe fotografiert.«

»Stimmt das?«, suchte sie Gesines Bestätigung.

»Ich habe nur ein paar Aufnahmen gemacht. Was ist denn schon dabei? Zudem habe ich etwas gefunden und …«

»Das reicht, mehr will ich nicht wissen!« Wiebke hob die

Hand und wandte sich dann an den Milchbauern. »Kann ich mit ihr kurz unter vier Augen sprechen? Möglicherweise kann ich sie wieder zur Vernunft bringen.«

»Am besten lässt du Tüdelbüdel gleich in eine Klapse einweisen. Die Alte hat echt einen Sprung in der Schüssel.« Er tippte sich an die Stirn.

»Da ist was dran.« Wiebke ergriff die Hand ihrer Mutter und sie entfernten sich einige Schritte von Burmeister. »Jan wurde entführt. Sag nichts mehr und beantworte nur meine Fragen«, raunte Wiebke ihr zu, bevor sie lauthals wissen wollte: »Hast du die Bilder schon gelöscht?«

»Nein, ich werde das …«

»… sofort machen. Hast du mich verstanden?«

Wiebke streckte ihrer Mutter die Hand entgegen. »Gib mir dein Smartphone.«

»Das werde ich keinesfalls, denn mit den Bildern kann ich ihm Tierquälerei nachweisen. Zudem kenne ich meine Rechte.« Tüdelbüdel steckte das Gerät in ihre Hosentasche.

»Mama, her damit«, verlangte Wiebke lauthals und Gesine händigte ihr das Mobiltelefon aus.

»Ich werde mir den Stall ansehen, um mögliche Schäden zu dokumentieren.« Mit dieser Bemerkung wandte sich die Polizistin an Burmeister, der den lautstarken Disput zwischen Mutter und Tochter aufmerksam verfolgt hatte. Obwohl das Herz wie verrückt in ihrer Brust schlug, gab sich Wiebke in der Rolle einer gewissenhaften Ordnungshüterin keine Blöße.

»Das ist unnötig, da Ihre Mutter nichts zerstört hat. Meine Kühe leben jedenfalls noch.« Der Landwirt lachte nervös.

»Bei einer Anzeige muss ich streng nach Vorschrift vorgehen und den Ort des Geschehens …«

»Was sabbelst du da wieder für ein unverständliches Beamtenzeug?«, unterbrach Burmeister Wiebkes Erklärung. »Wenn du mir die Klöterbüx vom Hals hältst, verzichte ich auf eine Anzeige, schließlich will ich meine zukünftigen Nachbarn nicht verklagen.«

»Sind Sie sicher, dass ich nicht doch einen Blick in den Stall werfen soll?«

»Wenn deine Mutter ihre Fotos löscht, bin ich zufrieden.«

»Ihr Entgegenkommen weiß ich zu schätzen. Zukünftig werde ich noch besser auf sie achtgeben.« Wiebke löschte die Aufnahmen, wobei ihr Burmeister über die Schulter blickte.

»Okay, dann könnt ihr jetzt einen Abgang machen.«

Der Milchbauer deutete zur Straße, drehte sich um und stampfte zum Haus zurück. Wiebke ergriff den Arm ihrer Mutter und zog sie zu sich.

»Setz dich ins Auto. Wir müssen reden.«

Wenige Augenblicke später startete sie den Motor, wendete den Wagen und fuhr vom Hof.

»Warum nimmst du Burmeister wegen der Entführung nicht fest?« Die Friesenbrauerin schnallte sich an.

»Weil ich keinen einzigen Beweis habe.« Auf der Straße, die Richtung Sünnum führte, beschleunigte Wiebke den Mini.

»Willst du Jan etwa seinem Schicksal überlassen?«

»Keinesfalls. Wir werden sofort etwas unternehmen.«

»Wen meinst du mit … *wir*?« Tüdelbüdel zog die Buchstaben wie ein Gummiband auseinander.

»Meine Kollegen und ich werden Jan noch in dieser Nacht suchen, denn nach Unterzeichnung des Kaufvertrages braucht Burmeister den Jungen nicht mehr als Druckmittel und wird ihn töten, sofern der Kleine überhaupt noch lebt. Ich habe über einen anderen Ausweg nachgedacht, aber keinen gefunden. Da du nun in Sicherheit bist, können wir mit unserer Arbeit beginnen.«

»Kommt dann eine Spezialeinheit, wie in den Fernsehkrimis? Wenn sich ein Scharfschütze auf dem Kuhstalldach positioniert, kann er Burmeister direkt vor seiner Haustür abknallen. Zudem …«

»Mama, das Leben ist kein Film.« Wiebke schaltete die Scheinwerfer aus.

»Bist du wahnsinnig? Willst du uns umbringen?« Die Friesenbrauerin krallte die Finger in den Sicherheitsgurt.

»Keine Sorge, ich kenne in dieser Gegend jeden Grashalm. Zudem ist es hell genug.« Wiebke deutete mit einem Kopfnicken auf die Landschaft, die im Mondlicht wie ein Schattenspiel wirkte. »Für Burmeister bin ich auf diese Entfernung allerdings unsichtbar. Die Scheinwerfer eines Autos sind in Ostfriesland kilometerweit zu sehen, ein dunkles Fahrzeug hingegen nicht. Da wir nicht wissen, ob er uns beobachtet, will ich kein Risiko eingehen.«

»Du kannst da vorne abbiegen. Von dort aus kommen wir über die Weide zu seinem Stall.« Tüdelbüdel deutete auf einen schmalen Feldweg.

»Das ist mir bekannt.« Wiebke verdrehte die Augen. Wenige Augenblicke später stoppte sie den Mini und zog den Zündschlüssel ab.

»Woher weißt du von der Entführung?« Gesine löste den Sicherheitsgurt.

»Ich habe mit Jans Eltern gesprochen.« Wiebke erzählte von ihrem Besuch bei den Gebhards. »Solange wir seinen

Aufenthaltsort nicht kennen, müssen wir bei den Ermittlungen extrem vorsichtig sein.«

»Der Junge ist wahrscheinlich im Stall. Ich habe dort eine seiner Murmeln gefunden.« Die Friesenbrauerin zog die rote Glaskugel aus der Tasche und reichte sie ihrer Tochter.

»Demnach *war* Jan im Stall. Er könnte jetzt überall sein.«

»Wenn wir Burmeister unter Druck setzen, wird er uns das Versteck schon verraten.«

»Willst du ihn etwa foltern?«

Tüdelbüdel lächelte schmallippig. »Obwohl dieser Gedanke einen gewissen Charme hat, sollten wir ihn besser überlisten.«

»Wie stellst du dir das vor?«

»Wenn Sören ein Lebenszeichen seines Jungen verlangt, muss Burmeister Jan in seinem Versteck aufsuchen. Falls wir ihn dabei beobachten, können wir ihm folgen und den Kleinen befreien.«

»So einfach ist das nicht. Dazu brauchen wir ein Einsatzteam.«

»Wir sind doch ein gutes Team, findest du nicht?« Tüdelbüdel öffnete die Wagentür. »Los jetzt, worauf wartest du?«

»Mama, du bleibst hier.« Wiebke zog ihr Smartphone aus der Hosentasche und tippte auf die im Kurzwahlverzeichnis hinterlegte Telefonnummer ihres Vorgesetzten.

»Wiebke, hast du eine Ahnung, wie spät das ist?«, hörte sie kurz darauf die verschlafene Stimme von Steffen Gesner.

»Burmeister hat den Sohn der Gebhards in seiner Gewalt.«

»Woher weißt du das?« Der Kommissar schien plötzlich hellwach zu sein.

»Von seinen Eltern. Wir sollten ihn mit einer List zum Versteck locken.« Die Polizistin berichtete von ihrem Plan.

»Das ist riskant, könnte aber klappen. Wo bist du jetzt?« Im Hintergrund hörte Wiebke Wasser rauschen. Demnach schien er im Badezimmer zu sein.

»In der Nähe seines Hofs. Ich werde …«

»… warten, hast du das verstanden? Ich informiere die Kollegen und bin so schnell wie möglich bei dir. Kannst du deinen Standort auf mein Handy schicken?«

»Kein Problem.« Wiebke sendete ihm die gewünschte Mitteilung.

Wenige Sekunden später meldete sich Gesner wieder. »Ich habe deine Nachricht bekommen und fahre jetzt zu den Gebhards. Wenn ich mit ihnen gesprochen habe, melde ich mich wieder bei dir und wir stimmen die weitere Vorgehensweise ab. Keine Alleingänge«, mahnte er. »Wir wissen nicht, wie Burmeister reagiert, wenn er in die Enge getrieben wird.«

»Beeil dich, jede Sekunde zählt.«

»Das ist mir klar.« Gesner beendete das Gespräch und Wiebke steckte das Mobiltelefon wieder in ihre Hosentasche.

»Willst du ernsthaft auf deine Kollegen warten?« Die Friesenbrauerin, die das Gespräch mitgehört hatte, stieg aus.

»Natürlich. Bei einer Entführung müssen wir uns streng an die Vorschriften halten.«

»Klei mi an'n Moors mit deinen Vorschriften.« Gesine

drückte die Beifahrertür hinter sich zu und schritt zum Zaun der Kuhweide.

»Mama, mach keinen Blödsinn und bleib hier.« Wiebke verließ den Mini ebenfalls und eilte zu ihrer Mutter, aber diese hatte den Zaun bereits mithilfe ihrer Taschenlampe überwunden.

»Komm sofort zurück«, verlangte die Polizistin. »Burmeister könnte dich umbringen.«

Aber Tüdelbüdel blieb nicht einmal stehen, sondern marschierte mit schnellen Schritten über die Weide.

»Das darf doch nicht wahr sein.« Wiebke seufzte vernehmlich. Dann stieg auch sie über den Zaun und folgte ihrer Mutter.

PIRATENVERSTECK

Burmeister knallte die Haustür hinter sich zu und stürmte in die Diele.

»Ist alles in Ordnung?« Die Haushälterin trat aus der Küche und wischte sich die Hände an der Schürze ab.

»Warum sind Sie nicht im Bett?«, herrschte er sie an. »Spionieren Sie mir etwa hinterher?«

»Natürlich nicht. Ich habe das Silberbesteck poliert, wie Sie es von mir verlangt haben.«

»Bringen Sie mir ein Bier ins Büro. Schön kalt und nicht so eine warme Plörre wie gestern«, befahl Burmeister und eilte ins Arbeitszimmer. Dort ließ er sich auf seinen Schreibtischstuhl fallen. Wenn ihm die Friesenbrauerin noch einmal in die Quere kam, würde er sie mit der Axt in ihre Einzelteile zerlegen.

Einem ersten Impuls folgend hatte er sie bereits im Stall töten wollen. Da er aber nicht wusste, ob ihre Tochter hinter der Sache steckte oder sie mit jemand anderem zusammenarbeitete, hatte er sie mit einem gespielten Angriff erschreckt und sich danach generös gezeigt.

Obwohl ihm diese Lösung nicht behagte, war sie doch besser, als bei einem Mord Spuren zu hinterlassen, die er nicht rechtzeitig beseitigen konnte.

Hoffentlich hatte er die Polizistin mit seiner Freundlichkeit blenden können. Auch wenn Burmeister die Friesenbrauerin bei der Inspektion des Stalls nicht aus den Augen gelassen hatte, konnte er keinesfalls sicher sein, dass sie nicht doch einen Hinweis auf Jans Versteck bemerkt hatte. Die Aufnahmen der Überwachungskameras würden seine Ungewissheit, die wie eine Ratte in ihm nagte, hoffentlich beseitigen können.

Der Landwirt erweckte den Computer mit einem Druck auf die *Enter*-Taste aus seinem Stand-by-Modus und warf einen Blick auf den Monitor. Dieser war in vier Bildsegmente unterteilt, die zu den jeweiligen Kameras gehörten, mit denen er seinen Hof überwachte.

Er hatte das Sicherheitssystem nach den ersten Demonstrationen von *Mien Freesland* installieren lassen, um damit Übergriffe von Prester und seinen Umweltterroristen nachweisen zu können.

Als eine der Kameras die Friesenbrauerin erfasst hatte, war er sofort durch die Seitentür in den Stall geeilt und hatte sie eine Weile beim Fotografieren der Kühe beobachtet.

Mit dieser Aktion wollte sie ihm wahrscheinlich Tierquälerei oder andere Vergehen nachweisen, aber damit würde sie nichts erreichen. Burmeister war erst dann eingeschritten, als sie das Hängeschloss, mit dem er die rechte Kammer gesichert hatte, aufbrechen wollte. Nun musste er sich das Bildmaterial ansehen, das die Kameras zwischen seinem Aufbruch und dem Eintreffen im Stall aufgezeichnet hatten.

»Ihr Bier.« Die Haushälterin trat ein und stellte eine Flasche und ein Glas auf den Schreibtisch. »Ist sonst noch etwas?«

»Nein, Sie können ins Bett gehen.« Er wedelte mit der Hand und sie verließ das Zimmer.

Der Landwirt griff nach dem Bier und trank einen

Schluck direkt aus der Flasche. Seine Nerven waren inzwischen so angespannt wie die Saiten einer Violine, die von einem Dilettanten malträtiert wurden. Seit Kerstins Tod glich sein Leben einem Hindernislauf, ständig gab es neue Hürden zu überwinden. Nach der morgigen Unterzeichnung des Kaufvertrages würde hoffentlich wieder etwas Ruhe einkehren. Mit dem Bau der Milchfabrik …

Das Klingeln des Telefons riss ihn so abrupt aus seinen Gedanken, dass er erschrocken zusammenfuhr und dabei etwas von seinem Bier verschüttete.

»Dammich nochmol«, fluchte der Landwirt, nahm den Hörer aus der Basisstation und sah auf die Uhr. Inzwischen war es fast Mitternacht. Ein Anruf um diese Zeit konnte nichts Gutes bedeuten.

»Burmeister«, blaffte er statt einer Begrüßung.

Einige Augenblicke lang hörte er nur ein Schnaufen, dann meldete sich eine bekannte Stimme: »Moin, hier spricht Sören Gebhard.«

»Was wollen Sie?«

»Ein Lebenszeichen von Jan.«

Burmeister war so perplex, dass er einen Moment lang schwieg. Da er keine Ahnung hatte, ob jemand ihr Gespräch mithörte oder sogar aufzeichnete, ging er nicht weiter auf die Bemerkung ein.

»Ich weiß nicht, wovon Sie sprechen.«

»Sie haben meinen Sohn entführt.« Die Stimme des Wattführers klang im Gegensatz zum letzten Gespräch nicht unterwürfig, sondern erstaunlich selbstbewusst.

»Was reden Sie für einen Unsinn?« Burmeister zwang sich zur Ruhe.

»Sie haben genau eine Stunde Zeit. Sollte ich bis dahin

nichts von Jan hören, werde ich die Polizei einschalten und den Kaufvertrag platzen lassen.«

»Das ist doch alles Blödsinn. Sie können keinesfalls … Hallo?… Hallo?«

Der Milchbauer warf den Hörer auf den Schreibtisch und leerte die Bierflasche mit großen Schlucken. Dann wischte er sich mit dem Handrücken über den Mund und dachte nach.

Hatte die Friesenbrauerin Gebhard, der sich bisher wie ein Lamm in sein Schicksal gefügt hatte, zu dem Anruf angestachelt? Handelte es sich um eine Falle der Polizei? Würde Sören das Leben seines Sohnes mit einer Verweigerung seiner Unterschrift riskieren, oder bluffte er nur?

Burmeister rieb sich die Schläfen, als könnte er die Fragen, die wie lästige Insekten in seinem Kopf umherschwirrten, damit zum Verstummen bringen – aber es gelang ihm nicht. Er hasste es, wenn andere die Spielregeln diktierten. Normalerweise war immer er derjenige, der die Marschrichtung vorgab.

Letzten Endes lief aber alles darauf hinaus, dass er den Jungen sofort loswerden musste. Dafür würde er die Stunde, die ihm der Wattführer als Frist gesetzt hatte, nutzen.

Mit etwas Geschick konnte er zwei Fliegen mit einer Klappe schlagen: Zunächst würde er eine Sprachnachricht von Jan aufnehmen, die er dem Vater bei einem persönlichen Treffen vorspielen konnte. Danach würde er den Jungen im Störtebekerkanal versenken und damit alle Beweise der Entführung vernichten – auch wenn ihm diese Lösung widerstrebte, denn die Ermordung des Kindes hatte er nicht geplant. Den Tod des Jungen hatte nun der

Vater zu verantworten, weil dieser sich nicht an die Spielregeln gehalten und ihn sogar unter Druck gesetzt hatte.

Der Landwirt warf einen Blick auf den Monitor, aber auf seinem Hof schien alles ruhig zu sein.

Um keine Zeit zu verlieren, stand er auf und eilte zum Stall. Nachdem er die Seitentür hinter sich geschlossen hatte, quetschte er sich zwischen zwei nebeneinanderstehenden Kühen bis zum Gang durch. Dort drehte er sich einmal um die eigene Achse, konnte aber niemanden entdecken. Die Ketten, mit denen die Tiere angebunden waren, klirrten leise. Eine Kuh muhte, als wollte sie damit auf ihre beklagenswerte Situation aufmerksam machen.

Da er neben den normalen Stallgeräuschen nichts anderes vernahm, hetzte er zur Tür der rechten Kammer und öffnete diese mit seinem Schlüssel.

Urplötzlich hörte er ein leises Knirschen, als wäre jemand hinter ihn getreten. Der Landwirt wirbelte herum, konnte aber niemanden entdecken.

»Ganz ruhig«, sprach er sich selbst Mut zu und trat ein. Weil er die Tür nicht von innen verschließen konnte, stellte er wieder eine Milchkanne dahinter und bahnte sich seinen Weg durch den vollgestellten Raum bis zur Luke. Dort räumte er die Futtersäcke, die den Eingang verdeckten, zur Seite, bückte sich und öffnete auch dieses Schloss.

Zumindest hatte er das vor, aber der Schlüsselbund rutschte ihm aus seinen Fingern und fiel zu Boden. Er hob ihn auf und unternahm einen weiteren Versuch, der ihm glücklicherweise gelang. Obwohl in der Zwischenzeit niemand den Raum betreten haben konnte, sicherte er sich mit einem rückwärtigen Blick ab. Dann zog er an dem Seil und eine Glühbirne erhellte das Versteck mit gelblichem Licht.

Der Junge lag zusammengekauert auf dem Boden, den er spärlich mit Stroh bedeckt hatte. Sein Brustkorb hob und senkte sich bei jedem Atemzug. Als Burmeister ihn wachrüttelte, wimmerte der Kleine leise.

»Aufwachen, ich bringe dich hier raus.«

Jan murmelte etwas, das Burmeister wegen des Knebels nicht verstehen konnte. Er zückte sein Smartphone und hielt es dem Kind vor das verdreckte Gesicht.

»Möchtest du mit deinen Eltern sprechen?«

Ohne eine Antwort abzuwarten, befreite ihn der Landwirt von seinem Knebel. Der Junge starrte ihn einen Moment lang mit großen Augen überrascht an. Dann schrie er aus Leibeskräften.

»Wirst du wohl ruhig sein.« Burmeister presste ihm die Hand auf den Mund und der Laut erstarb. Stille senkte sich wie ein Leichentuch über das Versteck. Einige Momente lang war es so ruhig wie in einem Mausoleum – dann fiel die Milchkanne krachend zu Boden.

Im ersten Moment war der Landwirt wie gelähmt, dann zog er den Jungen zu sich. Notfalls würde er ihn als lebenden Schutzschild missbrauchen.

»Rauskommen«, hörte er die Stimme von Wiebke Felber. »Das Kind zuerst.«

»Dabei brauche ich Ihre Hilfe.« Burmeister kniete sich auf den Boden und riss das Seil, mit dem die Lampe angeknipst werden konnte, mit einem Ruck aus seiner Verankerung. Wenn die Polizistin den Kopf durch die Luke streckte, würde er ihr den dünnen Strick um den Hals wickeln und sie damit erwürgen.

»Jan, bist du da drin?«

Ein Lichtstrahl traf Burmeister direkt ins Gesicht und er kniff die Augen zusammen.

»Lassen Sie den Jungen sofort los.«

Zunächst wollte der Landwirt den Befehl verweigern. Da er sich mit dem Kind in seinem Arm aber nicht verteidigen konnte, folgte er der Anweisung und der Junge krabbelte unbeholfen zum Ausgang.

»Du bist ein tapferer Pirat«, hörte er die Polizistin sagen, dann verschwand Jan aus seinem Sichtfeld.

»Jetzt sind Sie an der Reihe, aber schön langsam. Ich will Ihre Hände sehen.«

»Das ist ein Missverständnis. Ich habe einen Schrei gehört und den Jungen in der Luke gefunden. Jemand muss ihn hier versteckt haben.«

»Erzählen Sie das dem Richter. Raus jetzt.«

Burmeister blinzelte. »Nehmen Sie die Lampe runter, ich sehe nichts.«

Der Lichtstrahl verschwand aus seinem Gesicht und der Landwirt kroch auf allen vieren durch die Luke. Die Tochter der Friesenbrauerin stand etwa einen Meter von ihm entfernt. Aus seiner Perspektive sah er nur dreckverkrustete Schuhe und ihre Beine bis zu den Knien.

»Ich habe den Jungen nicht entführt, das müssen Sie mir glauben«, jammerte er.

»Das werden die Ermittlungen zeigen.«

Burmeister kroch etwas weiter und legte den Kopf in den Nacken. Nun konnte er seine Widersacherin bis zur Brust sehen. In der rechten Hand hielt sie eine Taschenlampe. In der linken … nichts. Demnach hatte sie keine Waffe auf ihn gerichtet.

»Wir müssen unbedingt zusammenarbeiten. Der Täter könnte noch auf meinem Hof sein.«

»Runter auf den Boden, Hände hinter den Rücken«, befahl Wiebke Felber und trat einen Schritt zurück, bis sie direkt vor den Säcken mit den Futtermitteln stand.

»Das ist nicht notwendig, wir stehen doch auf derselben Seite des Gesetzes.« Bei diesen Worten schob sich Burmeister etwas weiter nach draußen. Als er nur noch eine Armlänge von der Polizistin entfernt war, drückte er die Füße fest auf den Boden und sprang. Obwohl seine Bewegungen eher an einen betrunkenen Frosch mit arthritischen Gelenken als an einen Kämpfer erinnerten, ging sein Plan auf.

Mit eisernem Griff umfasste er ihre Fußgelenke und zog diese mit einem Ruck zu sich. Wiebke Felber stieß einen überraschten Schrei aus und ruderte mit den Armen. Der Landwirt zögerte keine Sekunde und warf sich auf sie. Einige Säcke kippten zur Seite und die Polizistin rutschte rücklings in einen Spalt zwischen zwei Futtersäcken. In dem Versuch, wieder auf die Beine zu kommen, erinnerte sie Burmeister an einen auf den Rücken gedrehten Käfer. Grinsend beugte er sich über seine Gegnerin und legte ihr die Hände um den Hals. Dann drückte er zu.

POLIZEIARBEIT

Die Friesenbrauerin stand im Türrahmen der Kammer und legte den Zeigefinger der linken Hand auf ihren Mund. Mit der anderen winkte sie das Kind zu sich.

Der Junge war leichenblass, seine Lippen zwei blutleere Striche in einem eingefallenen Gesicht. Die Augen, die bisher voller Lebensfreude geleuchtet hatten, sahen sie mit einer so tiefen Traurigkeit an, die niemand jemals erleben sollte. Vor allem kein Kind.

Gesine holte die rote Murmel aus ihrer Hosentasche und legte sie in ihre rechte Hand, die sie ihm wie einen Zahlteller entgegenstreckte.

Der Kleine musterte sie neugierig und ging dann mit zögerlichen Schritten auf sie zu, wobei er immer wieder hinter sich sah, als wollte er sich einen Fluchtweg offenhalten. Dann schnappte er sich die Murmel aus Tüdelbüdels Hand.

»Du bist in Sicherheit«, raunte sie ihm zu und ging in die Hocke. Die Friesenbrauerin wollte ihn gerade in den Arm nehmen, als ihre Tochter mit einem Aufschrei zwischen die Säcke kippte und Burmeister sich wie ein Springteufel auf sie stürzte. Gesine zog Jan in den Gang.

»Lauf!«, rief sie ihm zu und stürmte dann in die Kammer. Zwischen den umgefallenen Säcken konnte sie zunächst nur Kopf und Oberkörper von Burmeister ausmachen, Wiebke war unter ihm verschwunden. Tüdelbüdel ging auf ihn los und hämmerte mit den Fäusten auf ihn ein.

»Lass meine Tochter los«, schrie Gesine wie von Sinnen,

als sie Wiebke mit aller Kraft um ihr Leben kämpfen sah. Diese hatte die Hände in Burmeisters Unterarme gekrallt und versuchte, seine Finger von ihrem Hals zu ziehen. Da Wiebke zwischen zwei Säcken eingeklemmt war, konnte sie sich nicht zur Seite drehen, um ihn mit einem Hebelgriff oder einer anderen Selbstverteidigungstechnik ausschalten zu können. Die Tritte, mit denen sie ihn treffen wollte, gingen ins Leere.

Die Friesenbrauerin, die das Leben mit jedem Atemzug aus ihrer Tochter weichen sah, gebärdete sich wie eine Furie und schlug in blinder Wut auf ihn ein, aber Burmeister schien ihre Hiebe nicht einmal zu bemerken.

Gnadenlos drückte er Wiebke die Luft ab. Ihre Kraft schien zu schwinden, denn die Gegenwehr erlahmte zusehends.

Wenn sich Gesine nicht bald etwas einfallen ließ, würde Wiebke vor ihren Augen sterben.

Tüdelbüdel ließ von Burmeister ab und sah sich hektisch nach einer Waffe um. Als ihr Blick auf die Milchkannen fiel, zögerte sie keine Sekunde. Ihre rechte Hand umfasste einen der Griffe. Sie holte aus und ließ die Blechkanne mit aller Kraft auf ihn niedersausen.

Der Landwirt erkannte die Gefahr im letzten Moment und warf sich zur Seite. Die Milchkanne streifte seinen Kopf und rutschte an der Schulter ab.

Mit einer Geschwindigkeit, die die Friesenbrauerin ihm keinesfalls zugetraut hätte, schnellte er empor und warf sich auf sie. Den Griff der Kanne weiterhin fest umklammernd sprang Tüdelbüdel zur Seite und holte erneut aus.

Mit einem dumpfen Geräusch knallte das blecherne

Gefäß gegen seinen Schädel und Burmeister knickte in den Knien ein wie eine kaputte Spielzeugfigur. Sekunden später schüttelte er sich wie ein nasser Hund und richtete sich wieder auf. Blut lief aus einer Platzwunde an seiner Stirn über das Gesicht, aber das schien er nicht einmal zu bemerken.

»Dir wollte ich schon immer deinen mageren Hals umdrehen«, drohte er und stakste auf sie zu.

»Holl dien kodderigen Sabbel.«

Die Friesenbrauerin wartete, bis er vor ihr stand. Dann zog sie das rechte Knie hoch und rammte es ihm in seine Kronjuwelen. Der Landwirt klappte zusammen, als wäre in seiner Körpermitte ein Scharnier eingebaut, und ging, die Hände in den Schritt gepresst, zu Boden. Gesine nutzte den Moment seiner Hilflosigkeit und holte zu einem weiteren Schlag mit der Milchkanne aus.

»Mama, lass das«, krächzte Wiebke, die sich wieder aufgerappelt hatte.

Tüdelbüdel sah ihre Tochter kurz an, dann zog sie Burmeister die Milchkanne mit voller Wucht über den Schädel. Dieser brach stöhnend zusammen und blieb reglos vor ihr liegen.

»Was hattest du gesagt?« Die Friesenbrauerin betrachtete den Landwirt mit einem angewiderten Gesichtsausdruck und wandte sich dann an Wiebke.

»Du hast mich sehr wohl verstanden.« Die Polizistin trat neben ihre Mutter.

»In meinem Alter höre ich nicht mehr so gut.« Sie zwinkerte ihr zu und eilte dann in den Kuhstall. Jan stand in der Mitte des Gangs. Hinter ihm war ein Mann, der ihn fest umklammerte.

»Gesine, was machst du denn hier?« Gesner sah sich suchend um. »Wo ist Wiebke?«

Statt einer Antwort trat die Polizistin aus der Tür und winkte.

»Welchen Teil von *Keine Alleingänge* hast du nicht verstanden? Wir wollten die weitere Vorgehensweise abstimmen, hast du das etwa vergessen?«, raunzte sie ihr Vorgesetzter an.

»Hier war Gefahr im Verzug, sodass wir unverzüglich handeln mussten.« Wiebke ließ ihre Mutter bei dieser Ausrede nicht aus den Augen.

»Wir? Sag mir nicht, dass die Friesenbrauerin wieder Miss Marple gespielt hat.«

»Nee, dieses Mal war sie eher Rambo.« Trotz der angespannten Situation grinste Wiebke. »Sie hat Burmeister ordentlich vermöbelt.«

»Das ist Körperverletzung«, belehrte sie Patrick Meiners, der ebenfalls in den Kuhstall kam und die Nase rümpfte.

»Meine Mutter hat aus Notwehr gehandelt. Wo warst du eigentlich, als wir den Kidnapper dingfest gemacht haben? In der Muckibude oder vor dem Spiegel?«

»Ich hatte mal wieder Nachtschicht«, grummelte der junge Polizist und verzog angewidert das Gesicht, als er in kotverschmiertes Stroh trat.

»Burmeister liegt dahinten.« Mit einem Kopfnicken deutete Wiebke auf die rechte Kammer. »Du kannst ihm Handschellen anlegen und dann abführen.«

»Du hast mir gar nichts zu sagen.«

»Mach hinne«, ordnete Gesner an.

»Das ist unfair, immer muss ich die Drecksarbeit erledigen«, beschwerte sich der schöne Patrick.

»Wenn du weiterhin herumnörgelst, lasse ich dich auf der Suche nach Beweisen den Stall ausmisten und jeden einzelnen Halm auf Fingerabdrücke untersuchen.« Gesner wandte sich an seine Kollegin. »Ist alles okay mit dir? Du hast rote Flecken am Hals.«

»Nicht der Rede wert«, winkte Wiebke ab und wechselte dann das Thema. »Hast du weitere Unterstützung angefordert?«

»Natürlich, schließlich hatte ich keine Ahnung, was uns auf dem Hof erwartet. Als Patrick und ich deinen leeren Wagen gefunden hatten, sind wir vom Schlimmsten ausgegangen. Die Jungs müssen jeden Moment hier sein.«

»Was habt ihr denn mit dem Verdächtigen angestellt? Der Kerl sieht aus, als wäre er mit einem Trecker kollidiert.«

Meiners führte Burmeister, der sich kaum auf den Beinen halten konnte, durch den Stall. Seine Arme waren mit Handschellen auf dem Rücken gefesselt.

»Wenn er noch laufen kann, geht es ihm viel zu gut. Ich hätte fester zuschlagen sollen«, grummelte die Friesenbrauerin und musterte den Landwirt voller Verachtung. Dieser senkte den Kopf und ließ sich schweigend nach draußen eskortieren.

»Die Spurensicherung wird auf diesem Bauernhof ihre helle Freude haben«, prophezeite Gesner und deutete dann auf den Jungen. »Der Krankenwagen müsste jeden Moment hier sein. Wir sollten den Kleinen auch psychologisch untersuchen lassen.«

»Ich will nach Hause.« Alle sahen zu Jan, den der Kommissar nun freigab.

»Komm, ich bringe dich zu deinen Eltern.« Die Friesenbrauerin bückte sich und reichte ihm die Hand.

»Wir müssen ihn zunächst medizinisch durchchecken lassen«, wandte Gesner ein.

»Das können die Ärzte später machen. Er braucht jetzt seine Familie und einen riesigen Heringsschwarm.« Tüdelbüdel ergriff die kleine Hand des Kindes.

»Heringsschwarm?« Der Kommissar kratzte sich am Kopf.

»Das erkläre ich dir später. Jan, hast du Lust mit einem richtigen Polizeiauto zu fahren?«

Der Junge drehte sich zu Wiebke um. »Mit Blaulicht und Tatütata?«

»Das volle Programm«, bestätigte die Polizistin und drückte Gesner den Wagenschlüssel ihres Minis in die Hand.

»Du kannst meine Karre haben.«

Wenig später fuhren die drei mit Blaulicht und Polizeisirene vom Hof. Die Friesenbrauerin saß mit Jan auf der Rückbank. Er hielt ihre Hand umklammert wie einen Rettungsanker.

»Du bist ein tapferer Pirat«, lobte sie ihn. »Bei deinem nächsten Besuch in meinem Laden darfst du dir einen riesigen Heringsschwarm aussuchen.«

»Dafür habe ich aber kein Geld.«

»Das ist eine Belohnung für furchtlose Freibeuter.« Gesine zwinkerte ihm verschwörerisch zu.

Nach einer kurzen Fahrt erreichten sie Sünnum. Das blaue Licht zerschnitt die Dunkelheit und die Sirene schreckte die Bewohner des Dorfes aus ihrem Schlaf.

Wiebke parkte den Streifenwagen vor dem Haus der Gebhards. Sie hatte gerade den Schlüssel abgezogen, als die Eingangstür aufgerissen wurde und Leefke aus dem Haus stürmte.

»Mama!«

Die Polizistin stieg aus und öffnete die hintere Wagentür. Jan sprang heraus und lief seiner Mutter entgegen. Diese nahm ihren Sohn in den Arm und presste ihn so fest an sich, als wollte sie ihn in sich hineindrücken, damit er ihr nie wieder entrissen werden konnte. Sören stand in der Tür und wischte sich die Tränen aus dem Gesicht.

»Wir sollten von hier verschwinden.«

»Mama, zunächst muss ich noch ein Protokoll …«

»Die Formalitäten kannst du später immer noch erledigen. Die Familie braucht erst einmal ihre Ruhe. Ich könnte jetzt ein Bier vertragen. Was ist mit dir?«

Wiebke stieg wieder in den Wagen und drehte sich zu ihrer Mutter um. »Ein Tüdelbräu …«

»… geht immer. Dabei können wir uns auch prima unterhalten. Wir müssen dringend miteinander reden.«

»Jetzt noch? Weißt du, wie spät das ist?«

»Keine Ahnung und es ist mir auch egal. Wir sollten das Gespräch nicht so lange aufschieben, bis wir uns nichts mehr zu sagen haben.«

»Damit hast du recht.«

Die Polizistin ließ den Motor an und fuhr nach Hause.

Vor dem Kroog stellte sie den Dienstwagen ab und die Frauen stiegen aus. Als die Friesenbrauerin die Tür zur Gastwirtschaft öffnete, schallte ihnen ein Seemannslied entgegen. Joris saß in sich zusammengesunken auf einem Barhocker. Vor ihm stand ein halbvolles Glas Bier.

»Was machst du denn noch hier?« Tüdelbüdel schritt zu ihm und legte ihre Hand auf seine Schulter.

»Ich habe auf dich gewartet.«

»Warum das denn?«

»Ich habe mir Sorgen gemacht, weil du dich mit den falschen Leuten angelegt haben könntest.«

»Das ist lieb von dir.« Sie strich ihm über die Wange. »Ich kann aber ganz gut allein auf mich aufpassen.«

»Kannst du nicht.« Joris leerte sein Glas und verabschiedete sich. Auf dem Weg zur Tür kamen ihm Hinnerk und Tammo entgegen. Der Zipfel eines karierten Baumwollhemdes hing aus der verknitterten Hose des Krabbenfischers. Seine Füße steckten in lilafarbenen Socken, zu denen er braune Lederslipper trug. Offensichtlich war er in die erstbesten Kleidungsstücke geschlüpft, die er gefunden hatte.

»Was wollt ihr denn hier?« Er musterte die beiden überrascht.

»Wiebke hat mit ihrem Dienstwagen das ganze Dorf aufgeweckt. Das hast du wegen der Musik hier drin wahrscheinlich nicht gehört. Was ist denn los?« Mit dieser Frage wandte sich Hinnerk an die Polizistin.

»Wir haben Jan gefunden. Er ist wieder daheim.« Wiebke setzte sich auf einen Barhocker.

»Ist der Kleine etwa abgehauen?« Hinnerk strich sich mit der Hand über seinen mächtigen Bart.

»Burmeister hat ihn entführt, um Sören zum Verkauf des Hauses zu zwingen.« Die Friesenbrauerin trat hinter die Theke. »Wollt ihr ein Tüdelbräu?«

»Wenn ich schon mal hier bin, hätte ich gegen einen Schlummertrunk nichts einzuwenden.« Tammo stellte sich neben Wiebke. »Dann haben wir Sören zu Unrecht die Hölle heißgemacht. Warum hat er denn nichts gesagt?«

Die Friesenbrauerin reichte ihnen ein Bier. »Wenn ihr nicht die Empathie von Höhlenmenschen hättet, wäre euch sein verändertes Verhalten sicherlich aufgefallen.«

»Wie meinst du das denn jetzt?«, wollte Hauke wissen, der Tüdelbüdels Bemerkung beim Betreten der Gaststätte gehört hatte.

»Halt den Sabbel und setz dich.« Gesine deutete auf einen der Barhocker und wandte sich dann an Joris, der noch immer unschlüssig in der Gaststube stand. »Bleib hier. Die Runde geht auf mich.«

»Freibier? Hast du deshalb den Krawall mit deinem Dienstwagen veranstaltet?« Josef Bergmüller, der die Gaststube wenige Augenblicke nach Peters betreten hatte, steuerte zusammen mit dem Kapitän den Zapfhahn an.

»Der Kleine wollte mit dem Polizeiauto fahren«, erzählte die Friesenbrauerin und zapfte neue Biere.

»Moin.« Meret Prester blieb in der geöffneten Tür stehen. Ihren zerzausten Haaren nach hatte auch sie in aller Eile das Haus verlassen. Irritiert sah sie sich um. »Wiebke, hast du uns alle wegen eines Frühschoppens geweckt?«

»Eigentlich nicht, aber das ist jetzt egal. Schließlich soll man die Feste feiern, wie sie fallen. Komm rein und setz dich zu uns.«

Wenige Minuten später war der Kroog von Stimmengewirr und Gelächter erfüllt.

»Hast du Burmeister wirklich eine Milchkanne über den Schädel gezogen oder ist das nur wieder einer von deinen Dönkes? Ich denke nicht, dass sich ein gestandener Kerl wie er von einer alten Frau verdreschen lässt.«

»Ups … Hinnerk, den Spruch hättest du dir besser verkniffen.« Der Bayer sah zu Tüdelbüdel, die Hinnerk aus zusammengekniffenen Augen musterte. »An deiner Stelle würde ich mich dafür sofort entschuldigen.«

»Besser ist das. Niemand sollte meine Mutter unterschätzen.«

»Da ist was dran. Tüdelbüdel, nichts für ungut.« Hinnerk fuhr sich über den kahlen Kopf und wechselte dann das Thema. »Wenn Sören Heikos Hütte nicht verkauft, kann Burmeister auch keine Milchfabrik bauen.«

»Das Projekt dürfte sich mit Jans Entführung ohnehin erledigt haben. Meiner Ansicht nach hat der Mistkerl auch Heiko auf dem Gewissen«, vermutete die Friesenbrauerin und sah ihre Tochter an. »Er darf das Gefängnis nie wieder verlassen, hörst du?«

»Mama, lass mich meine Arbeit machen, okay?«

»Was ist mit seiner Frau? Kann er auch Kerstin getötet haben?« Meret sah Wiebke mit großen Augen an. »Sollte Enno unschuldig sein, hätte ich ihn niemals …« Sie verstummte und starrte stumm in ihr Bierglas.

»Auf der Suche nach Beweisen werden wir den ganzen Hof auf den Kopf stellen. Bald wissen wir sicherlich mehr. Ich werde dich auf dem Laufenden halten.«

»Das ist lieb von dir. Aber jetzt sollten wir erst einmal feiern, denn dazu haben wir allen Grund. Auf Jan!«

Meret hob ihr Glas und sie stießen miteinander an.

»Du musst öfter in den Kroog kommen.« Joris nahm seine Seemannsmütze ab und legte sie vor sich auf den Tresen. »Das Tüdelbräu scheint deine Hormone ordentlich in Schwung zu bringen. Ohne Bier kannst du eine richtige Ziepeltriene sein. Aber jetzt bist du so gut drauf wie schon lange nicht mehr. Wenn ich ein paar Jahre jünger wäre, würde ich dich …«

»Du verstehst es meisterhaft, einer Frau Komplimente zu machen«, unterbrach ihn die Friesenbrauerin. »Wenn du nicht sofort die Klappe hältst, werfe ich dich eigenhändig raus.«

»Ich wollte doch nur nett sein.«

Der alte Kapitän trank sein Bier aus und verabschiedete sich. Die anderen folgten ihm kurz darauf. Eine halbe Stunde später hatten Mutter und Tochter die Gläser gespült und den Kroog wieder auf Vordermann gebracht.

»Zeit fürs Bett, war ein langer Tag heute.« Die Friesenbrauerin gähnte herzhaft.

»Was ist mit unserem Gespräch?« Wiebke schaltete die Musik aus.

»Da gibt es nicht viel zu sagen. Du bist nun einmal ein echtes Küstenkind, das unbeirrt seinen eigenen Weg geht und mir dabei gelegentlich auf den Nerven herumtrampelt. Ich wollte dir doch nur helfen.«

»Dafür habe ich Kollegen. Mama, du kannst dich nicht immer in meine Angelegenheiten einmischen. Versprichst du mir, dich zukünftig aus meinen Ermittlungen rauszuhalten?« Wiebke strich sich eine Haarsträhne aus dem Gesicht.

Die Friesenbrauerin überlegte einen Moment, dann schüttelte sie den Kopf. »Das ist unmöglich.«

»Das dachte ich mir. Willst du zukünftig jedem Verbrecher eine Milchkanne über den Schädel ziehen?«

»Nicht unbedingt. Ich könnte zur Abwechslung eine Bratpfanne oder einen Bierkrug nehmen.« Gesine grinste.

»Mit deinen Aktionen bringst du dich nur unnötig in Gefahr.« Wiebke ergriff die Hände ihrer Mutter. »Kannst du mir zumindest versprechen, demnächst etwas vorsichtiger zu sein, damit ich mir weniger Sorgen machen muss?«

Tüdelbüdel sah ihre Tochter eine Weile schweigend an. Dann nickte sie.

KREUZFAHRT

»Gibt es etwas Neues im Fall Burmeister?«

Steffen Gesner betrat das Büro im Polizeikommissariat Norden. Patrick Meiners malträtierte seine Tastatur, ohne ihn zur Kenntnis zu nehmen. Wiebke sah von ihrer Arbeit auf und deutete auf den Aktenstapel, der neben dem Monitor auf ihrem Schreibtisch lag.

»Vor drei Stunden habe ich den Bericht der Spurensicherung bekommen. Demnach wurde in Burmeisters Haus dasselbe Schlafmittel wie bei Monika Nansen gefunden.«

»Das macht ihn nicht zum Mörder von Heiko Gebhard.«

»Darauf wäre ich nie gekommen«, nörgelte die Polizistin und rieb sich über die Augen. »Sorry, aber ich bin vollkommen erledigt. In den letzten Nächten habe ich kaum geschlafen.«

»Wir sind alle ziemlich durch den Wind«, bestätigte der Kommissar. »Burmeisters Verhaftung hat einen riesigen Medienwirbel ausgelöst. Seit vier Tagen wimmle ich sensationslüsterne Reporter ab und verweise auf unsere Pressekonferenzen. Heute habe ich übrigens erfahren, dass die Küstenbank ihre Finanzierungszusage für die Milchfabrik zurückgezogen hat.«

Gesner schwieg einen Moment und strich sich mit einer fahrigen Geste durch die Haare, bevor er fortfuhr: »Burmeister bestreitet die Entführung und will Jan zufällig im Stall gefunden haben. Gegen diese Behauptung spricht neben den Telefonaten mit dem Vater auch die Aussage des

Kindes. Da die zahlreichen Fingerabdrücke des Landwirts an der Luke zudem darauf hindeuten, dass er den Verschlag in den letzten Tagen öfter geöffnet und wieder geschlossen hat, denke ich nicht, dass er damit durchkommt. Seiner Aussage nach hat er sich von dir und deiner Mutter übrigens bedroht gefühlt und in Notwehr gehandelt.«

»Das ist doch alles bekannt.« Wiebke verdrehte die Augen. »Das Schlafmittel könnte aber der entscheidende Hinweis zum Mord an Heiko Gebhard sein.«

»Wieso sollte Burmeister Gebhard denn betäuben? Gegen den Landwirt war Heiko ein Leichtgewicht, mit dem er problemlos fertig geworden wäre. Burmeister hätte ihn auch ohne Medikament in der Nordsee ertränken können.«

»Die Todesangst verleiht manchen Menschen Bärenkräfte«, gab die Polizistin zu bedenken.

»Das mag sein, dennoch hätte Burmeister leichtes Spiel gehabt. Auch wenn du es nicht wahrhaben willst, deutet weiterhin alles auf seine Lebensgefährtin als Täterin hin. Zudem darfst du nicht vergessen, dass Burmeister für die Tatnacht ein Alibi hat.«

»Dafür hatte er beim Mord an seiner Frau aber kein Alibi«, überlegte Wiebke laut.

»Weil er sie nicht umgebracht hat, das ist doch klar.« Der junge Ordnungshüter hörte mit dem Tippen auf und blickte seine Kollegen mit großen Augen an.

»Was meinst du denn damit?« Gesner trottete zu seinem Schreibtisch.

»Wenn ich ein Verbrechen begehen wollte, würde ich mir auf jeden Fall ein Alibi besorgen«, führte der Polizeimeister seinen Gedankengang aus.

»Deiner Theorie nach ist ein Verdächtiger ohne Alibi also immer unschuldig?« Der Kommissar zog die Augenbrauen hoch.

»Ist doch logisch, oder nicht?« Patrick grinste triumphierend.

Gesner rieb sich die Schläfen. »Das ist vor allem dämlich. Mit diesem Ermittlungsansatz wirst du die Polizeiarbeit keinesfalls revolutionieren. Hast du bei deiner genialen Überlegung auch an die Idioten gedacht, die sich nicht um ein Alibi gekümmert haben?«

»Die muss man vorher natürlich aussortieren.«

»Bei deinen wirren Gedanken kann man nur Kopfschmerzen bekommen.« Gesner seufzte vernehmlich.

»Hast du die Aussage von Burmeisters Haushälterin, dieser Marie Wolters, inzwischen überprüft?«

Gesner wandte sich nach Wiebkes Frage wieder seiner Kollegin zu. »Das ist längst erledigt. Den entsprechenden Vermerk findest du in der Ermittlungsakte. In der Nacht von Heikos Tod war Burmeister im Wohnzimmer und hat ferngesehen.«

»Wo war sie denn beim Mord an seiner Ehefrau?«

»Bei ihrer alleinstehenden Schwester in Aurich. Worauf willst du hinaus?« Gesner drückte die Handballen gegen seine Schläfen.

»Wenn Burmeister Heiko auf dem Gewissen hat …«

»Davon will ich nichts mehr hören, hast du mich verstanden?«, unterbrach er sie genervt.

»Was ist denn mit ihrem Vermögenshintergrund? Hat Wolters in letzter Zeit größere Anschaffungen getätigt?« Die Polizistin ließ sich nicht beirren.

»Herrgott, das haben wir doch alles schon überprüft.

Finde dich endlich damit ab, dass die Krankenschwester ihren Lebensgefährten auf dem Gewissen hat.«

»Du hast recht.« Wiebke hob die Hände, als wollte sie sich ergeben, und stand dann auf. »Ich vertrete mir kurz die Beine. Eine frische Brise wird mir guttun.«

Die Polizistin griff nach dem neben der Tastatur liegenden Smartphone, verließ das Büro und spazierte zum Marktplatz.

Nach einem kurzen Telefonat steckte sie das Gerät wieder ein und kehrte eine halbe Stunde später ins Polizeikommissariat zurück. Dort untersuchte sie den Bericht der Spurensicherung auf Hinweise, die ihnen bisher entgangen waren, konnte aber nichts finden. Am späten Nachmittag legte Wiebke das letzte Schriftstück zur Seite und reckte sich.

»Ich mache für heute Feierabend. Wir sehen uns morgen.«

Nach ihrer Ankunft in Sünnum ging sie direkt in das Läd-chen. Joris saß hinter dem Verkaufstresen auf einem Holzstuhl und kaute mit vollen Backen. Zwischen seinen Knien stand ein geöffnetes Glas mit Zuckerfischen.

»Moin Wiebke«, begrüßte er sie und schaufelte sich eine weitere Ladung der süßen Meeresbewohner in den Mund.

»Wo ist meine Mutter?«

»Unterwegs.«

»Weißt du, wann sie zurückkommt?«

»Keine Ahnung. Wenn du hier übernimmst, kann ich zum Kroog und mir ein Tüdelbräu zapfen. Die Fische müssen schließlich schwimmen und hier sind nur leere Kisten.« Er klopfte sich auf den Bauch und stellte das Glas auf den Tresen zurück. »Hool di munter.«

Wiebke winkte ihm nach, fischte dann einige rote Zuckerheringe aus dem Glas und steckte sie in den Mund. Sie wollte gerade weitere Fische aus dem Gefäß angeln, als die Türglocke ertönte und ihre Mutter das Lädchen betrat.

»Hast du etwas gefunden?« Die Polizistin drückte den Deckel auf das Glas.

»Natürlich, mir entgeht doch nichts.« Tüdelbüdel griff in ihre Hosentasche, zog einen postkartengroßen Prospekt heraus und reichte ihn ihrer Tochter.

Diese warf einen Blick auf das Bild eines weißen Schiffes, das unter einem strahlend blauen Himmel vor einer Insel mit endlos erscheinendem Strand ankerte. Im Hintergrund waren einige Palmen zu sehen.

»Das ist Werbung für eine Kreuzfahrt in der Südsee. Was soll ich damit anfangen?«

»Der Prospekt lag in Maries Wohnung. Dort habe ich zudem Unterlagen gefunden, die dich interessieren könnten.«

Die Friesenbrauerin kramte ihr Smartphone aus der Tasche und zeigte ihrer Tochter Fotos von Buchungsunterlagen, nach denen Burmeisters Haushälterin mit ihrer Schwester in neun Tagen zu einer dreiwöchigen Kreuzfahrt aufbrechen wollte.

»Total Schickimicki, alles nur vom Feinsten. Sieh mal hier.« Gesine deutete auf eine Zahl in der unteren rechten Ecke eines Schriftstücks. »Wolters hat die Reise bar bezahlt. Fast siebzehntausend Euro, wo hat die denn das Geld her?«

»Mich interessiert zunächst, woher du die Unterlagen hast.«

»Die lagen auf ihrem Küchentisch. Du hast doch gesagt, dass ich mich bei ihr umsehen soll.« Tüdelbüdel zog einen Schmollmund.

»Ich hatte dich gebeten, ihr einen Besuch abzustatten und sie dann in ein Gespräch zu verwickeln. Schließlich kennt ihr euch von früher.«

»Das ist eine Ewigkeit her«, winkte die Friesenbrauerin ab. »Ich habe nur ihre Wohnung inspiziert, was ist denn schon dabei?«

»Hatte Wolters denn nichts dagegen?«

»Da sie nicht daheim war, konnte ich sie leider nicht fragen.«

»Mama, das ist nicht dein Ernst. Wie bist du denn reingekommen?«

»Der Hausmeister hat mir die Tür geöffnet. Er hatte so einen Universalschlüssel, mit dem man …«

»Ich weiß, was ein Universalschlüssel ist«, unterbrach Wiebke ihre Mutter kurz angebunden. »Ich will gar nicht wissen, was du ihm für ein Märchen aufgetischt hast, damit er die Tür öffnet.«

»Besser ist das. Soll ich dir die Bilder auf dein Handy schicken?«

»Keinesfalls. Du musst die Aufnahmen sofort löschen, die sind als Beweismittel ohnehin nicht zulässig.«

»Wie du willst.« Die Friesenbrauerin entfernte die Fotos von ihrem Gerät. »Was hast du jetzt vor?«

»Ich fahre noch mal ins Büro. Vielleicht finde ich bei den Unterlagen einen Hinweis, der eine weitere Vernehmung der Haushälterin rechtfertigt. Den Prospekt nehme ich mit.«

»Du musst unbedingt wieder zur Ruhe kommen.« Tüdelbüdel sah ihre Tochter ernst an. »Mit deinen Augenringen siehst du inzwischen aus wie die verunglückte Züchtung zwischen einem Ostfriesen und einem Panda. Du warst schon lange nicht mehr auf Norderney. Was ist denn mit deinem Sonnyboy?«

»Es ist eine längere Geschichte«, wich Wiebke einer Antwort aus, bevor sie hinzufügte. »Nach Abschluss der Ermittlungen werde ich mir ein paar Tage freinehmen.«

Die Polizistin verabschiedete sich und schritt zu ihrem Mini.

*

»Wo ist Gesner?«

Nach ihrer Ankunft im Polizeikommissariat ließ Wiebke den Blick durch das Büro schweifen.

»Der ist vor ein paar Minuten gegangen, weil er sich wegen seiner Kopfschmerzen nicht länger konzentrieren konnte. Ihr solltet froh sein, dass ich hier arbeite, denn ohne mich würde der ganze Laden zusammenbrechen.«

Im ersten Moment wollte Wiebke mit einer spitzen Bemerkung kontern, überlegte es sich aber dann anders. Mit etwas Geschick konnte sie ihn bei einer Befragung von Marie Wolters zu ihrem Komplizen machen. »Das ist richtig. Ich freue mich, dass du bei uns bist.«

»Echt jetzt?« Der Polizeimeister musterte sie misstrauisch.

»Mir ist klar, dass ich manchmal etwas grob zu dir bin, aber das ist nicht böse gemeint. Ostfriesen wie ich haben nun einmal einen rauen Charme.« Wiebke trat an seinen Schreibtisch. »Ich habe mir deine Theorie, nach der ein

Täter mit Alibi verdächtiger ist als ohne Alibi, noch einmal durch den Kopf gehen lassen. Wenn ich dich richtig verstehe, hat Burmeister seine Frau demnach nicht getötet, dafür aber den Postboten ermordet.«

»Stimmt genau!« Patrick rieb sich die Hände.

»Dann hat ihm die Haushälterin allerdings ein falsches Alibi gegeben.«

»Das sehe ich genauso. Leider ist Gesner anderer Meinung.«

»Was hältst du davon, wenn wir Marie Wolters noch einmal befragen?« Wiebke stützte sich auf der Schreibtischplatte ab.

»Das würde der Chef nie erlauben.«

»Er muss es doch nicht wissen.« Sie zwinkerte ihm zu.

»Wenn Gesner dahinterkommt, lässt er uns zur Strafe die Akten im Keller sortieren.«

»Dann eben nicht. Ich hätte nie gedacht, dass du so eine Bangbüx bist.« Wiebke zog eine Flunsch.

»Ich möchte nur keinen Ärger, das ist alles.«

»Willst du denn, dass eine unschuldige Frau für den Mord an Heiko Gebhard verurteilt wird?«

»Natürlich nicht«, brauste er auf.

»Was ist denn schon dabei, wenn wir der Gerechtigkeit etwas auf die Sprünge helfen und mit der Wolters reden?« Wiebke beugte sich etwas weiter vor.

Patricks Kiefer mahlten, als wollte er seine Antwort zwischen den Zähnen zu einem Sprachbrei zerkauen.

»Nichts«, antwortete er schließlich und stand auf.

*

»Wer ist denn da?«, ertönte wenig später die blechern klingende Stimme von Marie Wolters aus der Gegensprechanlage eines modernen Mehrfamilienhauses.

»Moin, hier ist Wiebke Felber vom Polizeikommissariat Norden. Mein Kollege Patrick Meiners und ich haben noch Fragen zum Mordfall Gebhard, reine Routineangelegenheit. Können wir kurz mit Ihnen reden?«

»Ich habe zu Burmeister doch schon alles gesagt.«

»Im Rahmen der Ermittlung sind wir auf Unregelmäßigkeiten gestoßen, die wir mit Ihnen erörtern müssen.« Die Polizistin redete mit beruhigender Stimme auf die Haushälterin ein.

»Worum geht es denn?«

»Das würden wir gerne in Ihrer Wohnung besprechen. Wie gesagt, es dauert auch nicht lange.«

»Na gut, dann kommen Sie kurz rauf.«

Der Summer ertönte. Patrick drückte die Eingangstür auf und die Beamten eilten über das Treppenhaus in den zweiten Stock.

»Schön, dass Sie etwas Zeit für uns haben«, bedankte sich die Polizistin, als sie die penibel aufgeräumte Wohnung betraten. Auf dem Weg zum Wohnzimmer warf sie einen Blick in die Küche, aber auf dem Tisch stand nur eine Obstschale, in der sich nichts als eine Banane mit braunen Flecken befand.

»Setzen Sie sich doch.« Marie Wolters deutete auf das Sofa. »Kann ich Ihnen ein Wasser anbieten? In der Küche müsste ich auch noch Apfelsaft haben. In den letzten Tagen bin ich leider nicht zum Einkaufen gekommen, weil ich ausschließlich auf Burmeisters Hof übernachtet habe«, erklärte sie entschuldigend.

»Ein Glas Wasser wäre nett.«

Als die Haushälterin den Raum verlassen hatte und Patrick die mit Keramikfiguren gefüllte Vitrine betrachtete, zog Wiebke den Kreuzfahrtprospekt aus ihrer Hosentasche und legte ihn auf die Fensterbank neben dem Sofa.

»Warum setzen Sie sich denn nicht?«

Marie Wolters stellte ein Tablett, auf dem sich ein Krug Wasser und drei Gläser befanden, auf den Tisch. Als sie den Prospekt sah, streckte sie die Hand danach aus und murmelte leise, aber dennoch vernehmbar: »Hatte ich die Werbung nicht längst in den Müll geworfen?«

»Darf ich mal sehen?«

Die Haushälterin zögerte einen Moment und reichte Wiebke dann den Prospekt. Nachdem diese darin geblättert hatte, legte sie ihn vor sich auf den Couchtisch und verkündete: »Hoffentlich kann ich mir so eine luxuriöse Kreuzfahrt eines Tages leisten.«

»Eine Schiffsreise war auch Kerstins großer Traum.« Marie Wolters füllte Wasser in die Gläser und alle setzten sich.

»Warum hat Burmeister ihr diesen Wunsch denn nicht erfüllt?«, hakte die Polizistin nach.

»Er hat in jedem Schiff eine zweite Titanic gesehen. Obwohl er an der Küste aufgewachsen ist, war ihm die Seefahrt immer suspekt. Meines Wissens kann er nicht einmal schwimmen. Burmeister ist eine Landratte, wie sie im Buche steht.«

»Was ist mit Ihnen?«

Wiebke ließ ihr Gegenüber bei dieser Frage nicht aus den Augen. Als erfahrene Ermittlerin wusste sie, dass sich Verdächtige oft durch Mimik und Gestik verrieten.

»Irgendwann werde ich auch eine Kreuzfahrt machen.«

»Wann ist denn … *irgendwann*?«

»Frau Felber, ich verstehe Ihre Frage nicht.« Wolters' Mundwinkel zuckten verräterisch.

»Werden Sie in den nächsten Tagen eine Kreuzfahrt antreten?«

»Nee, ich …« Die Haushälterin verstummte und trank einen Schluck Wasser. Dann wechselte sie das Thema. »Warum reden wir nicht über den Anlass Ihres Besuchs?«

»Ihre Kreuzfahrt ist der Grund.«

Patrick sah Wiebke irritiert an, sagte aber nichts.

»Woher wissen Sie von der Reise?« Marie Wolters spielte mit einer Strähne ihrer haselnussbraunen Haare.

»Von Ihrer Schwester.«

Mit diesem Bluff setzte Wiebke alles auf eine Karte.

Wenn sie den Druck bei der Befragung erhöhte, würde sie eventuell etwas Neues erfahren, das ihre Vernehmungsmethode rechtfertigte – falls nicht, würde Gesner ihr gehörig den Kopf waschen. Aber das musste sie riskieren.

»Wann haben Sie denn mit Sieglinde gesprochen?«

»Das ist nicht wichtig«, winkte Patrick ab. »Beantworten Sie bitte nur unsere Fragen.«

Wiebke seufzte erleichtert auf. Demnach konnte sie sich auf seine Unterstützung verlassen.

»Wollten Sie sich mit der Kreuzfahrt dem Zugriff durch die Polizei entziehen?« Er musterte die Haushälterin mit einem stechenden Blick, der Wiebke an die Filme mit Clint Eastwood erinnerte.

»Natürlich nicht«, entrüstete sich die Angesprochene.

»Woher haben Sie denn das Geld für die Schiffsreise? Nach Auskunft des Reisebüros haben Sie den Betrag bar entrichtet. Das ist bei einer Summe von etwa siebzehntausend Euro keinesfalls üblich.«

Marie Wolters schnappte nach Luft, als hätte ihr die Polizistin einen wuchtigen Schlag in die Magengrube verpasst.

»Das hatte ich gespart.« Sie sah zu Boden.

»Dann haben Sie bei der letzten Vernehmung aber falsche Angaben zu Ihrem Vermögensstand gemacht.« Wiebke beugte sich vor.

»Ich hatte das Sparbuch … ähm … vergessen.«

»Sie haben also das Sparbuch vergessen«, wiederholte Patrick. Dabei verzog er die Lippen zu einem lässigen Grinsen. Wiebke war vom schauspielerischen Talent ihres Kollegen beeindruckt. Wenn es mit seiner Karriere bei der Polizei nicht klappte – wovon sie ausging –, konnte er jederzeit zum Film wechseln und in der Rolle eines Fernsehkommissars glänzen.

»Ich hätte gerne den Namen ihres Bankberaters, damit wir Ihre Aussage verifizieren können.«

»Verifiwas?« Die Haushälterin sah den jungen Beamten irritiert an.

»Jemand muss Ihre Aussage bestätigen«, erläuterte Wiebke und stützte die Unterarme auf ihre Oberschenkel.

»An den Namen des Bankers kann ich mich auf die Schnelle auch nicht erinnern.« Die Haushälterin verschränkte die Finger ihrer Hände, als wollte sie beten.

»Sie wissen doch sicher noch, wo sich die Filiale befindet.« Patrick legte die Stirn so perfekt in Falten, dass Wiebke ihn für seine Vorstellung am liebsten mit einem Oskar belohnt hätte.

»Warum wollen Sie das alles wissen?« Marie Wolters rutschte wie ein zappeliges Kind unruhig hin und her.

»Die Fragen stellen wir«, wies er sie zurecht und fügte dann mit grimmiger Miene hinzu: »Ist Ihnen klar, dass Sie sich mit einer Falschaussage strafbar machen?«

»Ich wollte doch nur …« Die Haushälterin verstummte.

»Was verheimlichen Sie uns?« Patrick drückte seine muskulöse Brust raus.

»Burmeister hat mir Geld gegeben. Fünfzigtausend Euro.«

»Wofür?« Der Polizist schoss die Frage so schnell ab, als hätte der den Abzug eines Gewehrs durchgezogen.

»Für meine treuen Dienste.«

»Bullshit.«

»Patrick, ist gut jetzt«, mahnte Wiebke, ohne ihr Gegenüber aus den Augen zu lassen. »Hat Burmeister damit sein Alibi bezahlt?«

Marie Wolters knetete ihre Finger, die Lippen zitterten.

»Er war in der Mordnacht nicht daheim, ist das richtig?« Wiebke ließ nicht locker.

Die Haushälterin senkte den Blick. Nach einer Weile murmelte sie kaum hörbar: »Ich habe Burmeister in der Mordnacht in der Diele gesehen. Seine Hose war nass, die Schuhe sandverkrustet. Er atmete so schwer, als wäre er einen Marathon gelaufen.«

»Was ist dann passiert?« Wiebke hielt den Atem an.

»Zunächst ist er wortlos an mir vorbeigestapft. Wenige Minuten später hat er mir einen Briefumschlag mit Geld in die Hand gedrückt und mich angewiesen, mit niemandem darüber zu sprechen, wenn mir mein Leben lieb wäre. Die blutunterlaufenen Augen, mit denen er mich dabei angesehen hat, verfolgen mich noch immer in meinen Träumen.«

»Warum haben Sie sich nicht an die Polizei gewandt?«
Patrick drückte seine Brust weiter raus.

»Weil ich Angst hatte. Burmeister hat zahlreiche Verbindungen, vielleicht sogar bei der Polizei. Was geschieht jetzt mit mir?«

»Wir werden Ihre Aussage morgen früh im Polizeikommissariat offiziell zu Protokoll nehmen. Sollten Sie nicht erscheinen …«

»Ich werde dort sein«, unterbrach die Haushälterin Wiebke, die nun aufstand.

»Versuchen Sie, sich bis dahin an alle Einzelheiten zu erinnern. Jede Kleinigkeit ist wichtig«, belehrte sie Patrick.

Danach verabschiedeten sich die Polizisten und kehrten zu ihrem Dienstwagen zurück.

»Danke für deine Unterstützung. So einen grandiosen Auftritt hatte ich von dir keinesfalls erwartet.« Wiebke öffnete die Fahrertür.

»Kein Problem.«

Der junge Kollege stieg in den Wagen. Obwohl er sich lässig gab, entging Wiebke das breite Grinsen, mit dem er ihren Dank zur Kenntnis nahm, nicht.

ALIBI

»Warum klagt ihr Burmeister nicht auch wegen Mordes an und entlasst Monika endlich aus der Untersuchungshaft?«

Die Friesenbrauerin schenkte sich eine Tasse Kaffee ein und setzte sich damit zu ihrer Tochter an den Frühstückstisch.

»Weil wir weder einen Beweis noch einen Zeugen für die Tat haben. Bisher wissen wir nur, dass er in der Mordnacht nicht daheim gewesen ist.« Wiebke rieb sich die Augen.

»Bei Monika habt ihr ebenfalls kein Beweismaterial gefunden«, wandte Gesine ein.

»Das Testament …«

»… hat sie nach Heikos Tod geschrieben, wie oft soll ich das denn noch sagen? Wenn Burmeister nicht schwimmen kann, wird er Heiko vor dem Ertränken mit Schlafmitteln vollgepumpt haben, weil er sich vor seiner Gegenwehr fürchtete.«

»Das leuchtet mir ein.« Die Polizistin trank einen Schluck Kaffee, bevor sie fortfuhr: »Aber warum hat er Heiko nicht am Deich, am Strand oder auf einer Kuhweide getötet? Weshalb musste er ihn ausgerechnet in der Nordsee ertränken?«

»Weil er es wie einen Unfall oder einen Selbstmord aussehen lassen wollte. In Sünnum weiß jeder, dass Heiko nach dem grauenvollen Kindheitserlebnis niemals im Meer baden würde. Burmeister kennt seine Vergangenheit aber nicht.«

»Da ist was dran.« Wiebke steckte sich den letzten Bissen ihres Rosinenbrötchens in den Mund. »Ich werde heute alle Unterlagen zu Heikos Tod noch einmal durchgehen. Wir sehen uns später.« Sie stand auf und schritt zur Tür.

»Pass auf dich auf.«

Wiebke winkte Tüdelbüdel zu, zog sich ihre Schuhe und die Jacke der Polizeiuniform an und eilte dann zu ihrem Mini. Auf der Fahrt nach Norden konnte sie sich nur mit Mühe auf den Straßenverkehr konzentrieren, weil sie die ganze Zeit über den Mordfall nachdachte.

Wenn Burmeister seine nassen Klamotten und die in der Tatnacht getragenen Schuhe entsorgt und mögliche Spuren verwischt hatte, konnte sie ihm die Bluttat trotz der Aussage seiner Haushälterin nicht nachweisen. Bisher war Heikos Flachmann, den sie am Straßenrand gefunden hatten, das einzige Beweisstück.

Darauf waren ... Burmeisters Fingerabdrücke?

Mit dem Vorsatz, Gesner sofort danach zu fragen, stürmte sie wenig später ins Büro.

»Moin Steffen. Hast du ...«

»... einen Sprung in der Schüssel?«, unterbrach er sie barsch und sprang so abrupt auf, dass der Stuhl krachend zu Boden fiel.

Als er ihn aufhob, schaute sie zu Patrick, der sich hinter seinen auf dem Schreibtisch türmenden Akten wie in einer Festung verschanzt hatte. Er sah kurz auf und zuckte mit den Schultern. Dann senkte er den Blick wieder und hackte auf seine Tastatur ein.

»Weshalb bist du denn so sauer?« Obwohl Wiebke ahnte, warum Gesner angefressen war, wollte sie seinen Vorwurf hören, bevor sie darauf reagierte.

»Das weißt du genau.« Der Kommissar marschierte zu ihr.

»Geht es um die gestrige Vernehmung von Marie Wolters?«

»Allerdings. Ihr Anwalt hat mich vor wenigen Minuten angerufen und mit rechtlichen Konsequenzen gedroht.« Eine Armlänge von ihr entfernt blieb er stehen.

»Weshalb das denn?«

»Weil ihr seine Mandantin mit falschen Angaben zu einer Aussage genötigt habt. Bei der gestrigen Befragung hast du angeblich behauptet, mit ihrer Schwester gesprochen zu haben. Die weiß aber von nichts. Zudem wurde das Reisebüro weder von dir noch von Patrick kontaktiert. Woher hattest du die Informationen zur Kreuzfahrt?«

Wiebke atmete tief ein. »Aus zuverlässiger Quelle.«

»Hat deine Quelle auch einen Namen?«

»Meine Mutter kennt Wolters von früher«, gab Wiebke kleinlaut zu.

»Der Anwalt hat kein Gespräch zwischen seiner Mandantin und deiner Mutter erwähnt.«

»Gesine war gestern zufällig in der Wohnung und hat dort die Buchungsunterlagen liegen sehen.«

»Sie war also *zufällig* in der Wohnung?«, wiederholte der Kommissar und stupste seine Kollegin bei jeder Silbe mit dem Zeigefinger an.

»Nicht direkt. Der Hausmeister hat sie reingelassen. Warum regst du dich denn auf? Schließlich wissen wir jetzt, dass Burmeister für die Mordnacht kein Alibi hat.« Wiebke guckte ihren Vorgesetzten trotzig an.

»Seine Anwälte werden mit allen Mitteln gegen diese Vernehmung vorgehen. Wenn sich deine Mutter noch einmal in unsere Ermittlungen einmischt, sperre ich sie eigenhändig in eine Zelle und werfe den Schlüssel weg. Habe ich mich deutlich genug ausgedrückt?«

»Ich werde es ausrichten, bin aber keinesfalls sicher, dass sie deine Drohung beherzigt. Mama kann ziemlich stur sein.«

»Wem sagst du das?«, grummelte Gesner, drehte sich um und stampfte zu seinem Schreibtisch zurück.

Wiebke blies die Backen auf und ließ die Luft langsam entweichen. Dann fragte sie: »Hat man auf Heikos Flachmann Fingerabdrücke gefunden?«

»Seine eigenen und zwei weitere Abdrücke, die wir bisher nicht zuordnen können. Das solltest du eigentlich wissen.« Der Kommissar reichte ihr eine Ermittlungsakte. »Darin sind alle Unterlagen zum Mordfall Gebhard. Da Burmeister inzwischen erkennungsdienstlich behandelt wurde, können wir seine Fingerabdrücke jetzt abgleichen.«

»Warum wurde das bisher nicht gemacht?« Wiebke nahm die Akte entgegen.

»Weil wir mit der Entführung des Jungen alle Hände voll zu tun hatten. Zudem kam Burmeister wegen seines Alibis bisher nicht als Täter in Betracht.«

»Ich werde der Sache sofort nachgehen.«

Die Polizistin setzte sich an ihren Schreibtisch. Kurz darauf flogen ihre Finger über die Computertastatur. Zwanzig Minuten später klatschte sie in die Hände.

»Jackpot! Die Fingerabdrücke auf dem Flachmann sind zweifelsfrei von Burmeister. Das müsste für eine Mordanklage reichen.«

»Keinesfalls, denn er könnte mit dem Landwirt getrunken haben«, wandte Gesner ein.

»Möglich, aber unwahrscheinlich, weil Heiko den Flachmann niemals aus der Hand gegeben hat. Zudem hätte er seinen Schnaps bestimmt nicht mit Burmeister geteilt.«

Der Kommissar fuhr sich mit den Fingern durch die Haare. »Deiner Theorie nach hat Burmeister den Postboten also getötet, weil dieser ihm sein Haus nicht verkaufen wollte. Woher wusste er denn, wer die Immobilie erben würde?«

»In Sünnum ist es kein Geheimnis, dass sein Bruder das Grundstück bekommen würde, weil das Land in der Familie bleiben sollte und er Heikos einziger Verwandter war. Als Burmeister von dem Testament erfuhr, wollte er das Objekt zunächst von Monika Nansen kaufen und hat nach ihrer Verhaftung den kleinen Jan entführt, um Sören unter Druck zu setzen.«

Gesner schwieg einen Moment. »Wenn du mit deiner Vermutung richtigliegst, müssen wir den ganzen Fall neu aufrollen. Sieh dir noch einmal alle Ermittlungsergebnisse zum Tod des Postboten an. Patrick, du nimmst dir die Polizeiakte von Monika Nansen vor. Macht hinne, worauf wartet ihr?«

»Warum sollen wir denn die ganze Arbeit allein machen?«, wagte sich der junge Polizist vorsichtig aus der Deckung.

»Weil ich erst einmal den Dreck hinter euch beiden Schlaumeiern aufräumen muss. Sonst noch Fragen?« Gesner musterte den Kollegen wie ein Boxer seinen Gegner vor dem entscheidenden Kampf.

»Ich dachte nur …«

»Wir werden sofort damit anfangen«, unterbrach Wiebke ihren Kollegen, bevor ihn der Kommissar, der inzwischen wie ein Kannibale die Zähne fletschte, durch die Mangel drehen konnte.

»Geht klar«. Patrick schien die Botschaft verstanden zu haben, denn er wandte sich wieder seinem Monitor zu.

Kurz darauf war nur noch das Klappern der Computertastaturen zu hören, welches gelegentlich von einem Anruf unterbrochen wurde.

Wiebke legte eine Datei namens *Heiko* an, in der sie alle Indizien, die auf Burmeister als Täter deuteten, speicherte. Wenn sie die Teile später wie ein Mosaik zusammensetzte, würden diese hoffentlich ein stimmiges Bild ergeben.

Auf der Suche nach Hinweisen schaute sie sich auch die Ermittlungsakte von Kerstin Burmeister an. Beim Durchblättern der Unterlagen nahm die Polizistin jene Fotos, die sie an Enno Seite bei Veranstaltungen zeigten, genauer unter die Lupe.

Neben den Aktivisten, die zum harten Kern der Bewegung gehörten, und Fahnen schwenkend oder mit Protestschildern bei Kundgebungen abgelichtet worden waren, konnte sie einige Zuschauer erkennen, die anscheinend nur zufällig auf das Bild geraten waren. Ihre Hoffnung, dass Burmeister auf einer der Aufnahmen zu erkennen war oder sie einen versteckten Hinweis auf den Mord fand, erfüllten sich leider nicht.

Wiebke legte die Akte zur Seite und rief im Internet die Website von *Mien Freesland* auf, die Prester bis zu seiner Verhaftung gepflegt hatte. Dort fand sie neben weiteren Fotos auch Berichte vergangener Veranstaltungen sowie inzwischen veraltete Ankündigungen zu Demonstrationen – aber keinen Anhaltspunkt, der Burmeister mit dem Mord an seiner Frau in Verbindung brachte.

Frustriert stützte sie die Ellenbogen auf den Schreibtisch und verbarg den Kopf in den Händen.

Ein Verdächtiger ohne Alibi ist immer unschuldig.

Patricks Theorie leuchtete wie eine Reklametafel in ihrem Kopf auf. Wenn man seinem – zugegebenermaßen absurden – Gedanken folgte, hatte Burmeister seine Frau nicht getötet.

Womöglich musste sich Wiebke doch damit abfinden, dass mit Enno und Monika zwei Mörder in Sünnum gelebt hatten. Das Dorf war nun einmal kein Paradies, auch wenn sie dort so behütet aufgewachsen war wie die Kinder aus Bullerbü, deren Geschichten sie als kleines Mädchen geliebt hatte.

Enno hat für die Tatzeit ebenfalls kein Alibi.

Wiebke lehnte sich im Stuhl zurück, legte die Fingerspitzen aneinander und überlegte.

Nach der Demonstration, bei der Kerstin zum letzten Mal lebend gesehen wurde, und seinem Eintreffen beim Kroog, hätte Enno seine Geliebte umbringen und ihre Leiche in der Nordsee entsorgen können – aber würde sich ein Mann, der bei der Organisation seiner Veranstaltungen nichts dem Zufall überließ und alles bis ins letzte Detail durchplante, nicht ein Alibi besorgen?

Mit dem Gefühl, etwas Wichtiges übersehen zu haben, blätterte Wiebke erneut die Akte von Kerstin Burmeister durch.

»Alles klar?« Patrick musterte seine Kollegin aufmerksam.

»Warum fragst du?« Sie blickte auf.

»Du wirkst angespannt. Kann ich dir helfen?«

»Lass mal, ich komme schon klar. Wo ist Gesner?«

»Der hat sich vor einer halben Stunde verabschiedet, weil er sich mit Wolters und ihrem Anwalt treffen wollte. Hast du das denn nicht mitbekommen?«

»Nee, echt nicht.« Die Polizistin drückte ihr Kreuz durch und streckte die Arme über den Kopf. Dann klappte sie die Akte zu und knallte diese auf den Schreibtisch.

»Bist du sicher, dass es dir gutgeht?«

»Verdammt Patrick, frag nicht so blöd. Wir haben Arbeit bis zum Abwinken und dürfen uns keine Fehler erlauben.«

»Komm doch heute Abend mit zum Pumpen. Da kannst du dich ordentlich auspowern. Danach geht es dir besser, wirst schon sehen.«

»Das ist nicht mein Ding. Beim Kiten kann ich alles um mich herum vergessen, aber dazu habe ich in den letzten Tagen keine Zeit gefunden.«

»Mach heute doch früher Schluss. Du musst mal wieder runterkommen.«

»Das sagt meine Mutter auch immer.«

Wiebke grinste schief und machte sich dann wieder an die Arbeit. Wenige Minuten später hatte sie im Internet zur Demonstration in Emden zwei Berichte in Online-Ausgaben regionaler Zeitungen und sieben Posts in den sozialen Medien gefunden.

Die Polizistin überflog die Texte, die sich vor allem gegen Massentierhaltung und Überdüngung der Felder richteten, und betrachtete dann die hochgeladenen Fotos, die Enno und Kerstin in der ersten Reihe der Demonstration zeigten. Gemeinsam hielten sie ein Schild in die Höhe, auf dem in großen Buchstaben *Tierquälerei ist Burmeister einerlei* zu lesen war.

Die Zuschauer am Straßenrand standen auf den Bildern so dicht nebeneinander, dass die Köpfe wie konturlose Punkte wirkten. Wiebke vergrößerte eines der Fotos. Obwohl die Aufnahme damit etwas unscharf wurde, konnte sie nun einzelne Gesichter erkennen.

In der zweiten Reihe stand ...

Die Polizistin schrie auf und schob den Schreibtischstuhl nach hinten, als hätte sich der Monitor schlagartig in ein Fenster zur Hölle verwandelt. Auch wenn die Augen nur kleine Punkte auf dem Bildschirm waren, würde Wiebke den mörderischen Blick, mit dem diese Augen Enno und Kerstin musterten, nie wieder vergessen.

SCHNITTMUSTER

Die Friesenbrauerin sortierte die Äpfel, die ihr die Bio-Bäuerin Hilke Dekker an diesem frühen Nachmittag in ihren Laden gebracht hatte, in einen Korb. In Gedanken war sie bei Monika Nansen, die hoffentlich bald aus der Untersuchungshaft entlassen werden konnte. Burmeisters fehlendes Alibi warf schließlich ein neues Licht auf die bisherigen Ermittlungen.

Das Klingeln des Ladenglöckchens riss sie aus ihren Überlegungen. Gesine legte zwei Äpfel in den Korb und drehte sich dann zur Tür um. Jan schlich mit zaghaften Schritten zum Verkaufstresen. In der rechten Hand hielt er einen Blumenstrauß, hinter dem sein Oberkörper fast verschwand.

»Mama hat gesagt, dass ich dir Blumen vorbeibringen soll. Wegen meiner Befreiung.« Er streckte ihr den Strauß mit einer mechanischen Bewegung entgegen und Gesine nahm die ungewöhnliche Zusammenstellung von Rosen, Funkien, Taglilien, Gänseblümchen, Löwenzahn und Hortensien, die Jan auf dem Weg in Gärten und am Straßenrand ausgerupft zu haben schien, entgegen.

»Das ist lieb von dir. Ich stelle den Strauß gleich ins Wasser.« Tüdelbüdel füllte einen kleinen Eimer, stellte die Blumen hinein und wandte sich dann an das Kind. »Du wolltest dir doch sicherlich auch den versprochenen Heringsschwarm abholen, oder nicht?«

Jan nickte. Obwohl der Junge wieder etwas mehr Farbe

im Gesicht hatte, war er noch immer ungewöhnlich blass. Das T-Shirt mit dem Aufdruck einer Piratenflagge schlotterte um seinen Körper wie um eine Vogelscheuche und der Plastikdegen drohte jeden Moment aus dem Gürtel zu rutschen.

Von Leefke, die heute Morgen bei ihr angerufen und Jans Besuch angekündigt hatte, wusste sie, dass er nachts von Albträumen geplagt aufwachte und nach seiner Mutter rief. Obwohl die Entführung tiefe Wunden in seiner kindlichen Seele hinterlassen haben musste, ging der Psychologe, den die Eltern inzwischen aufgesucht hatten, davon aus, dass Jan dieses Trauma im Laufe der Zeit überwinden würde.

Die Friesenbrauerin reichte ihm die größte Papiertüte, die sie finden konnte, und öffnete dann den Deckel des Glases.

Jan wollte sich gerade einige Zuckerfische herausnehmen, als Tüdelbüdel fragte: »Hast du deine Murmeln dabei?«

»Klar.« Der Kleine kramte in seiner Hosentasche und legte drei Glaskugeln auf den Tisch. Die rote Murmel glänzte wie poliert.

»Wollen wir eine neue Runde ausspielen? Solltest du gewinnen, gehört dir das ganze Glas. Wenn du verlierst, bekommst du deinen Heringsschwarm trotzdem, musst mir aber beim Einräumen der Äpfel helfen. Was meinst du dazu?«

»Darf ich dann alle Fische im Glas haben?« Jans Augen leuchteten vor kindlicher Freude. Allein dieser Moment war der Friesenbrauerin mehr wert als alle Zuckerfische dieser Welt.

»Klar. Bist du bereit?«

Jan nickte eifrig und kniete sich dann vor dem Verkaufstresen auf den Boden. Gesine tat es ihm gleich, wobei ihre Gelenke dabei wieder protestierend knackten.

»Es gilt dieselbe Regel wie beim letzten Mal. Wer die Milchkanne am Ende des Gangs zuerst trifft, hat gewonnen. Willst du anfangen?«

Ohne auf die Frage zu antworten, visierte Jan sein Ziel an und schickte die erste Murmel auf ihre Reise. Sie rollte wie von einer Schnur gezogen in gerader Linie durch den Gang. Dabei wurde sie immer langsamer, bis sie eine Handbreit vor der Milchkanne liegenblieb.

»Puh, das war knapp.« Tüdelbüdel wischte sich imaginären Schweiß von der Stirn, nahm eine Murmel aus seiner Hand und ließ sie rollen. Die Glaskugel beschrieb einen leichten Linksbogen und verschwand dann unter dem Regal.

»Du bist dran. Solltest du die Milchkanne jetzt treffen, hast du gewonnen.«

Jan richtete seinen Blick auf das Ziel und ließ die rote Murmel rollen. Auch diese lief schnurgerade durch den Gang, bis sie die erste Glaskugel antickte, dadurch die Richtung änderte und an der Kanne vorbeirollte. Die andere Murmel bekam nun aber so viel Schwung, dass sie die letzten Zentimeter zurücklegte und mit einem leisen Klacken gegen ihr Ziel prallte. Jan riss die Arme hoch und jubelte lauthals.

»Herzlichen Glückwunsch, du hast mich schon wieder besiegt.«

Während der Junge seine Murmeln einsammelte, drückte sich die Friesenbrauerin am Verkaufstresen hoch und reichte ihm das Glas.

»Aber nicht alle auf einmal essen, sonst bekommst du Bauchschmerzen.« Sie wuschelte ihm liebevoll über den Kopf. Jan stürmte, seinen Gewinn fest in Händen haltend, zur Tür – die urplötzlich aufgerissen wurde. Da der Kleine nicht mehr rechtzeitig bremsen konnte, lief er direkt in Meret Prester hinein.

»Wurdest du von einem Piraten überfallen?« Sie sah von Jan, der verängstigt zu ihr aufblickte, zu Tüdelbüdel.

»Er hat seine Beute in einem fairen Kampf erobert.«

»Na dann.« Meret trat zur Seite und Jan rannte aus dem Lädchen. »Warum läuft der Junge ohne Begleitung herum? Als Mutter würde ich mein Kind nach der Entführung nicht mehr aus den Augen lassen.«

»Seine Eltern wollen ihn nicht in Watte packen. Sie teilen die Meinung des Psychologen, nachdem er sein gewohntes Leben so schnell wie möglich wieder aufnehmen soll. In Sünnum wird ihm nichts geschehen.«

»Davon sind wir bis zu seinem Verschwinden auch ausgegangen«, wandte Meret ein und schlurfte zum Verkaufstresen.

»Burmeister wird seiner gerechten Strafe nicht entgehen«, mutmaßte die Friesenbrauerin und musterte Meret dann mit einem anerkennenden Blick. »Das Kleid steht dir ausgesprochen gut.«

»Darüber wollte ich mit dir reden.«

»In Stylingfragen bin ich die falsche Ansprechpartnerin, weil ich von Mode so viel verstehe wie ein Seehund.«

Meret lachte. »Das stimmt nicht, denn deine Outfits sind der perfekte …«

»… Friesenstyle. Damit gewinne ich niemals einen Schönheitspreis.« Tüdelbüdel deutete auf ihre cremefarbene Baumwollbluse, zu der sie eine Jeans und weiße Segelschuhe trug.

»An der Kleidung gibt es nichts auszusetzen. Du könntest dein Erscheinungsbild aber mit dezentem Make-up aufpeppen.«

»Mit etwas Farbe ist es bei mir keinesfalls getan«, wandte Gesine ein. »Vor dem Schminken müsste ich mein Gesicht erst einmal generalüberholen und die Falten zuspachteln. Für wen sollte ich mir die Mühe überhaupt machen? Joris und die anderen Bagaluten interessieren sich ohnehin nur für meine Braukunst. Denen könnte ich das Tüdelbräu auch im Morgenmantel und mit Lockenwicklern im Haar servieren.«

»Es gibt noch andere Männer.« Monika zwinkerte ihr zu.

»Was soll das hier werden? Willst du mich etwa für eine Castingshow anwerben?«

»Warum nicht? Was hältst du von: *Friesenbrauerin sucht jungen Hopfen zum Vernaschen* oder *Rüstige Ostfriesin angelt gerne scharfe Heringe?*«

»So wiet kümmt dat noch!« Gesine grinste und wechselte dann das Thema. »Du wolltest mit mir über dein Kleid reden.«

»Das stimmt. Nach Ennos Verhaftung habe ich die alte Nähmaschine wieder entstaubt. Ihm zuliebe hatte ich meine Träume von einem eigenen Modelabel damals aufgegeben, aber jetzt will ich damit voll durchstarten.«

»Wie kann ich dir dabei helfen?«

»Indem du einige Kleidungsstücke in deinem Laden ausstellst. Daheim habe ich ein weiteres Kleid und zwei Jacken. In den letzten Tagen habe ich zudem neue Schnittmuster entworfen, darunter auch eine Bluse, in der du ganz wundervoll aussehen würdest.«

»Da vorne könnte ich etwas Platz schaffen und einen Kleiderständer hinstellen, auf die du deine Sachen hängen kannst.« Die Friesenbrauerin deutete auf das Regal im Eingangsbereich.

»Das freut mich. Wann kann ich dir die Klamotten denn bringen?«

»Was hältst du davon, wenn ich dich nach Hause begleite und die Kleidungsstücke abhole? Bei der Gelegenheit kann ich mir auch gleich das Schnittmuster ansehen. Eine frische Brise wird mir sicherlich guttun.«

Die Friesenbrauerin legte die Kladde zusammen mit einem Kugelschreiber auf den Verkaufstresen und verließ gemeinsam mit Meret den Laden.

Am Horizont türmten sich dunkle Wolken auf, die ein böiger Wind wie majestätische Schiffe einer feindlichen Himmelsflotte direkt auf die Frauen zutrieb.

»Wir sollten uns beeilen, damit ich vor dem Regen wieder im Lädchen bin.«

Tüdelbüdel stemmte sich, die Hände in den Hosentaschen vergraben, gegen den Wind und marschierte mit der Schneiderin an den mannshohen Rhododendren vorbei, die Hauke Peters' Grundstück zum Weg hin begrenzten. Am Haus von Tammo begrüßte sie der Labrador mit lautem Gebell. Im Hintergrund krähte ein Hahn.

Wenige Meter vor der von Bäumen gesäumten Allee klatschten die ersten Tropfen auf die Pflastersteine und nur Sekunden später öffnete der Himmel seine Schleusen. Obwohl sich die Frauen so schnell wie möglich unter das schützende Blätterdach retteten, waren sie innerhalb kurzer Zeit klitschnass. Die Kleidung klebte auf ihrer Haut, die Haare hingen in feuchten Strähnen in ihren Gesichtern.

»Das pladdert aber ordentlich.«

Die Friesenbrauerin zog den Kopf ein wie eine Schildkröte und folgte Meret zum Haus.

»Ich bringe dir sofort ein Handtuch und trockene Kleidung.« Die Schneiderin drückte die Eingangstür hinter sich zu, schlüpfte aus den nassen Schuhen und eilte ins Bad, wobei sie feuchte Fußabdrücke hinterließ.

Wenige Minuten später saß Tüdelbüdel auf dem zweisitzigen Ostfriesensofa im Wohnzimmer. Der Regen hämmerte wie eine endlose Gewehrsalve gegen die Fensterscheibe. Draußen war es so dunkel wie in einer Winternacht. Das Fensterbild in Form eines gläsernen Segelschiffs bewegte sich in einem Luftzug und klackerte leise gegen die Scheibe, in der Gesine sich wie in einem Spiegel sah.

Zu einer rosafarbenen Jogginghose trug sie einen dunkelblauen Pullover mit der Aufschrift *Meer geht immer* und gelbe Wollsocken. Obwohl sie die trockengerubbelten Haare mit einer Bürste notdürftig wieder in Form gebracht hatte, fühlte sie sich wie ein Wischmopp auf zwei Beinen.

»Mit diesem Outfit dürftest du die Modewelt aufmischen«, griente Meret und stellte das Tablett, auf dem sich zwei Groggläser und eine Schale mit Keksen befanden, neben den Laptop auf den Tisch.

»In dieser Aufmachung würden mich in Ostfriesland sogar die Möwen auslachen.«

»Die Kombination ist tatsächlich etwas gewagt.«

Meret reichte ihr ein Grogglas.

»Trinkt man Grog nicht im Winter?« Die Friesenbrauerin nahm das Glas entgegen.

»Den trinkt man *auch* im Winter«, korrigierte Meret und setzte sich neben sie.

Gesine nahm einen Schluck und verdrehte die Augen. »Ist das Tee mit einem Schuss Rum oder eher Rum mit etwas Tee?«

»Das ist meine Spezialmischung. Die vertreibt Kälte und schlechte Laune. Willst du das Schnittmuster sehen?«

»Deshalb bin ich doch hier.« Während Tüdelbüdel erneut an dem Grog nippte, klappte die Schneiderin den Laptop auf, öffnete eine Datei und deutete auf den Monitor.

»Wie gefällt dir meine Bluse? Wenn ich die Ärmel etwas einkürze und die Schulterpartie betone, kann ich …« Das Klingeln der Türglocke ließ Meret verstummen.

»Erwartest du Besuch?« Die Friesenbrauerin schaute aus dem Fenster, konnte wegen des Regens aber nur eine Wand aus Licht erkennen. Dabei handelte es sich wahrscheinlich um die Scheinwerfer eines Wagens, die von den dichtfallenden Tropfen reflektiert wurden.

»Eigentlich nicht. Ich habe keine Ahnung, wer das sein könnte.«

Meret stand auf und öffnete die Eingangstür.

»Wiebke, was für eine Überraschung. Komm doch rein.«

»Ich verhafte dich wegen des Verdachts des Mordes an Kerstin Burmeister. Wir wissen inzwischen, dass du in der Tatnacht nicht in Berlin gewesen bist. Du hast das Recht zu schweigen. Alles, was du sagst, kann vor Gericht …«

»Wenn das ein Witz sein soll, kann ich darüber nicht lachen.«

»Sehe ich vielleicht aus wie ein Clown?«

Die Friesenbrauerin traute ihren Ohren nicht. Hatte Wiebke jetzt vollkommen den Verstand verloren? Anstatt Burmeister endlich die beiden Morde nachzuweisen, wollte sie anscheinend eine weitere Unschuldige verhaften.

Als Gesine einen Knall hörte, mit dem die Haustür zugeworfen wurde, stand sie auf und schlich in den Flur. Von dort aus sah sie Wiebke durch die geöffnete Zimmertür in der Küche stehen, die Dienstwaffe hatte sie auf Meret gerichtet.

»Dat kunn je wull nich angahn!«, rief sie entrüstet.

Die Polizistin drehte sich zu ihr um. »Mama, was machst du denn hier?«

»Dasselbe könnte ich dich fragen. Nimm sofort die Pistole runter.« Die Friesenbrauerin trat in die Küche. »Ich habe keine Ahnung, was hier vorgeht, aber du …«

»Vorsicht!«, schrie Wiebke.

Tüdelbüdel war so perplex, dass sie auf die Warnung zunächst nicht reagierte. Meret nutzte den Moment, zog ein Fleischmesser aus dem Holzblock und drückte es ihr an die Kehle, wobei sie den Körper der Friesenbrauerin wie einen Schutzschild vor sich hielt. Sekunden später ertönte die Klingel erneut.

»Meret, damit machst du alles nur schlimmer. Mein Kollege steht vor der Tür, weitere Unterstützung ist bereits angefordert. Du kannst nicht entkommen.«

»Das sehe ich anders. Bis deine Bullenfreunde das Haus stürmen, bin ich längst verschwunden. Waffe runter.« Die Stimme der Schneiderin war kalt wie Eis und jagte Tüdelbüdel eine Gänsehaut über den Rücken.

»Sie wird mir nichts antun.« Gesine sah ihrer Tochter in die Augen.

»Da wäre ich mir nicht so sicher.« Meret drückte das Messer etwas tiefer in die Haut und ein dünner Blutfaden rann über die Klinge.

»Lass meine Mutter sofort los!«, befahl Wiebke, ohne den Blickkontakt zu unterbrechen. »Wenn du jetzt aufgibst …«

Völlig überraschend flog ein faustgroßer Stein durch das Fenster und zog dabei kometengleich einen Schweif Scherben hinter sich her. Wiebke sprang zur Seite, war aber zu langsam. Das Wurfgeschoss erwischte die Polizistin an der rechten Schläfe und sie sackte in sich zusammen wie eine aufblasbare Puppe, aus der alle Luft abgelassen wird.

»Halte durch, ich bin sofort bei dir«, hörte Gesine die Stimme eines jungen Mannes.

Meret warf einen abfälligen Blick auf die am Boden liegende Wiebke. Dann stieß sie Tüdelbüdel grob von sich und griff nach der Pistole, die der Polizistin aus der Hand gerutscht war.

Gesine stolperte und konnte sich erst im letzten Moment am Tisch abstützen. Nachdem sie ihr Gleichgewicht wiedergefunden hatte, drehte sie sich um und … starrte in den Lauf der Waffe.

»Wir beide werden jetzt einen kleinen Ausflug unternehmen.«

»Ich bleibe hier.« Tüdelbüdel sah ihr Gegenüber trotzig an.

Meret verdrehte die Augen. »Du benimmst dich wie eine zickige Teenagerin. Wann kapierst du endlich, dass du nicht ständig mit dem Kopf durch die Wand kannst?«

Ein weiterer Stein, der krachend durch das Fenster flog, verfehlte die Schneiderin nur um wenige Zentimeter.

»Los jetzt!«

Meret ergriff Gesines Hand, zog sie zu sich und drückte ihr den Lauf der Waffe in den Rücken. Da ihre Gegnerin zu allem entschlossen zu sein schien, ließ sich Tüdelbüdel von ihr zum Hinterausgang führen. Dort öffnete die Schneiderin die verschlossene Tür.

»Kein Wort, hast du verstanden?«

Meret schob Gesine ins Freie. Da der Regen noch immer nicht nachgelassen hatte, waren die Frauen binnen weniger Augenblicke wieder vollkommen durchnässt.

Tüdelbüdel warf einen kurzen Blick zu Wiebkes Kollegen, der in diesem Moment durch das Küchenfenster ins Haus stieg. Hoffentlich verständigte er sofort einen Rettungswagen für ihre Tochter.

Meret dirigierte sie um das Gebäude herum zur Vorderseite. Die Beifahrertür des in der Einfahrt stehenden Streifenwagens stand offen, die Scheinwerfer erhellten den davor geparkten grauen VW Polo.

Meret, die anscheinend damit fliehen wollte, fluchte und schob Gesine zu dem Polizeifahrzeug. Nach einem kurzen Blick in den Innenraum lachte sie auf. »Die Provinzbullen sind noch dämlicher, als ich dachte. In der Großstadt würde niemand auf die Idee kommen, den Schlüssel steckenzulassen. Rein mit dir.«

Die Friesenbrauerin blieb stehen, da sie eine Gestalt auf der Straße gesehen zu haben meinte. Handelte es sich dabei um den Polizisten einer Spezialeinheit oder hatte ihr das reflektierende Licht nur einen Streich gespielt?

»Los jetzt.« Meret deutete auf den Beifahrersitz.

Gesine kniff die Augen zusammen und spähte in den strömenden Regen. Winkte ihr ein Retter zu oder handelte es sich bei der Bewegung um einen Ast, der im Wind schaukelte? Falls ihr jemand zu Hilfe kommen wollte, musste sie ihre Widersacherin unbedingt ablenken.

»Ich werde keinesfalls in diesen Wagen steigen. Erschieß mich doch, wenn du den Mut dazu hast.« Tüdelbüdel lehnte sich gegen den Kotflügel. Wie erhofft, baute sich Meret vor ihr auf und stand mit dem Rücken zur Straße.

»Herrgott, warum musst du immer so theatralisch sein?«

Sie richtete den Lauf der Waffe auf Gesines Stirn, die nun lauthals losprustete, als wäre ihre Entführung eine Komödie.

»Hast du den Verstand verloren?«

»Nein, aber du deine Aufmerksamkeit. Los, worauf wartest du?«

Meret wirbelte herum. Gesine drehte den Kopf zur Seite und schlug nach der Waffe, aber zu spät. Ein Schuss löste sich und sie fiel zu Boden.

»Tüdelbüdel!«

In den Angstschrei mischte sich das Geräusch eines dumpfen Schlags, dem Sekundenbruchteile später ein Klirren folgte. Einen Augenblick später beugte sich eine dunkle Gestalt über die Friesenbrauerin und zog sie in seine Arme.

»Mach keinen Scheiß, hörst du?«, flüsterte diese und strich ihr mit einer zärtlichen Geste eine Haarsträhne aus dem Gesicht. »Ich werde jetzt einen Rettungswagen anfordern, so lange musst du durchhalten. Wage es ja nicht, mir unter den Händen wegzusterben.«

»Heulst du etwa meinetwegen?« Sie stützte sich auf die Ellenbogen.

»Blödsinn, das ist nur der Regen.« Joris wischte sich mit dem Handrücken über die Augen. »Bist du verletzt?«

Gesine schüttelte den Kopf. »Der Schuss hat mich nicht getroffen. Einen Moment lang dachte ich tatsächlich, dass dir etwas an mir liegt.«

»Wie kommst du denn drauf? Du braust das beste Bier, das ist alles.«

Sie lächelte und streckte ihm die Hände entgegen. »Willst du einer alten Frau nicht aufhelfen?«

Joris zog Tüdelbüdel hoch und hielt sie einen Moment länger in seinen Armen, als unbedingt nötig gewesen wäre. Dann gab er Gesine frei und trat einen Schritt zurück.

»Du siehst aus wie ein Papagei, der in eine Waschmaschine geraten ist.«

»Ich finde meinen neuen Look auch etwas zu gewagt. Warum hast du mit dem Schlag so lange gewartet?«, wechselte sie das Thema.

»Ich musste erst einen Schluck trinken, bevor ich Meret die Flasche über den Schädel gezogen habe. Schade um das gute Tüdelbräu.«

Joris guckte traurig auf die Scherben und dann zu der am Boden liegenden Schneiderin, die aus einer Kopfwunde blutete.

»Du schuldest mir ein Bier, ist das klar?«, raunzte er.

»Mein tapferer Seebär.« Gesine streichelte seinen nassen Bart. »Woher wusstest du eigentlich, dass ich hier bin?«

»Ich habe Jan mit einem Glas Zuckerfische getroffen. Er sagte mir, dass er Meret im Laden gesehen hat. Da du weder dort noch im Kroog gewesen bist, habe ich mir ein Tüdelbräu als Wegzehrung mitgenommen und bin zu ihr gegangen.«

»Bei dem Schietwetter?«

»Regen ist für einen sturmerprobten Seemann wie mich doch erst, wenn die Heringe auf Augenhöhe vorbeischwimmen.« Er griente.

»Hände hinter den Kopf, aber sofort.« Ein muskulöser Polizist stürmte auf den ehemaligen Kapitän zu. »Haben Sie die Frau mit einer Bierflasche niedergeschlagen?« Der Beamte deutete auf die Scherben vor dem Auto.

»Jo.« Joris nickte.

»Dann werde ich Sie wegen Körperverletzung festnehmen müssen.«

»Patrick, lass den Mann in Ruhe.« Wiebke stakste zu der kleinen Gruppe.

»Kindchen, bist du verletzt?« Die Friesenbrauerin eilte ihr entgegen. »Ich habe mir solche Sorgen um dich gemacht.«

»Ich bin noch etwas rammdösig, aber sonst ist alles okay.«

»Du musst dich unbedingt ärztlich durchchecken lassen.«

»Ich habe schon einen Rettungswagen angefordert«, meldete sich der junge Kollege zu Wort.

»Das hat Zeit. Jetzt werde ich mich erst einmal um Meret kümmern.« Wiebke kniete sich neben die Verletzte, die leise stöhnte. »Hiermit verhafte ich dich wegen …«

»Sabbel nicht rum und nimm sie endlich fest.«

Wiebke sah kurz zu Joris auf. Dann legte sie Meret Handschellen an und nahm die neben ihr liegende Dienstpistole wieder an sich.

»Eine unvollständige Belehrung ist gegen die Vorschriften. Zudem musst du den Verlust deiner Waffe melden, schließlich wurde damit ein Schuss abgefeuert. Ich darf…«

»… meine Kollegin bei einem Einsatz nicht ausknocken, das wolltest du doch sagen, oder?«

»Das war keine Absicht«, verteidigte sich Patrick.

»Wenn Gesner erfährt, dass du dir von einer Verdächtigen die Tür vor der Nase zuknallen lässt und danach beinahe den Einsatz vermasselst, wird er dich in die tiefste Provinz versetzen lassen.«

»Sünnum ist doch schon …«

»Halt sofort deinen koddrigen Sabbel!«, verlangte Tüdelbüdel.

»Du solltest besser auf meine Mutter hören. Wenn jemand etwas gegen Sünnum sagt, kann sie verdammt ungemütlich werden.«

»Das willst du echt nicht erleben«, bestätigte Joris und deutete dann auf den Rettungswagen, dessen blaues Sirenenlicht sich im Regen brach.

»Ich habe mir den Kopf gestoßen und einen Warnschuss auf die Flüchtende abgegeben, die du dann mit einer Bierflasche niedergestreckt hast. Das ist ab sofort die offizielle Version unseres Einsatzes. Patrick, alles klar so weit?« Wiebke sah ihrem Kollegen in die Augen.

»Das ist gegen die Regeln.« Der junge Polizist kratzte sich am Kopf.

Joris legte ihm kumpelhaft den Arm und die Schultern.

»Wir Nordlichter mögen keine Klookschieter. Was hältst du davon, wenn wir beide im Kroog ein Tüdelbräu trinken und ich dir etwas über das Leben in unserem Dorf erzähle?«

»Du willst den jungen Burschen doch nur mit deinem Seemannsgarn einspinnen.« Tüdelbüdel drohte ihm spielerisch mit der Faust und sah dann zu dem Rettungswagen, der neben ihnen hielt.

Eine junge Sanitäterin stieg aus. Die langen blonden Haare hatte sie zu einem Pferdeschwanz zusammengebunden. Hinter ihr verließ ein älterer Kollege den Wagen.

»Was ist mit der Frau passiert?« Sie eilte zu Meret, die noch immer stöhnend am Boden lag.

»Ich habe ihre Flucht vereitelt.« Der Polizeimeister warf sich in die Brust.

»Mit einer Flasche Tüdelbräu?« Der Rettungssanitäter beäugte die Scherben. »Säufst du etwa während der Arbeit?«

»Natürlich nicht«, wies Patrick die Anschuldigung zurück. »Die Flasche hatte ich rein zufällig in der Hand.« Bei dieser Bemerkung sah er Wiebke hilfesuchend an.

»*Zufällig in der Hand?* Das kannst du deiner Oma erzählen.« Der Sanitäter schüttelte den Kopf und kniete sich dann neben die Verletzte, die von seiner Kollegin bereits verarztet wurde.

»Das ist Gesners Auto. Jetzt gibt's Ärger«, argwöhnte Wiebke und deutete mit einem Kopfnicken auf das Fahrzeug, das neben dem Rettungswagen hielt.

Ihr Vorgesetzter stieg aus, klappte den Kragen seiner Jacke hoch und marschierte mit schnellen Schritten auf die Polizisten zu. »Kann man euch Vollpfosten nicht einmal zwei Minuten allein lassen, ohne dass ihr wieder Mist baut? Wer ist das?« Er deutete auf die Verletzte.

»Die Mörderin von Kerstin Burmeister.« Wiebke trat vor. »Patrick und ich sind bei unseren Recherchen auf Hinweise gestoßen, die ein sofortiges Eingreifen erforderten. Als wir hier ankamen ...«

»... hat mich meine Tochter aus der Gewalt der Verbrecherin gerettet und dieser mutige Polizist hat ihre Flucht mit einer heldenhaften Tat vereitelt.«

Gesner sah zunächst von Wiebke zu Patrick und dann zur Friesenbrauerin.

»Mutiger Polizist? Heldenhafte Tat? Wollt ihr mich verarschen? Das ist doch nur eines von Tüdelbüdels Dönkes.«

»Nee, echt nicht. Ich habe alles genau beobachtet«, meldete sich Joris zu Wort.

»In dem strömenden Regen kann man doch nichts erkennen.«

»Ich sehe besser als mancher Adler.« Der alte Seemann legte Gesner die Hand auf die Schulter.

»Blind wie ein Maulwurf wäre treffender«, murmelte der Kommissar vor sich hin.

»Du scheinst ja ein echter Superbulle zu sein.« Die Sanitäterin stand auf und ging zu Patrick.

»Ich habe nur meinen Job gemacht«, winkte er ab.

»Jetzt sei mal nicht so bescheiden. Wenn du auf dem Schützenfest für meine Sicherheit sorgst, kann ich unbesorgt feiern.«

»Was für ein Schützenfest?«

»In fünf Wochen feiert Sünnum sein Schützenfest«, klärte ihn Wiebke auf und musterte die junge Frau dann genauer. »Insa? Was machst du denn hier? Bist du mit deinem Studium schon durch?«

»Nee, so schnell geht das leider nicht. Ich bin nur für ein paar Tage in Sünnum und greife den Jungs vom Rettungsdienst unter die Arme. Sehen wir uns am Wochenende im Kroog?«

»Klar.« Patrick tippte sich lässig an die Schläfe.

»Sie hat mich gefragt, du Döösbaddel.« Seine Kollegin schüttelte den Kopf.

»Echt jetzt?« Er sah betreten zu Boden.

»Ich hätte allerdings nichts dagegen, wenn mir ein knackiger Kerl wie du ein Bier spendiert.«

»Jetzt habe ich aber genug von dem Gesabbel«, ging Gesner dazwischen. »Wir sind hier an einem Tatort und nicht in einer Kneipe.«

»Dann sollten wir das schnellstens ändern. Ich mach mich jetzt vom Acker.« Joris drehte sich abrupt um und überquerte die Straße.

»Hierbleiben«, rief ihm der Kommissar nach.

»Der hört nicht mehr so gut. Ich kann den alten Mann in seinem Zustand unmöglich allein lassen.«

»Was hat er denn?« Gesner hob in einer hilflosen Geste die Hände.

»Joris wird wieder maßlos unterhopft sein. Ich muss ihm sofort helfen.«

Tüdelbüdel eilte ihrem guten Freund nach und hakte sich bei ihm ein. Gemeinsam kehrten sie nach Sünnum zurück. In ihrem Schweigen waren sich die beiden Ostfriesen näher, als sie es mit Worten jemals sein konnten.

POLIZEIBERICHT

»Ist das der vollständige Bericht der gestrigen Verhaftung?«, wollte Steffen Gesner von Wiebke wissen, die an diesem Morgen an ihrem Arbeitsplatz im Polizeikommissariat Norden saß.

»Wir haben die ganze Nacht daran gearbeitet.« Sie nickte und trank dann einen Schluck Kaffee aus einem Becher, auf dem ein Leuchtturm abgebildet war. Die ölige Brühe aus dem Kaffeeautomaten schmeckte zwar grauenvoll, aber sie brauchte den Koffeinkick, um nicht im Büro einzuschlafen.

»Die Ergebnisse der Spurenanalyse werden unsere Ermittlungen sicherlich bestätigen.« Patrick Meiners, der ebenfalls an seinem Schreibtisch saß, schaute auf.

»Wie seid ihr denn auf Meret Prester aufmerksam geworden, obwohl wir sie wegen des Berliner Alibis als Verdächtige bereits ausgeschlossen hatten?«

»Bei meinen Nachforschungen im Fall Burmeister habe ich sie auf einem Foto von Ennos letzter Demonstration in Emden entdeckt. Zum Zeitpunkt des Mordes war sie demnach nicht wie angegeben in Berlin. Wie wir jetzt wissen, hatte sie das Zimmer zwar bis zum Tag nach der Bluttat bezahlt, ist aber vorher abgereist.

Eine Prüfung des elektronischen Zimmerschlüssels hat nun ergeben, dass ihre Tür am Tattag um 08 Uhr 17 letztmalig geöffnet wurde. Wenn Meret Berlin zu diesem Zeitpunkt verlassen hätte, wäre sie rechtzeitig zur Demonstration in Emden eingetroffen. Von dort aus dauert die Fahrt nach Sünnum je nach Verkehrslage vierzig bis fünfzig Minuten – Zeit genug, um Kerstin nach der Abschlusskundgebung zu töten.

Zudem habe ich mit dem Geschäftsführer der Konzertagentur von *Madame* gesprochen. Er hat mir bestätigt, dass die Karten bei dieser Tournee beim Einlass nicht eingerissen, sondern mit einem *M* gestempelt wurden.

Die Fotos, die Meret während des Konzertes gemacht haben will, wird sie aus dem Internet heruntergeladen haben. Auf der Website von *Madame* und in den sozialen Netzwerken sind viele Aufnahmen der diesjährigen Tour zu finden.

Ich vermute, dass Meret von der Affäre schon länger gewusst hat und die Turteltäubchen beim Liebesspiel heimlich gefilmt und die Datei nach dem Mord auf Ennos Computer überspielt hat. Ob Meret mit dem Video auch die Geliebte ihres Mannes erpressen wollte, wissen wir zum jetzigen Zeitpunkt noch nicht.«

»Wo hat Meret denn die Nacht verbracht? Habt ihr alle Pensionen, Ferienwohnungen und Hotels in der Gegend überprüft?«, fragte der Kommissar.

»Dazu hatten wir noch keine Zeit, werden uns in den nächsten Tagen aber darum kümmern.« Wiebke rieb sich über die Augen.

»An ihrer Stelle hätte ich mir kein Zimmer genommen, sondern im Auto übernachtet«, mischte sich Patrick in den Dialog ein. »Sollte sich also kein Hotelier an sie erinnern, wird sie im Wagen geschlafen haben – falls sie in dieser Nacht überhaupt ein Auge zugetan hat.«

»Wir gehen davon aus, dass Meret die Beweise, die gegen

ihren Mann sprechen, an leicht zu findenden Verstecken hinterlegt hat. Meiner Vermutung nach hat sie am Strand zudem einige Fäden aus dem Tuch gerupft, und es dann im Kroog versteckt, um uns auf Ennos Spur zu bringen«, übernahm Wiebke wieder die Gesprächsführung.

»Dort waren in der Tatnacht aber viele Gäste, die sie sicherlich erkannt hätten«, gab der Kommissar zu bedenken.

»Nach dem Leichenfund sind die Sünnumer entweder zum Strand geeilt oder haben den Heimweg angetreten, weil ihnen die Lust zum Feiern gründlich vergangen war. Zu diesem Zeitpunkt hätte Meret das Multifunktionstuch unbemerkt unter einer Bank im Innenhof verstecken können. Mit dem Tatmotiv der Eifersucht waren wir also auf dem richtigen Weg.« Wiebke trank einen weiteren Schluck Kaffee.

»Im Bericht ist von einem Warnschuss die Rede, den du nach einer schmerzhaften Kollision mit einer offenstehenden Schranktür abgegeben hast. Das wundert mich, da du sonst nicht so unaufmerksam bist.« Gesner rieb sich die Hände und richtete seine Aufmerksamkeit dann auf den jungen Kollegen. »Woher hattest du eigentlich die Bierflasche, die du der Flüchtenden über den Schädel gezogen hast?«

»Ähm … die war im Kühlschrank.«

»Dort findet man bekanntlich die besten Waffen, nicht wahr? Ein rohes Ei ist als Wurfgeschoss absolut tödlich und mit einer Ringsalami kann man den Täter bis zur Bewusstlosigkeit würgen. Ich persönlich arbeite am liebsten mit Weichkäse.«

»Weichkäse?« Patrick zog die Augenbrauen hoch.

»Für wie bescheuert haltet ihr mich eigentlich?«, brüllte Gesner, legte die Papiere zur Seite und beugte sich vor. »Das hier ist kein Polizeibericht, sondern ein Märchen, bei dem die Friesenbrauerin wieder einmal die Hauptrolle spielt. Deine Mutter war doch nicht zufällig im Haus der Verdächtigen.«

»Sie war dort zu Besuch …«

Der Kommissar hob die Hand. »Wiebke, ich will kein Wort mehr hören. Der Bericht ist in sich logisch aufgebaut, das muss man euch lassen. Wer ist eigentlich dieser heldenhafte Polizist, der seine Kollegin in einem selbstlosen Einsatz aus einer lebensbedrohlichen Situation gerettet hat?«

»Patrick. Mit seinem Eingreifen hat er nicht nur Mut, sondern auch Loyalität bewiesen«, bestätigte Wiebke.

»Ich denke, dass er sich vor dem Einsatz Mut antrinken musste«, lästerte ihr Vorgesetzter.

»Das ist nicht fair!« Die Polizistin schlug mit der flachen Hand auf den Tisch. »Er hat sich bei den Ermittlungen als zuverlässiger Kollege erwiesen, auch wenn er manchmal etwas übereifrig ist«, fügte sie nach einer kurzen Pause hinzu, wobei sie mit den Fingern vorsichtig über die inzwischen taubeneigroße Beule an ihrer linken Schläfe strich. »Sollte er den Weg nach Sünnum irgendwann ohne Navi finden, ist er am Wochenende im Kroog herzlich willkommen. Du übrigens auch.«

»Was soll ich denn dort?«

»Mit dem Dorf auf Jans Befreiung und die Verhaftung der Mörder anstoßen. Mit unserer Zusammenarbeit haben wir nicht nur die beiden Mordfälle gelöst, sondern auch die Milchfabrik verhindert.«

»Zählst du deine Mutter ebenfalls zu unserem Team?«
Gesner runzelte die Stirn.

»Ist das nicht egal, solange die Verbrecher zur Rechenschaft gezogen werden?« Patrick stand auf und schritt erhobenen Hauptes zum Schreibtisch seines Vorgesetzten. »Ohne die Hilfe der Friesenbrauerin hätten wir die Fälle niemals aufgeklärt. Wie Sie inzwischen wissen, haben wir bei dem Bericht an einigen Stellen geflunkert.

Ich bin auch kein heldenhafter Polizist, sondern ein Idiot, der den Einsatz verbockt und damit Menschenleben gefährdet hat. Sollte es wegen des Vorfalls eine interne Untersuchung geben, werde ich jede Schuld auf mich nehmen, denn Wiebke hat sich vorbildlich verhalten. Sie bekommen noch heute meinen Versetzungsantrag.«

»Stimmt das?« Der Kommissar sah seine Kollegin fragend an.

Diese nickte und sah dann auf. »Patrick, warum hast du das gemacht?«

»Ich mag ein Trottel sein, aber ich bin kein Lügner. Sie bekommen später einen von mir überarbeiteten Bericht.« Er streckte Gesner die Hand entgegen.

Dieser griff nach dem Schriftstück und reichte es ihm. Der junge Polizist wollte gerade danach greifen, als der Kommissar das Protokoll zurückzog und vor sich auf den Schreibtisch legte.

»Richtig ist, dass du gelegentlich die personifizierte Schusseligkeit bist. Richtig ist aber auch, dass du mit deiner Ehrlichkeit mehr Mut bewiesen hast, als die meisten Menschen in ihrem Leben jemals aufbringen werden. Dein Versetzungsantrag ist hiermit abgelehnt. Mit Tüdelbüdel habe ich allerdings noch ein Hühnchen zu rupfen.«

»Was ist mit dem Bericht?« Patrick deutete auf das Schriftstück.

»Den nehme ich zur Akte. Wir sehen uns Samstag in Sünnum. Abmarsch.« Er zeigte zur Tür.

»Wie jetzt?« Wiebke riss die Augen auf.

»Die nächsten beiden Tage will ich euch hier nicht mehr sehen. Haut ab, bevor ich es mir anders überlege, und schlaft euch erst einmal richtig aus.«

Die beiden Polizisten wechselten einen überraschten Blick und verließen wenig später das Büro.

»Das war ein echt starker Auftritt von dir. Wir sehen uns Samstag.« Wiebke klopfte ihrem Kollegen auf den breiten Rücken und machte sich dann auf den Heimweg.

DORFLEBEN

»Warum dauert das denn so lange? Tüdelbüdel, mach hinne.«

Hinnerk Gravenhorst hob sein leeres Glas und schob sich durch die Menge bis zur Theke. An diesem Samstagabend war der Kroog erfüllt von Stimmengewirr und Gelächter. Nach der bedrückenden Stille, die seit Heikos Tod in Sünnum geherrscht hatte, waren die unbekümmerten Laute Balsam auf den Seelen der Dorfbewohner, die sich im engen Schankraum drängten und den Innenhof bevölkerten.

Die Gespräche drehten sich überwiegend um Jans Befreiung und die Verhaftungen von Uwe Burmeister und Meret Prester. Aus den Lautsprechern erklang das Lied *Wo die Nordseewellen trecken an den Strand,* das von einigen Gästen textsicher – und lauthals – mitgesungen wurde.

»Junger Mann, nicht vordrängeln«, wies ihn Renate Nansen, zurecht, die in ihrem Rollstuhl hinter der Theke saß. Mit ihrer geblümten Bluse, zu der sie eine dunkelblaue Hose trug, und den zu einem Knoten gebundenen weißen Haaren strahlte sie eine würdevolle Eleganz aus.

»Zuerst kommt der nette Polizist dran, danach … Tüdelbüdel, weißt du das noch?« Sie sah die neben ihr am Zapfhahn stehende Friesenbrauerin durch ihre Brillengläser fragend an.

»Ich sehe hier keinen netten Polizisten.« Bei dieser Bemerkung zwinkerte diese Steffen Gesner zu, der neben Joris an der Theke stand und ebenfalls ungeduldig auf sein Tüdelbräu wartete.

»Na, der schmucke Bursche da vorne.« Die ältere Dame deutete auf Patrick Meiners, der sich angeregt mit der Sanitäterin Insa unterhielt.

»Der hatte kein Bier bestellt. Sören braucht aber dringend Nachschub.«

»Im Friesenstift war es nie so lustig wie hier.« Renate bewegte die Arme zur Melodie, als würde sie ein unsichtbares Orchester dirigieren.

»Das kommt darauf an, auf welcher Seite des Tresens man steht.« Der neben Gesner stehende Sören verzog bei der Bemerkung das Gesicht, als hätte er in eine Zitrone gebissen.

»Du wirst schon nicht verdursten«, vertröstete ihn Tüdelbüdel und stellte ein neues Glas unter den Zapfhahn. Dabei warf sie einen Seitenblick auf Renate, die vor zwei Tagen in Heikos Haus eingezogen war.

Obwohl Monikas Mutter mit dem Rollator kurze Strecken allein bewältigen konnte und sich ihr Zustand stetig verbesserte, hatte sie nach dem Schlaganfall weiterhin Schwierigkeiten mit ihrer linken Seite. Bis die Lähmungserscheinungen endgültig überwunden waren, würde es noch eine ganze Weile dauern – wenn sie sich überhaupt wieder vollständig davon erholte. Glücklicherweise hatte Renate keine Sehstörungen mehr und konnte sich auch problemlos verständigen.

Monika hatte ihre Mutter direkt nach der Entlassung aus ihrer Untersuchungshaft vom Pflegeheim abgeholt und sie nach Sünnum gebracht. Zu diesem Zeitpunkt hatte die Friesenbrauerin bereits mit Dorfbewohnern gesprochen und ein Betreuungskonzept für die betagte Dame organisiert.

Hinnerk hatte sich bereiterklärt, Heikos Bruchbude in den nächsten Wochen instand zu setzen und für Renate dort eine Einliegerwohnung einzurichten, in der sie sich so weit wie möglich allein versorgen und trotzdem mit ihrer Tochter unter einem Dach wohnen konnte.

»Im Kroog fühle ich mich wie neugeboren. Hier ist jedenfalls was los. Im Friesenstift konnte ich abends nur Bingo oder Canasta spielen und dazu Traubensaft trinken. Heute will ich mir endlich mal wieder ordentlich einen antüdeln.« Renate griff nach einem Bierglas und leerte es, ohne abzusetzen.

»He, das war mein Bier«, beschwerte sich Sören.

»Jetzt nicht mehr.« Tüdelbüdel stellte ein neues Glas unter den Zapfhahn.

Monika quetschte sich zwischen Hinnerk und Sören an die Theke. Hinnerk hatte sich, wie auch die anderen Sünnumer, die damals vor Gebhards Haus gegen den Grundstücksverkauf protestiert hatten, inzwischen mit Sören und Leefke ausgesprochen und die Angelegenheit aus der Welt geschafft.

»Trinkst du etwa Bier?« Sie deutete auf das leere Glas in der rechten Hand ihrer Mutter.

»Ich würde lieber Kamillentee zu mir nehmen, aber den gibt es hier leider nicht.« Renate grinste verschmitzt und sang dann den Refrain des Liedes mit.

»Mama, du bist unmöglich.« Monika schüttelte den Kopf.

»Das sagt mir meine Tochter auch immer.« Bei dieser

Bemerkung linste die Friesenbrauerin zu Wiebke, die mit einem Tablett leerer Gläser neben Monika auftauchte.

»Ich freue mich so, dass du wieder bei uns bist.« Wiebke, die auch an diesem Abend im Kroog aushalf, stellte das Tablett auf der Theke ab. »Deine Mutter scheint sich hier bestens zu amüsieren. Wie hat sie denn reagiert, als du mit ihr über das abgebrochene Studium und deinen Job als Krankenschwester gesprochen hast?«

»Sie hat mich in den Arm genommen und damit war die Sache für sie erledigt. Ich hätte sie niemals anlügen dürfen.«

»Da ist was dran. Zudem ...«

»Wiebke, du sollst da vorne nicht schnacken, sondern uns endlich eine neue Runde Tüdelbräu bringen«, rief Tammo, der mit einigen Dorfbewohnern an einem der drei Stehtische stand.

»Gröölbüdels werden im Kroog nicht geduldet. Wenn du hier weiterhin dein Bier trinken willst, solltest du besser den Sabbel halten.«

Trotz der ausgelassenen Stimmung war die Friesenbrauerin deutlich zu verstehen. Sie reichte Sören das frisch gezapfte Tüdelbräu und stellte dann die leeren Gläser neben die Spüle.

»Hat Prester sich nach seiner Freilassung bei dir gemeldet?«

»Wiebke, bisher nicht. Wie ich Enno kenne, wird er sich irgendwo zurückgezogen haben, um mit seiner Situation klarzukommen. Dass Meret seine Geliebte umgebracht und ihm den Mord in die Schuhe geschoben hat, wird ihm schwer zu schaffen machen. Hinzu kommt seine Trauer um Kerstin. Er hätte seine Gefühle besser im Griff haben müssen, dann wäre nichts von alledem passiert.«

»Tüdelbüdel, so einfach ist das für einen Kerl nicht. Gegen die Liebe ist selbst ein sturmerprobter Seemann machtlos.«

»Willst du mir damit etwas sagen?« Die Friesenbrauerin lächelte verschmitzt.

»Wie jetzt?« Joris schob seine Seemannsmütze aus der Stirn und trank einen Schluck.

»An deiner Stelle würde ich nicht so viel Bier süppeln, sondern mich lieber auf das Schützenfest vorbereiten.«

Der alte Seebär drehte sich zu dem Bayern Josef Bergmüller um, der sich neben ihn an die Theke gedrängt hatte.

»Gegen dich kann auch ein betrunkener Matrose antreten. Du triffst nicht mal eine Kuh, wenn du vor ihr im Stall stehst.«

»So ein Schmarrn. Beim letzten Mal hast du nur wegen der Windbö gewonnen.«

»Meine Kugel kann nicht einmal ein Sturm aus ihrer Flugbahn bringen. Wenn du hingegen den Abzug durchziehst, flüchten sogar die Seehunde von der Sandbank. Ist dir eigentlich noch nie aufgefallen, dass sich die Zuschauer vor Angst auf den Boden werfen, wenn du das Gewehr nur in die Hand nimmst?«

»Das werden wir ja sehen. Tüdelbüdel, wie stehen die Wetten?«

Die Friesenbrauerin warf den beiden Kontrahenten einen kurzen Blick zu. Dann griff sie nach dem Hanfseil der über der Theke hängenden Schiffsglocke und schwang den Klöppel. Die Klangtöne schwebten wie akustische Seifenblasen durch den Kroog. Die Gespräche verstummten und die Gäste schauten gebannt Richtung Theke, hinter der Tüdelbüdel stand und feierlich erklärte: »Hiermit läute ich das diesjährige Schützenfest ein, bei dem Joris und Sepp wieder gegeneinander antreten. Will noch jemand sein Glück beim Schießen versuchen?«

»Warum sollten wir mit einer liebgewonnenen Tradition brechen?«, wandte der Tierarzt ein. »In den letzten neun Jahren hat es keinen anderen Teilnehmer gegeben.«

»Das ist mir bekannt. Nach den Statuten kann aber jeder von euch antreten, um die goldene Möwe vom Poller zu schießen.«

»Goldene Möwe? Das Ding ist doch nur eine mit Goldlack besprühte Blechfigur aus einem Souvenirladen«, merkte Steffen Gesner an.

»Dabei geht es doch um die Symbolik, du Duseldassel«, brauste Sören auf und wandte sich dann an die Friesenbrauerin. »Ich setze fünfzig Euro auf Joris.«

»Mehr bin ich dir nicht wert?«, grummelte dieser.

»Beim letzten Mal hattest du wirklich verdammt viel Glück.« Der Wattführer schlug ihm auf die Schulter und lachte.

»Hundert auf Sepp.« Der Tierarzt hob seinen Arm.

»Büst du meschugge? Achtzig auf Joris«, hielt der Krabbenfischer dagegen.

»So muss das. Neunzig auf Joris«, meldete sich der Tischler zu Wort.

»Siebzig auf Sepp.«

»Vierzig auf Joris.«

In der nächsten Stunde überboten sich die Gäste mit ihren Wetten auf die beiden Kandidaten, die Tüdelbüdel auf eine schwarze Schiefertafel schrieb und diese danach an die linke Seitenwand hinter der Theke hängte.

Im Laufe der Nacht ebbte das Stimmengewirr immer weiter ab, bis es schließlich ganz verstummte.

»Ich werde jetzt heimgehen. Hool di munter.« Joris stand von seinem Barhocker auf.

»Du hast mir bei Meret das Leben gerettet. Das werde ich dir nie vergessen. Alles andere ebenfalls nicht.«

Tüdelbüdel zog ihn zu sich und hauchte ihm einen Kuss auf die Wange. Joris erstarrte einen Moment, dann murmelte er etwas Unverständliches und schlurfte aus dem Kroog.

»Ich bin vollkommen erledigt.«

Eine halbe Stunde später stellte sie ein Tablett mit leeren Gläsern neben die Spüle und griff nach dem Besen.

»Aufräumen und fegen können wir morgen immer noch. Was hältst du von einem Schlummertrunk auf der Bank vor dem Kroog?« Wiebke deutete auf ein leeres Glas.

»Gute Idee. Ein Tüdelbräu geht immer.« Die Friesenbrauerin lachte.

DANKSAGUNG

Ein Buch schreibt sich nicht von allein. Ich kann auf die Tastatur einhämmern, bis meine Finger bluten – ohne die Menschen, die mir im Hintergrund den Rücken freihalten, mir beratend zur Seite stehen und auf Änderungen einzelner Textpassagen drängen, wäre meine Geschichte immer nur ein Fragment geblieben. Dass Tüdelbüdel überhaupt das literarische Licht dieser Welt erblickt hat, ist daher einem Team zu verdanken, bei dem ich mich an dieser Stelle herzlich bedanken möchte.

An vorderster Front steht meine Agentin Eva Semitzidou, die mit unermüdlichem Einsatz für die Sünnumer gekämpft hat. Meine Lektorin Franziska Berninger hat mich vor den Untiefen der Logikfehler und den rauen Klippen unklarer Formulierungen (Ich sage nur: Berufsbezeichnungen) bewahrt. Besonderer Dank gilt meinem Freund Jan, der mir die Geschichte als Erstleser um die Ohren gehauen und mich zu einer gründlichen Überarbeitung gezwungen hat. An dieser Stelle müssen auch meine Eltern genannt werden, die mich seit vielen Jahren beim Schreiben unterstützen und mich in schwierigen Zeiten zum Weitermachen ermuntert haben.

Jeder von ihnen hat auf seine Weise zum Gelingen dieses Buches beigetragen – aber ohne meine Familie, die meine Launen ertragen und mich auch nach wochenlangem

Rückzug in meine Schreibstube nicht vergessen hat, hätte ich kein Wort zu Papier bringen können. Mädels, ich liebe euch.

Da alle Anstrengung aber ohne meine Leser umsonst gewesen wäre, danke ich ganz besonders dir für deine Zeit, die du mit den Sünnumern verbracht hast. Solltest du wieder mal im Kroog vorbeischauen wollen, wird dir die Friesenbrauerin sicherlich ein Tüdelbräu spendieren und beim Zapfen eine von ihren Dönkes erzählen. Wir lesen uns hoffentlich bald wieder.

»Wir glauben nicht nur an Wunder – wir verlassen uns drauf!«

Zwei taffe Schwestern, ein vorgetäuschter Selbstmord und eine SMS aus dem Grab – es geht wieder turbulent zu in Konnys und Kriemhilds neuestem Fall …

Während der Beerdigung eines befreundeten Priesters erhalten Konny und Kriemhild eine SMS des Geistlichen: »Ich wurde ermordet – rächen Sie mich!« Dieser Aufforderung können die beiden Schwestern unmöglich widerstehen, auch wenn die Polizei das als geschmacklosen Scherz abtut. Kurzerhand quartieren sie sich im Gästehaus des Klosters ein, in dem der Priester seinen Lebensabend verbrachte.

Bei ihren unkonventionellen Ermittlungen treten sie nicht nur den Klosterschwestern auf die Zehen, sie finden auch Blutdiamanten sowie eine frisch skelettierte Leiche unter dem Refektorium. Noch dazu will jemand die beiden mit vergiftetem Klosterlikör aus dem Weg räumen …

Tatjana Kruse, Zwei Schwestern für ein Halleluja. Die K&K-Schwestern ermitteln. insel taschenbuch 4796. 276 Seiten. Auch als eBook erhältlich

NF 518/1/06.21

»So spannend wie amüsant.«
Die Presse

Ein elegantes Haus am Rande von Hampstead Heath. Ein toter Scheidungsanwalt. Eine rätselhafte Botschaft in grüner Farbe. Eine unglaublich teure Weinflasche als Tatwaffe ... Zweifellos ein Fall für Daniel Hawthorne, Ex-Polizist und Privatdetektiv – und Scotland Yard immer einen Schritt voraus.

Als der smarte Prominentenanwalt Richard Pryce tot in seinem Haus gefunden wird, erschlagen mit einer Flasche 1982 Château Lafite Rothschild im Wert von 2000 £, scheint schnell klar, wer es war: Nur wenige Tage zuvor hat die berühmte feministische Autorin Akira Anno ihm genau diesen Tod angedroht. Aber ist es wirklich so einfach? Als ein weiterer Toter gefunden wird, muss Hawthorne, gemeinsam mit seinem Assistenten und Stichwortgeber Anthony Horowitz, tief in die Vergangenheit der Opfer eintauchen, um die Lösung des Rätsels zu finden.

Anthony Horowitz, Mord in Highgate. Hawthorne ermittelt. Aus dem Englischen von Lutz-W-Wolff. insel taschenbuch 4882. 347 Seiten.

**Die Detektivin aus Melbourne –
scharfsinnig, sexy und souverän**

Wenn Monsieur Anatole die gewitzte Detektivin Phryne Fisher in sein Restaurant einlädt, ist von vorherein klar, dass er ihr nicht nur seine köstliche Zwiebelsuppe vorsetzen wird, sondern auch einen Fall für sie hat: Seine Verlobte ist verschwunden, und Miss Fisher soll herausfinden, wer sie entführt hat.

Alle Spuren führen nach Paris – und Phryne zurück in ihre eigene Vergangenheit zwischen Spanischer Grippe, Rive Gauche und großen Gefühlen …

Glamourös, klug und unabhängig, eine moderne Frau und eine gewitzte Detektivin – das ist Miss Phryne Fisher. Die wohlhabende englische Aristokratin lässt sich in den wilden 1920er Jahren in Melbourne nieder, wo sie ihr Single-Dasein in vollen Zügen genießt – und nebenbei einen Mordfall nach dem anderen löst. Nicht immer zur Freude der örtlichen Polizei.

Kerry Greenwood, Mord in Montparnasse. Miss Fishers mysteriöse Mordfälle. Aus dem australischen Englisch von Regina Rawlinson und Sabine Lohmann. insel taschenbuch 4781. 370 Seiten. Auch als eBook erhältlich

Mord im Chianti

Nico Doyle zieht nach dem Tod seiner Frau in deren italienische Heimat, in ein kleines Dorf im Herzen der Toskana. In den idyllischen Weinbergen des Chianti will er, ein Ex-Cop des NYPD, noch einmal ganz neu anfangen. Er hilft im Ristorante seiner Verwandten, wo er sich bei Pasta, Pizza und regionalem Wein von der Einsamkeit abzulenken versucht.

Eines Morgens findet er unweit seines Hauses eine Leiche in den Hügeln – und der zuständige Kommissar Salvatore Perillo spannt Nico sofort in die Ermittlungen ein, denn das Opfer ist ebenfalls Amerikaner. Bald stellt sich heraus, dass der Tote kein Unbekannter in der malerischen Region ist. Unter all den Verdächtigen, seine eigenen Verwandten eingeschlossen, muss Nico auch das letzte Geheimnis des Dorfes aufdecken, um die Wahrheit herauszufinden.

Camilla Trinchieri hat mit *Toskanisches Vermächtnis* einen packenden Krimi geschrieben, der die Schönheit der Toskana, die italienische Lebensart und einen hochspannenden Mordfall in sich vereint.

Camilla Trinchieri, Toskanisches Vermächtnis. Kriminalroman. Aus dem amerikanischen Englisch von Sabine Hedinger. insel taschenbuch 4828. 364 Seiten. Auch als eBook erhältlich.

**Ein perfektes Paar -
oder eine perfekte Lüge?**

Gemma und Danny sind ein perfektes Paar, das jedenfalls denkt Gemma. Gerade erst sind die beiden von London nach Bristol in ein hübsches Cottage am Stadtrand gezogen, um dem Lärm der Großstadt zu entfliehen. Alles scheint wunderbar. Aber als Gemma eines Abends nach Hause kommt, ist Danny nicht da, obwohl er versprochen hatte, an diesem Abend für sie zu kochen. Aber er hat nicht einmal eingekauft. Auch in der Nacht und am folgenden Tag taucht er nicht wieder auf.

Die Polizei nimmt die übliche Vermisstenanzeige auf, aber als sie dann ein Foto des Verschwundenen sieht, ist DCI Helena Dickens höchst alarmiert: Danny sieht genauso aus wie die zwei Männer, die kürzlich ermordet aufgefunden wurden. Ist er ebenfalls tot? Gemma beteuert zwar, dass sie keine Ahnung hat, was passiert sein könnte, doch je mehr Zeit vergeht ohne eine Spur des Vermissten, desto größer werden die Zweifel an Gemmas Glaubwürdigkeit und eine gnadenlose Jagd beginnt …

Jackie Kabler, Ein perfektes Paar. Roman. Aus dem Englischen von Werner Löcher-Lawrence. insel taschenbuch 4891. 429 Seiten. Auch als eBook erhältlich.

**»Ich bekam einen Revolver,
um uns zu verteidigen.«**

New Jersey 1914: Die Schwestern Constance, Norma und Fleurette
führen ein zurückgezogenes Leben auf ihrer kleinen Farm unweit
von New York – bis ein Unfall ihr Leben auf den Kopf stellt und
ein reicher Fabrikant ihnen übel mitspielt.

Doch der hat nicht mit Constance gerechnet. Die junge Frau, die
fast jeden Mann um Haupteslänge überragt, nimmt unerschrocken
den Kampf um ihr Recht auf. Selbst Schlägertrupps, die die Farm
der Schwestern heimsuchen, können sie nicht einschüchtern. Mit
allen Mitteln verteidigt sie ihr Leben und das ihrer Schwestern
und zeigt den Halunken, wo es langgeht. Das hat das kleine Städt-
chen noch nicht gesehen – und es ernennt Constance zum ersten
weiblichen Sheriff …

Ein turbulenter und höchst unterhaltsamer Roman der New-York-
Times-Bestseller-Autorin Amy Stewart über den ersten weiblichen
Sheriff – »mit den unvergesslichsten und mitreißendsten Frauen-
figuren, die mir seit langem begegnet sind. Ich habe jede Seite
geliebt … eine Geschichte, die zu gut ist, um wahr zu sein (aber
meistens wahr!)«. *Elizabeth Gilbert*

**Amy Stewart, Die unvergleichliche Miss Kopp und ihre
Schwestern.** Roman. Aus dem amerikanischen Englisch von
Sabine Hedinger. insel taschenbuch 4687. 524 Seiten.

NF 435/1/10.18

**Der neue Roman der
Bestsellerautorin**

Gut versteckt in einem alten Bücherschrank findet Rebecka alte
Briefe und ein Tagebuch ihrer Großmutter aus den vierziger Jahren. Welche Geheimnisse sind darin verborgen?
Rebecka lebt weit entfernt von ihrer Familie in Stockholm; zu ihrer Mutter hat sie schon lange keinen Kontakt mehr. Als ihre Großmutter Anna ins Krankenhaus kommt, beschließt Rebecka, die
ohnehin eine Auszeit braucht, für ein paar Tage in die südschwe-
dische Heimat zu fahren. Sie bezieht das alte Haus ihrer Großmutter, lernt den charmanten Nachbarn Arvid kennen und sieht sich
plötzlich mit einer unbekannten Vergangenheit konfrontiert: Im
Tagebuch liest Rebecka von Annas erster großer Liebe, Luca, der im
Widerstand war und dänischen Juden bei der Flucht geholfen hat,
bis er eines Tages spurlos verschwindet. Was ist mit ihm geschehen?
Rebecka beginnt zu recherchieren und entdeckt Unglaubliches.
Frida Skybäcks neuer Roman erzählt zwei berührende und herz-
ergreifende Liebesgeschichten: die der ersten unvergessenen Liebe, und die der Liebe zur eigenen Familie.

Frida Skybäck, Das Geheimnis des Bücherschranks. Roman.
Aus dem Schwedischen von Hanna Granz. insel taschenbuch 4877.
345 Seiten. Auch als eBook erhältlich